PRATIQUE DE LA TRADUCTION

Françoise Grellet
agrégée de l'Université,
professeur en classe de Première supérieure
au lycée Henri IV

Initiation au thème anglais

THE MIRRORED IMAGE

HACHETTE
Supérieur

Du même auteur, sur le même sujet :
Apprendre à traduire, Typologie d'exercices de traduction, Presses Universitaires de Nancy, 1991

For Charles

Je tiens à remercier Blanche DEBON, Chris DURBAN, Sylvain JOREAU et Charles KAYE pour leur aide, leurs conseils et leur amitié tout au long de ce travail. Je suis également reconnaissante à Paul BENSIMON, Ross HUTCHISON et Nicole LEVENE qui ont bien voulu relire le manuscrit de ce livre et dont les remarques m'ont été précieuses.

Maquette intérieure et réalisation : Insolencre

Couverture : studio favre & lhaïk

ISBN 2-01-144913-8

Avant-propos

Si l'activité de thème, c'est-à-dire de traduction vers la langue étrangère, est beaucoup moins "naturelle" que celle de version, il s'agit néanmoins d'un exercice intéressant et extrêmement **formateur** pour tout futur angliciste. Il permet la **mise en œuvre des acquis lexicaux et grammaticaux** ainsi qu'**une réflexion approfondie** sur la langue, sur les nuances entre différents mots et structures, sur les problèmes qui surgissent inévitablement lorsque les constructions ou le lexique appris dans des manuels de grammaire ou de vocabulaire sont désormais soumis aux contraintes d'un contexte donné.

Ce livre ne se veut qu'une initiation à la pratique du thème anglais. Les différents chapitres attirent l'attention des étudiants sur certaines difficultés de traduction provenant de différences fondamentales entre le français et l'anglais, qu'il s'agisse d'organisation des idées, de syntaxe ou de lexique. La liste des questions évoquées est loin d'être exhaustive et est fondée sur les fautes les plus fréquemment commises.

Le manuel se présente sous forme d'un **recueil d'exercices**. Chaque chapitre, consacré à un problème spécifique, présente quelques explications suivies d'exercices. Il est bien sûr impossible de se substituer à une grammaire ou à un vocabulaire, et les conseils donnés mettent donc l'accent sur les problèmes de traduction (plutôt que sur les problèmes grammaticaux) posés par chacun des points abordés. L'étudiant est bien sûr sans cesse encouragé à consulter une grammaire.

La correction des exercices (à l'exception des plus ouverts) est proposée à la fin du manuel, permettant ainsi un travail personnel et autonome. Afin d'offrir un plus **large éventail de styles de traduction**, ce sont presque toujours les **traductions "authentiques"**, publiées, qui sont données. Ces traductions pourront parfois paraître un peu loin du texte sur certains points, mais elles proposent néanmoins une traduction intéressante de la structure sur laquelle porte l'exercice ; c'est donc sur ces points qu'elles doivent être jugées.

Traduire ne relève pas simplement du don ou de l'intuition. Une bonne connaissance des deux langues est essentielle, tout comme l'est une réflexion sur les différences principales qui opposent les deux systèmes linguistiques. C'est une telle prise de conscience que ces exercices cherchent à susciter.

L'AUTEUR

Table des matières

Introduction

1. Conseils généraux

1. Comment aborder une traduction ?

• Il faut tout d'abord lire le texte attentivement, plusieurs fois. Ceci est essentiel pour en saisir le ton, le style, de même que pour éviter toute erreur d'interprétation.

• On peut ensuite procéder à une première traduction du passage, sans l'aide du dictionnaire qui risquerait, en proposant certains mots ou structures, d'"enfermer" le traducteur dans une construction donnée qui n'est pas nécessairement la meilleure. Il est bien préférable, à ce stade, d'essayer de résoudre les problèmes sans l'aide d'aucun outil.

– **problèmes lexicaux** : essayer de trouver un mot proche, un équivalent, le terme générique ;

– **problèmes syntaxiques** : essayer de reformuler, d'avoir recours à une transposition (en changeant de catégorie grammaticale), d'utiliser des techniques de déblocage telles que paraphrase ou mise en situation (Que dirait-on spontanément dans telle ou telle situation ?) afin de trouver une ou plusieurs structures possibles. Il ne faut cependant pas oublier qu'un changement de l'ordre des mots peut entraîner un important changement de sens, si ce n'est un contresens (cf. thème et propos), que la phrase doit rester équilibrée (la partie la plus longue passe mieux en fin de phrase) et que certains ordres d'apparition des idées sont plus courants dans une langue plutôt que l'autre (voir chapitre 2) .

• Cette traduction doit être relue de façon critique et une première correction doit avoir lieu. Il faut constamment se demander si le texte anglais sonne juste.

• On peut alors reprendre le texte en s'aidant d'ouvrages divers (voir ci-dessous) pour vérifier vocabulaire, correction grammaticale ou références culturelles.

• Faire une seconde lecture critique. À ce stade il est bon de laisser sa traduction de côté un certain temps (quelques heures ou même quelques jours...) : elle ne sera reprise qu'avec plus de distance et d'esprit critique.

2. Les outils du traducteur

• Dictionnaires bilingues

– *Robert & Collins*

– *Harrap's Standard : Français-Anglais* (2 volumes)

• Dictionnaires unilingues

Ils permettent de vérifier le sens d'un mot trouvé dans le dictionnaire bilingue – ou sa construction. On peut mentionner parmi les plus courants :

– *Oxford Advanced Learner's Dictionary* (Hornby, O.U.P.)

– *Longman Dictionary of Contemporary English*

– *The American Heritage Dictionary*

(moins complet en ce qui concerne les exemples et les explications grammaticales, mais où l'on trouve mentionné un plus grand nombre de mots rares)

– *Collins Cobuild Dictionary*

(très utile pour le thème, ce dictionnaire donne les mots dans le contexte de phrases)

• Dictionnaires de collocations

– *The BBI Combinatory Dictionary of English* (John Benjamins). (Il s'agit d'un précieux instrument de travail puisqu'il indique non seulement la construction des mots, par exemple quelles prépositions suivent tel adjectif, mais également les cooccurents les plus courants, par exemple les adjectifs que l'on trouve couramment associés à un nom donné.)

• Dictionnaires de synonymes

Par exemple :

– *The Webster's New Dictionary of Synonyms*

– *Roget's Thesaurus*

(Indispensable : le "thesaurus" est plus qu'un dictionnaire des synonymes puisqu'il parcourt l'ensemble du champ sémantique, mentionne les mots proches ou associés.)

• Grammaires

– *La Grammaire anglaise de l'étudiant* (Berland-Delépine, Ophrys,1989)

– *Grammaire anglaise* (Roggero, Nathan,1979)

– *Grammaire anglaise : thèmes construits* (Groussier/ Chantefort, Hachette,1975). (Excellente explication des points mentionnés mais ne couvre qu'une partie de la grammaire anglaise)

– *A Grammar of Contemporary English* (Quirk/ Greenbaum/ Leech/ Svartik, Longman,1975)

– *Practical English Usage* (Michael Swan, O.U.P.,1980).

(Permet de vérifier rapidement certains points de grammaire ou la différence entre les mots les plus souvent confondus par les étudiants.)

– *L'Explication grammaticale du thème anglais* (U.Dubos, Nathan 1990)

• Études comparatives des deux langues

Deux livres indispensables :

– *Stylistique comparée de l'anglais et du français* (Vinay/ Darbelnet, Didier,1977)

– *Approche linguistique des problèmes de traduction* (Chuquet/ Paillard, Ophrys,1987)

• Vocabulaire

– *Le Mot et l'Idée 2* (Rey/ Bouscaren / Mounolou, Ophrys,1982)

– *Nouveau manuel de l'angliciste* (P. Rafroidi, Ophrys,1986).

(Plus complet que le précédent et donnant la plupart du temps les mots en contexte.)

– *Words in Context* (Darbelnet / Vitale, Bordas,1977).

(Excellente étude du vocabulaire des sens et des mouvements.)

• Manuels de thèmes

Il existe de nombreux manuels de thèmes corrigés et annotés. Parmi les plus utiles :

– *Pratique du thème anglais* (Charlot/ Baïssus/ Chencinski/ Keen, Armand Colin,1982)
– *Pratique de la traduction* (H. Chuquet, Ophrys,1990)
– *Lire et traduire* (C. & J. Demanuelli, Masson,1991)
– *Translate* (Hardin/ Picot, Dunod,1990)
– *Recueil de thèmes anglais* (K. Julie/C. Grimal, Hachette, 1991)
– *Initiation au thème anglais* (Bacquet/ Keen, Armand Colin,1975)
– *Anglais : thèmes d'auteurs* (Hily/ Gauvin/ Whitehouse, Hachette,1970)

3. La lecture personnelle

Si l'utilisation de certains des ouvrages cités plus haut est indispensable, ce n'est qu'en **lisant** le plus possible que l'on peut améliorer sa connaissance de la langue. Seule la lecture individuelle permet de se familiariser avec les structures, les tournures idiomatiques, le vocabulaire – qui passera peu à peu du vocabulaire passif au vocabulaire actif et disponible. Il sera bon d'associer :

• ***"extensive reading"*** : la lecture pour le plaisir, sans regarder dans le dictionnaire les mots ou expressions. Elle permet d'assimiler presque inconsciemment vocabulaire, structures, usages et coutumes.

• ***"intensive reading"*** : lecture attentive, en étudiant les structures et en vérifiant le sens des mots.

4. Des qualités à cultiver : fidélité et élégance

Il faut enfin mentionner les deux écueils principaux auxquels se heurtent les étudiants :

• le contresens, venant le plus souvent d'une lecture hâtive du texte français, d'une expression dont le sens n'a pas été suffisamment pesé ;

• les lourdeurs de style, maladresses ou incorrections, venant d'une mauvaise connaissance de l'anglais ou de l'incapacité de se détacher de l'original.

C'est pourquoi les deux chapitres qui suivent portent sur ces deux points : la compréhension du texte français et la distance nécessaire par rapport au texte anglais.

2. Le texte français

In every work, regard the writer's end.
(Alexander Pope)

1. Analyser le texte

Plusieurs lectures approfondies du texte sont essentielles avant toute traduction. Il serait bon d'aborder chaque passage en se posant mentalement une série de questions que l'on peut résumer de la façon suivante :

• Cadre énonciatif
– Source : article de journal, rapport officiel, publicité, extrait de roman... ?
– Destinataire : grand public, spécialistes, lecteurs cultivés... ?
– Intentions de l'auteur : convaincre, informer, frapper l'attention du lecteur, exprimer une émotion... ?
– Quel est le temps principal du discours ou du récit ? À quelle personne est-il fait ?

Qui parle ? Y-a-t-il changement de point de vue à l'intérieur du passage ? (point de vue du narrateur ? d'un personnage ?)

- Le texte

– Nature : narration, dialogue, description... ?

– Idées clés du texte : Où ? Qui ? Quand ? Comment ? Pourquoi ?

– Cohérence interne : Quels sont les mots charnières ou bien les mots et expressions qui marquent l'articulation du texte ?

Quel type d'organisation interne caractérise le texte : logique, chronologique, argumentatif ?

– Niveau de langue : langue parlée ou écrite ? langue familière, littéraire, argotique... ?

– Ton : sérieux, détaché, passionné, amusé... ?

– Style : phrases courtes, complexes, archaïsmes, utilisation d'un certain type de vocabulaire... ?

– Allusions et métaphores : sont-elles isolées ou forment-elles un réseau significatif ?

- Problèmes d'interprétation et de traduction

– Certains passages ou expressions sont-ils difficiles à interpréter ?

– Y-a-t-il certains passages ou expressions qui semblent vous poser des problèmes de traduction ? Lesquels ? Pourquoi ?

2. Éviter les traductions mécaniques

De nombreuses erreurs, en thème, viennent de l'absence d'analyse de certains mots, expressions ou structures que l'étudiant croit "connaître" , c'est-à-dire qu'il associe systématiquement à une traduction donnée au lieu d'étudier les connotations ou la valeur de cette expression dans le contexte. Les exercices qui suivent ont pour but de montrer l'importance d'une telle analyse.

1. *Traduisez les phrases qui suivent.*

"Il faudrait savoir"

1. Mais à moi, il m'a dit le contraire : il faudrait savoir ce qu'il veut !
2. On pourrait leur envoyer le dépliant, mais il faudrait savoir leurs nom et adresse.
3. Tu viens avec nous ou tu restes ? Il faudrait savoir !
4. À son âge il faudrait savoir lire couramment.

2. *"Vous voulez bien"*

1. Vous voulez bien que je vienne ? C'est très gentil !
2. Il va vous recevoir tout de suite. Si vous voulez bien me suivre...
3. Il fait chaud ici. Vous voulez bien ouvrir la fenêtre ?
4. Comme vous voulez bien accepter ces inconvénients, nous vous accorderons une réduction de 10 %.
5. [Conférencier] Si vous voulez bien, nous allons maintenant prendre un exemple concret.

3. *"Elle doit déjeuner"*

1. Le médecin lui a dit qu'elle doit déjeuner tous les jours à la même heure et avoir une nourriture équilibrée.
2. Elle n'est pas dans son bureau ? C'est normal : elle doit déjeuner à cette heure-ci.
3. Elle est partie de bonne heure car elle doit déjeuner avec un client à 12 h 30.
4. Elle doit déjeuner de bonne heure car son patron part à une heure et il faut que quelqu'un réponde au téléphone.

4. *"Ils réduisent"*

1. Ils réduisent la température cette semaine pour voir comment réagiront les cobayes.
2. Avec de telles mesures, voici trois ans qu'ils réduisent le chômage en Allemagne.
3. En Bourgogne, où c'est un plat fort apprécié, ils réduisent la sauce, puis y mélangent quelques cuillérées de vin rouge.
4. Air Inter était alors aux prises avec trop de difficultés. En 1981, ils réduisent leurs vols en supprimant les lignes les moins fréquentées.
5. Il leur suffit de suivre l'exemple de la Suède, et ils réduisent l'inflation d'ici quelques mois.

5. *"Il écrit"*

1. Son travail ? Il écrit pour *Le Monde*.
2. Ne le dérange pas. Il écrit sa dissertation.
3. Il écrit des poèmes depuis qu'il a dix ans.
4. Depuis dix heures ce matin, il écrit ses cartes de Noël, et il n'a pas terminé.
5. En 1642, Milton épousa une jeune fille qui le quitta quelques mois plus tard. Il écrit aussitôt un plaidoyer pour le divorce.
6. Il écrit et il n'a que quatre ans !

6. *"Bon"*

Traduisez l'adjectif "bon", ou l'expression dans laquelle il apparaît, dans les phrases qui suivent.

1. Le président Bush voit [dans ces faits] le signe qu'il est sur la bonne voie. (*Le Monde*)
2. Cela ne se fait pas dans la bonne société.
3. Il a bon air et belle prestance.
4. Si j'ai bonne mémoire, c'est au mois de mai que je l'ai vu pour la première fois.
5. Ça, c'est bon à savoir pour la prochaine fois !
6. – Bon pour le service ! m'a-t-il dit.
7. Il est toujours bon de bien lire le contrat.
8. Votre billet est bon jusqu'à la fin du mois.
9. J'ai attrapé un bon rhume.
10. Lui, au moins, c'est un bon vivant !
11. Il est trop bon, et tout le monde l'exploite !
12. Deux agents faisaient bonne garde à l'entrée.
13. Je serai d'accord avec tout ce que vous jugerez bon de faire.
14. Et maintenant je suis bonne pour payer la note !

15. Bons baisers de toute la famille.
16. Il est arrivé de bonne heure.
17. Il est arrivé bon dernier.
18. Il a une bonne trentaine d'années.
19. Tenez bon, j'arrive !
20. Cette fois, il neige pour de bon !

7. *"Pièce"*

Traduisez le mot "pièce", ou l'expression dans laquelle il apparaît, dans les phrases qui suivent.

1. Je passe mon temps à mettre des pièces à son pantalon !
2. [Sur un rayonnage de magasin] Crayons : 2 francs la pièce.
3. Ils viennent d'acheter un cinq pièces à Neuilly.
4. Ce n'est pas la peine de lui acheter des jouets : il les met tous en pièces !
5. On montra la pièce à conviction aux jurés.
6. Comme pièce de résistance, il y avait un gigot, et comme dessert, une pièce montée.
7. Faut-il acheter la boîte entière de boutons, ou est-ce que vous les vendez à la pièce ?
8. Avez-vous une pièce d'identité ?
9. C'est un jardin à la française, avec des statues et des pièces d'eau.
10. Sa voiture est si vieille qu'il ne trouve plus de pièces de rechange.
11. Ils vont jouer une pièce de Cocteau, mais je ne sais plus laquelle.
12. Ils ont trouvé une pièce d'or ancienne dans un champ.
13. N'oubliez pas de prendre toutes les pièces nécessaires pour votre dossier.
14. Il faudra lui donner la pièce si vous voulez qu'il porte vos bagages.

8. *Traduisez les paires de phrases qui suivent, en vous attachant tout particulièrement aux expressions soulignées.*

1. a/ Oh, il n'est pas philosophe, il est historien.
   b/ Oh, il n'est pas philosophe pour un sou !
2. a/ Cela ne peut plus durer ! Il est paresseux, grossier, quand il n'est pas ivre !
   b/ Il est gentil et travailleur, quand il n'est pas ivre.
3. a/. Mais je serai toujours là bien assez tôt ! Je ne vais pas m'énerver pour cela...
   b/ Vous pouvez compter sur moi : je serai toujours là de bonne heure.
4. a/ Je ne refuserai pas ; je suis trop heureuse de venir.
   b/ Je suis trop heureuse : ça ne peut pas durer !
5. a/ S'il est vrai que les Italiens gagnent autant que les Hollandais, leurs loyers sont plus élevés.
   b/ S'il est vrai que les Italiens gagnent autant que les Hollandais, je ne comprends pas pourquoi leur niveau de vie est inférieur.
6. a/ Ils n'ont pas de baby-sitter et se partagent les tâches ; ce soir, c'est lui qui est parti à une soirée alors que sa femme garde les enfants.
   b/ Il n'est pas raisonnable : il est parti à une soirée alors qu'il a un examen de bonne heure demain matin.

3. Le texte anglais

Toute traduction est faite
pour ceux qui n'entendent pas la langue mère
et n'est faite que pour eux,
c'est ce que le critique perd de vue trop souvent.
(Alfred de Vigny)

*Clearly, the translation must stand or fall
as a self-contained entity, satisfying in itself
and without reference to its source.*
(A. Conder)

Trop de traductions se trahissent par des tournures maladroites et des structures gauches ou peu claires : elles "sentent" la traduction. Il est donc essentiel de travailler son texte d'arrivée (le texte anglais) pour qu'il soit non seulement correct mais aussi idiomatique et authentique. Il faut pour cela se détacher du texte de départ français et regarder son texte anglais avec une distance critique. Les exercices qui suivent ont pour but de faire acquérir ce sens critique.

1. Trouver la langue de départ

Vous trouverez ci-dessous un certain nombre de passages (tous authentiques) et leur traduction. Le texte français apparaît toujours dans la colonne de gauche, le texte anglais à droite. Mais la langue de départ est parfois le français, parfois l'anglais.

- *Étudiez ces passages pour déterminer dans quel sens la traduction a eu lieu, en sachant que le texte de départ était toujours écrit dans un anglais ou un français correct.*
- *Puis notez les raisons pour lesquelles vous avez décidé que certains de ces textes sont des traductions :*

– lexique incorrect,
– structures incorrectes,
– tournures correctes mais maladroites,
– sous-traduction,
– mots ou expressions manquants,
– autres raisons.

- *Récrivez ensuite les traductions qui vous semblent peu satisfaisantes.*

1. À ne pas manquer, Degas, la première exposition internationale présentée au nouveau Musée. Très bien reçue par les critiques d'art européens et nord-américains, l'exposition a été décrite comme une rencontre mémorable avec l'artiste et ses idées incongrues, peut-être la seule présentation d'une telle envergure. L'exposition se poursuit du 16 juin au 28 août 1988.	*A must-see is the first international exhibition to be held at the new National Gallery, Degas. Widely acclaimed by European and North American critics, it has been called "a spectacular confrontation with the artist in all his complexity... we may never again see Degas on this scale." The exhibition runs from 16 June to 28 August 1988.*
2. Toute étude sur la tapisserie médiévale se réfère à la Tenture X. Elle est exposée depuis 1954 dans cette galerie conçue spécialement pour la présenter au public, dans son intégralité. Ni son ampleur, environ 140 m à l'origine, ni son histoire mouvementée, ni	*Any study of medieval tapestry makes reference to the X tapestry. It has been on display since 1954 in this gallery designed especially for presenting it to the public in its entirety.* *Neither its size, around 140 meters originally, nor its turbulent history,*

le message qu'elle traduit ne peuvent laisser indifférent.
Il s'agit d'une tapisserie tissée sur un métier, probablement de haute-lisse, en laine avec des fils d'or.
Une documentation précise nous renseigne sur son histoire.

nor the message it translates can leave one indifferent.
It is a question of a loom-woven tapestry –probably high-warp– of wool and gold thread.
Precise documents inform us as to its history.

3. Vous ne chasserez le chamois qu'à travers l'objectif de votre appareil photo, et vous vous pencherez sur les ravissants edelweiss, non pour les cueillir mais pour en respirer le parfum. En revanche, sous les arbres vous pourrez cueillir myrtilles et fraises des bois à la saveur unique.

You'll hunt the chamois with your camera, and you'll search out the ravishing edelweiss, not to pick it but to inhale its perfume. In revenge, under the trees you can pick blueberries and wild strawberries with a unique taste.

4. À la sortie une quête est faite pour nous aider avec les frais de ces concerts et de donner un honoraire à nos artistes. Nous vous remercions pour votre générosité.

At the exit a free-will offering is taken to help cover the expenses of this series and to provide an honorarium for the artits. Thank you for your generosity.

5.   est l'ancêtre des grands magasins. Il fut fondé en 1852 par A   , B   , véritable précurseur du commerce moderne. Il inventa la vente par correspondance et créa en 1868 la première exposition de Blanc au monde, faisant de ce magasin une véritable attraction   .
      s'en inspira pour son roman   contribuant ainsi à sa renommée internationale. De par son histoire, son architecture et sa situation exceptionnelle au cœur de   , ce temple du XIXe siècle mérite votre visite.

*   is the ancestral department store in   . A   B   , who really was the precursor of the modern trade, founded it in 1852. He invented the corresponding sale and created in 1868 the first exposition of linen in the world, making this store a really   attraction.*
*   has inspired for his novel   contributing for its international reputation. From its history, architecture and exceptional situation, in the center of   , this temple from the XIXth century deserves your visit.*

6. Ce respect de l'argent qui pénétrait le jeune professeur ne l'induisait aucunement à faire de l'argent le pivot de sa vie. Le professorat ne pouvait guère l'entraîner dans cette voie. Mais il y avait la Bourse. Diverses Bourses d'ailleurs. Car il n'est pas certain qu'à son amour de la peinture ne fût pas mêlé un certain goût de la spéculation, un certain espoir du lucre. Les Monet étaient des valeurs d'avenir.

However, much as our young professor respected money, he was not led to centre his life on it. The teaching profession closed that avenue. But there was nothing to keep him from playing the stock market. Even in his love of painting, there must have been a shade of speculative interest, a certain hope of profit. Monet's paintings were good investments.

2. Récrire des textes

1. *Les passages qui suivent proviennent de divers journaux et magazines anglais et sont cités dans* Punch *et dans* Private Eye *parce qu'ils contiennent des coquilles qui rendent certaines phrases comiques ou absurdes.*
Retrouvez ces erreurs, expliquez en quoi elles sont amusantes, puis corrigez-les.

1.
A car was stolen from Thirlmere Youth Hostel during Sunday night. Police are still trying to trade the missing Toyota.

2.
She was then chauffered in an official motorcade along the Mall leading to Buckingham Palace where she met with the Queen for just over 30 minutes. She left the palace in a private car for her home in Dulwich, southeast London, waving and smelling at cheering crowds as she went.

3.
11.45 Pest Control. How to rid your home of household pets.

4.
And that is certainly true for the Birling family in J.B. Priestley's modern classic an Inspector Calls which is being revived at Bromley's Churchill Theatre. Alfred Marks lays the officer of the title, although in this clever mystery his character has hidden depths.

5.
FOR SALE: A premier retail fruiterers in market of prominent Lancashire town. Detail ordit showing gross profit exceeding £70,000. Serious and bone fed applicants only.

2. *Les passages suivants, extraits de divers journaux, magazines (ou de programmes de radio ou de télévision), sont cités dans* Punch, Private Eye *ou* Laughing Matter *parce qu'ils sont mal écrits et en conséquence comiques ou absurdes.*
a/ Lisez ces passages et expliquez pourquoi ils sont amusants ou incohérents. S'agit-il de :
– coquilles ?
– syntaxe maladroite ou incorrecte ?
– métaphore incohérente ?
– mots ou expressions ambigus ?
– illogisme ?
– autres raisons ?
b/ Si vous étiez rédacteur du journal ou du magazine, comment corrigeriez-vous ces extraits ?

1.
"Her decision was quite decisive."

2.
BLACK DOG INN, Chilmark, Now Serving Sunday Luncheon in the new Restaurant. Telephone for reservations. 0722 76344. If you eat here you won't get better.

3.
"If Gower had stopped that it would have decapitated his hand."

4.
Moulinex Blender–used twice–great for babies. £9.

5.
Airman In Fatal Crash In Good Condition.

6.
"The single overwhelming two factors were..."

7.
"I hear the stench of appeasement."

8.
ONE IN THREE AUSTRALIANS ARE ILLITERATE
Only one in three Australian adults will be able to read this article.

9.
Plans to extend a dentist's surgery at Park Road, Coventry have been approved by Coventry City Council. Drilling is expected to start soon.

10.
"He is without a doubt the greatest sweeper in the world, I'd say, at a guess."

11.
"Haji has been probably the best player on the field without any question."

12.
"The temperature has shot up a little bit."

3. *Les paragraphes qui suivent, extraits du* Daily Mail *du 23 novembre 1990, sont tous mal écrits pour différentes raisons (vocabulaire, structures, ponctuation...). Imaginez que vous êtes rédacteur du journal : comment récririez-vous chacun de ces paragraphes ?*

1. *[About John Major]*
a/ *Leaving school at 16 to help out the meagre family finances, his early years could have made him a socialist.*
b/ *But he dislikes labels of left or right-wing. 'People are much more complex than that', he says. He is admired, perhaps, most for an ability to express resolute views with a charm that forbids dissent – an enivable capacity for a possible future leader.*

2. *[About Michael Heseltine]*
a/ *With his bandwagon already rolling, Mr Heseltine's camp was confidently claiming it could win. And a Times telephone poll of 699 people out today boosted his hopes when it found as leader he would win an election tomorrow with 47% support against Labour's 43%.*
b/ *Then, in a sideswipe at Mr Heseltine, [he] told Channel 4: "It would be a lot easier to heal the wounds if the successful candidate is not a man who really precipitated this dreadful mistake of dumping the Prime Minister."*
[he = Mr Tebbit]

3. *[Review of a film about turtles]*
AT LAST the film of the hype. It is rather belated after a spate of TV cartoons and surge of merchandising but still not without interest. Or rather concern, on my part.

4. *[Film review]*
SOME films promise more than they deliver and this is one of them and for all save fans of the Sheen clan, it's a waste of time.

4. *Même exercice qu'en* **2.**

1.
"Peter Brooke and Gerry Collins issued a communiqué condemning the latest lengths to which the IRA have sunk."

2.
Yesterday Mr O'Friel said that after a process of elimination, he believed all the prisoners had been accounted for.

3.

More than a quarter of those questioned are also critical about the number of spelling mistakes and gramatical errors in CVs as well as their scruffy appearance and sparce detail.

4.

Fears that a soccer club will lose its home pitch could prove groundless.

5.

"He put his body between himself and the defender."

6.

"We will open the car park as soon as we can," said Ian Extance, financial control officer at Lincoln Co-op. "Regrettably, there are always short-term problems but hopefully people will see the long-term problems will outweigh them."

7.

"I went up the greasy pole of politics step by step..."

8.

"That was the inimitable Edith Piaf. Can anybody else sing like her?"

9.

"Mr Bush is the first living US president to visit Czecho-slovakia."

10.

At a meeting to discuss the route of a proposed ring road, the highways committee chairman said: "We intend to take the road through the cemetary – provided we can get permission from the various bodies concerned."

5. *Même exercice que le précédent.*

1.

British Rail said it was hoped that from 8 a.m. today a normal service would run, with trains liable to delays of up to 20 minutes.

2.

Passengers hit by cancelled trains

3.

The County Council's veterinary inspector yesterday certified that death was due to anthrax, and was cremated by the police.

4.

BARBECUE OF SENIOR CITIZENS BIG SUCCESS WILL BECOME AN ANNUAL EVENT

5.

Crash courses for private pilots

6.

Copper Boiler?

Some of the fresh eggs came from hens kept at St. Bartholomew's Hospital for nutritional tests; one or two came from a police-sergeant at Scotland Yard.

7.

The Vicar, the Rev. C. O. Marston, reported an increased number of communicants during the year. He also stated that the death watch beetle had been confirmed in the church.

8.

Lesotho Women Make Beautiful Carpets

By Gordon Lindsey

9.

Our own Bishop has promised to take the chair. There will be a very strong platform to support him.

10.

CUSTOMERS GIVING ORDERS WILL BE PROMPTLY EXECUTED

6. *L'article ci-contre contient plusieurs expressions ou phrases soulignées, de toute évidence traduites du français.*
Pour chacune de ces phrases,
a/ identifiez certaines des causes d'erreurs (calque d'une structure française, utilisation d'un faux ami...) ;
b/ récrivez la phrase en anglais correct.

Attractions of Timbuctoo

By Robert Lacville

I HAVE been asked to help a Malian friend to write his English travel brochure. He wants to run tours to the famous historical centres of the region: Timbuctoo and Djenné (the medieval trading centres for gold), the Niger river port of Mopti, the famous cliffs of the Dogon people, and, of course, Bamako. To be honest, I cannot say that his first attempt as self-promotion is a success.

The problem is mainly linguistic. Take his proposed tour of the capital: "Bamako, an antique city very umbrageous" (a Frenchism: when the French do the same with an English word, they call it a "barbarisme"). The word "umbrageous" pleases me greatly: yet it does not really evoke the magnificent shady trees (ombre = shade); it makes me think rather of anger ("umbrage"), which may be the appropriate reaction to the destruction of Bamako's trees caused by the Government's road-widening efforts.

Among the attractions offered in our English tourist brochure are the museum and the zoo, and "the big market with underfloor urinal system". I have used it myself occasionally, wearing a gas-mask. But I would hardly label it an "attraction". In fact, when I have visitors, I make pretty sure that they have done what they need to do before setting off for the market! But visit the market they must, for it is truly the most exciting and most beautiful covered market in West Africa.

The splendid view from the Presidential Koulouba Hill is advertised as "you will be able to see the point of view of Kulouba". Having benefited from this in the afternoon, it is a disappointment to discover that "In evening dinner and night in hotel bed by your own." But in these days of Aids, perhaps it is just as well for the company to lay down strict rules.

If you get up to the river port of MOPTI, "the narrow streets will impression you. Otherwise, you shall be fascinating by the man and water coexistence, especially during the great swelling of the river". This is, of course, not a medical diagnosis, merely a picturesque description of the Niger river's annual flooding across the rice-fields in the amazing and unique interior river delta.

But you musn't stop in Mopti. Turn right, and judder for an hour across sand and stones. "The land transportation is achieved in special dressed motorcoaches in the most best extremes comfortables conditions" to reach DOGON COUNTRY. Here the tour operator guarantees that "Walking along you uncover houses hanging up to the cliffs and caves sheltering ritual masks and the deaths."

Having walked several times in these fascinating cliffs, I can indeed confirm that there are small villages clinging to the rock-face, while above them are the caves in which they bury their ancestors, and conceal their ritual masks. It makes the most exciting holiday you could imagine. Strangely, very few tourists ever come to explore these isolated corners of West Africa.

The star attraction of Malian tourism has to be TIMBUCTOO: called "the mysterious city" because many people even today do not believe it really exists. Ancient intellectual capital of the desert, Timbuktu was founded in the twelfth century beside a well (tim), the keeper of which was named Buktu the Touareg.

In addition to the usual clutch of ancient mosques and medieval university buildings (all of them beautiful, I think, especially the famous Djingueraiber mosque built entirely of mud in the year 1326, and still in perfect working order), my tour operator friend has a special treat: "Ride on camel, pick nick and back to Tombouctou for dinner with spectacles. This is especially appreciable for Americans and Scandinaves and Angles". Ah! He is thinking of Angleterre. But is our eyesight really so much worse than the French?

Later the brochure becomes threatening: "Our motto is: all ways serve you right... our reputation is scarcely creditable... we will maintain our completely unbelievable prizes if it is possible, and excepot in case of charges coming from imprevisable events"... which I interpret to mean that he can charge you anything extra at any time.

"GENERAL CONDITIONS: We propose to you our whole disposal for conceiving to measure circuits correspinding to your perfectly clientage expectations. We take particularly care in your conceiving." I suppose that must be yet another reference to protection against Aids.

The Guardian Weekly, August 5 1990.

7. *Le passage qui suit, extrait d'une brochure décrivant les églises de Delft, est de toute évidence une fort mauvaise traduction. Pouvez-vous récrire le passage en anglais correct ?*

DELFT'S NEW CHURCH

The history of the New Church starts about the middle of the fourteenth century by visions of Brother Simon and Jan Col. Mary the Blessed Virgin urged to build a church on the very spot. In 1381 a simple wooden church was founded to be Delft's second parish Church, and the Holy Mary was its patroness. A couple of years later on the construction in stone began, presenting itself unchanged today: a late-gothic cruciform church with a tall tower shaped beautifully.

The London British Museum is the owner of a precious mediaeval book telling the origin of this church and of its manyfold miracles in this centrepoint of Mary's devotion.

The church has been built according to strict architectural traditions, rules and symbols: the cruciform represents Jesus Christ, the 12 pillars in the choir symbolise the 12 prophets, the 4 columns recall the 4 evangelists and the 16 pillars in the nave are symbolic for the 16 prophets. The church has a lenght of 327 feet and the former place of the high altar has been taken by William the Silent's mausoleum. (...)

Catastrophies didn't spare the church, nor save it. During the big townfires of 1563 part of the tower burnt down, the organ got lost as well as its bells and stained glass windows, the roof and a wall came down. Restauration started vigorously. The ouward appearance of the church changed definitely. (...)

Iconoclasm did a lot of damage to the church. A damaged part of Roman Catholic furnishing, a Descent of the Cross, can be seen in the south aisle near the first column.

8. *Voici un texte français (écrit à propos du guitariste Alexandre Lagoya) et sa traduction. Cette dernière vous paraît-elle satisfaisante ? Soulignez dans le texte anglais tout ce qui vous semble incorrect ou maladroit et utilisez les abréviations suivantes pour noter dans la marge s'il s'agit d'une question d'orthographe (=* ***O****), de vocabulaire (=* ***V****), de syntaxe (=* ***S****). Proposez ensuite une autre traduction du passage.*

Ce qui frappe chez Alexandre Lagoya ce n'est point tant la précision, ou la rigueur, ou encore une certaine perfection féconde qui chez d'autres inciteraient au respect, mais une émotion constamment, puissamment tissée de tendresse, parfois mélancolique, parfois joyeuse, toujours sensible et spontanée à l'image de sa conception générale de la vie.

Alexandre, vous portez un prénom d'empereur : quoi d'étonnant, dès lors qu'à l'image des César vous conquerriez d'emblée l'adhésion des foules. Mais ce qui passionne, dans votre jeu, ce n'est pas cet éblouissement instantané qu'il procure. C'est

What is striking with alexander Lagoya is not so much the precision or the strickness or also a certain fertile perfection which, with others, would incite to respect, but an emotion constantly and mightily woven with tenderness, sometimes melancholy, sometimes merry, always sensitive and spontaneous, in the image of his general conception of life.

Alexander, you bear an emperor's first name: it is not surprising consequently if, like the Caesars, you directly conquer the adhesion of crowds. But wath is entrancing in your playing is not this immediate

la sensation que chaque note va plus loin, très exactement jusqu'aux termes d'une pensée.
En matière de musique, la sensation est toujours plus forte que la connaissance, et tout l'art de Lagoya réside, précisément, dans cette manière immédiate de communiquer la beauté, sans qu'il ait jamais besoin de convaincre, tout simplement par le caractère incontestable d'un jeu qui émeut avant que l'on ne comprenne et dont on se souvient, comme la madeleine de Proust, avec le rappel ébloui des enfants. F. M.

dazzling that it provides; it is the feeling that each note goes farther, quite exactly up to the terms of a thought.
In matters of music, the feeling is always stronger than the knowledge and the very art of Lagoya consists, precisely, in this immediate manner to convey beauty, without never needing to convince, simply by the incontestable character of a playing which moves before it is understood and which one recalls, like the sponge-cake of Proust, with the dazzled remembrance of children.
F. M.

3. Les différentes étapes d'une traduction

Voici un extrait du rapport d'une compagnie financière et les trois étapes de la traduction qu'en a faite le groupe de traducteurs Durban. Étudiez ces trois étapes en essayant de comprendre et d'expliquer les modifications apportées d'un texte à l'autre.

• *Texte français :*

Les incidences économiques
de la guerre du Golfe

Ce sont naturellement les plus difficiles à évaluer. Elles dépendront largement de sa durée. Un conflit bref (quelques mois) s'accompagnera d'effets limités sans être tout à fait temporaires : l'accroissement de la réserve des ménages, par exemple, ne dépasserait pas quelques mois mais certains reports d'investissements industriels ou certaines contraintes budgétaires des gouvernements liées à la guerre peuvent avoir des répercussions à moyen terme.

Une durée longue (qui n'est pas exclue) perturberait d'autant plus les évolutions économiques qu'elle s'accompagnerait d'une extension du champ de bataille, d'actes terroristes au-delà de ce champ, de refroidissement des relations déjà ambiguës entre les États-Unis et l'URSS, etc. Quant au retour à la paix, il ne constituera pas forcément le prélude

• *Première traduction :*

The economic impact
of the Gulf war

This is obviously one of the most difficult aspect to assess / Much will hinge on how long the fighting goes on. If it is over within a few months, fallout will be slight although not altogether temporary. Edginess among householders would ease in a matter of months, but postponement of some investments and budgetary constraints on governments may have medium-term repercussions.

A longer war, an eventuality which cannot be ruled out, would be all the more troublesome as it would raise the likelihood of such unpleasant developments as an extension of the battlefield, terrorist campaigns farther afield and cooling in relations between the US and the Soviet Union, already the subject of some doubts. And once peace returns, it will not be all plain sailing ahead –a new world order

à une période de facilité, le désordre mondial actuel ne se transformant pas du jour au lendemain en "nouvel ordre mondial". À défaut d'examiner tous les cas de figure possibles – et l'imprévisible –, trois incidences se manifestent.

(Conjoncture et Placements)

will not replace the current mess overnight. While there is little point in trying to foresee all the possible outcomes in view of the degreee of uncertainty involved, it is worthwhile taking a closer look at the three points mentioned above.

• Seconde traduction :

The economic impact of the Gulf war

This is obviously one of the most difficult aspects to assess. Much will hinge on how long the fighting goes on. If all is over and done within a few months, fallout will be slight –although not necessarily temporary. Edginess among consumers would ease in a matter of months, but postponement of some business investments and budgetary constraints on government spending may have medium-term repercussions.

A longer war –which cannot be ruled out– would have all the more impact on the economy in that fighting might spill over onto new battlefields, terrorist campaigns could target objectives elsewhere in the world, and relations between the US and the USSR, already somewhat ambiguous, could cool further. Even once peace returns, it will not be all smooth sailing ahead –a new world order cannot be expected to replace the current unsettled situation overnight.

In view of the degree of uncertainty involved, there is little point in trying to foresee all the possible outcomes. Still, it is worthwhile taking a closer look at the three points mentioned above.

• Version définitive :

The economic impact of the Gulf war

This is obviously one of the most difficult aspects to assess. Much will hinge on how long the fighting goes on. If all is over and done within a few months, fallout will be slight –although not necessarily temporary. Edginess among consumers would ease in a matter of months, but postponement of some business investment and budgetary constraints on government spending might have medium-term repercussions.

A longer war cannot be ruled out. This would have all the more impact on the economy in that fighting might spill over onto new battlefields, terrorist campaigns could target objectives outside the combat zone itself, and relations between the US and the USSR, already somewhat strained, could cool further. Finally, once peace returns, it will not be all smooth sailing ahead– a new world order cannot be expected to replace the current unsettled situation overnight.

In view of the degree of uncertainty involved, there is little point in trying to foresee all the possible outcomes. Still, it is worth taking a closer look at the three points mentioned above.

(Trad. Cabinet Durban)

1 L'agencement de la phrase

Les exercices de ce chapitre mettent l'accent sur le danger qu'il peut y avoir à calquer en anglais la syntaxe française. On trouvera en effet souvent en français des phrases brisées, des ruptures de syntaxe, alors qu'il est beaucoup plus difficile, en anglais, de rompre le schéma de base :
Sujet + Verbe + Complément d'objet direct.

1.1. La ponctuation

Voici, à titre de rappel, les noms des principaux signes de ponctuation.

.	*full stop (Br. English) or period (Am. English)*	' '	*single quotation marks*
,	*comma*	" "	*double quotation marks*
;	*semicolon*	"	*ditto marks* ("idem")
:	*colon*	?	*question mark*
-	*hyphen* (lorsqu'on sépare un mot à la fin d'une ligne, ou dans les mots composés)	!	*exclamation mark*
—	*dash* (pour introduire une apposition ou une rupture de construction)	'	*apostrophe*
...	*dots*	*	*asterisk*
( )	*brackets (popular Br. English) or parentheses*	/	*slash or stroke or solidus or slant or virgule (US)*
[ ]	*square brackets (Br. English) or brackets (Am. English)*	AND =	*capital letters or block capitals*
' '	*quotation marks or quotes (more informal) or inverted commas (Br. English mainly)*	and =	*lower case*
		and =	*italics*
		and =	*bold face (e.g. a phrase written in bold face)*

Les règles de ponctuation ne sont pas les mêmes en anglais et en français. Le tableau qui suit donne, en partant du français dans la première colonne, les principales différences d'emploi.

Ces règles valent dans la plupart des cas. Il faut cependant noter que lorsqu'on traduit des textes littéraires il peut parfois être préférable de calquer certains signes de ponctuation (tels que guillemets ou points de suspension) si ceux-ci sont particulièrement caractéristiques du style de l'auteur.

FRANÇAIS	ANGLAIS
La virgule	
• Elle est souvent utilisée en français pour lier deux phrases (cf. tendance du français à la juxtaposition, p. 42) : ➟ Il est tard, rentrons à la maison.	Ceci n'est pas possible en anglais. Deux phrases complètes ne peuvent être reliées que par un point virgule. *It is late; let's get back home.*
• Utilisation de la virgule avant certains mots de liaison : ➟ Je pense, donc je suis.	On peut employer le point virgule, qui n'est pas obligatoire mais courant avant *but, yet, nevertheless, therefore, so that, however,* etc. *I think; therefore I am.* (Mais la virgule est aussi possible, comme en français.)
• Virgule séparant les deux derniers termes d'une séquence d'adjectifs ou d'une énumération de noms. ➟ Un homme grand, poli, bien habillé.	"*and*" *A tall, polite and well-dressed man.* (Mais la virgule est aussi possible, comme en français.)
• Virgule dans les chiffres : ➟ 29,1 %	Point : *29.1%* (Mais la virgule est employée dans les chiffres pour séparer des groupes de trois chiffres : *6,812,015*)
Deux points Ils sont d'emploi courant en français, pour annoncer une liste ou une citation, une conclusion...	Ils sont moins employés en anglais ("*very formal style*").
• quand les ":" introduisent des exemples : ➟ Mais il y a des gens qui gagnent bien leur vie : les médecins, les ingénieurs, les avocats.	On emploiera plutôt en anglais *for example, that is to say, namely, to wit, i.e., e.g., such as...* *But there are people, such as doctors, engineers, solicitors, who earn a lot of money.*
• quand les ":" introduisent une conclusion, un résumé de ce qui précède : ➟ Et il échoua : c'était à prévoir.	Le tiret (style familier) ou le point virgule (plus littéraire) sont préférables : *And he failed – which was to be expected.*

FRANÇAIS	ANGLAIS
Le tiret [1] Son emploi est beaucoup moins courant en français qu'en anglais • mais il introduit souvent le discours direct en français : → – Allons au zoo, dit-il.	On utilise alors les guillemets en anglais. (Guillemets le plus souvent simples en anglais britannique et souvent doubles en anglais américain [2] : *"Let's go to the zoo," he said.* Il faut noter ici la possibilité, en anglais, d'introduire le discours direct par une virgule : *He said, "Come in."*
Points de suspension • Pour signifier qu'une partie du texte est omise : (...)	Même emploi en anglais. Ils sont sinon beaucoup moins utilisés en anglais qu'en français.
• Énumération non terminée : → Il y a tant de grands romanciers au 19e : Dickens, Eliot, Thackeray...	*Such as*, etc. , ... *There are so many great 19th novelists such as Dickens, Eliot or Thackeray.*
• Pour suggérer quelque chose : → Elle avait une si belle voix... j'en étais tout ému.	Même emploi, ou tiret : *Her voice was so beautiful – I felt truly moved.*
• Pour créer le suspense : → Des divertissements pour les jeunes... et les moins jeunes.	Même emploi, ou tiret : *Entertainment for the young – and the not so young.*
Le point Possibilité, en français, d'avoir des phrases laconiques, sans verbe (la ponctuation reste claire, grâce aux points) : → L'oncle Pierre pesait quatre-vingt-dix kilos ou plus. Un vrai Hercule.	À éviter en anglais : il vaut mieux rétablir ce qui est sous-entendu. *Uncle Pierre weighed at least thirteen stone. He was a real Hercules.*

Il faut noter ici qu'il est assez peu fréquent de trouver en anglais des phrases longues et complexes, comportant de nombreuses subordonnées ou incises. Il est parfois donc préférable de les traduire par deux phrases séparées en anglais, sauf lorsqu'il s'agit d'un texte littéraire dont il est essentiel de conserver le style.

---

1. Il faut noter également l'utilisation du tiret en anglais pour donner à certains groupes de mots la valeur de nom ou d'adjectif. Cet emploi est pratiquement inexistant en français, mais il peut permettre, en thème, de résoudre certains problèmes de traduction.
   → *Now, at last, inside a week, perhaps less, there would be an end to all the probationary encounters that followed (...), those wide-eyed fancy-meeting-you-heres at the zoo, at race-meetings, afternoon cinemas....* (S. O'Faolain)
   → *"Yes," he said, "but is this let's-define-our-terms academicism really important at this early stage?* (M. Bradbury)
2. Les guillemets sont unifiés dans le présent ouvrage (guillemets doubles).

FRANÇAIS	ANGLAIS
Les guillemets Ils sont parfois utilisés en français pour "faire passer" un terme d'un niveau de langue différent. ➟ Certains [hauts fonctionnaires] sont tout de même conscients de l'échec que représente cette stratégie pour la Chine, il y a peu encore "chouchoutée" par les pays développés pour ses réformes économiques. (*Le Monde*)	Cet emploi est plus rare en anglais. *Some, however, are conscious that such a strategy represents a setback for China which, not so long ago, was pampered by developed countries for its economic reforms.*

Les majuscules

Les majuscules sont beaucoup plus courantes en anglais qu'en français. Voici les principaux cas où elles sont employées en anglais, là où le français utilisera les minuscules.

- Adjectifs de nationalité, adjectifs créés à partir de termes géographiques ou historiques

➟ une revue française	*a French journal*
➟ l'église anglicane	*the Anglican Church*

- Titres

➟ un médecin généraliste	*a General Practitioner*
➟ le ministre des Finances	*the Chancellor of the Exchequer*
➟ le directeur de l'école	*the Headmaster*

Mais comparez : *Alan Jones is a professor.* (profession et non titre)
Professor Alan Jones is a specialist of 17th century Russia. (titre)

- Noms de jours et de mois

➟ lundi prochain	*next Monday*
➟ en mars dernier	*last March*

- Titres de livres

Seul le premier terme prend la majuscule (en plus de l'article ou du déterminant initiaux).	Tous les termes prennent la majuscule sauf les articles, conjonctions, prépositions et certains auxiliaires.
➟ L'Emploi du temps	*Passing Time*
➟ La Porte étroite	*Straight is the Gate*

1. *Étudiez les passages qui suivent et leur traduction. Repérez et commentez les changements de ponctuation qui ont eu lieu lors du passage du français à l'anglais.*

1. Le feuilleton a commencé il y a plusieurs semaines. Il semble inépuisable : c'est celui des turpitudes du régime passé. Fraudes gigantesques, scandales en tout genre, viols, assassinats, tout y passe dans cette chronique du règne des militaires, dont les scandales alimentent quotidiennement la presse.	*The floodgates were opened a few weeks ago – and show no sign of closing for the time being. Every day the newspapers come up with new scandals of every description involving anything from fraud on a massive scale to rape and murder.*

Certains personnages qui, hier encore, tenaient le haut du pavé, jouent les "premiers couteaux" dans des histoires qui fleurent le gangstérisme et rappellent les règlements de comptes entre maffiosi. (*Le Monde*)

Some well-known figures who only recently occupied positions of power in Brazil are revealed to have behaved little better than hardened mafiosi. (*The Guardian Weekly*)

2. Le 14 juillet, le peuple de Paris, qu'émeut le renvoi du ministre Necker, y afflue [à la Bastille] pour chercher des armes : mais son gouverneur, de Launay, ne les laisse pas entrer. Des pourparlers se prolongent, la masse fourmille dans les cours de l'édifice, quand, soudain, on lui tire dessus. Pleine de fureur, la foule attaque, la bataille s'engage... et après quelques heures de combat sanglant les 110 défenseurs se rendent. (*Air France Atlas*)

On July 14th, the Parisian masses, enraged by the dismissal of the people's minister Necker, swarmed to the Bastille in search of arms; de Launay, the prison governor, refused to let them enter. Negotiations dragged on as the people filled the Bastille's courtyards; then suddenly, the guards opened fire on the mass of people. Mad with fury, the crowd attacked, and battle commenced. After several hours of bloody combat, the 110 defenders of the prison surrendered. (*Ibid.*)

3. [Le passage décrit le pilote d'un avion pris dans un orage.]
Et voici qu'il ne sentait plus ses mains endormies par l'effort. Il voulut remuer les doigts pour en recevoir un message : il ne sut pas s'il était obéi. Quelque chose d'étranger terminait ses bras. Des baudruches insensibles et mobiles. Il pensa : "Il faut m'imaginer fortement que je serre..."
(A. de Saint-Exupéry)

But now he could no longer feel his hands, numbed by the effort. He tried to move his fingers, to receive some impulse from them, but he could not tell if he was being obeyed. His arms ended in strange, almost foreign appendages – flabby and unfeeling flaps. 'I must concentrate on thinking – I'm gripping."
(Trad. Curtis Cate)

4. Et qu'importait son dernier livre ! Il oubliait la phrase de son père : du moins il oubliait que cette phrase vînt de son père... Une interrogation affreuse, pour la première fois de sa vie, se soulevait en lui – en lui qui n'avait jamais rencontré jusqu'alors qu'approbation et sourires, – un doute sur la sincérité de ces sourires, sur la valeur de cette approbation (...). (A. Gide)

After all, what did his last book matter? He forgot his father's phrase – or at any rate he forgot it was his father's. For the first time in his life awful questionings beset him. He, who up to that time had never met with anything but approval and smiles, felt rising within him a doubt as to the sincerity of those smiles, as to the value of that approval (...). (Trad. D. Bussy)

2. *Voici un passage dont la traduction figure sans ponctuation (y compris les majuscules). Rétablissez la ponctuation manquante.*

Le petit prince eut un sourire :
– Tu n'es pas bien puissant... tu n'as même pas de pattes... tu ne peux même pas voyager.
– Je puis t'emporter plus loin qu'un navire, dit le serpent.
Il s'enroula autour de la cheville du petit prince, comme un bracelet d'or :
– Celui que je touche, je le rends à la terre dont il est sorti, dit-il encore. Mais tu es pur et tu viens d'une étoile... (A. de Saint-Exupéry)

the little prince smiled
you are not very powerful you haven't even any feet you cannot even travel
i can carry you farther than any ship could take you said the snake
he twined himself around the little prince's ankle like a golden bracelet
whomever i touch i send back to the earth from whence they came the snake spoke again but you are innocent and true and you come from a star (Trad. K. Woods)

3. *Traduisez les extraits qui suivent en vous attachant tout particulièrement à la ponctuation de votre texte anglais.*

1. Quand je suis entré [dans la gare], j'ai dû me rendre à l'évidence : déjà ce court périple m'avait égaré ; j'étais arrivé dans une autre gare, Bleston New Station, tout aussi vide que la première.
   Mes pieds me faisaient mal, j'étais trempé, j'avais des ampoules aux mains ; mieux valait en rester là. (M. Butor)
2. J'accorde que le sommeil le plus parfait reste presque nécessairement une annexe de l'amour : repos réfléchi, reflété dans deux corps. (M. Yourcenar)
3. Ce jour même tomba la nouvelle : Ceausescu venait d'être renversé. (*Le Monde*)
4. Pis encore : les manifestations d'intolérance n'ont pas manqué tout au long des pérégrinations qui conduisirent ces familles de Tourville en Mayenne. (*Le Monde*)
5. Cette [course] a été marquée par les chutes, la pluie... et la victoire des favoris. (*Le Monde*)

1.2. L'inversion

Les cas où il y a inversion sujet-verbe ne sont pas les mêmes en anglais et en français. Rappelons qu'en anglais l'inversion (outre son emploi dans les interrogatives et certaines exclamatives) a lieu :

• après un adverbe (ou une locution adverbiale) négatif ou semi-négatif (*hardly, seldom, never, only, scarcely*, etc.) : (Aux.) [1]

→ *Scarcely ever did they see her those days.*

• dans certains *tags* : (Aux.)

→ *I play tennis and so does he.*

• avec les verbes d'assertion *say* et *answer* introduisant le style direct :

→ *"Of course," said he.* (= *"Of course," he said.*)

→ *"Yes," answered the child.* (= *"Yes," the child answered.*)

On peut trouver l'inversion avec certains autres verbes d'assertion (*add, reply, remark, admit, explain, observe*) si le sujet n'est pas un pronom.

• dans certaines conditionnelles (inversion dite "hypothétique") :

→ *Should you see him, tell him...* (= *If you should see him...*)

→ *Were you to hear from him...* (= *If you were to hear from him...*)

→ *Had I known...* (= *If I had known...*)

• dans un style littéraire :

après *so* + adjectif ou *such* + nom : (Aux.)

→ *So slight and pale was she that I could not help feeling pity.*

après *there, here,* un complément de lieu, ou une postposition (*up, down, in, out...*) sauf si le sujet est un pronom.

→ *Away went the kite...* (mais : *Out she went.*)

→ *There stood the house, lovely as ever.*

---

1. (Aux.) indique que l'inversion se fait en utilisant un auxiliaire.

après *then* (emploi plus rare) :

➡ *He heard footsteps. Then came a knock at the door.*

après *as* : (Aux.)

➡ *He loved the countryside, as did his wife.*

après un participe passé ou un adjectif mis en valeur en début de phrase.

➡ *Gone were the days when they were so happy.*

Il n'est donc pas possible de calquer l'inversion sujet-verbe que l'on rencontre en français dans de nombreux autres cas.

➡ Et soudain surgit le soleil. *And suddenly the sun came out.*

➡ – Cela sera fait dans les huit jours, nous assura-t-il. *"It will be done within a week," he assured us.*

➡ J'avais pris une de ces petites robes noires qu'ont toutes les femmes. *I had taken one of those little black dresses all women have.*

➡ Il fit travailler tout le monde jusqu'à neuf heures du soir. *He made everyone work until 9 p.m.*

Ceci entraîne très souvent une perte stylistique dans la traduction anglaise.

1. *Justifiez l'inversion sujet-verbe dans les phrases qui suivent.*

1. *There lay the pond, occupying an area of which anyone might be proud, but –horrors!– it was completely dry.* (L.P. Hartley)
2. *Never again will I be deceived by the perfidy of man. Never again will I let flattery blind me.* (B. Russell)
3. *Among these optimists is Slovak Justice Minister Ladislav Kosta, a French-speaker who says that none of the future constitutions will contradict the others...* (The Guardian Weekly)
4. *So perfectly modest was this young Man; such mighty Effects had the spotless Example of the amiable Pamela, and the excellent Sermons of Mr. Adams wrought upon him.* (H. Fielding)
5. *Down dropped the breeze, the sails dropped down,*
'Twas sad as sad could be. (S.T. Coleridge)
6. *To his right was a high sunny window, through which you could see the high green leaves of St James's Square.* (A.S. Byatt)
7. *Neither was our merrymaking limited to these expeditions into the city.* (K. Ishiguro)
8. *Scarcely had he finished speaking, when another lady, whom also the Queen of Sheba recognized from her visit to Solomon's harem, entered and occupied the second golden throne. Then came a third, a fourth, a fifth, until it seemed as if the procession would never end.* (B. Russell)

2. *Traduisez les phrases suivantes.*

1. Aussi se débat-il [M. Gorbachev] dans un tissu de contradictions. (*Le Monde*)
2. Non seulement le procès de béatification est commencé, mais de bonne source il aurait même été "accéléré" à Rome. (*Le Monde*)
3. Dans la boîte étroite où, vers minuit, piétinaient les couples, ronflait, comme une grosse mouche, un ventilateur. (F. Mauriac)
4. Devant eux le sable est tout à fait vierge, jaune et lisse depuis le rocher jusqu'à l'eau. (A. Robbe-Grillet)

5. La flotte et les horaires ne sont pas toujours adaptés, leurs tarifs non plus, malgré une subvention moyenne en 1989 de 309 francs par passager. (*Le Monde*)
6. Puis, vint le jour de la lucidité, c'est-à-dire d'une certaine fatigue de moi-même. (Ph. Sollers)
7. Où était Ibrahim ? Sans doute avait-il accompagné ses chameaux vers une pâture éloignée. (M. Tournier)
8. Restent à signaler, dans les nouveaux titres de la collection, l'excellent *Entrée des artistes*, de Marc Allégret, et *Parade en sept nuits* du même réalisateur. (*Le Monde*)
9. Ce rappel met en perspective les décisions que viennent d'annoncer ou de confirmer les dirigeants démocratiques d'Athènes et de Buenos-Aires. (*Le Monde*)
10. Si donc il nous avait conté sa vie, sans doute aurait-il commencé par nous dire qui il était, non point aux yeux des Londoniens ignorants qui vécurent autour de lui, mais selon la parfaite connaissance qu'a Dieu de toute créature. (J. Green)

1.3. Les rapports de complémentation

Il est assez fréquent de trouver en français des phrases disloquées, contenant, par exemple, de nombreuses incises ou des propositions circonstancielles antéposées permettant de mettre en relief certaines expressions ou de différer l'apparition du propos. L'anglais s'accommode mal de telles ruptures de syntaxe, sauf dans un style littéraire très marqué, et il est souvent nécessaire de rétablir l'ordre :
Sujet + Verbe + Complément.
Voici quelques-uns des cas les plus courants :

- Il est important de ne pas séparer le verbe de son complément d'objet direct en anglais (sauf dans certains cas, quand l'incise est très courte et le complément très long).
  - ➟ Il donne, à Sciences-Po, des cours d'histoire. *He teaches history at Sciences-Po.*
  - ➟ Il souleva bien vite des objections. *He soon raised objections.*
  - ➟ Il vendit pour une bouchée de pain ces meubles qu'il aimait. *He sold the furniture he loved for next to nothing.*
- On a de même tendance en anglais à ne pas séparer deux termes qui sont en rapport de complémentation.
  - ➟ Il vit entrer un homme <u>avec</u>, entre les bras, <u>un enfant</u>. *He saw a man come in, <u>with a child</u> in his arms.*
- On trouve également plus rarement en anglais des compléments antéposés. De telles constructions relèvent d'un style relativement plus soutenu qu'en français.
  - ➟ Mais de sa requête, il n'avait toujours aucune nouvelle. *But he still hadn't heard anything concerning his request.* (ou, pour compenser : *But as for his request...*)
- Beaucoup de phrases éclatées françaises viennent de la possibilité qu'il y a de répéter le sujet ou le complément dans cette langue. Cela est beaucoup plus rare en anglais. Le chapitre qui suit traite de ce point.

Le rétablissement, souvent nécessaire, d'une syntaxe plus canonique en anglais (Sujet

+ Verbe + Complément) entraîne toutefois une certaine perte stylistique qu'il sera parfois nécessaire d'essayer de compenser.

1. *Voici plusieurs passages et leur traduction. Repérez les structures éclatées du français et étudiez la façon dont elles ont été traduites.*

1. Christophe repassait à son tour par les mêmes étapes ; et ses pas retrouvaient sur le chemin les traces de ceux qui l'avaient précédé. (R. Rolland)	*Christophe in his turn was going through the same experiences; and on his way, he found the footsteps of those who had been there before him.*
2. Il arrivait qu'un livre, ouvert sur le dallage de la terrasse ou sur l'herbe, une corde à sauter serpentant dans une allée, ou un minuscule jardin bordé de cailloux, planté de têtes de fleurs, révélassent autrefois, dans le temps où cette maison et ce jardin abritaient une famille, la présence des enfants, et leurs âges différents. (Colette)	*It would happen sometimes long ago, when this house and garden harboured a family, that a book lying open on the flagstones of the terrace or on the grass, a skipping-rope twisted like a snake across the path, or perhaps a miniature garden, pebble-edged and planted with decapitated flowers, revealed both the presence of children and their varying ages.* (Trad. U.V. Troubridge)
3. On s'étonnera de voir Mme d'Orgel, si fine, incapable de démêler des fils si gros. (R. Radiguet)	*It is surprising that so subtle a woman as Countess d'Orgel should be incapable of disentangling such coarse threads.* (Trad. V. Schiff)
4. "Madame Peloux en a là pour de l'argent" , redisaient dévotement les vieilles parasites qui venaient, en échange d'un dîner et d'un verre de fine, tenir en face d'elle les cartes du bésigue et du poker. (Colette)	*"This is a handsome investment of Madame Peloux's," her female devotees never tired of repeating – the old toadies who, in exchange for a dinner or a glass of brandy, came there to take a hand against her at bezique or poker.* (Trad. R. Senhouse)
5. De son dénouement [celui de la guerre], pense-t-on à Washington, dépendront le maintien de l'Amérique à son rang de superpuissance – désormais solitaire – et la sécurité du monde. (*Le Monde*)	*In Washington's view, the United States' continued status as a superpower (now the only one) and the security of the world depend on the outcome of the struggle.* (*The Guardian Weekly*)
6. [Son violon est resté en URSS] "Il n'était pas question que je l'emporte avec moi, ni l'archet." (*Le Monde*)	*"I wasn't allowed to bring my violin or my bow out."* (*The Guardian Weekly*)

2. *Traduisez les phrases suivantes.*

1. J'avais pris, malgré la défense du docteur, un cachet de véronal et m'étais endormi profondément. (F. Mauriac)
2. Ce soir-là, je découvre, posée sur une étagère, la statuette d'Osiris. (M. Bataille)
3. Honoré, répète après moi cette phrase : "Bénissez-moi, mon père, parce que j'ai péché." (M. Pagnol)

4. Le cocher sortit de dessous son siège un bout de corde et se mit en posture de rafistoler le trait. (A. Gide)
5. [Article sur les Tziganes] De ces Roms, nul ne veut. Pour eux, pas de solution administrative permettant de leur assurer un séjour légal sur le territoire français. (*Le Monde*)
6. Angelo exprima (...) en termes courtois son regret d'avoir effrayé. (J. Giono)
7. Les paupières battantes, Tchen découvrait en lui, jusqu'à la nausée, non le combattant qu'il attendait, mais un sacrificateur. (A. Malraux)
8. Un vrai jardin, presque un parc, isolait, toute blanche, une vaste villa de grande banlieue parisienne. (Colette)
9. Il effleurait de la main en parlant la taille de Rebecca. (A. Pieyre de Mandiargues)
10. Que la force était de l'autre côté, au delà des forêts qui barraient sans interruption l'horizon, voilà qui était évident et aurait dû crever les yeux du soldat le plus borné. (H. Thomas)

1.4. Non répétition du sujet ou du complément

En anglais, on ne répète d'ordinaire ni le sujet ni le complément.

➞ Jacques, c'est mon ami. *Jacques is my friend.*

➞ Ils la regardèrent, la maison. *They looked at the house.*

• Il est cependant souvent possible de compenser en employant par exemple une forme d'insistance (on souligne le mot) ou des tournures telles que "*As for...*", "*She was the one who...*" .

➞ Les parents, eux, vivaient dans une petite maison au fond du jardin. *As for the parents, they lived in a little house at the far end of the garden.*

➞ Mais, vous, vous êtes encore plus têtu ! *But you are even more obstinate!*

➞ C'était maintenant lui qui prenait toutes les décisions. *Now he was the one who took all the decisions.*

• Il faut toutefois noter que ces ruptures syntaxiques et répétitions sont parfois conservées en anglais pour rendre un registre très populaire ou un style très marqué.

➞ Le soir, quand ils descendaient de l'autocar les gens après le travail à la ville, ils s'attardaient un peu. (...) C'est parce qu'elle avait les joues rondes qu'on l'appelait Pomme. Elles étaient aussi très lisses, ses joues, et quand on en parlait devant elle, de ses joues, tellement elles étaient lisses et rondes, ça les faisait même reluire un peu. (P. Laîné)	*In the evening, when they got off the bus, people after work in town, they hung about a bit. (...)* *She'd got round cheeks like apples. That's why they called her Pomme. They were smooth, her cheeks. And when they talked about them in front her, her cheeks, how smooth and round they were. That made them shine, even.* (Trad. G. Crowther)

Traduisez les phrases suivantes.

1. Ton renard... ses oreilles... elles ressemblent un peu à des cornes... et elles sont trop longues ! (A. de Saint-Exupéry)
2. Elle est bien belle, votre planète. Est-ce qu'il y a des océans ? (*Ibid.*)
3. *Les Fruits d'Or*, moi, je ne sais pas, je m'en méfie un peu. On en parle tellement. (N. Sarraute)
4. En Pologne ils croient que nous, pauvres, nous commettons des meurtres rituels, dit une voix dans l'obscurité. (A. Cohen)
5. Ils avaient la fièvre, les pauvres juifs, fils de la peur et du traquenard. (A. Cohen)
6. "Qu'ils aillent se faire tuer, disaient-ils, en désignant les officiers, c'est leur métier à eux !
   – Moi, j'ai des enfants, c'est pas l'État qui les nourrira si je suis mort !"
   (J.-K. Huysmans)
7. Ce goût du malheur, faut-il le faire remonter à la civilisation celte pour laquelle l'idée de mort domine tout ? (Ph. Sollers)
8. La passion totalitaire, nous, à la fin du deuxième millénaire, nous nous en passerons volontiers. (*Ibid.*)
9. Tous ces mots, bizarres et fantasques, il faut les avoir à l'œil ; d'autant plus qu'une orthographe toujours à réformer d'urgence oblige aussi à surveiller sa plume. (D. Slakta)
10. Ben, voilà, elle est toute trouvée la solution aux conflits sociaux. (C. Sarraute)
11. Et les infirmières, qu'est-ce qu'on attend pour leur filer des blouses signées Chanel ? (*Ibid.*)
12. Le chauffeur de taxi, dont j'étais le dernier espoir pour la nuit, m'a demandé où je voulais être mené (ses paroles ne pouvaient avoir d'autre sens), mais les mots qu'il employait, je ne les reconnaissais pas, et ceux par lesquels j'aurais voulu le remercier, je ne parvenais pas à les former dans ma bouche ; c'est un simple murmure que je me suis entendu prononcer.
    (M. Butor)
13. Alors, il se souvint qu'elle avait voulu le donner, la fille, son sang, pour la patrie, et que la patrie avait refusé ce don, eu égard au métier qu'elle exerçait.
    (P. Mertens)
14. De petites jeunes filles de famille aisée, ayant toutes chez elles une salle de bains, si elles ont à passer au lycée une visite médicale, la pièce où elles se déshabillent sent le lion. (H. de Montherlant)
15. Les volontaires... je sais, il y a parmi eux des sujets d'élite, qui ont une exacte perception de leurs possibilités ; mais beaucoup, Austin, s'ils se précipitent ainsi au devant des périls, c'est parce qu'ils ne sont pas très sûrs de leur courage, et parce qu'ils ont peur que cela se voie. (P. Boulle)

1.5. Place des compléments et des adverbes

Les chapitres précédents ont mentionné qu'il est plus difficile en anglais qu'en français de s'éloigner du schéma de base Sujet + Verbe + Complément, et qu'il est donc souvent impossible de calquer les phrases brisées du français. Plusieurs autres éléments sont à prendre en considération lorsqu'on traduit de telles phrases vers l'anglais, notamment la place des compléments et celle des adverbes.

• Place des compléments

Si l'on a plusieurs compléments adverbiaux, l'ordre le plus courant en anglais est : manière + lieu + temps

→ Il est resté quelques heures dehors. *He stayed outside for several hours.*

→ Ils se rencontrèrent un après-midi par hasard. *They met by chance one afternoon.*

Mais il faut noter que :

– le complément adverbial de temps ou de lieu apparaît souvent en début de phrase.

→ J'ai fait de l'auto-stop en France l'année dernière avec un ami. *Last year, I hitch-hiked with a friend in France.*

– Si l'un des compléments est très long, il sera la plupart du temps placé en dernier.

→ J'ai habité trois ans un tout petit village du Yorkshire où j'étais vétérinaire. *I lived for three years in a tiny Yorkshire village where I was a vet.*

• Place des adverbes

Ils ne se placent pas, d'une façon générale, là où il est courant de les trouver en français, c'est-à-dire entre le verbe et son complément d'objet direct.

→ Elle achète souvent des fleurs. *She often buys flowers.*

On les trouvera plutôt :

– juste avant le verbe ou après le premier auxiliaire :

→ *I never see him these days. / I have never seen him.*

– en début ou en fin de phrase :

→ *I came early. / Indeed, I was right.*

– le plus près possible des mots qu'ils qualifient :

→ Pierre a été le seul à donner un chèque hier. *Only Pierre gave a cheque yesterday.*

→ Pierre n'a fait que donner un chèque hier. *Pierre only gave a cheque yesterday.*

→ Hier encore, Pierre a donné un chèque. *Pierre gave a cheque only yesterday.*

Mais la place des adverbes varie beaucoup en fonction du type d'adverbe utilisé. Il est donc essentiel de consulter une grammaire sur ce point.

1. *Mettez les adverbes donnés entre parenthèses (par ordre alphabétique s'il y en a plusieurs) à leur place dans les phrases qui suivent. Il peut y avoir plusieurs possibilités.*

1. *Mr Waldegrave said that the £42 million would be in addition to the £34 allocated. (already – later)* (The Times)
2. *The [court] cases were brought this year after more than four years' campaigning by haemophiliacs and their families. (earlier)* (The Times)
3. *We believe that our case is strong. (legally)* (The Times)
4. *John Major and William Waldegrave are to be applauded for addressing the problem. (so promptly)* (The Times)
5. *Full details of the reform package have to emerge, but it is understood it will focus on curbing surplus food production, which is on the rise. (again – yet)* (The Times)
6. *190, 000 homes across Nottinghamshire, Leicestershire and Derbyshire are without electricity and water. (at least – still)* (The Times)

7. *Parental largesse has decreased over the past year with a fall of £1 in the average pocket money paid to teenagers. (almost – sharply)* (*The Times*)
8. *Getting to know both parents on equal terms is not in the best interests of very young children from broken homes, he held. (necessarily)* (*The Times*)
9. *The overall picture is a depressing one, and the shortcomings we were impelled to draw attention to five years ago are, without exception, now more acute. (significantly – still – yet)*
10. *It was clear that the book had been undisturbed for a very long time, since it had been laid to rest. (even – immediately – perhaps)* (A.S. Byatt)
11. *He had been born during the First World War and had, as he put it, missed seeing the old England. (just – sometimes)* (M. Bradbury)
12. *Ruskin is the earliest (the only) English writer of first-rate intellectual power to devote himself to the visual arts. (mainly – perhaps)*
This is not surprising; the English have taken the view that they do not know anything about art... (altogether – commonly) (G. Hough)
13. *More than any writer before him, Dreiser discovered the fictional possibilities of the new urban America. (completely)* (P. Conn)
14. *The most apparent forms of American pressure on British life were those affecting popular culture and public taste. (at least – superficially)* (D. Thomson)

2. *Mettez les adverbes donnés entre parenthèses à la place qui convient. Plusieurs possibilités existent pour chaque phrase : expliquez les différences de sens qu'elles entraînent.*

1. *"We can sit still," he said. (just – no longer)* (*The Times*)
2. *There is something of a tradition in French criminal circles of devoted wives and mistresses risking everything to rescue their man. (occasionally)* (*The Times*)
3. *We get people round asking if we've got any of her stuff. (lately)* (A.S. Byatt)
4. *That was nonsense, they [letters] would not be here, they would be wherever Randolph Henry Ash had put them, if they had been written. (ever – only)* (A.S. Byatt)
5. *One of her books [G. Stein's] achieved a measure of popularity, the self-portrait she wrote from the assumed point of view of her companion,* The Autobiography of Alice B. Toklas. *(only)* (P. Conn)
6. *The doctor learnt the truth from Dr John Lawrence, the water authority board member called in to carry out an enquiry into the accident. (eventually)* (*The Times*)
7. *She cherished the things he had been fond of, from a feeling that she had been unfair to him. (partly)* (L.P.Hartley)
8. *He was without class consciousness because he saw the whole intricate social structure of his country divided into two unequal and unmistakable parts. (neatly – quite)* (E. Waugh)

3. *Traduisez les phrases qui suivent en prêtant tout particulièrement attention à la place des compléments et des adverbes.*

1. "J'ai occupé, lit Charles Rossett, pendant un an et demi, à Lahore, le poste de vice-consul." (M. Duras)
2. Il n'y aura, cette nuit, que la mère et la fille. (G. Simenon)
3. Castaing avait été surpris, lui aussi, comme Maigret, en entrant dans la chambre de Valentine. (G. Simenon)

4. À dîner, j'annonçai à mes parents que j'entreprendrais le lendemain avec René une longue promenade dans la forêt de Sénart. (R. Radiguet)
5. J'étais seul dans le salon presque sombre. (M. Yourcenar)
6. Je pouvais me servir moins innocemment de cette clef. (R. Radiguet)
7. [Le narrateur regarde une vieille photo de classe] De Nestor, point, bien que la photo date indiscutablement de son vivant. (M. Tournier)
8. Cette levée de boucliers n'a cependant pas ému, jusqu'à présent, M. Saddam Hussein. *(Le Monde)*
9. On vilipende à Alger, avec constance, la prétendue partialité des médias français... *(Le Monde)*
10. Il entraîna son compagnon dans un café. Peut-être le porto qu'on leur servit les aiderait-il à triompher de leur gêne. (A. Gide)
11. Tocqueville, disait jeudi, pessimiste, le président de la commission, pourrait aujourd'hui illustrer ses analyses en soulignant ..." la difficulté de faire vivre un grand dessein porté par un civisme véritable". *(Le Monde)*
12. [Le narrateur parle des Allemands] Mes sentiments toujours n'avaient pas changé à leur égard. J'avais comme envie malgré tout d'essayer de comprendre leur brutalité, mais plus encore j'avais envie de m'en aller, énormément, absolument, tellement tout cela m'apparaissait soudain comme l'effet d'une formidable erreur. (L.-F. Céline)

1.6. Les relatifs

Voici les trois points principaux qui sont sources d'erreurs lorsqu'on traduit les relatifs :

1. *Who(m), which, that* ou Ø ?

Le tableau qui suit résume les différents emplois de ces relatifs.

RELATIVE	PRONOM SUJET	PRONOM COMPLÉMENT
déterminative	**Antécédent animé** ***Who*** (surtout quand on parle d'une personne précise) ***That*** (langue + courante) Ø impossible → *The brother who gave me the book is married.*	**Antécédent animé** ***Whom*** (langue + littéraire) ***That*** / Ø } (langue + courante) → *He's a man (that) people like at first sight.*
	Antécédent inanimé ***Which*** ***That*** Ø impossible → *Give me the tie which is on the chair.*	**Antécédent inanimé** ***Which*** ***That*** / Ø } (langue + courante) → *Where's the money (that) I lent you?*

non déterminative	**Antécédent animé** ***Who*** ***That*** } impossible Ø → *My brother, who gave me the book, is married.* **Antécédent inanimé** ***Which*** ***That*** } impossible Ø → *This poem, which was written in 1905, is a strange one.*	**Antécédent animé** ***Whom*** ***That*** } impossible Ø → *The speaker, whom nobody liked, was a well-known writer.* **Antécédent inanimé** ***Which*** ***That*** } impossible Ø → *That coat, which I bought 10 years ago, is still very good.*

Il faut noter que les relatives non déterminatives apparaissent entre virgules.

Il est toutefois indispensable de consulter une grammaire pour y trouver les différences plus précises entre ces pronoms, ainsi que quelques cas particuliers (l'utilisation, par exemple, de *that* après *all, every (thing), any (thing), no (thing), none, little, few, much, only* et les superlatifs) .

2. Le cas de "dont"

Tout comme la préposition "de" (voir p. 90), le relatif "dont" peut avoir de très nombreux sens, puisqu'il sert à relier deux membres de phrases. Il est donc important de ne pas l'associer automatiquement à une traduction du type ***whose / of which / of whom***, mais d'étudier sa valeur dans la phrase et de voir quels types de structures permettront le mieux de rendre le sens.

– Lorsque "dont" relie deux noms, on le traduira par *whose* lorsqu'il correspond à un génitif, par ***of which / of whom***, quand il a le sens de "un/ plusieurs parmi d'autres" .

→ *The Cabinet whose decision we are still waiting for...*
(= the Cabinet's decision).

→ *My next book, some chapters of which you read, will soon come out.*

– Lorsque "dont" relie le nom à un verbe, un adjectif, ou une phrase toute entière, il faut chercher à rendre le sens en évitant les structures trop lourdes. Il y a de nombreuses possibilités :

→ La maison dont j'ai hérité. *The house I inherited.*

→ La maison dont il rêve. *The house (that) he dreams of.*

→ Le directeur, dont je crois qu'il a raison, insiste sur ce point. *The Director, whom I believe to be right, is very firm on this point.*

→ La jeune femme, dont je voyais bien qu'elle ne me croyait pas, se mit à appeler au secours. *The young woman who, quite obviously, did not believe me, started calling for help.*

3. Il faut enfin se souvenir que les relatives françaises se traduisent très souvent de façon moins lourde en anglais par des participiales, une préposition, un possessif, une conjonction ou même la simple coordination.

→ L'homme que l'on appelait Joe... *The man called Joe...*

→ La maison n'était en fait qu'une immense grange qui n'avait plus de toit. *The house was in fact no more than a huge barn without a roof.*

→ C'est un simple travail de bureau qui ne requiert aucune connaissance financière. *It's a simple office job requiring no financial knowledge.*

→ Il regarda la bibliothèque et prit l'un des livres qu'il ouvrit. *He looked at the bookcase, took one of the books and opened it.*

→ L'attitude qu'il a est inadmissible ! *His attitude is intolerable!*

1. *a/ Traduisez les phrases suivantes en utilisant les relatifs* "who", "which" *ou* "whom". *b/ Décidez ensuite s'ils peuvent être remplacés par* "that" *ou le relatif* **Ø**.

1. J'ai l'impression, qui me rajeunit sans me plaire, de passer un examen. (R. Merle)
2. Dans l'eau il y avait des gens qui ne savaient pas nager. *(Le Monde)*
3. C'était une personne plutôt énigmatique et que nous ne voyions presque jamais parce qu'elle vivait fort loin de chez nous, à Washington. (J. Green)
4. Il était assis à présent sur la chaise qu'avait débarrassée Carola... (A. Gide)
5. Un carnet relié en cuir de Russie se trouvait là ; que prit Julius et qu'il ouvrit. (A. Gide)
6. L'accès des quais était interdit. Mais les salles d'attente qu'on atteignait de l'extérieur restaient ouvertes... (A. Camus)
7. Maria Cross est la fille de cette institutrice qui dirigeait l'école de Saint-Clair lorsque ton cher M. Labrousse y était curé, Lucie. (F. Mauriac)
8. Juste-Agénor de Baraglioul buvait une tasse de tisane en écoutant une homélie du père Avril, son confesseur, qu'il avait pris l'habitude de consulter fréquemment... (A. Gide)
9. Il serrera la main de ces mêmes dirigeants à qui il reprochait, en 1989, dans l'émotion suivant Tiananmen, de s'être rendus coupables de "véritables assassinats" ... *(Le Monde)*
10. Je ne savais pas si je devais être déçu par l'attitude de Pres qui m'avait semblé désarmé et fragile ou si je devais au contraire aimer un peu plus mon ami pour avoir autant souffert... (Ph. Labro)

2. *Traduisez en réfléchissant tout particulièrement au sens de "dont".*

1. Je montai à ma chambre en toute hâte et fouillai dans mes tiroirs pour y trouver quelque chose, dont je pusse faire un cadeau... (J. Green)
2. S'il y a un être au monde dont on peut dire que ses actes ne lui ressemblent pas, c'est bien Maria Cross. (F. Mauriac)
3. Tarrou notait enfin qu'il avait eu une longue conversation avec le docteur Rieux dont il rappelait seulement qu'elle avait eu de bons résultats... (A. Camus)
4. C'était là cette femme dont il avait entendu murmurer le nom, un jour d'été, sur les Allées de Tourny... (F. Mauriac)
5. En première année, il a eu le cœur brisé par une jeune fille dont il veut taire le nom. (Ph. Labro)

6. Il avait longuement préparé cette phrase et ce sourire, dont il espérait le plus heureux effet. (M. Pagnol)
7. Vous avez pénétré avec effraction dans un abri forestier dont j'ai la responsabilité. (M. Tournier)
8. Il assura sa casquette dont il rabattit les oreillettes, boutonna sa vareuse et sortit. (M. Tournier)
9. Il fut ensuite escorté par... un gros chien gris... dont il apprit qu'il s'agissait d'un de ces loups sibériens qui transmigrent par hordes entières à travers la plaine polonaise. (M. Tournier)
10. L'instituteur déclara qu'il était très heureux de débuter dans ce village à l'air salubre, dont la population lui paraissait déjà fort sympathique, et dont les collines l'intéressaient vivement, car il était passionné de minéralogie. (M. Pagnol)
11. Pour se rendre sur la terrasse, force était de traverser l'orangerie dont Anthime avait fait aussitôt son laboratoire, et dont il avait été convenu qu'il livrerait passage de telle heure à telle heure du jour. (A. Gide)
12. Ils sont là tous les trois, muets, de l'autre côté d'une table ovale dont la largeur anormale symbolise, je suppose, toute la distance entre le Pouvoir et le simple citoyen. (R. Merle)
13. Elle parlait de l'aînée des Levaque, une grande fille de dix-neuf ans, la maîtresse de Zacharie, dont elle avait deux enfants déjà... (É. Zola)
14. Il s'agissait pour sa compagnie... de transformer la poste de ce gros bourg, dont la plupart des six mille habitants avaient été évacués, en centre nerveux de la division... (M. Tournier)
15. Ces bavards connus ou près de l'être étaient entourés de quatre ou cinq spectateurs silencieux dont nous étions ce soir-là, Patricia et moi. (B. Poirot-Delpech)

3. *Traduisez les phrases qui suivent sans utiliser de relatifs en anglais.*

1. Il se dressa et vit le dernier groupe qui s'éloignait. (H. Alain-Fournier)
2. Il arriva à la hauteur de la fenêtre, qu'il poussa sans bruit comme une porte. (H. Alain-Fournier)
3. Reste la question de l'armement dont sont dotés les policiers. *(Le Monde)*
4. J'entendis Christine qui marchait dans la chambre. (J. Green)
5. On n'avait pas non plus remplacé les carreaux des fenêtres qui faisaient des trous noirs dans les murs. (H. Alain-Fournier)
6. Ce métier lui plaisait qui flattait son goût de maraude (A. Gide)
7. Un escalier extérieur, aux marches de pierre creusées par les ans, conduisait à une terrasse qui précédait l'appartement. (M. Pagnol)
8. Que vaut un tel accord s'il n'est pas assorti d'une garantie internationale ? Autant d'incertitudes qui en réduisent la portée. *(Le Monde)*
9. Cette "idée française" connut une première fortune lorsque M. Mitterand, qui l'avait faite sienne, la défendit en septembre 1988, du haut de la tribune des Nations Unies. *(Le Monde)*
10. Plus haut encore, c'était la ligne des dunes, inlassablement modelées par le vent, qu'on s'efforçait de fixer en y semant de l'oyat, et au sommet desquelles on voyait parfois défiler la silhouette massive et archaïque d'une harde d'élans. (M. Tournier)

2 Vision du monde et organisation des idées

2.1. L'animisme

L'animisme consiste à parler des choses comme s'il s'agissait d'êtres humains. C'est ainsi, par exemple, qu'en français certains verbes qui décrivent un procès impliquant une intention ou une volonté d'un sujet (ex. : lire, vouloir, se baisser...) peuvent fort bien s'accommoder d'un sujet inanimé.

→ La ville compte dix mille habitants. Ce texte pose de nombreuses questions.

Un tel emploi est beaucoup plus rare on anglais. En traduisant, on préférera :

1. utiliser un sujet animé :

→ Ce livre m'a enchanté. *I was delighted by the book.*

2. affaiblir le verbe (en utilisant un verbe moins dynamique, un verbe d'état par exemple) :

→ Ces rêves peuplaient sa solitude. *These dreams filled his solitude.*
Cette histoire le travaillait. *The matter was constantly on his mind.*

3. choisir le passif :

→ L'idée de suicide le hantait. *He was obsessed by the idea of suicide.*

Notons que les possibilités (1) et (3) reflètent une des différences entre les deux langues : la tendance, en français, à mentionner d'abord le thème (ce qui est connu) et de garder le propos (l'élément nouveau) pour la fin de la phrase. C'est l'ordre contraire qui prévaut en anglais.

→ Ce livre m'a enchanté.
thème propos
I was delighted by the book.

Il faut cependant noter qu'on pourra garder l'animisme en anglais pour rendre une expression stylistiquement très marquée. Dans l'exemple qui suit on remarquera cependant que "looked astonished" est beaucoup plus statique que "s'étonnait".

→ J'errai une heure, inspectant les lieux que j'avais failli ne pas revoir. Il me semblait que chaque objet s'étonnait que je fusse encore là. (M. Jouhandeau)
I wandered about for an hour, examining the places I had been likely never to see again. It seemed to me that everything looked astonished to find me still alive. (Trad. R. Heppenstall)

1. *Repérez les cas d'animisme, puis étudiez et commentez la façon dont les passages qui suivent ont été traduits en anglais. Lorsque cela vous semble possible, suggérez d'autres façons d'éviter l'animisme en anglais.*

1. De pauvres soucis d'écolier obsédaient ma pensée. (F. Mauriac)	*My mind was obsessed with the wretched worries of a pupil.* (Trad. W. Fowlie)
2. Elle murmura :"Comment faire ? ..." Puis comme le sourcil du chanoine menaçait de plus en plus : "J'ai bien là-haut quelques bijoux..." (A. Gide)	*"What is to be done?" she murmured. Then, as the canon's eyebrows grew more and more menacing: "It's true I have a few jewels upstairs..."* (Trad. D. Bussy)
3. Un tournant s'amorçait, un peu plus bas... (G. Simenon)	*A little farther down he came to a bend in the road...* (Trad. F. Brain)
4. Mais combien davantage, je vous le dis tout bas, m'est sympathique l'attitude raisonnable et éclairée d'un véritable clerc, d'un digne prélat, comme celui dont une histoire partiale a travesti les intentions : le grand prêtre Jason ! (P. Claudel)	*But between you and me, I find infinitely more likable the reasonable enlightened attitude of a real cleric, of a worthy prelate, such as the high priest Jason whose intentions were travestied by a biased history.*
5. Un projecteur s'allume à l'avant-scène, et le rayon de ce phare dérisoire vient illuminer une loge vide... De là le pinceau de clarté va chercher à l'extrémité du promenoir une porte communiquant avec les coulisses... (J. Ferry)	*A spotlight comes on at the front of the stage and its ludicrous lighthouse beam shines on to an empty box... Thence the pencil of light moves to the far end of the lounge and shines on a door opening on to the wings.* (Trad. J. Stewart)
6. La douleur l'obligeait à boiter un peu. Même assis dans la grange, au moment du repas, elle se rappelait à lui par des élancements chauds, quand il remuait la jambe. (H. Thomas)	*The pain made him limp slightly. Even as he sat in the barn during the meal it made itself felt again in hot stabs every time he moved his leg .* (Trad. K. Thomson)
7. Le froid nous parut plus vif car le vent plaquait contre notre visage en sueur une frissonnante carapace. (Ph. Sollers)	*The cold felt sharper to us, for the wind laid a shivering carapace on our sweat-soaked faces.* (Trad. J. Stewart)

2. *Traduisez les phrases suivantes.*

1. Le destin, hélas, compta ses jours.
2. Pas un murmure n'interrompit le silence.
3. Son attitude se voulait peut-être amicale, mais il a manqué de tact.
4. La greffe du cœur terrifie.
5. Un bruit de cannonnade se faisait entendre au loin.
6. Le grand Londres compte maintenant plus de 10 millions d'habitants.
7. Deux fauteuils nous tendaient les bras.
8. Ce fut un coup de foudre. Tout le monde se dressa en s'exclamant ; des bras se levèrent au plafond. (É. Zola)
9. La cruauté fit battre le cœur de Gomez. (J.-P. Sartre)
10. Et parfois le vent imitait, dans les frondaisons, le bruit d'une averse. (F. Mauriac)
11. La terreur me glaçait. (F. Mauriac)
12. Sa charité naturelle n'aime pas à être surprise. (A. Gide)

2.2. Vision logique et vision chronologique des faits

Les phrases françaises ont tendance à être logiques, c'est-à-dire à réorganiser les faits mentionnés. Subordonnées ou liens logiques permettent de présenter une vision "raisonnée" des choses, un rapport de cause à effet par exemple. Ceci explique les phrases souvent plus longues, plus articulées, que l'on trouve en français.

L'anglais, langue parfois qualifiée de plus "impressionniste" , préfère décrire les faits comme ils se présentent, utilisant la simple coordination (cf. p. 97) pour les relier, et se rapprochant ainsi beaucoup plus fréquemment d'une vision chronologique des choses.

➟ Il s'est endetté à force de boire. *He drank himself into debt.*

Traduisez les phrases suivantes.

1. Il gravit une échelle à tâtons. (Y. Queffélec)
2. Ils traversèrent la salle, esquissant un pas de deux. (H. Alain-Fournier)
3. Elle rencontra quelques écoliers qui dévalaient la pente en courant. (M. Aymé)
4. Nous avons regagné l'hôtel en traversant une partie du jardin que je ne connaissais pas. (P. Modiano)
5. Il se glisse à l'intérieur de la grotte (...). Il progresse jusqu'au fond, entre les bonbonnes et les toiles d'araignée. (L. Durand)
6. Il nous fallut rejoindre la troupe de messieurs et de dames qui revenaient vers le Cours Supérieur, par les rues obscures. (H. Alain-Fournier)

2.3 Préférence de l'anglais pour la coordination

On remarque en anglais une nette tendance à utiliser la coordination là où le français préfère la juxtaposition ou la subordination.

• Les cas de juxtaposition sont courants en français : énumération de mots, expressions ou phrases séparées par une simple virgule ou un point virgule. En anglais, où il est de toute façon habituel de relier par *and* les deux derniers termes d'une énumération, on utilisera plus volontiers *and, then* ou *but* entre certains des éléments de l'énumération.

➟ Nous les connaissions par leurs surnoms, par leurs manies, mais il y avait entre nous la même épaisseur de silence qu'entre les planètes habitées. (A. de Saint-Exupéry)
We knew them by their surnames and their foibles, but between us there lay a silence as thick as interplanetary space. (Trad. C. Cate)

On trouve parfois cette même tendance dans des traductions de phrases indépendantes, séparées par des points :

➟ Il a fait [de la politique]. Il a d'ailleurs tout intérêt à continuer d'en faire. *(Le Monde)*
He has played politics and it is moreover in his interest to continue doing so. *(The Guardian Weekly)*

• Quant à la subordination, très courante en français où on aime réorganiser les faits pour les présenter logiquement, il est assez fréquent de la voir rendue en anglais par des propositions coordonnées qui retrouveront d'ailleurs souvent un ordre chronologique. Voici quelques exemples de cette tendance.

– Liens logiques affaiblis en anglais :

➟ Il guettait la rue tous les jours à cinq heures. Or, un dimanche, il aperçut madame Dutourd entrer chez l'imprimeur. *He watched the street every day at five o'clock and, one Sunday, he saw Madame Dutourd enter the printer's shop.*

– Subordonnées, participiales... ⟶ coordination :

➟ Il courut et arriva juste à l'heure pour s'entendre dire que la réunion était annulée. *He ran, arrived just on time, and was told that the meeting had been cancelled.* (Mais on pourrait dire : *and arrived just on time, only to be told that...*)

Mais attention, il ne s'agit là que d'une tendance qui pourra aider la traduction de certaines phrases difficiles à rendre en anglais. Dans de très nombreux cas il est bien sûr possible de garder juxtaposition et subordination en anglais, et dans des textes très marqués stylistiquement il est bien sûr nécessaire de conserver la spécificité d'écriture de l'auteur.

1. *Étudiez et commentez les changements qui ont eu lieu lors de la traduction des phrases suivantes :*

1. La façon dont [M. Mitterrand] a, en guidant l'opinion à coup de conférences de presse, progressivement marginalisé la plupart des pacifistes, qu'ils soient de souche récente (écologistes) ou de fibre gaulliste (pro-arabes), avant d'en intégrer d'autres en douceur (ceux qui se réclament du courant "Socialisme et République"), pour finalement se servir de l'U.D.F. et des centristes afin de... recentrer la participation française, montre évidemment l'étendue de son talent. *(Le Monde)*	*The way he has moulded public opinion with a series of news conferences, gradually marginalised most of the pacifists whether they are of recent origin (ecologists) or those with a (pro-Arab) Gaullist streak in them, quietly absorbed others (pacifists under the "Socialism and Republic" banner) and finally made use of the UDF and the Centrists to readjust, yes, the political spectrum at home, quite obviously shows how far his talents go.* (The Guardian Weekly)
2. [Un avion va atterrir.] Le terrain d'Alicante monte, bascule, se place, les roues le frôlent, s'en rapprochent comme d'un laminoir, s'y aiguisent... (A. de Saint-Exupéry)	*The landing strip of Alicante rises, tilts, then steadies into place. The wheels graze and then grind into it as on a whet-stone.* (Trad. C. Cate)
3. Je n'allais tout de même pas attendre, dissimulé près des *barracks*, pour guetter l'arrivée ou le départ de sa Ford bleu sombre lorsqu'elle viendrait faire ses heures chez les Jennings et pour l'intercepter sur la route ! (Ph. Labro)	*I certainly couldn't hide near the barracks and wait to intercept her dark blue Ford on her way to or from her work for Rex and Doris Jennings.* (Trad. R. Byron)
4. Partout s'étalait, se répandait, s'ébaudissait le peuple en vacances. (...) En ces jours-là il me semble que le peuple oublie tout, la douleur et le travail ; il devient pareil aux enfants. (Ch. Baudelaire)	*The people on vacation sprawled everywhere, spread out and rollicked. (...) On those days it seems to me the people forget everything, suffering and work, and behave like children.* (Trad. W. Fowlie)

2. *Traduisez les phrases suivantes.*

1. J'ai couru dans le terrain vague, arrivant très en avance, après avoir savamment contourné les pilotis pour échapper au professeur Jennings ou à toute autre personne de ma connaissance. (Ph. Labro)
2. [Israël ayant affirmé que les nouveaux arrivants soviétiques ne seraient pas installés dans les territoires occupés]
Le gouvernement américain en est apparemment moins persuadé, qui a affirmé subordonner son aide à la garantie que les nouveaux arrivants ne s'installeraient pas dans les territoires. *(Le Monde)*
3. Dès lors, le premier ministre n'avait plus qu'à s'abriter derrière cette "unanimité" de l'Académie française pour annoncer la naissance de l'orthographe nouvelle. *(Le Monde)*
4. Il ne riait pas, le misérable ! Il ne pleurait pas. Il ne dansait pas, il ne gesticulait pas, il ne criait pas ; il ne chantait aucune chanson, ni gaie, ni lamentable. (Ch. Baudelaire)
5. "Restait une tâche suprême à accomplir, dont la seule pensée me causait une angoisse terrible : il fallait avertir les parents... Enfin j'eus ce courage. Mais à mon grand étonnement, la mère fut impassible, pas une larme ne suinta du coin de son œil. (Ch. Baudelaire)

2.4. Préférence de l'anglais pour les tournures verbales

Le français préfère les noms, l'anglais les verbes. C'est ainsi qu'on peut résumer, très grossièrement, la tendance qu'a le français à décrire des états là où, en anglais, on actualisera davantage en décrivant plutôt des procès.

Voici quelques exemples des cas les plus courants où cette différence se fait sentir :

FRANÇAIS	ANGLAIS
Locution verbale faire la queue faire irruption chez quelqu'un tenir de longs discours sur	**Verbe** *to queue* *to burst in on so* *to go on and on about*
Nom à son retour à sa sortie de prison Pelouse interdite	**Verbe** *when he came back* *when he was discharged* *Keep off the grass*
Nom à la fin de 1990	**Adjectif** *late in 1990*
Nom ou locution prépositive ou adverbiale expéditeur de façon abrupte	**Adverbe / préposition** *from* *abruptly*

Cette différence peut également expliquer pourquoi l'on trouve beaucoup moins fréquemment en anglais des phrases nominales, dépourvues de verbe.

➟ Clarification nécessaire, sans doute. Évolution prévisible, certainement. Il eût été toutefois préférable d'en avertir le peuple, avant. *(Le Monde)* *The clarification was doubtless necessary. It was certainly a predictable development. All the same, it might have been preferable to warn the people in advance.* *(The Guardian Weekly)*

Il ne s'agit là bien sûr que de tendances et l'on pourra trouver beaucoup de contre-exemples. Il faut notamment remarquer que :

– sous l'influence de l'anglais, beaucoup de formes verbales sont maintenant souvent employées en français à la place de tournures nominales :

➟ faire passer un test > tester

– le choix entre une structure verbale et une structure nominale est parfois possible à l'intérieur d'une même langue ; il sera souvent dicté par le registre les tournures nominales appartenant la plupart du temps à une langue plus soutenue.

1. *Étudiez la façon dont certaines tournures nominales françaises ont été traduites en anglais.*

1. Les paupières battantes, Tchen découvrait en lui jusqu'à la nausée, non le combattant qu'il attendait, mais un sacrificateur. (A. Malraux)

Chen's eyelids fluttered as he stood there, and the thought came to him, rose up till it sickened him, that he was not the fighter he expected, but one performing a sacrifice. (Trad. A. Macdonald)

2. Enfin un magasin pouilleux : Lou-You-Shuen et Hemmelrich, phonos. Il attendit quelques minutes (...), heurta enfin un volet. La porte s'ouvrit presque aussitôt : un magasin plein de disques rangés avec soin, à vague aspect de bibliothèque municipale ; puis l'arrière-boutique, grande, nue, et quatre camarades, en bras de chemise. La porte refermée fit osciller la lampe... (A. Malraux)

At last he came to a miserable little shop: Lou You Shen and Hemmelrich, gramophones. He waited for a few minutes (...) Then he knocked on one of the shutters. The door opened almost at once. The place was full of gramophone records, carefully arranged, so that it looked like a sort of little library: beyond, in the back part of the shop, large and bare, sat four men in shirt-sleeves.
The lamp swayed as the door was shut. (Trad. A. Macdonald)

3. C'est la semaine dernière que j'ai enfin rencontré Bernard Mauprat, le dernier de la famille, qui, ayant depuis longtemps fait divorce avec son infâme parenté, a voulu constater, par la démolition de son manoir, l'horreur que lui causaient les souvenirs de son enfance. (G. Sand)

It was only last week that I met Bernard Mauprat, the last of the line, the man who, having long before severed himself from his infamous connections, determined to demolish his manor as a sign of the horror aroused in him by the recollections of childhood. (Trad. S. Young)

4. M. Roland Dumas a eu droit, mardi 12 février, à un entretien de deux heures un quart avec le président Gorbatchev, après trois heures de discussions avec le nouveau chef de la diplomatie soviétique, M. Alexandre Bessmertnykh.
(Le Monde)

French Foreign Minister Roland Dumas was treated on February 12 to a two-hour meeting with President Mikhail Gorbachev. It followed three hours of discussions held earlier with the new Soviet Foreign Minister, Alexander Bessmertnykh.
(The Guardian Weekly)

2. *Traduisez les phrases suivantes.*

1. Le pauvre Charles les regarda tous deux avec stupeur [et] ouvrit la bouche comme pour une protestation... (G. Simenon)
2. Anne Marie le soignait avec dévouement, mais sans pousser l'indécence jusqu'à l'aimer. (J.-P. Sartre)
3. Il avait de mauvaises lectures comme tous ses contemporains. (J.-P. Sartre)
4. Pourquoi ne vous lancez-vous pas dans la mise en scène d'un opéra ? *(Le Monde)*
5. De la rue Anatole-de-la-Forge, nous débouchions dans l'avenue de la Grande-Armée et j'ai eu la tentation de quitter brusquement la voiture. (P. Modiano)
6. Le Président [l'] a bombardé à la tête d'une commission médicale pour faire plaisir à sa secrétaire. (R. Merle)
7. La parole n'est pas une chose dont les grands de ce monde aiment se dessaisir. (R. Merle)
8. Et vous, Guy, qu'est-ce que vous allez devenir ? (...)
   – Moi ? Je suis sur une piste...
   J'avais dit cette phrase d'un ton pompeux qui l'a fait sourire. (P. Modiano)
9. Les Chinois du continent (...) sont soucieux avant tout de ne pas assister à l'écroulement de l'économie de Pyongyang. *(Le Monde)*
10. La crise du Golfe et la vague de solidarité islamique qui l'ont accompagnée ont, d'autre part, servi de révélateur à l'anti-américanisme latent qui existe au Pakistan. *(Le Monde)*
11. Le rire peut donc être complètement égoïste, une sorte de confort, mais c'est aussi un boomerang dans la mesure où nous l'exerçons par le truchement de la scène... Il faut être convaincant tous les soirs et pas seulement avec des roueries. *(Le Monde)*
12. Vers 21 heures, à la fin de la délibération, Simone Weber entre dans une cour d'assises plus silencieuse que jamais. Un bruit de chute. Un mouvement parmi l'escorte. L'audience est suspendue. *(Le Monde)*

2.5. Thème et propos

Le français préfère (mais il ne s'agit là encore que d'une tendance) retarder l'apparition du **propos** dans la phrase, c'est-à-dire de l'élément nouveau. On mentionnera plutôt d'abord le **thème** (ce dont on parle, ce qui est déjà connu) pour aller peu à peu vers le propos. Il est donc assez courant de trouver un certain nombre de circonstancielles (de cause, par exemple) en début de phrase avant qu'apparaisse le propos (le résultat, par exemple) .

En anglais, on trouve au contraire beaucoup plus facilement le propos en début de phrase :

→ On a demandé une enquête. *An enquiry has been asked for.*

→ Autre préoccupation, et Jacques Delors sur ce point a sans doute dit à Londres sous forme tautologique moins qu'il n'en pense en vérité : "L'Europe doit être européenne." *(Le Monde)* *"Europe must be European," insisted Delors, putting another of his preoccupations into a tautological form that in fact said less than he thought.* *(The Guardian Weekly)*

C'est surtout dans des traductions d'articles de journaux ou de textes pragmatiques que cette différence se fait sentir. Lorsqu'on traduit des textes littéraires, il faut être prudent car il est souvent nécessaire de respecter l'ordre dans lequel les idées apparaissent dans la phrase.

Il est aussi important de tenir compte de l'équilibre de la phrase. En anglais, il est plus naturel de terminer par la partie la plus longue de la phrase ; on évitera donc, par exemple, de faire suivre un sujet long par un verbe court, ce qui se rencontre assez fréquemment en français.

Traduisez les phrases qui suivent en prêtant tout particulièrement attention à l'ordre de présentation du propos et du thème.

1. Qu'il y ait un théâtre d'action, un théâtre qui fait avancer les choses sur le plan politique, très bien. (J. Poiret, *Le Monde*)
2. Des Serbes, il y en a en Croatie : ils sont environ six cent mille... *(Le Monde)*
3. Entre Serbes et Croates, la vie n'a jamais été facile. *(Le Monde)*
4. Sur le plan des évolutions internes de l'Union soviétique, c'est pire. *(Le Monde)*
5. On a construit sur certaines autoroutes de spectaculaires passerelles à gibier (environ 80 pour tout l'Hexagone) ... *(Le Monde)*
6. Je pensai bien à le [un panier à provisions] leur offrir en cachette, mais une fois tout mangé, au risque de se faire fouetter, et pour le plaisir de me perdre, ils eussent tout raconté. (R. Radiguet)
7. Une nuisance majeure figure à peine dans les études d'impact, tant on la considère comme inévitable et banale : la pollution atmosphérique. *(Le Monde)*
8. Remettre de l'ordre dans le commerce de l'URSS, utiliser au mieux les savoir-faire, rationaliser, voilà le rêve de Krivenko. *(Le Monde)*
9. Pourtant il [J. Delors] vient de parler sur un sujet qui, il y a moins d'un an, lui était interdit et qui lui aurait valu l'excommunication : celui de la défense européenne. *(Le Monde)*
10. La crise aura enfin –mais cela M. Delors ne pouvait pas le dire– accéléré un certain changement de statut politique de la Commission et de son président. *(Le Monde)*

3 Les temps et l'aspect

3.1. Le présent de narration

Le présent de narration (dit aussi présent historique) s'emploie assez souvent en français, au milieu d'un récit au passé, pour mettre en valeur un fait ou un événement.

→ "Changer de siècle méritait bien une Exposition universelle qui fût un bilan et une promesse. On y pensa dès 1892. Et l'"Expo" enchanta donc 51 millions de visiteurs à Paris, du 14 avril au 27 octobre 1900. (...) Le 14 avril, donc, Loubet **inaugure** ce qui est achevé, au milieu des plâtras et des échafaudages... *(Le Monde)*

Un tel emploi du présent n'est guère possible en anglais, d'où certains problèmes de traduction.

L'étudiant doit tout d'abord s'assurer qu'il a bien affaire à un présent de narration et non pas à un présent exprimant, par exemple, une opinion générale ou un changement de point de vue de la part du narrateur.

Deux cas principaux se présentent :

1. Lorsqu'il s'agit d'un texte historique ou journalistique, où l'on trouve une suite chronologique d'événements, le présent se traduira en anglais par un prétérit.

→ Étonnamment précoce (mais tout le jeune cinéma russe est peuplé de créateurs en herbe), Koulechov établit tout d'abord un pont entre les cinémas tsariste et soviétique. Dès l'âge de dix-huit ans, il signe les décors du plus grand réalisateur prérévolutionnaire... Formé dans une école de peinture, il publie son premier article théorique en 1917.
À dix-neuf ans, il réalise un premier film, *Le Projet de l'ingénieur Prite*.
(Le Monde)

Like so many Soviet pioneers, Kuleshov was amazingly precocious. He bridged two epochs of Russian film-making, working under both the Tsarist and the Soviet regimes. Only three years after entering the college-level School of Art, Architecture and Sculpture in Moscow at the age of 15, he designed sets for the greatest pre-Revolutionary Russian director... That same year he wrote his first theoretical essay on the cinema.
At 19 Kuleshov directed his first movie, Engineer Prite's Project.
(The Guardian Weekly)

➟ La ville a connu des décennies plus glorieuses. Une gloire salissante et laborieuse. Yubari a été en effet la cité houillère la plus prospère du Japon. En 1874, le géologue américain Benjamin Smith Lyman découvrait la richesse du sous-sol de cette région vallonnée et couverte de forêts. Dans les années 50, il y aura jusqu'à vingt-quatre puits en activité, et 120 000 habitants. Puis d'autres énergies prennent le relais, Yubari décline, Yubari perd son âme. 24 000 personnes seulement y vivent aujourd'hui. *(Le Monde)*

In its halcyon industrial days, Yubari was Japan's most prosperous coal-mining town. In 1874 the American geologist Benjamin Smith Lyman discovered that the wooded hills in the vicinity contained great mineral wealth below ground. In the 1950s, the town had as many as 120, 000 inhabitants, and 80 pits were in operation.
Then other forms of energy took over and Yubari began to decline. It lost its life blood. Now only 24, 000 people live here. (The Guardian Weekly)

2. Lorsque l'emploi du présent de narration se rencontre de façon plus systématique dans une œuvre littéraire, comme c'est le cas dans bon nombre de romans contemporains, un problème peut se poser. Le traducteur peut en effet hésiter entre un prétérit, plus naturel en anglais, surtout si le texte décrit une succession d'événements, et un présent qui permettra mieux de rendre l'originalité stylistique du texte. C'est par exemple cette dernière solution qu'a choisie le traducteur de *L'Amant* de Marguerite Duras.

Il est vrai qu'un tel emploi du présent se rencontre de plus en plus fréquemment dans le roman anglais contemporain.

➟ *"That evening, in the garden, Jane forgives me for picking a half-grown cucumber which I mistake for a courgette. Potatoes come out of the ground white, I discover. The brown skin forms afterwards. Jacob joins us on his return, in the company of Annie and Sam whom he has met at the gate. He has the* Listener *in his hand and a parcel of cheese wrapped in vine leaves for his wife. 'For you, my love,' he says."* (B. Trapido)

Dans la plupart des cas, on peut cependant conseiller de sous-traduire un peu et de préférer une langue plus naturelle (donc le prétérit) à des effets stylistiques plus marqués (présent) .

a/ Étudiez l'emploi du présent dans les passages qui suivent. Quand s'agit-il d'un présent de narration ? Comment sera-t-il rendu en anglais ?

b/ Traduisez chacun des extraits.

1. Partie avec son mari en Perse –on ne disait pas encore l'Iran– en 1881-1882, puis en 1884-1886 à Suse, pour une campagne d'archéologie, Jane Dieulafoy va être l'historiographe des fouilles, et cela avec une précision, une culture et une perspicacité remarquables. (...)
   Chargée de tenir le journal de bord de l'expédition et responsable du pesant appareil photographique, Jane Dieulafoy a toujours eu l'âme aventureuse. À vingt ans, en 1871, tout juste sortie du couvent des Dames de l'Assomption, elle choisit, pour son voyage de noces, de suivre son mari au front puis en Espagne, au Maroc, dans la haute Égypte. Et, lorsque celui-ci est chargé d'établir le relevé des principaux monuments en Perse, elle sera évidemment du voyage. *(Le Monde)*

2. Andrée, à cinq heures vingt-cinq, sur le trottoir de la rue Quentin- Bauchard, accusait déjà Costals d'être en retard. Il avait oublié leur rendez-vous, il était sorti en avance, et parti. (...) Mais il débouche, elle tressaille, et les voici qui s'en vont côte à côte... (H. de Montherlant)
3. J'ai arraché ma valise et je me suis mis à marcher sur ce sol nouveau, dans cet air étranger, au milieu des trains immobiles (...)
Les rares personnes que je croisais semblaient se hâter, comme s'il ne restait plus que quelques instants avant un rigoureux couvre-feu.
Je sais maintenant que la grande rue que j'ai prise à gauche, c'est Brown Street ; je suis, sur le plan que je viens d'acheter, tout mon trajet de cette nuit-là ; mais en ces minutes obscures, je n'ai même pas cherché à l'angle les lettres d'un nom, parce que les inscriptions que je désirais lire, c'étaient "Hotel", "Pension", "Bed and Breakfast", ces inscriptions que j'ai vues depuis, repassant de jour devant ces maisons... (M. Butor)
4. Le 16 juillet 1799, Alexandre de Humboldt, accompagné d'un savant français, Aimé Bonpland, débarque en Amérique. Il a trente ans. (...)
Pendant presque cinq ans, Humboldt et son compagnon vont sillonner les chemins et les sentiers de l'Amérique tropicale, passant du Vénézuela à Cuba, de la Nouvelle Grenade (la Colombie) à l'Équateur, du Pérou à la Nouvelle Espagne (le Mexique). En digne disciple des encyclopédistes, il observe tout, il prend des notes sur tout. Il est géographe, climatologue, linguiste, historien, sociologue, anthropologue, architecte. *(Le Monde)*

3.2. La traduction du conditionnel français

La traduction du conditionnel français pose parfois des problèmes aux étudiants, en particulier dans les cas suivants :

• **Après les conjonctions de temps** (par exemple, *as soon as, before, after, when, until, once, by the time, the moment...*), on emploie le prétérit en anglais au lieu du conditionnel français (de même que l'on emploie le présent en anglais au lieu du futur en français).

➡ Je t'avais bien dit que si tu ne te dépêchais pas le train serait parti quand tu arriverais à la gare. *I did tell you that if you did not hurry the train would be gone by the time you got to the station.*

Mais attention : lorsque la proposition subordonnée répond à la question "*what?*" et non "*when?*", *when* peut être suivi du conditionnel (ou du futur) .

➡ *She said she would tell you when she came. (= She would tell you something on the day she came.)*

➡ *She said she would tell you when she would come. (= She would tell you on what day she would come.)*

Ainsi :

➡ Si je ne t'avais pas rencontré, j'aurais prévenu la police dès que je serais rentré chez moi. *If I hadn't met you, I would have rung the police as soon as I was back home.*

➞ Je savais que notre nouvel employé se plairait ici à partir du moment où il se serait fait des amis. *I knew our new clerk would like it here the moment he had made friends.*

➞ Je ne peux pas aller le chercher : il ne m'a pas dit quand il arriverait. *I can't go and meet him: he did not tell me when he would arrive.*

• Le conditionnel est parfois employé en français pour parler d'une **information non confirmée**, d'une possibilité ou d'une rumeur qui reste à vérifier.

➞ L'avion s'est écrasé dans le désert. Les deux pilotes seraient sains et saufs.

Cet emploi est impossible en anglais, où l'on préfère un passif.

➞ *The plane crashed in the desert. The two pilots are believed to have escaped unharmed.*

• L'emploi décrit ci-dessus marque déjà un certain degré d'irréel. L'utilisation du conditionnel français pour **décrire l'irréel** est encore plus clair dans certaines relatives restrictives.

➞ Il ressemblait à quelqu'un que l'on aurait pris la main dans le sac.

Ces relatives ont en fait une valeur conditionnelle. (= Il avait la même expression qu'aurait une personne si on l'avait prise la main dans le sac.) C'est donc un prétérit que l'on emploiera alors en anglais, comme toujours pour décrire l'irréel.

➞ *He looked like someone who was caught red-handed.*

Un simple participe présent ou participe passé (avec ellipse du verbe être) seront également souvent possibles.

➞ Elle palpait le bout de papier comme quelqu'un à qui l'on montrerait du tissu dans une boutique. *She was fingering the paper like one shown material in a shop. (= like one who was shown...)*

➞ Elle palpait le bout de papier comme quelqu'un qui essaierait d'évaluer son prix. *She was fingering the paper like one trying to evaluate its price. (= like one who was trying...)*

C'est cette même valeur de subordonnée conditionnelle que l'on trouve en français dans les phrases suivantes :

➞ Et quelqu'un qui t'aurait insultée ? Que lui aurais-tu répondu ?

➞ J'avais pris un somnifère. Il aurait pu hurler que je n'aurais rien entendu.

Ici encore, c'est le prétérit qu'on utilisera en anglais :

➞ *And if someone had insulted you? What would you have answered?*

➞ *I had taken a sleeping-pill: even if he had shouted, I wouldn't have heard a thing.*

• Enfin, les différentes formes du **conditionnel passé** sont parfois source d'erreurs. Rappelons-les :

– conditionnel présent :

→ *They would like to see her more often.*
= (1) Souhait à partir du moment présent et portant sur le futur.

– conditionnel passé :

→ *I would like to have seen her more often.*
= (2) Regret formulé à partir du moment présent et portant sur quelque chose qui n'a pas été réalisé.

→ *I would have liked to see her more often.*
= (3) Transposition de (1) dans le passé.

→ *I would have liked to have seen her more often.*
= (4) Transposition de (2) dans le passé.

1. *Étudiez et commentez la façon dont les conditionnels ont été traduits dans ces passages.*

1. En Lituanie, la perestroïka a reçu le coup de grâce. Non parce que les Baltes se seraient comportés comme des irresponsables en exigeant une indépendance immédiate (...), mais parce que la démocratisation a pour conséquence inéluctable une dislocation de l'empire soviétique. *(Le Monde)*

Perestroika has been dealt a mortal blow in Lithuania. Not because this Baltic people behaved irresponsibly by demanding immediate independence (...), but because the democratisation will inevitably cause the Soviet empire to break up. (The Guardian Weekly)

2. [Deux vieillards dansent.]
Ils allaient et venaient avec des simagrées enfantines, se souriaient, se balançaient, s'inclinaient, sautillaient pareils à deux vieilles poupées qu'aurait fait danser une mécanique ancienne, un peu brisée... (G. de Maupassant)

They went back and forth with childish affectation, smiled at one another, swayed, bowed, hopped like two old dolls made to dance by an old mechanism, a bit broken... (Trad. W. Fowlie)

3. Claire aurait pu moins bien parler que je ne l'eusse pas senti. *(Ph. Sollers)*

Even if Claire had not spoken so well I should not have noticed. (Trad. J. Stewart)

4. Il la [la lumière] sentait passer sur son corps comme une flamme qui brûlerait ses masques, une lame qui lui retirerait lentement le voile de chair qui maintenait entre lui et les autres la distance nécessaire. (T. Ben Jelloun)

He felt it pass over his body like a flame threatening to burn away his mask, or like a blade slowly tearing away the veil of flesh that maintained the necessary distance between himself and others. (Trad. A. Sheridan)

5. Selon un sondage de la CFDT de mars 1990, 8 % des femmes auraient subi un harcèlement sexuel. *(Le Monde)*

A survey carried out by the CFDT trade union in March 1990 showed that 8 per cent of all women have suffered from sexual harassment. (The Guardian Weekly)

2. *Traduisez les phrases suivantes.*

1. "Déodat, qu'est-ce qui vous arrive ? Juliette Haudouin s'appuie d'une main au cerisier et sourit au facteur.
– Tu deviens toujours plus belle, Juliette. J'ai perdu une lettre pour ton père et on me dit que le Tintin Maloret l'aurait prise." (M. Aymé)

2. Alors, mon vieil Albert, imagine un type qui te dirait : votre or, vous le savez, un jour ne vaudra pas le salaire d'un manœuvre... (A. Salacrou)
3. Il faut faire quelque chose, il faut absolument faire quelque chose ! ... Oh, je le giflerais ! Je l'adore, mais je le giflerais comme un gamin, si je le tenais ! (J. Ancuilh)
4. J'ai un revolver. Tu n'aurais pas bouclé les valises que j'aurais déjà tué Albert moi-même et avoué aux policiers que j étais envoûté par toi. (A. Salacrou)
5. Et alors, au bout de quelques jours, Saint Pierre le rencontre au coin d'un nuage. Et il remarque qu'il était tout triste, tout crispé, comme quelqu'un qui aurait mal aux dents. (M. Pagnol)
6. Rivière regardait Pellerin. Quand celui-ci descendrait de voiture, dans vingt minutes, il se mêlerait à la foule avec un sentiment de lassitude et de lourdeur. Il penserait peut-être : "Je suis bien fatigué... sale métier !" (A. de Saint-Exupéry)
7. Tout le monde autour d'eux était certain que cela signifiait la guerre. Aussitôt qu'elle serait déclenchée, les étrangers de "nationalités hostiles" seraient internés dans les camps qui s'étaient déjà ouverts en France pour les Espagnols et les étrangers. (C. Roy)
8. Bernard aurait été moins jeune, Laura sans doute aurait été très effrayée. Mais c'était un enfant encore. (A. Gide)
9. Il réfléchit et puis il dit qu'il a entendu parler de cette dame, sa mère, de son manque de chance avec cette concession qu'elle aurait achetée au Cambodge, c'est bien ça, n'est-ce-pas ? (M. Duras)
10. Il avait bien pensé au conditionnel enfantin : "On aurait un oncle, il serait en Amérique, il s'appellerait l'oncle Victor." Mais sa mère, qui avait eu sans doute une enfance plus dure que la sienne, était fermée à toute notion de jeu. (M. Aymé)

3.3. Prétérit et "present perfect"

Le calque systématique du présent, du passé composé et de l'imparfait français est la cause de très nombreuses erreurs en thème. Il est donc important d'analyser le texte français et de bien maîtriser le système des temps en anglais. Celui-ci est trop complexe et se trouve expliqué dans trop d'ouvrages pour qu'il soit nécessaire de le rappeler ici, mais les exercices qui suivent pourront aider à tester ou à rafraîchir les connaissances.

1. *Étudiez les passages qui suivent et leur traduction, puis comparez et justifiez l'emploi des temps dans les deux langues. Est-il parfois possible de proposer une autre traduction anglaise, en utilisant d'autres temps ?*

1. [Juliette Gréco] a raconté qu'à sa première rencontre avec Michel Piccoli, ils ont beaucoup ri ensemble, et que c'était un bon départ pour l'amour et le mariage. Ils se sont séparés quand ils n'ont plus ri ensemble. L'estime avait remplacé la passion, c'était juste assez pour "rester bons amis".

The first time she met Michel Piccoli, they laughed a lot together. It was a good start for love and marriage. When they no longer laughed together, they parted. Respect had replaced passion, and that was just enough for them to "remain good friends".

On imagine bien que Gréco ne doit pas être commode à vivre, ne l'a jamais été. Son aura de rebelle n'est pas volée, même si elle a su habilement en jouer pour mieux faire reconnaître, par contraste, sa sensibilité. Cocteau ne s'est pas trompé sur elle et sur son image quand il l'a engagée pour être une Erinye dans son film *Orphée*. Un petit rôle, mais elle est alors suffisamment médiatique – comme on ne le disait pas encore – pour qu'on s'intéresse à ses débuts cinématographiques. Interviewée à la radio, elle crache, sale gosse, au journaliste qui se pâme sur sa jeunesse : "Et alors, il faudrait s'excuser ?"
(Le Monde)

It is easy to imagine that Gréco is not easy to live with and never has been. Her rebellious aura is not a put-on, although she has astutely used it to highlight her contrasting sensitivity. Cocteau judged her and her image accurately when he cast her as Erinye in his film Orphée. *It was a small part, but she was already enough of a media personality –well before the word came into the language– for the launch of her film career to be of interest. When a radio interviewer dwelled too long on her youth, Gréco, the spiteful brat, spat out: "Am I supposed to apologise?"*
(The Guardian Weekly)

2. Simplement, il pensait toujours à elle. Ce qu'il aurait voulu, c'est lui écrire une lettre pour se justifier. "Mais c'est difficile, disait-il. Il y a longtemps que j'y pense. Tant que nous nous sommes aimés, nous nous sommes compris sans paroles. Mais on ne s'aime pas toujours. À un moment donné, j'aurais dû trouver les mots qui l'auraient retenue, mais je n'ai pas pu." (A. Camus)

Only, he couldn't stop thinking about her. What he'd have liked to do was to write her a letter justifying himself. "But it's not easy," he told Rieux. "I've been thinking it over for years. While we loved each other we didn't need words to make ourselves understood. But people don't love for ever. A time came when I should have found the words to keep her with me –only I couldn't." (Trad. S. Gilbert)

3. Depuis vingt-cinq ans, l'histoire des relations judéo-chrétiennes ressemble à une route cahoteuse, faite d'avancées et de reculs. *Nostra Aetate* rompait avec l'un des chapitres les plus sombres de l'histoire du christianisme, celle des expulsions et des conversions forcées de juifs. Des gestes symboliques –de celui de Jean XXIII recevant Jules Isaac en 1961 à celui de Jean-Paul II visitant la synagogue de Rome en 1986– ont ouvert la voie à une réconciliation, un dialogue officiel, une réécriture des manuels...
(Le Monde)

Judaeo-Christian relations have had a bumpy ride over the last 25 years, sometimes slithering backwards as well as moving forwards. Nostra Aetate *broke with one of the darkest chapters in the history of Christianity, that of expulsions and forced conversions of the Jews. Various symbolic gestures, such as when Pope John XXIII received the French historian Jules Isaac in 1961, or when Pope John Paul II visited a Rome synagogue in 1986, paved the way to a reconciliation, an official dialogue and a rewriting of school textbooks.*
(The Guardian Weekly)

4. *Les Nouvelles d'Orléans* existent depuis neuf ans. D'abord hebdomadaire gratuit, ses fondateurs décidèrent d'en faire un véritable journal d'informations locales. Tant et si bien que son puissant voisin de Tours, le quotidien régional *La Nouvelle République du Centre-Ouest*, conclut un accord avec cet "hebdomadaire de ville" qui, en une quarantaine de pages imprimées en quadrichromie

Les Nouvelles d'Orléans *was started up nine years ago. It began as a weekly freesheet, then its founders decided to turn it into a proper newspaper covering the local scene. With its 40 full-colour tabloid pages, investigative reporting, profiles and guide section,* Les Nouvelles d'Orléans *has brought a breath of fresh air to Orléans and the*

au format tabloïd, a donné un coup de sang neuf a l'agglomération orléanaise, en publiant des enquêtes, des reportages, des portraits, des pages-guides, etc. Aujourd'hui, *Les Nouvelles d'Orléans*, diffusées à 8000 exemplaires et devenues la coqueluche journalistique des yuppies orléanais, sont entièrement dans le giron du quotidien tourangeau qui en a fait son "laboratoire". *(Le Monde)*

surrounding area. It has done so well (its 8, 000 copies have become required reading for the city's yuppie population) that the powerful Tours-based daily, La Nouvelle République du Centre-Ouest, *decided to take it over and turn it into its "laboratory".* *(The Guardian Weekly)*

2. *Traduisez les passages suivants.*

1. Depuis quelques instants on entendait dans la pièce d'à côté Cécile qui, rentrée de concert, s'était mise au piano et répétait avec obstination la même phrase d'une barcarolle. (A. Gide)
2. Le roman était sorti depuis quelques semaines, sans faire de vagues. *(Le Monde)*
3. Lorsqu'il a débarqué de Corse –vingt ans plus tôt– les anciens se sont, paraît-il beaucoup moqués de son accent et de sa faconde. Par un effet surhumain, il est devenu quasi muet. Depuis, on l'admire beaucoup. (C. Aveline)
4. Depuis quelques jours, Claude haïssait Fremigacci. (H. Thomas)
5. On ne les voyait plus guère chez Bonnet depuis que Zaza travaillait. (S. Signoret)
6. "Depuis quelques temps Vincent sort la nuit, après que mes parents sont couchés... La semaine dernière, mardi je crois, la nuit était si chaude que je ne pouvais pas rester couché. Je me suis mis à la fenêtre pour respirer mieux. J'ai entendu la porte du bas s'ouvrir et se refermer. Je me suis penché, et quand il a passé près du réverbère, j'ai reconnu Vincent... Depuis que je suis averti, je surveille – oh ! sans le vouloir... et presque chaque nuit je l'entends sortir. Il a sa clef et mes parents lui ont arrangé notre ancienne chambre, à George et à moi, en cabinet de consultation pour quand il aura de la clientèle... Il peut sortir et rentrer quand il veut." (A. Gide)
7. "Depuis la mort de mon mari, voilà cinq ans, je vis seule dans une petite maison que je possède à Étretat. Plus exactement, jusqu'à dimanche soir j'y vivais seule avec une bonne, que j'avais à mon service depuis plusieurs années et qui était une fille du pays. Elle est morte pendant la nuit de dimanche à lundi, monsieur le commissaire ; elle est morte en quelque sorte à ma place, et c'est à cause de cela que je suis venue vous supplier de m'accorder votre aide."
   Elle ne prenait pas un ton dramatique. D'un fin sourire, elle paraissait s'excuser de parler de choses tragiques.
   "Je ne suis pas folle, ne craignez rien. Je ne suis même pas ce qu'on appelle une vieille toquée. Quand je dis que Rose –c'est le nom de ma bonne– est morte à ma place, je suis à peu près sûre de ne pas me tromper. Me permettez-vous de vous raconter la chose en quelques mots ?
   – Je vous en prie.
   – Depuis au moins vingt ans, j'ai l'habitude, chaque soir, de prendre un médicament pour m'endormir, car j'ai le sommeil difficile. C'est un somnifère liquide, assez amer, dont l'amertume est compensée par un fort goût d'anis.

J'en parle en connaissance de cause, car mon mari était pharmacien.
Dimanche, comme les autres soirs, j'ai préparé mon verre de médicament avant de me coucher et Rose était près de moi lorsque, déjà au lit, j'ai voulu le prendre.
J'en ai bu une gorgée et lui ai trouvé un goût plus amer que d'ordinaire.
– J'ai dû en mettre plus de douze gouttes, Rose. Je n'en boirai pas davantage.
– Bonne nuit, Madame !
Elle a emporté le verre, selon son habitude. A-t-elle eu la curiosité d'y goûter ? L'a-t-elle vidé en entier ? C'est probable, puisqu'on a retrouvé le verre vide dans sa chambre. (G. Simenon, *Maigret et la vieille dame*, Presses de la Cité)

3.4. "would" et "used to"

Ces deux formes peuvent être utilisées pour décrire l'itération de faits passés, mais elles sont loin d'être interchangeables.

On peut certes employer *used to* ou *would* pour parler d'habitudes passées :

→ When I was a child, I (1) { *used to cycle* / (2) *would* } *a lot during the holidays.*

mais dans la phrase (1) on insiste sur le fait qu'il s'agit d'un passé maintenant révolu, alors que la phrase (2) souligne l'activité du sujet.

1. ***Used to*** a en effet une valeur surtout aspectuelle. On met l'accent sur l'opposition passé-présent, sur l'éloignement dans le temps. On parle de quelquechose qui n'existe plus. Would ne permet pas de rendre cette idée.

→ [C'est un vieillard qui parle] " De mon temps, on jouait aux fléchettes dans les pubs ; aujourd'hui on regarde la télévision." *"When I was young, people used to play darts in the pubs; nowadays they watch TV."*

2. ***Would*** s'emploie surtout

- avec un sujet animé (il y a sinon quasi-personnification)

→ *Whenever I tried to be quiet, the door would always close with a bang.*

- avec un verbe décrivant un processus. C'est *used to* que l'on emploie pour parler d'un état passé :

→ *There used to be an elm-tree in the garden.*

→ *I used to think that...*

- lorsque la répétition de l'action est limitée. *Would* permettra tout particulièrement de décrire des actions prévisibles, se reproduisant de temps en temps :

→ *Sometimes, after a violent quarrel, he would leave the house.*

Used to s'emploiera pour généraliser encore plus.

→ *He used to leave the room when he was angry.*

C'est la raison pour laquelle on trouve souvent des textes où la répétition est tout d'abord introduite par *used to* (qui fournit en quelque sorte le cadre général), puis suivie d'exemples plus précis avec *would*.

→ J'ai rencontré un jeune homme de	*I met a young man from Rouen, Henri*

Rouen qui était employé au bureau de poste, Henri Poujolle, et l'ai épousé. (...) Pendant quatre ans, j'ai joué à la petite madame, dans un appartement de trois pièces, puis à la maman. J'allais le chercher au bureau en poussant la voiture de bébé. Le dimanche nous achetions un gâteau chez les demoiselles Seuret. (G. Simenon)	*Poujolle, who worked in the Post Office, and I married him. (...) For four years I played the part of a young housewife, and then of a young mother, in a three-roomed flat. I used to go to meet him after work, pushing the baby in the pram. On Sundays, we would buy a cake from the Demoiselles Seuret.* (Trad. R Brain)

La valeur volitive de *would* se surajoute souvent à sa valeur "fréquentative" :

➟ *Whenever I asked him, he would never give me a clear answer.*

On est proche de "il refusait" : ce *would* fréquentatif ne s'emploie donc pas avec *not* car c'est le sens du refus qui l'emporterait alors.

L'emploi de *would* souligne également souvent le fait que l'on décrit une caractéristique bien particulière du sujet :

➟ *Every morning, he would go for a little walk before breakfast.*

On est ici proche du sens de "*He would do it!*" : "C'est bien de lui !"

Traduisez les phrases qui suivent en utilisant used *ou* would *lorsque cela est nécessaire.*

1. Faites-moi le plaisir de fumer votre pipe. Mon mari fumait le cigare du matin au soir, et rien n'imprègne la maison comme la fumée de cigare. (G. Simenon)
2. [Le Vésinet] n'était qu'à deux pas de Paris, mais, avant 1914, les autos étaient rares. (...) Les valets de chambre portaient des gilets rayés de jaune et les bonnes des bonnets blancs et des tabliers ornés de dentelle. (G. Simenon)
3. Pendant des années, Raymond Courrèges avait nourri l'espoir de retrouver sur sa route cette Maria Cross dont il souhaitait ardemment de tirer vengeance. Bien des fois il suivit dans la rue une passante, ayant cru que c'était elle qu'il cherchait. (F. Mauriac)
4. J'ai cinquante ans. J'étais jeune alors et j'étudiais le droit. (...) Je me levais tôt ; et une de mes plus chères voluptés était de me promener seul, vers huit heures, dans la pépinière du Luxembourg. (...) Je m'asseyais sur un banc et je lisais. Parfois je laissais retomber le livre sur mes genoux pour rêver... (G. de Maupassant)
5. Souvent l'an dernier, quand Jean-Charles était au Maroc, elle disait : non. Elle partait et brusquement elle arrêtait la voiture, elle faisait demi-tour et montait en courant l'escalier. Il la serrait dans ses bras : "Tu es revenue !" et elle restait jusqu'à l'aube. (S. de Beauvoir)
6. C'est que, dans mon enfance, j'ai placé le nom de Mauprat entre ceux de Cartouche et de la Barbe-Bleue, et qu'il m'est souvent arrivé alors de confondre, dans des rêves effrayants, les légendes surannées de l'Ogre et de Croquemitaine avec les faits tout récents qui ont donné une sinistre illustration, dans notre province, à cette famille des Mauprat. (G. Sand)
7. [Souvenirs d'enfance] Les jours de pluie, Anne-Marie me demandait ce que je souhaitais faire, nous hésitions longuement entre le cirque, le Châtelet, la Maison Électrique et le Musée Grévin ; au dernier moment, avec une négligence calculée, nous décidions d'entrer dans une salle de projection. (J.-P. Sartre)

8. Puis, il y a quatre ans, deux ans avant sa mort, il s'est arrêté tout à fait, a rangé soigneusement tous ses outils et démonté son établi.
Au début il sortait encore volontiers de chez lui Il allait se promener au parc Monceau, ou descendait la rue de Courcelles et l'avenue Franklin- Roosevelt jusqu'aux jardins Marigny, en bas des Champs-Elysées. Il s'asseyait sur un banc, les pieds joints, le menton appuyé sur le pommeau de sa canne qu'il agrippait à deux mains et restait là, pendant une heure ou deux, sans bouger, regardant devant lui les enfants qui jouaient au sable ou bien le vieux manège... (G. Perec)
9. Il y avait toujours eu, sur la planète du petit prince, des fleurs très simples, ornées d'un seul rang de pétales, et qui ne tenaient point de place, et qui ne dérangeaient personne. Elle apparaissaient un matin dans l'herbe, et puis elles s'éteignaient le soir. (A. de Saint-Exupéry)
10. Charles Schweitzer ne s'était jamais pris pour un écrivain mais la langue française l'émerveillait encore, à soixante-dix ans, parce qu'il l'avait apprise difficilement et qu'elle ne lui appartenait pas tout à fait : il jouait avec elle, se plaisait aux mots, aimait à les prononcer et son impitoyable diction ne faisait pas grâce d'une syllabe ; quand il avait le temps, sa plume les assortissait en bouquets. (J.-P. Sartre)

3.5. L'aspect

L'aspect est la façon dont on envisage l'action. Il peut apparaître au niveau du lexique ou de la forme verbale. Il pourra s'agir :

– de **duratif**	ou de **ponctuel**
→ *to hold*	*to grasp*
– d'**itératif**	ou de **ponctuel**
→ *would say*	*say*
– d'**inchoatif**	ou de **terminatif**
→ *to fall asleep*	*to drink up*
– d'**accompli**	ou de **non accompli**
→ *He used to live here.*	*He's been living here since last Christmas.*

Les points principaux liés à l'aspect et pouvant être source d'erreurs en thème sont les suivants :

• Emploi en anglais d'un participe présent (non accompli) pour traduire certains participes passés français (accompli) .

Il s'agit de participes passés décrivant des mouvements ou positions (du corps le plus souvent), et ayant un sens actif.

→ Il dormait, étendu sur le lit. *He was sleeping, lying on the bed.*

Laid , qui décrit le résultat de l'action de quelqu'un (quelqu'un l'a étendu sur le lit) est donc impossible ici.

De même :

→ L'enfant était agenouillé près de l'âtre. *The child was kneeling by the hearth.*

Mais lorsque le participe passé a valeur d'adjectif et décrit donc une caractéristique quasi permanente, on emploiera le participe passé en anglais. Comparez :

→ Courbé et titubant, le vieillard descendit l'escalier. *Bent and tottering, the old man went down the stairs.*

→ Penchée au dessus de l'évier, elle se mit à nettoyer le verre. *Leaning over the sink, she started cleaning the glass.*

• **Problèmes lexicaux**

– Certaines paires de mots différent par leur aspect.

→ *to drink* (boire)
to drink up (vider son verre : terminatif)

→ *to sit* (être assis)
to sit down / up (s'asseoir : inchoatif)

→ *When he knew that...* (lorsqu'il apprit : inchoatif)
He knew it already... (il le savait : duratif)

– Les erreurs viennent surtout du fait que le français ne dispose parfois que d'un seul mot pour exprimer deux aspects différents.

→ Elle a plié la nappe avant de la ranger. *She folded the tablecloth before putting it away.*

→ Ils ont plié la tente et sont partis. *They folded up the tent and left.* (terminatif)

– Avec certains verbes, c'est parfois le temps utilisé en français qui permet d'exprimer la différence entre l'aspect duratif (imparfait) et l'aspect ponctuel (passé simple ou passé composé). Il sera alors nécessaire d'utiliser des verbes différents en anglais.

→ Il l'a su par les journaux. *He read about it in the papers.*

→ Il le savait depuis plusieurs jours. *He had known about it for several days.*

• **L'aspect accompli** que l'on trouve en français dans les structures avec "avant" ou "après" + participe passé **disparaît d'ordinaire en anglais**, lorsqu'on emploie une forme en "*–ing*".

→ Après être passée à la poste, elle décida d'aller à la banque. *After going to the post-office, she decided to go to the bank.*
(mais on dira : *After she had gone...*)

• **Forme en "*-ing*"** ou **forme simple ?**

L'anglais dispose d'une marque aspectuelle de non accompli ou d'imperfectif, la forme en "*–ing*", qui n'existe pas en français. Lorsqu'on traduit vers l'anglais, il faut donc souvent choisir entre forme simple et forme en "*–ing*". Il existe trop de cas d'emploi de cette forme pour pouvoir les énumérer ici et il est essentiel de consulter une grammaire si les exercices 3 et 4 qui suivent posent des problèmes.

1. *Traduisez les paires de phrases qui suivent en tenant compte de la différence d'aspect des verbes.*

1. a/ Je la vis <u>mettre</u> son tailleur bleu, puis se regarder dans la glace.
   b/ Toutes les femmes disent qu'elles n'ont rien à se <u>mettre</u>.
2. a/ Il <u>s'agenouilla</u> pour regarder sous le lit.
   b/ <u>Agenouillé</u> près du lit, il priait.
3. a/ Il s'est <u>coupé</u> le doigt en épluchant des pommes de terre.
   b/ Il avait le doigt si abîmé que les médecins durent le <u>couper</u>.

4. a/ Il a fendu du bois pendant tout le week-end.
   b/ Sous le choc, le bois s'est fendu en deux.
5. a/ Assoupi près du feu, il rêvait à sa jeunesse.
   b/ Il s'assoupit et rêva de sa jeunesse.
6. a/ Il souffla sur le feu pour l'attiser.
   b/ Il souffla la bougie.
7. a/ Il a déchiré son pantalon en passant à travers la haie.
   b/ Il a déchiré l'enveloppe.
8. a/ N'oublie pas de tout fermer en partant.
   b/ N'oublie pas de fermer la porte de derrière.
9. a/ Il était difficile de reconnaître les visages sur la photo jaunie.
   b/ La photo a jauni ; je n'aurais pas dû la laisser au soleil.
10. a/ Il connut des jours difficiles après son divorce.
    b/ C'est à Grenoble qu'il connut Jean.
    c/ Il connaissait Jean depuis longtemps.
11. a/ Ils pouvaient facilement s'enfuir.
    b/ Ils purent facilement s'enfuir.
12. a/ Elle voulait l'empêcher de partir.
    b/ Elle voulut l'empêcher de partir.

2. *Traduisez les phrases qui suivent en vous attachant tout particulièrement aux participes passés français.*

1. L'important, c'était de se retrouver un jour à Paris, assis sur la berge de la Seine au soleil. (H. Thomas)
2. [Le narrateur a perdu une lettre] ... Mais après avoir cherché en vain dans mes vêtements, il a fallu que je vérifie, que je glisse ma main entre mes chemises, en vain. (M. Butor)
3. Ses frères marchaient à côté de lui, enveloppés dans leurs manteaux, un peu courbés en avant sous le poids de leurs fardeaux. (J.-M.G. Le Clézio)
4. Après avoir erré dans la suite de carrefours qui s'offrait à elle, attendant un signe de sa mémoire, elle finit par entrer chez un papetier et demanda si l'on connaissait un relieur dans les environs. (J. Romains)
5. Alors je le vis, accroupi au tournant de l'escalier, qui me regardait avec des yeux terribles. (J.-P. Hélias)
6. On avait quitté le village à la tombée de la nuit, et vers minuit, la compagnie était passée près du poteau frontière abattu, couché en travers du fossé. (H. Thomas)
7. Après l'avoir examiné avec méfiance, il marcha sur lui à grands pas, la tête en avant et les épaules effacées, comme s'il espérait le surprendre. (M. Aymé)
8. [Chéri] s'ennuya, demi-nu et enrhumé, aux fêtes des Fleurs où Charlotte Peloux l'exhibait, assis dans des roses mouillées. (Colette)
9. La bande détalait déjà et Frioulat se mit à courir de toute sa vitesse sans prendre le temps d'un regard en arrière. Tenant l'oiseau dans ses bras, le vieillard s'avança sur le pas de la porte et, après avoir émis un autre glapissement qui précipita la fuite des écoliers, il entra dans la boutique.
   Frioulat, lancé comme un projectile, rejoignit la bande au tournant de la rue. (M. Aymé)

3. *Étudiez l'emploi des formes en "-ing" dans les traductions qui suivent. L'emploi d'une forme simple aurait-elle été possible ? Entraînerait-elle parfois une différence de sens ?*

1. "À quoi pensez-vous, Guy ?
– À rien. Alors, vous gardez le bail ?
– Oui. Je reviendrai de temps en temps à Paris et l'Agence sera mon pied-à- terre."
Il m'a tendu son étui à cigarettes.
"Je trouve ça moins triste de conserver l'Agence telle qu'elle était."
(P. Modiano)

"What are you thinking about, Guy?"
"Nothing. So, you're keeping the lease?"
"Yes. I'll be coming back to Paris from time to time and the Agency will be my pied-à-terre."
He held out his cigarette case.
"I think it's less sad if I keep the place as it is." (Trad. D. Weissbort)

2. "Dans un cas pareil, un homme aussi marquant doit choisir avec beaucoup de précautions son attitude !
– Lui ? Il va crever d'orgueil, tu penses.
– Il y a de quoi, dit Mme Alvarez. Nous verrons de grandes choses sous peu. Je me demande ce que dira Alicia sur un événement pareil..."
(Colette)

"In such circumstances, a man so much in the public eye has to be extremely careful about what line he takes."
"Him! He'll be bursting with pride, you may be sure."
"And with good reason, too," said Madame Alvarez. "We shall be seeing great things before very long. I wonder what Alicia will have to say about the situation." (Trad. R. Senhouse)

3. "Il y a un autre point que je désire souligner, c'est l'âge des malades. Il ressort des statistiques que nous avons faites...
– Un instant, je vous prie, docteur, dit Mrs White. J'ai un petit ennui avec le magnétophone. Il n'enregistre plus."
(R. Merle)

"There's another point I'd like to emphasize – the age of the victims. According to the statistics we've come up with..."
"Just a second, please, Doctor," Mrs White said. "I'm having a little trouble with the tape recorder. It isn't recording anymore" *(Trad. M. Sckolinsky)*

4. "Enfin elle se sentait si compromise déjà, qu'elle n'eut pas le courage de renoncer à une telle aubaine. Elle se laissa faire violence...
– C'est le cas de le dire.
– Tu ne sais pas de qui tu parles. Elle a résisté longtemps."
(F. Mauriac)

Finally in view of the fact that she was already so deeply compromised, she just hadn't the courage to refuse such a windfall. She let herself be over-persuaded..."
"You're telling me! ..."
"Don't talk like that! You know nothing whatever about her. She stood out for a long time. (Trad. G. Hopkins)

5. "Il doit se passer quelque chose ici, se dit Angelo. Ceci n'est pas naturel. Toutes ces bêtes crient comme si on les égorgeait." Il y avait aussi cette foule d'oiseaux qui, vue maintenant à hauteur d'homme, était assez effrayante, d'autant qu'ils ne s'envolaient pas... (J. Giono)

"Something's going on here," thought Angelo. "This isn't natural. All those animals sound as if they were having their throats cut." There was also that throng of birds which, viewed now from a man's height, was rather frightening, especially as they did not fly away...
(Trad. J. Griffin)

6. CLÉRAMBARD : J'ai décidé qu'Octave épouserait la Langouste.
LOUISE : La Langouste ! Allons, c'est une plaisanterie. (À *Octave*) : Votre père se moque de vous.

CLÉRAMBARD: I've decided that Octave shall marry Poppy.
LOUISE: Poppy! Now you're being ridiculous! (To Octave) *Your father's having a joke with us.* →

CLÉRAMBARD : Il ne s'agit pas d'une plaisanterie. Octave épousera la Langouste. (M. Aymé)

CLÉRAMBARD: I'm not joking at all. Octave shall marry Poppy. (Trad. N. Denny)

7. "C'est ennuyeux, confia-t-il [Blake] un jour à quelqu'un, Édouard Ier interrompt toujours mes conversations avec Sir William Wallace." (J. Green)

"It's very annoying", he confided one day. "Edward the First is always interrupting my conversations with Sir William Wallace." (Trad. J. Green)

8. Je ne manquai pas de profiter d'une circonstance aussi favorable pour découvrir enfin quelque chose du sort de Christine, car il ne pouvait s'agir que d'elle, et, sournoisement, je m'assis un peu en arrière des deux femmes. (J. Green)

I did not fail to take advantage of circumstances which seemed so promising for finally learning something about what had happened to Christine, for they must be talking about her; so I stealthily took a seat just behind them. (Trad. J. Green)

4. *Traduisez les paires de phrases qui suivent. Dans chacune de ces paires l'un des verbes sera à la forme dite "progressive", l'autre non. Justifiez votre traduction.*

1. a/ Regarde ! Le voilà soudain adorable avec elle : je me demande ce qu'il mijote.
   b/ Ne vous inquiétez pas : il est adorable et vous vous entendrez bien.
2. a/ Avant tout, je vois Rome comme une ville antique.
   b/ Enfin, je vois Rome ! Tous mes vœux sont comblés !
3. a/ Quel idiot ! Il pose toujours des questions stupides.
   b/ Quel élève ! Il pose des questions stupides, arrive en retard et ne rend pas ses devoirs.
4. a/ Je sais que vous aimez mon appartement, mais je n'ai aucune intention de déménager !
   b/ Je ne sais pas comment m'y prendre car je ne déménage pas souvent.
5. a/ Je suis en nage : j'ai couru depuis la gare.
   b/ J'ai couru depuis la gare, monté l'escalier quatre à quatre, et suis presque arrivée à l'heure.
6. a/ Paul a encore volé des pommes. Cela commence à bien faire !
   b/ Paul a volé des pommes ce matin, et j'attends notre voisin.
7. a/ Que veux-tu ? Il vieillit !
   b/ Le plastique vieillit mal.
8. a/ Ils ont réparé le toit et nous n'avons plus de fuite.
   b/ Ils réparent le toit depuis le début de la semaine et il y a trop de bruit pour travailler.
9. a/ Il a beaucoup plu cet hiver.
   b/ Tiens ! Il a plu ! La table est mouillée.
10. a/ J'ai fait du repassage toute la matinée.
    b/ J'ai repassé douze chemises ce matin !

5. *Traduisez les phrases suivantes.*

1. J'étais assis au cinquième rang de la classe d'anglais. Le professeur nous faisait réviser un texte lorsque la porte s'ouvrit. (Ph. Labro)

2. "Bref, Théo Besson, qui a quarante-huit ans et qui est célibataire, est en vacances à Étretat depuis deux semaines.
   – Chez sa belle-mère ?
   – Non. Il ne la voyait pas. Je crois qu'ils étaient brouillés." (G. Simenon)
3. "Vous vous amusez bien ? demandai-je poliment.
   – Qu'y a-t-il ? dit mon père d'un air irrité. Que fais-tu ici ?
   – Et vous ? Elsa vous cherche partout depuis une heure " (F. Sagan)
4. Le bain refroidissait, Nicole émergea. Ruisselante elle décrocha la serviette-éponge et se frictionna longuement. (Y. Quéffelec)
5. Marie l'a vu au bord de la Maine. Vu, je vous dis, ce qui s'appelle : vu... (H. Bazin)
6. Son oreille ne pouvait s'y tromper ; c'était la voiture de sa mère. (...) Où pouvait aller Mme de Séryeuse sur cette route ? (R. Radiguet)
7. Un soir, j'étudiais mes leçons dans la salle à manger, à la lumière d'une lampe posée sur la grande table. (...) Je tournais le dos aux deux fenêtres dont les rideaux étaient tirés et la pièce autour de moi semblait obscure, mais il y avait sur la table ce lac parfaitement rond et lumineux où mes mains tournaient les pages des livres. On sonna. J'étais seul dans la maison avec la bonne qui alla ouvrir. Un instant plus tard, une femme entra dans la salle à manger. (J. Green)
8. Le sixième jour, je vis Cyril pour la première fois. Il longeait la côte sur un petit bateau à voile et chavira devant notre crique. Je l'aidai à récupérer ses affaires et, au milieu de nos rires, j'appris qu'il s'appelait Cyril, qu'il était étudiant en droit et passait ses vacances avec sa mère, dans une villa voisine. (F. Sagan)
9. "Tu t'es encore battu ? ... Eh bien c'est du propre ! La chemise est en charpie.
   – C'est ça les gosses", intervint Micho qui s'évertuait sur le branchement d'un téléviseur d'occasion cédé par la paroisse. (Y. Quéffelec)
10. Peu à peu, les bourgeois s'éclipsèrent ; il ne resta bientôt plus que Vuillet et Roudier, auxquels l'approche du danger rendait quelque courage. (...)
    "Ma foi ! j'aime mieux cela, dit Sicardot en remarquant la fuite des autres adhérents. Ces poltrons finissaient par m'exaspérer. Depuis plus de deux ans, ils parlent de fusiller tous les républicains de la contrée, et aujourd'hui ils ne leur tireraient seulement pas sous le nez un pétard d'un sou." (É. Zola)

4 Les structures réflexes

Il s'agit de structures ou de mots qui sont ou propres à l'anglais, ou beaucoup plus courants en anglais qu'en français. Il faut donc avoir le réflexe de les employer pour traduire des expressions très différentes en français.

4.1. Les structures réflexes : modaux et auxiliaires

Les modaux sont d'un emploi si fréquent en anglais qu'il est essentiel non seulement de bien les connaître (en étudiant une bonne grammaire), mais également de savoir les utiliser pour traduire des expressions françaises dans lesquelles la modalité est exprimée de façon beaucoup plus indirecte.

Il faudra donc :

1. Bien apprécier le sens de la modalité française dans son contexte afin de décider quel est le modal anglais qui convient. Le seul exemple de l'auxiliaire "devoir" suffira à montrer les ambiguités qui peuvent exister en français.

Hors contexte, la phrase "Il doit travailler" peut en effet signifier :

– Il le faut, ce doit être un devoir pour lui (sinon il n'aura pas son examen) :

→ *He must work.*

– La déduction (Il doit travailler car il travaille toujours à cette heure-ci) :

→ *He* { *must* / *should* } *be working.*

– Il est obligé de travailler (il n'a pas le choix, les circonstances extérieures l'y obligent) :

→ *He has to work.*

– C'est convenu (Il doit travailler chez X à partir de la semaine prochaine) :

→ *He is to work at... next week.*

Les trois premiers sens peuvent être négativés :

→ *He musn't work.*

→ *He can't be working.*

→ *He doesn't have to work.* (ou : *He needn't work.*)

Ainsi, la phrase "Il ne doit pas se fatiguer" peut signifier :

– Il est malade et il ne faut pas qu'il se fatigue.

➡ *He musn't get tired.*

– Son travail est si mauvais que je suppose qu'il ne se fatigue pas

➡ *He can't be working very hard.*

De même, la phrase "Il devait travailler" peut potentiellement signifier :

– Il était obligé de travailler.

➡ *He had to work.*

– Il travaillait très certainement.

➡ *He must have been working.*

– Il était convenu que, le semaine suivante, il devait travailler à...

➡ *He was to work...*

– Il était convenu, la semaine précédente, qu'il travaillerait à..., mais il ne l'a pas fait.

➡ *He was to have worked...*

Le contexte permet presque toujours de lever l'ambiguité, mais il est plus que jamais nécessaire d'être vigilant et d'éviter toute traduction "automatique" , qu'il s'agisse de cette modalité ou d'une autre.

2. Penser à utiliser les auxiliaires modaux anglais pour traduire, par exemple, le sens exprimé en français par

– un adverbe :

➡ Il a peut-être écrit. *He may have written.*

➡ Il est parfois grossier. *He can be rude.*

– une locution :

➡ Il n'est pas impossible qu'il nous rejoigne. *He may well join us.*

➡ Cela est susceptible de... *This might...*

– un infinitif :

➡ Débrancher l'appareil avant de le nettoyer. *The mixer should always be unplugged before it is cleaned.*

– les verbes de perception, dans certains cas :

➡ Du grenier, on voit jusqu'à la Loire. *From the attic, you can see as far as the Loire.*

3. Ne pas oublier que les auxiliaires modaux et les auxiliaires *be, have* et *do* sont très fréquemment utilisés en anglais pour des **réponses brèves**, des **reprises** ou des **formes d'insistance** là où on préférera en français

– un adverbe :

➡ " Il est parti sans s'excuser. – Vraiment ?" *"He left without apologizing." "Did he?"*

– "oui", "non", "si", ou réponse complète :

➡ " Avez-vous envoyé le rapport ? – Oui. (ou : Oui, je l'ai envoyé.)"
"Have you sent the report?" "Yes, I have."

– formes d'insistance :

➡ Si elle venait tout de même... *If she did come...*

➡ Certes, les chambres sont grandes, mais le prix est vraiment trop élevé.
The rooms <u>are</u> large, but the price is really too high.

1. *Complétez les proverbes qui suivent avec l'auxiliaire modal qui convient, puis justifiez l'emploi de ce modal. Quels proverbes équivalents pouvez-vous trouver en français ? La modalité y est-elle exprimée de la même façon ?*

1. *When the cat is away, the mice … play.*
2. *You … lead a horse to water, but you … make him drink.*
3. *As you make your bed, so you … lie in it.*
4. *Take care of the pennies; the pounds … take care of themselves.*
5. *People who live in glass houses … not throw stones.*
6. *One … see the wood for the trees.*
7. *As you sow, so you … reap.*
8. *Do your duty, come what …*
9. *Boys … be boys.*
10. *A cat … look at a king.*
11. *Beggars … be choosers.*
12. *Murder … out.*
13. *Do to others as you … be done by.*
14. *One … have more than one string to one's bow.*
15. *Seek and you … find.*

2. *Traduisez les paires de phrases qui suivent, puis justifiez votre traduction.*

1. a/ Je suppose qu'il doit partir, à l'heure qu'il est.
   b/ Je crois qu'il doit partir à neuf heures.
2. a/ Il faut que je fasse des gâteaux plus souvent !
   b/ Il faut que je fasse un gâteau tous les samedi soirs quand ma belle-mère vient dîner.
3. a/ Elle devait y rester jusqu'à sa mort, en 1919.
   b/ Elle devait y rester jusqu'à onze heures du soir, au cas où on aurait eu besoin d'elle.
4. a/ Tu me le payeras ! Si tu crois t'en tirer ainsi…
   b/ Tu me le payeras quand tu pourras, je ne suis pas pressée.
5. a/ Qui sait ? Il peut être timide, ce qui expliquerait pourquoi il n'a rien dit.
   b/ Il peut être timide quand il y a beaucoup de monde. Je l'ai déjà vu ne pas dire un mot de la soirée.

3. *Étudiez les passages qui suivent et leur traduction, en vous attachant tout particulièrement à l'emploi des modalités.*

1. De ces années obscures, je garde le souvenir d'une minute de ravissement tel que je n'en ai jamais connu depuis. Doit-on dire ces choses ou les garder pour soi ? Il y eut un moment, dans cette chambre, où levant la tête vers la vitre, j'aperçus le ciel noir dans lequel brillaient quelques étoiles. Quels mots employer pour décrire ce qui échappe au langage ? (J. Green)

In the course of these dim years, I can remember a minute of intense delight, such as I have never experienced since. Should such things be told, or should they be kept secret? There came a moment in this room when, looking up at the window-pane, I saw the dark sky and a few stars shining in it. What words can be used to express what is beyond speech? (J. Green)

2. [Mes filles] sont toutes arrivées par erreur, à la place de ce garçon tant

They arrived by mistake, in place of the boy I have yearned for. You will

attendu. Tu comprends pourquoi j'ai fini par ne plus les voir ni m'inquiéter de leur sort. (T. Ben Jelloun)

understand why I no longer see them or concern myself with their fate. (Trad. A. Sheridan)

3. "Alors, mon pauvre Gaston, dit Mme Alvarez, c'est donc bien vrai, cette brouille ? D'un sens, pour vous, c'est peut-être mieux. Mais d'un autre sens, je conçois que vous en ayez de l'ennui. À qui se fier, je vous le demande..." (Colette)

"My poor Gaston," said Madame Alvarez, "is it really true, then, that you have broken with her? In some ways it may be the best thing for you; but in others I'm sure you must find it most upsetting. Whom can I trust, I ask you!" (Trad. R. Senhouse)

4. "Vergne a des idées formidables. Mais elles ne sont pas souvent réalisées", dit Dufrène. (S. de Beauvoir)

"Vergne does have terrific ideas. But they aren't often carried out," said Dufrène. (Trad. P. O'Brian)

5. Tchen tenterait-il de lever la moustiquaire ? Frapperait-il au travers ? L'angoisse lui tordait l'estomac ; il connaissait sa propre fermeté, mais n'était capable en cet instant que d'y songer avec hébétude, fasciné par ce tas de mousseline blanche qui tombait du plafond sur un corps moins visible qu'une ombre, et d'où sortait seulement ce pied à demi incliné par le sommeil, vivant quand même –de la chair d'homme. (...) Combattre, combattre des ennemis qui se défendent, des ennemis éveillés.
(A. Malraux)

Should Chen try lifting up the mosquito-net? Or should he strike through it? He felt desperate in-his inability to decide. He knew he was strong really, but for the moment it was only a blank realization, powerless before that mass of white muslin which draped down from the ceiling over a body that was vaguer than a shadow; from which only a foot protruded, the foot of a sleeper, angular but still convincingly human flesh. (...) If only he could fight, fight an enemy who was on his guard, who gave blow for blow –what a relief that would be! (Trad. A. Macdonald)

6. "Qu'est-ce que ça me fait qu'il soit bon, si je ne m'en aperçois pas ? Jugez un peu ce que ce serait, s'il était méchant.
(F. Mauriac)

"He may be a good man, and he may have a heart of gold," she was fond of saying, "but what good is that to me if I never get a glimpse of it? Just think what he would be like if he was bad!" (Trad G. Hopkins)

7. En présence de mes voisins, il m'arrive même d'en remettre un peu et d'être plus italien que l'Italie. Ils sont ravis. Surtout les femmes.
(R. Merle)

When my neighbours are around I'll even put on an act and be more Italian than the Italians. They eat that up. Especially the women.
(Trad. M. Sokolinsky)

4. *Traduisez les passages suivants.*

1. Il fallait avertir les parents. Mes pieds refusaient de m'y conduire.
(Ch. Baudelaire)
2. "Ça devait arriver, pensait-elle, j'étais si heureuse." (M. Aymé)
3. JESSICA : Tu fais le malin mais tu serais bien incapable de me le décrire.
HUGO : Bien sûr que si, j'en serais capable.
JESSICA : Non, tu n'en serais pas capable.
HUGO : Si.
JESSICA : Non. Quelle est la couleur de ses yeux ? (J.-P. Sartre)

4. [Les] athées comme les gens religieux n'admettent pas qu'il puisse y avoir d'athées. (H. de Balzac)
5. "C'est le cas de dire que ça n'a tenu qu'à un fil, dit-il assez rêveusement.
   – Tu n'étais pas forcé de le couper, dit Christiane ; ça ne faisait pas partie de tes fonctions." (H. Thomas)
6. Tous ces invités [allemands] comprennent qu'il faut s'extasier sur mes mérites, ils me tripotent docilement : c'est donc qu'ils possèdent en dépit de leurs origines, une obscure notion du Bien. (J.-P. Sartre)
7. Pour (...) faire part de vos remarques, avis, critiques, suggestions... contacter X... (Egor Review)
8. Sans doute lui disait-elle : "Fais attention, on nous écoute" , car il cria presque : "Je sais me tenir, peut-être ! et quand même on nous écouterait !" (F. Mauriac)
9. Il redouble de précautions au moment de dépasser la cuisine, d'où lui parvient une senteur de café : Papé Allègre est déjà debout. (L. Durand)
10. "Mais non, mais non, je vous assure. Antoine est bien sage, protestait Germaine, mais Mme Frioulat ne la laissait pas parler.
    – Le fond n'est peut-être pas mauvais, mais comme à tant d'autres, il lui aura manqué une discipline.
    – Les enfants, il faut que ça soit tenu, dit l'employé du métro." (M. Aymé)
11. Et, en l'observant de près, il distinguait les fines rides de la peau, le flétrissement du cou, une certaine sécheresse des mains qui ne trompe pas.
    – Voulez-vous me confier votre chapeau, monsieur le commissaire, et voir s'il y a ici un fauteuil à votre taille ? Vous devez vous sentir mal à l'aise dans ma maison de poupée, n'est-ce pas ? (G. Simenon)
12. "Tu sais que CE sera sans doute pour demain ?
    – Tant mieux."
    Tous savaient ce qu'était CE : l'arrivée des troupes révolutionnaires aux dernières stations du chemin de fer, qui devait déterminer l'insurrection. (A. Malraux)
13. Le luxe, l'insouciance (...) rendent ces enfants-là si jolis qu'on les croirait fait d'une autre pâte que les enfants de la médiocrité ou de la pauvreté. (...) De l'autre côté de la grille, il y avait un de ces marmots-parias dont un œil impartial découvrirait la beauté si (...) il le nettoyait de la répugnante patine de la misère. (Ch. Baudelaire)
14. Je vais enfoncer le clou puisqu'il le faut.
    "Monsieur le Secrétaire, si vous me permettez d'être franc, il y a un présupposé optimiste dans votre question. Vous pensez, en fait, que dans l'état actuel de la médecine, une telle épidémie ne tarderait pas à être jugulée.
    – Eh bien, ai-je tort ?
    – Vous pourriez avoir tort." (R. Merle)
15. Un ou plusieurs gardes du corps espagnols. Plus, surtout –quelles informations capitales !–, une voiture et un enfant. Un enfant qui serait né en 1931, cette même année où Maria Weber s'est volatilisée en quittant son appartement de la rue Raynouard, qui pourrait donc être son fils, qu'elle cacherait peut-être en France –pourquoi pas dans cette même propriété comportant un tennis ?–, qui constituerait le plus efficace des moyens de persuasion, sous réserve de le capturer.
    Et une voiture admirable, sur le passage de laquelle il est fatal qu'on se retourne, au point qu'on doit aisément la suivre à la trace, comme si elle était lumineuse. (L. Durand)

4.2. Les structures réflexes : les résultatives

L'anglais et le français diffèrent dans leur description du déroulement d'une action. Là où en français on ira souvent droit au résultat, l'anglais aura plutôt tendance à décrire le processus chronologiquement.

➟ Il entra dans le grenier en se laissant tomber de la fenêtre. *He lowered himself through the window into the attic.*

D'où l'emploi très courant en anglais de structures dites résultatives où le moyen est exprimé par le verbe et le résultat par une particule adverbiale par une préposition suivie d'un groupe nominal, ou par un adjectif.

moyen	résultat
He ran	*into the room.*
They rocked	*the child asleep.*

Lorsqu'on traduit vers l'anglais, ces structures résultatives seront souvent le résultat d'un chassé croisé : Il entra dans la pièce en courant.

He ran *into the room.*

Mais un grand nombre de structures françaises peuvent en fait se traduire par des formes résultatives, et il ne s'agit pratiquement jamais d'une traduction littérale. C'est pourquoi il est important pour le traducteur de bien connaître ces formes pour qu'elles soient disponibles à tout moment.

Voici, à titre d'exemple, quelques structures résultatives, toutes extraites de *The Economist* du 20 octobre 1990.

➟ *More likely [Mr Gorbachev] will persevere with the attempt to coax the country into a looser federation with a market economy.*

➟ *Mr Favell protested that "Mrs Thatcher is well aware of all the dangers" of Britain "almost sleep-walking into Europe."*

➟ *[Cardinal O'Connor] and others like him in the Catholic hierarchy have also angered broadminded Americans by seeking to bully Catholic politicians into imposing church teaching on the rest of society.*

➟ *By joining the Americans under the UN flag in Korea, the Turks worked their passage into NATO.*

➟ *Ever-growing herds of goats and cattle graze the land to death.*

➟ *Insurers have no equivalent of a federal deposit-insurance scheme to tempt them into moral hazard.*

1. *Étudiez les passages suivants et leur traduction en vous attachant plus particulièrement à l'étude des formes résultatives anglaises et des structures françaises qu'elles traduisent.*

1. J'explique aux personnels que vendre dix appareils anciens... n'est pas un bradage de la flotte. *(Le Monde)*

I have explained to personnel that by selling ten old planes... I am not auctioning off the fleet. (The Guardian Weekly)

2. Il me donna l'adresse d'un vieil oncle à lui qui, pendant plus de cinquante ans, avait servi comme jardinier-chef chez le célèbre Comte Pirojski (...), nul ne s'y connaissait mieux que lui dans l'art de faire venir les plantes. (A. Gerber)

He gave me the address of an old uncle of his, who had served for more than fifty years as the head gardener of the celebrated Count Pirojsky (...); nobody was his equal in the art of coaxing plants along. (Trad. J. Leggatt)

3. Hutting a réuni huit chambres de bonne, un morceau de couloir et les faux greniers correspondants pour en faire un immense atelier... (G. Perec)

Hutting has knocked eight maid's rooms, a stretch of corridor, and the corresponding roof-space into a huge studio... (Trad. D. Bellos)

4. (...) Cette fois il n'y avait plus de pudeur, mais une jubilation dans les voix –autre chose aussi, comme de la peur, une peur qui se détruit elle-même tellement on la crie, tellement on la sort de soi. (Ph. Labro)

(...) And this time there was no reticence. There was jubilation in those voices –and something else, too. Fear, perhaps. The fear that destroys itself by screaming yourself into a frenzy. (Trad. R. Byron)

5. La femme du boulanger faisait un pas à l'intérieur de la remise, consolidait de la main sa chevelure noire, se retournait et se lançait, de nouveau, en courant, à travers la place déserte. (P. Gascar)

The baker's wife would step inside the coach-house, pat her dark hair into place, turn round, and dash once more across the deserted square. (Trad. V. Cohen)

6. Elle refusait de se laisser atteindre par la complaisance d'un premier échec. (Ph. Labro)

She refused to let that first setback cow her into resignation. (Trad. W.R. Byron)

2. *Traduisez les phrases qui suivent en utilisant des expressions résultatives.*

1. Monsieur Profitendieu gagna, en chancelant, un fauteuil. (A. Gide)
2. Au cours de la conversation, Marthe m'ayant appris qu'elle déjeunait chez ses beaux-parents, je décidai de la résoudre à rester avec moi. (R. Radiguet)
3. Je traversai le petit jardin sur la pointe des pieds, puis montai les marches du perron. (R. Radiguet)
4. Léa n'obéit pas à sa mère et n'alla pas dans sa chambre. Elle se précipita dans le jardin, traversa la cour et, en courant, coupa à travers les vignes en direction de Bellevue. (R. Deforges)
5. De temps en temps Nicole montait clandestinement voir son fils au grenier. (Y. Queffélec)
6. Une nuit il se jeta sur la porte et la démolit à coups de pied. (Y. Queffélec)
7. Elle a secoué son corps pour se libérer de cette emprise avec la même violence. (Ph. Labro)
8. Christiane apporta le café, du vrai, que Claude avait obtenu, à force de flagorneries, de l'épicier... rue de l'Échaudé. (H. Thomas)
9. C'est parce qu'on pense qu'il y a des problèmes. Un jour, à force de penser, tu te trouveras devant un problème, ta grosse tête te présentera une solution et tu te flanqueras dans une histoire impossible... (J. Anouilh)
10. On fusilla des paysans sur une simple dénonciation, on emprisonna des femmes, on voulut obtenir, par la peur, des révélations des enfants. (G. de Maupassant)

4.3. Les structures réflexes : le passif

Le passif s'emploie beaucoup plus fréquemment en anglais qu'en français. Il faut donc savoir qu'il peut permettre de traduire un certain nombre de structures ou expressions françaises, dont voici les plus courantes :

• **"On"**

Lorsque le pronom "on" français a une valeur tout à fait impersonnelle, c'est souvent le passif qui permettra la traduction la plus fidèle.

→ On dit qu'il est devenu fou. *He is said to have become mad.*

Cette utilisation du passif permet souvent à l'anglais de mentionner le propos directement, avant le thème, ordre plus naturel dans cette langue.

→ On a réquisitionné <u>toutes les voitures.</u>

thème ←

<u>All cars</u> have been requisitioned.

La traduction de "on" par un pronom sujet (*we, you, they*) ou par *people*, parfois possible, est souvent maladroite et peut relever du contresens en faisant référence à des personnes du texte ou en impliquant le lecteur dans des textes où "on" a au contraire pour fonction de dépersonnaliser.

• Formes **impersonnelles** et formes **pronominales**

→ Que faut-il faire ? *What is to be done?*

→ Les robes se portent très courtes cet été. *Dresses are being worn very short this summer.*

• Pour mentionner la **source** d'une **information** ou l'**attitude** que l'on a vis-à-vis de cette information. Il s'agit là de formes très fréquentes dans le style journalistique, surtout lorsqu'on rapporte des faits dont l'authenticité n'a pas été confirmée. Deux structures :

→ *Some thought that he was dead.* = *He was thought to be dead.* (1)
= *It was thought that he was dead.* (2)

La structure (1) est possible avec les verbes qui suivent :

+ sûr *say / know / find / declare* (+ adj.)
report / believe / understand / hold / consider / expect
reckon / think / suppose / presume (+ adj.) / *assume* (+ adj.)
fear / feel
– sûr *rumour*

→ *He is expected to make a speech next week.*

→ *He was reported to have been driving while intoxicated.*

La structure (2) est possible avec ces mêmes verbes ainsi qu'avec d'autres verbes :

+ sûr *confirm*
say / know / find / announce / claim / state / declare / decide
report / believe / understand / hold / consider / expect / assume
reckon / think / suppose / presume
fear / feel / suggest / predict / hope
– sûr *rumour*

N.B. : Ne pas confondre :

➞ *He was said to be ready.* On disait qu'il était prêt.

➞ *He was told to be ready.* On lui demanda de se tenir prêt.

Les structures (1) et (2) mentionnées plus haut permettent de rendre un bon nombre d'expressions françaises telles que : On croit savoir... / de source... / il semble que... / l'avion se serait... / aux dires de... / selon...

• Pour **éviter l'animisme** (voir p. 40)

➞ Ceux que guette l'hypertension... *Those threatened by high blood pressure...*

➞ Je suis sûre que ses propos se voulaient modérés. *I am sure his words were meant to be (/intended to be) moderate.*

Mentionnons enfin deux sources courantes d'erreurs :

• Il faut veiller à bien utiliser le passif **progressif** lorsque celui-ci est nécessaire. Il est donc important de ne pas confondre :

➞ La maison que l'on réparait... *The house that was being repaired...*
(= processus non terminé)

➞ La maison réparée (qui avait été réparée). *The house that was repaired.*
(= résultat)

• Il ne faut pas oublier que la préposition ***to*** réapparaît au passif dans les structures infinitives avec ***make*** ou avec les verbes de perception :

➞ On les fit travailler dix heures par jour. *They were made to work ten hours a day.*

1. *Lisez l'extrait d'article qui suit,*
a/ soulignez tous les passifs,
b/ puis justifiez leur emploi. L'agent est-il souvent mentionné ? Une forme active aurait-elle été acceptable ? Si oui, laquelle ?
c/ Proposez ensuite une traduction française pour ces structures. Dans combien de cas un passif français, calqué sur la structure anglaise, est-il possible ?
Cet exercice doit faire apparaître la fréquence d'emploi du passif en anglais, surtout dans les articles de journaux, et la nécessité qu'il y a pour le traducteur d'avoir cette structure disponible pour rendre diverses expressions et constructions françaises.

Mercy, Duty and Ted Heath

The relatives of the 70-odd hostages detained in Iraq after the invasion contacted Mr Heath. They also bombarded the office of Mr William Waldergrave, a junior Foreign Office minister, with requests for him to take up the idea. Mr Waldegrave, and then Mr Hurd himself (both one-time Heath-men), telephoned Mr Heath and asked him what his intentions were. When he said he was thinking of going, they in effect offered him a deal: he would be given all practical help (accommodation, briefings, cars, etc) but would not be either praised or criticised for undertaking the visit.
The first Mrs Thatcher knew of a Heath mission was during her visit to the United Nations in New York last month for the launching of the Year of the Child, when she was telephoned by Mr Hurd's office. It was agreed that she could neither condemn the visit outright –that would infuriate the hostages'families– nor welcome it, lest it send the wrong signal (we will negotiate, after all) to the Iraqis.
That left one ticklish problem. When Mr Heath does finally arrive (the visit was held up by the Iraqis for a week, and is now expected to take place this weekend), should the British ambassador in Baghdad, Mr Harold Walker, attempt to take part in the meeting with President Saddam Hussein? (...) As of Thursday, no firm instructions had been sent to Mr Walker.

The Economist

2. *Lisez les passages suivants et leur traduction en étudiant tout particulièrement la façon dont certaines structures ont été rendues par des passifs en anglais.*

1. Les forces aériennes alliées ont effectué 2107 raids depuis le déclenchement des opérations. *(Le Monde)*

2107 allied raids have been carried out since the beginning of the campaign.

2. Les familles traînaient des enfants au cou dévissé, aux bouches pendantes, aux yeux hors de la tête. On claquait, fessait, privait de promenade, enfermait à la maison. (J. Cocteau)

Wry-necked children, agape, with bulging eyes, were towed along by parents; slapped, spanked, incarcerated in their rooms, deprived of outings. (Trad. R. Lehmann)

3. En effet, les informations qui ont circulé à l'étranger, au mois d'août, au sujet de violentes manifestations antigouvernementales dans la région de Hasage et de Deirelzor, étaient, de l'avis général, peu crédibles. *(Le Monde)*

Indeed, it was generally believed that little credit could be attached to the rumours of violent anti-government demonstrations in the Hasaqe and Deirelzor region which were spread abroad last August.

4. Ce sont les militaires et les miliciens qui correspondent aux plus fortes proportions de névrose traumatique complète... *(Le Monde)*

The highest proportion of complete traumatic neurosis was found among the soldiers and militiamen. *(The Guardian Weekly)*

5. Durant la seconde guerre mondiale, les évacuations pour raison psychiatrique représentèrent près du quart des rapatriements sanitaires. *(Le Monde)*

Almost a quarter of the casualties who were evacuated from the front line in the Second World War were removed for psychiatric reasons. *(The Guardian Weekly)*

6. "Sachez, disait-elle, vous laisser désirer." On la désira beaucoup, puis de moins en moins, et, faute de la voir, on finit par l'oublier. (J.-P. Sartre)

"Learn", she used to say," how to make yourself desired." She was greatly desired, then less and less and, as she was not seen, she was eventually forgotten. *(Trad I. Clephane)*

3. *Traduisez les phrases suivantes.*

1. Il [Voltaire] veut se faire entendre à Paris quand il est en exil. *(Le Monde)*
2. Toutes les apparences m'accablent. On n'est pas obligé de savoir que j'étais de bonne foi quand j'ai accepté cette place. Il fallait l'air de la campagne pour François... (F. Mauriac)
3. Charles (...) préféra courir les routes sur la trace d'une écuyère. On retourna son portrait contre le mur et fit défense de prononcer son nom. (J.-P. Sartre)
4. Il était si agité que j'ai fini par lui répondre, avec un sourire que je voulais mystérieux... (P. Modiano)
5. [Dans un journal] On nous prie d'annoncer le décès de Marie de Resen, survenu le 25 octobre dans sa quatre-vingt-douzième année. (P. Modiano)
6. Même au sein du Parti Baas et de l'armée, affirment certains de nos interlocuteurs, on éprouve une certaine compréhension à l'égard de la politique de Saddam Hussein... *(Le Monde)*
7. On ne peut donc exclure de sombres alliances "sur le terrain", mais rien ne permet, pour l'heure, d'étayer cette thèse. *(Le Monde)*
8. [On ne peut qu'expliquer sans relâche] le point de vue de Paris à ces dirigeants et à des élites doublement humiliées dont on convient qu'elles "s'illusionnent un peu sur les rapports de force et sur l autonomie de la France par rapport aux Américains." *(Le Monde)*

9. On estime que les Israéliens feront tout pour qu'on ne s'attaque pas radicalement à ce problème [le problème palestinien] et qu'ils sont, en revanche, moins fermés à l'idée d'une grande conférence sur la sécurité dans la région. *(Le Monde)*
10. Ils allaient tous les deux à l'autre bout de la ville, derrière le presbytère, pour voir où en était la maison que l'on y construisait. (J. Green)

4.4. Les structures réflexes : l'adjectif possessif

On retiendra plus particulièrement les deux cas suivants :

1. Langue plus concrète, l'anglais a tendance à particulariser en décrivant les parties du corps. On emploiera donc un possessif en anglais là où l'article défini, plus général, est utilisé en français.

→ – Oui, dit-il en se grattant la tête. *"Yes," he said, scratching his head.*

Sauf dans la structure non réflexive :
Verbe + pronom personnel objet + préposition + article + partie du corps
(Il s'agit presque toujours de verbes du genre : *to hit, to hurt, to wound*..., impliquant l'action d'une autre personne.)

→ *The bullet hit him in the leg. They kicked him in the ribs.*

2. Plus généralement, l'article français pourra parfois être traduit par un possessif qui permettra souvent de clarifier la phrase.

→ À l'automne 38, Reinhard Heydrich, excédé, réorganise entièrement Schädelbohrer ; il en confie la direction à deux hommes, complémentaires selon lui. (L. Durand) *In the autumn of 1938, Heydrich furiously instituted a complete reorganization of Schädelbohrer. He entrusted its direction to two men whose talents he considered complementary.* (Trad. M. Brownjohn)

1. *Étudiez et commentez l'utilisation des possessifs dans les passages qui suivent et leur traduction.*

1. Quelques heures auparavant, nous nous étions retrouvés pour la dernière fois dans les locaux de l'Agence. Hutte se tenait derrière le bureau massif, comme d'habitude, mais gardait son manteau, de sorte qu'on avait vraiment l'impression d'un départ. [Il] se caressait pensivement la barbe, une barbe poivre et sel, courte, mais qui lui mangeait les joues. (P.Modiano)	*Some hours before, we had met again for the last time on the premises of the Agency. Hutte, as usual, sat at his massive desk, but with his coat on, so that there was really an air of departure about it. Thoughtfully, [he] stroked his beard, a grizzly, close cut beard, but one which spread out over his cheeks.* (Trad. D. Weissbort)
2. C'est une grande question à résoudre que celle-ci : "Y a-t-il en nous des penchants invincibles, et l'éducation peut-elle les modifier seulement ou les détruire ?" (G. Sand)	*The great questions awaiting an answer are these: "Are our innate tendencies invincible? If not, can they be modified merely or wholly destroyed by education?* (Trad. S. Young)

3. Je voyais la Cité de la Musique de La Villette laissée en friche : réflexion inexistante sur les buts, aucune cohésion recherchée entre les futurs utilisateurs... *(Le Monde)*

The new Cité de la Musique de La Villette was being allowed to lose its way: no thought had been given to its aims, no attempt made to coordinate its future users. *(The Guardian Weekly)*

4. Je me suis vu faire des choses que je ne fais pas : j'ai brusquement pris l'album à la couverture épaisse en cuir bouilli et j'ai plongé mon nez au milieu des pages en aspirant très fort, j'ai fermé les yeux et j'en ai été suffoqué, j'en ai perdu mes couleurs. J'ai recommencé une ou deux fois, isolé du monde, ivre, sans boussole. (Ph. Labro)

I did things I don't do: I snatched up the yearbook with its thick, treated-leather cover and thrust my nose into it, inhaling deeply. I closed my eyes and the aroma overwhelmed me; I went pale with it.
I repeated the process once, twice, cut off from the world, drunk with it, my bearings lost. (Trad. W.R. Byron)

5. [Juliette cherche un relieur où elle était allée, enfant.] Il y en avait un dans une rue voisine qu'on lui indiqua. Ce n'était évidemment ni la rue ni la boutique du souvenir. Mais Juliette avait la tête trop perdue pour s'obstiner dans une recherche. (J. Romains)

There was one in a nearby street to which they directed her. It was evidently neither the street nor the shop of her memory. But Juliette was too bewildered to persist in her search. (Trad. W.B. Wells)

2. *Traduisez les phrases suivantes.*

1. J'ai été mordu à la cheville.
2. Il ferma les yeux et s'endormit.
3. Elle lui a tapé sur l'épaule.
4. Les yeux leur cuisaient.
5. Ils entrèrent le chapeau sur la tête.
6. Alexis, la tête entre les mains, feignait de somnoler contre toute vraisemblance car ses deux cadets s'amusaient bruyamment de tirer les oreilles du chien. (M. Aymé)
7. Le général Pierre-Marie Koenig se détourna soudain, comme si on l'avait frappé dans le dos. (F.-R. Bastide)
8. [Les enfants] sont blonds, presque de la même couleur que le sable : la peau un peu plus foncée, les cheveux un peu plus clairs. (A. Robbe-Grillet)
9. Ursula lui déposa un baiser sur le front et sortit. (M. et G. Wolinski)
10. Le sacristain voulut la prendre par les épaules, mais elle se mit à le traiter de cochon, de satyre, de vendu. (Ph. Soupault)

4.5. Les structures réflexes : les mots composés

Adjectifs et noms composés sont très courants en anglais et peuvent permettre de traduire diverses structures françaises :

➡ une auberge sur le bord de la route *a roadside inn* (nom composé)

➟ l'homme à l'air innocent *the innocent-looking man* (adjectif composé)

➟ Il avait de l'herbe jusqu'aux genoux.
He was knee-deep in grass. (adjectif composé)

S'il est important de penser à utiliser de tels mots, il faut cependant bien connaître leurs règles de formation afin de ne pas les employer là où un génitif ou une expression avec *of* s'imposent. C'est surtout lorsque deux noms sont reliés par "de" en français qu'il peut y avoir quelques problèmes de traduction. Rappelons qu'il y a alors trois possibilités :

1. *A's B*

➟ *John's scarf*

➟ *the committee's decision*

Cette structure (génitif ou cas possessif) s'emploie surtout pour décrire l'appartenance et lorsque *A* est :
– un animé ➟ *my brother's house*
– une distance ou période de temps ➟ *today's paper*
– un lieu, une institution, une collectivité ➟ *China's reaction*
(Il est nécessaire de consulter une grammaire pour y trouver la liste complète d'autres cas particuliers.)

Il faut aussi noter l'emploi générique du génitif :

➟ une vie de chien *a dog's life*

➟ un sourire d'enfant *a child's smile*

2. *A-B* (nom composé)

Cette structure est possible lorsqu'une relation étroite lie *A* et *B*. On perd alors de vue chacun des deux éléments pour considérer l'emsemble comme un tout, comme une seule entité. *A* doit donc permettre de créer une sous-catégorie de *B*, un type bien caractéristique.

➟ *a screwdriver*

➟ *a window pane*

On dira *"a ghost story"*, *"a love story"* (car il s'agit de catégories bien connues d'histoire) mais on ne pourra pas de la même façon traduire "une histoire de bicyclette" par "**a bicycle story*" car il ne s'agit d'un type classique d'histoire, d'une sous-catégorie.

Dans les schémas les plus courants, *A* décrit
– le lieu :
➟ *the garden path*
– la période de temps :
➟ *a winter gale*
– le tout par rapport à la partie :
➟ *the table leg*
– le matériau :
➟ *silk pyjamas*
– la fonction :
➟ *jogging shoes*

Ici encore, il est important de se référer à une grammaire pour y trouver la liste complète des possibilités.

Il est essentiel de se souvenir que le premier mot définit le sens du second, et a donc valeur d'adjectif. Comme un adjectif, il est **invariable** (quelques exceptions, comme *a sports-car* sont à rechercher dans une grammaire) :

➟ un cheval de course *a race horse*

➟ une course de chevaux *a horse race*

➟ un laboratoire de langues *a language lab*

Il faut noter que plus la relation est étroite, plus il y aura tendance à trouver un seul mot, sans tiret :

➟ *a pen name / a pen-friend / a penknife*

Mais on trouvera souvent le même mot écrit différemment.

3. *the B of A*

Cette structure s'emploie dans les autres cas. Elle permet de mettre l'accent sur *B*, qui est alors considéré comme une entité indépendante de *A*. Comparez :

➟ *The park gates are open from 8 a.m. to 8 p.m.* (Ce ne sont pas les portes qui comptent mais l'ouverture ou la fermeture du parc.)

➟ *From the attic window, you can see the gates of the park.*

Le choix de cette structure peut aussi être dicté par certaines contraintes syntaxiques. Elle est souvent nécessaire lorsque *A* est défini par une proposition relative ou un long groupe adjectival.

➟ Le rôle de l'Université est crucial. *The University's role is a crucial one.*

➟ Le rôle des universités qui offrent des bourses aux étudiants du tiers-monde est crucial. *The role of the universities that offer grants to third-world students is a crucial one.*

1. *Trouvez les mots composés correspondant aux traductions données ci-dessous et ayant le mot indiqué en gras comme premier ou second élément.*

1. ***School*** un internat
   une école de langues
   un cartable
   un bulletin scolaire
   une auto-école
2. ***Head*** le maître d'hôtel
   un chasseur de têtes
   un psychiatre (familier)
3. ***Water*** de l'eau de mer
   une cascade
   l'eau potable
   du cresson
   une aquarelle
4. ***Tax*** le percepteur
   la fraude fiscale
   l'impôt sur l'essence
   un impôt foncier
   un refuge fiscal
   un impôt sur le revenu
5. ***Race*** la course aux armements
   un hippodrome
   une course de bicyclettes
   un habitué du turf
6. ***Speed*** la vitesse maximum autorisée
   la vitesse de décollage
   un hors-bord
7. ***Fishing*** la pêche à la truite
   un filet de pêche
   une canne à pêche
   la pêche en haute mer
   l'attirail de pêche
8. ***Board*** une planche à repasser
   le clavier (d'un piano)
   la planche à couper le pain
   la réunion du conseil d'administration
9. ***Bank*** une caisse d'épargne
   un jour férié
   un compte en banque
   la Banque Mondiale
10. ***Window*** une fenêtre à guillotine
    une rosace
    un laveur de vitres
    une vitrine de magasin
    un vitrail
11. ***Book*** un annuaire téléphonique
    un signet
    un carnet de chèques
    la reliure
12. ***Fire*** un feu de camp
    un feu de bois
    une caserne de pompiers
    une bouche d'incendie
    un feu de brousse

2. *Traduisez ces expressions en utilisant l'une des trois structures suivantes :*
A's B / A-B / the B of A.

1. l'anniversaire de la Reine
2. le coût de la vie
3. un petit bout de terrain
4. les nouvelles de 8 heures (à la radio)
5. un voyage de dix jours
6. la facture d'électricité
7. le rebord de la table
8. la lettre du directeur
9. un couteau de boucher
10. la guerre de Cent Ans
11. la ville de New York
12. sa collection de timbres
13. une station de métro
14. une lampe de mineur
15. une boule de neige
16. une règle de 15 centimètres
17. une montre de dame
18. l'intérieur de la boîte
19. une maison de poupée
20. un morceau de pain
21. les nouvelles d'hier
22. une toile d'araignée
23. un compagnon de route
24. un livre de 320 pages
25. les projets du gouvernement
26. le haut du mur
27. un bol de riz
28. une fabrique d'allumettes
29. une tranche de gâteau
30. un travail d'une demi-heure

3. *Expliquez les différences de sens entre les expressions qui suivent et commentez leur formation.*

1. *a plate of soup*
   a soup plate
2. *approval of the Prince*
   the Prince's approval
3. *cat food*
   the cat's food
4. *The Picture of Dorian Gray*
   Dorian Gray's picture
5. *card playing*
   a playing card
6. *a matchbox*
   a box of matches
7. *to get a good night's sleep*
   to get a goodnight kiss
8. *Filch the butler's son*
   Filch, the butler's son
9. *lamb's wool*
   calf-skin
10. *Sunday's paper*
    the Sunday paper

4. *Traduisez les phrases suivantes.*

1. Les excentricités de Blake sont fameuses. (J. Green)
2. "Les bottes de sept lieues." [Titre d'une nouvelle de M. Aymé]
3. L'un des plus brillants éditorialistes de la presse britannique, Peter Jenkins, du Sunday Times... *(Le Monde)*
4. C'était la femme du plus jeune des deux hommes. (P. Gascar)
5. Le soleil de l'automne 1945 illuminait doucement la grande chambre. (H. Thomas)
6. Une troupe d'oiseaux de mer arpente le rivage, juste à la limite des vagues. (A. Robbe-Grillet)

7. Germaine Buge quitta l'appartement de Mlle Larrison, où elle venait de faire deux heures de "ménage à fond" sous le regard critique de la vieille fille. (M. Aymé)
8. À cette âme de révolte qui est celle de Claire je ne puis apporter de réponses sans contrefaire mon esprit... (Ph. Sollers)
9. Il prit un grand verre à demi, y fit tournoyer un morceau de glace, rejeta l'iceberg au loin avec dégoût, employa une carafe d'eau, posa le verre embué sur le comptoir, y fit voisiner le récipient. (R. Queneau)
10. [Dans une brochure touristique] La Bretagne et... ses plages de sable... la solitude de la pêche sous marine... le bleu du ciel.. une cure de repos... des piscines d'eau de mer... des parties de tennis.
11. Ils voyaient à intervalles réguliers le phare d'Antifer fouillant le ciel, et ils entendaient quelque part le son lugubre de la sirène de brume. Une forte odeur de varech montait jusqu'à eux. Malgré ses talons hauts et ses vêtements de Parisienne, Arlette ne manifestait pas de fatigue, ne se plaignait pas du froid. (G. Simenon)
12. Isabelle Huppert est rousse, avec des yeux couleur d'aigue-marine. *(Le Monde)*
13. Comme jadis la France de Valéry Giscard d'Estaing, l'URSS de Mikhaïl Gorbatchev "veut être gouvernée au centre". *(Le Monde)*
14. En Ukraine, un protocole en neuf points a été signé jeudi entre les autorités locales et le comité de grève. *(Le Monde)*
15. Cette nouvelle rencontre... a été organisée "à la demande de M. Arafat et avec l'accord des autorités libyennes", insiste-t-on du côté français. *(Le Monde)*
16. La grande récréation, celle de quatre heures, battait son plein. Une clameur unanime montait de la cour où tourbillonnaient des centaines d'enfants sanglés dans leurs tabliers noirs soutachés de rouge. (M. Tournier)
17. Chaque fois que dans une voiture qui m'est confiée, j'aperçois vissé au tableau de bord le médaillon de saint Christophe, je songe au collège de Beauvais... (M. Tournier)
18. Près d'un vaste porche à diligence une fontaine de cuivre jetait gaiement ses eaux dans une vasque de granit en forme de cœur. (M. Tournier)

4.6. Les structures réflexes : les verbes à particule

Les verbes à particule sont d'un emploi très courant en anglais Il est donc important de bien les connaître et d'avoir le réflexe de les préférer, notamment dans des textes de langue usuelle ou familière, aux verbes simples qui appartiennent souvent à une langue plus soutenue.

• Rappelons tout d'abord qu'il ne faut pas confondre

– les verbes suivis d'une préposition ("*prepositional verbs*") :

→ *He looked into her eyes.*

– et les verbes à particule ("*phrasal verbs*") :

→ *He looked back in anger.*

Certains verbes à particule sont suivis d'une préposition :

→ *to run up against problems*
to drop in on someone
to come down with flu

La particule fait partie du verbe (par exemple, *to drop in*), alors que la préposition est le premier élément du groupe prépositionnel qui suit (par exemple, *on someone*).

On peut rappeler ici que la plupart des prépositions ont tantôt la fonction adverbiale :

→ *He gave up the job.*

tantôt la fonction prépositionnelle :

→ *He slowly went up the stairs.*

Seules trois particules ne peuvent être prépositions (*away, back, out*) ; seules quelques prépositions ne peuvent être particules (par exemple, *until, during, of, at*).

• Lorsqu'on traduit vers l'anglais, l'emploi d'un verbe à particule résultera souvent d'un chassé croisé : Il continua à marcher.

He walked on.

(On est ici très proche des formes résultatives.)
Mais ce type de transformation est bien sûr loin d'être systématique.

• Ces verbes à particule relèvent assez souvent d'une langue courante ou familière et sont beaucoup plus employés que leurs synonymes d'origine latine ou grecque, que l'on trouve dans des textes plus techniques ou de niveau de langue plus soutenu.

→ *abandon – give up / remove – take off / omit – leave out*

La presse anglo-saxonne fait grand usage de ces verbes à particule.

1. *Étudiez les passages qui suivent et leur traduction. Soulignez tous les verbes ou expressions traduits en anglais par des verbes à particule. De quel type d'expressions s'agit-il dans de nombreux cas ?*

1. Mais la liberté de recourir à l'IVG n'est pas remise en question, la décision en la matière devant être prise après discussion. Toutefois l'amour, évoqué sans pudeur mais sans passion apparente, ne disparaît jamais derrière la technique. *(Le Monde)*

But few dispute a woman's right to abortion, once the decision has been talked over. Yet the notion of love, which young people discuss without embarrassment but also apparently without any strong feelings, is never crowded out by technical considerations. *(The Guardian Weekly)*

2. On croyait qu'il [le scénario] appartenait à une époque révolue ; que la perestroïka et la "nouvelle pensée" pratiquée par M. Mikhaïl Gorbatchev dans les relations internationales avaient relégué au magasin des accessoires ces artifices qui ne trompaient personne. L'émancipation sans coup férir de l'Europe de l'Est, le refus du pouvoir soviétique de se porter au secours des nomenklaturas chassées par des révolutions plutôt tranquilles ajoutaient du crédit à ce rejet. *(Le Monde)*

We thought it belonged to an age long gone, that perestroika and the "new thinking" practised by Mikhail Gorbachev in international relations had swept away these subterfuges that take no one in. Eastern Europe's emancipation from the communist yoke without a shot being fired, the Soviet government's refusal to rush in to help communist establishments ousted by peaceful revolutions enhanced the credit of this refusal. *(The Guardian Weekly)*

3. Quand on sait que le tourisme fait vivre entre deux cent mille et trois cent mille personnes, on comprend que le gouvernement se soit décidé fin janvier à créer une "cellule de crise". Pour le gouvernement, il est urgent de tenter d'enrayer la catastrophe en cours, tandis que des patrons d'hôtels menacés de faillite envisagent de mettre la clé sous le paillasson et leurs employés à la rue. *(Le Monde)*

With between 200, 000 and 300, 000 Moroccans living off tourism, the government decided at the end of January to set up a "crisis committee." The government is urgently trying to head off the disaster while hoteliers threatened with bank-ruptcy are thinking of laying off staff and closing down their establishments.
(The Guardian Weekly)

4. Excepté quelques Britanniques et les familles américaines qui ont pour la plupart plié bagages avant même le déclenchement des hostilités, aucun départ en foule n'a été enregistré. Les Français (vingt-sept mille immatriculés et un bon millier de sociétés représentées) se tiennent cois.
(Le Monde)

Except for a few British and American families who packed up and left even before the hostilities broke out, no large-scale departures have been noted. The French (27, 000 registered nationals and a good 1, 000 firms with representatives) are keeping their heads down. *(The Guardian Weekly)*

5. Ils [les habitants d'un même immeuble] se barricadent dans leurs parties privatives –puisque c'est comme ça que ça s'appelle et ils aimeraient bien que rien n'en sorte, mais si peu qu'ils en laissent sortir, le chien en laisse, l'enfant qui va au pain, le reconduit ou l'éconduit, c'est par l'escalier que ça sort. (G. Perec)

They entrench themselves in their domestic dwelling space –since that is what it is called– and they would prefer nothing to emerge from it; but the little that they do let out –the dog on a lead, the child off to fetch the bread, someone brought back, someone sent away– comes out by way of the landing. (Trad. D. Bellos)

2. *Trouvez le verbe à particule dont le sens est le même que celui du verbe simple qui vous est donné. Les mots entre parenthèses peuvent aider à préciser le sens, mais l'absence de contexte permet bien sûr plusieurs possibilités.*

1. *to reduce (inflation)*
2. *to tolerate (people, a situation)*
3. *to despise (someone)*
4. *to reimburse (money)*
5. *to extinguish (a fire)*
6. *to distribute (papers, advertisements)*
7. *to humiliate (someone)*
8. *to cancel (an appointment)*
9. *to disconcert (someone)*
10. *to retaliate*
11. *to defend (someone, principles)*
12. *to reject (an application, a proposal)*
13. *to transfer (money)*
14. *to respect (someone)*
15. *to compensate (for something)*
16. *to accommodate (someone)*
17. *to admit (a fault)*
18. *to arrive (=appear)*
19. *to solve (a problem)*
20. *to despise (someone)*
21. *to survive (an illness, sthg difficult)*
22. *to explode*
23. *to invent (a story, an excuse)*
24. *to postpone (doing something)*
25. *to rear (children)*
26. *to revise (a text)*
27. *to yield*
28. *to hide (a crime)*
29. *to be tired (of something)*
30. *to eliminate (sthg you don't want)*
31. *to discover (the truth)*
32. *to arrange*
33. *to confirm (a theory)*
34. *to extract (a tooth)*
35. *to denigrate (someone)*
36. *to diminish (for a noise)*
37. *to disappear (stain)*
38. *to interrupt (a conversation)*

3. *Traduisez les phrases qui suivent en utilisant des verbes suivis de la particule* "away".

1. Danger ! Ne pas s'approcher de la voie.
2. Les journalistes se mirent à poser de nombreuses questions au président.
3. Cinq minutes plus tard, il ne pouvait toujours pas s'arrêter de rire.
4. Il a mentionné son nom et vendu la mèche
5. Les lettres sur le monument se sont effacées avec le temps.
6. J'ai rangé la clé, mais je ne sais plus où.
7. Il en a été quitte pour une bonne fessée.
8. Ils décidèrent d'en finir avec cette sotte habitude.
9. L'eau s'est évaporée et la casserole est brûlée.
10. Ces souvenirs se sont maintenant estompés.

4. *Même exercice que le précédent avec la particule "back".*

1. Faute d'avion, nous avons dû nous rabattre sur le bateau.
2. Il n'aurait pas dû nous cacher cette partie de l'histoire.
3. Il passe son temps à se remémorer le passé.
4. Je retire ce que j'ai dit, c'était stupide.
5. Il recula, terrifié.
6. On ne peut pas compter sur lui : il revient souvent sur ses promesses.
7. Il a hésité trop longtemps avant de se décider.

5. *Même exercice, avec la particule* "down".

1. Il va nous falloir réduire nos dépenses.
2. La maison a été complètement détruite par le feu.
3. J'ai dû rallonger mes jupes cet hiver.
4. C'est une coutume transmise de génération en génération dans notre famille.
5. Le but de cette mesure est d'empêcher les prix de monter.
6. Ce n'est pas le genre de personne à vous laisser tomber.
7. Ils ont refusé sa demande de mutation.
8. Sa mère était femme de ménage : ce n'est pas une raison pour le mépriser !

6. *Même exercice avec la particule "off".*

1. Nous avons repoussé la réunion à cause des intempéries.
2. Les voleurs s'enfuirent avec les bijoux.
3. L'avocat fut convaincant et réussit à faire acquitter l'accusé.
4. La douleur devrait disparaître d'ici une semaine.
5. Je revenais tout juste de la gare, où j'avais accompagné Jean à son train.
6. Je n'avais pas plus tôt répondu qu'il raccrocha.
7. Des pétards explosaient dans la rue.
8. Ils ont rompu leurs fiançailles.

7. *Même exercice avec la particule* "on".

1. [Dans un magasin] Voulez-vous essayer cette roble bleue ?
2. Mon fils aime le français, mais il marche aussi très bien en maths.
3. Pouvez-vous réexpédier mon courier à cette adresse ?
4. Je ne peux pas entreprendre un travail aussi important en ce moment.
5. À la fin de l'année les élèves produisent une petite pièce qu'ils jouent devant leurs parents.

8. *Même exercice que le précédent avec la particule "out".*

1. Ne prenez pas la peine de me raccompagner, je connais le chemin.
2. D'ordinaire, l'encre de Chine ne part pas au lavage.
3. Dans cette usine les ouvriers pointent à la sortie, vers 5 heures.
4. Il fallut du temps pour dégager les mineurs ensevelis.
5. Si vous avez l'intention de jouer au bridge, ne comptez pas sur moi.
6. La vérité se fit lors de l'enquête.
7. Cette robe neuve met en valeur sa silhouette.

9. *Même exercice que le précédent avec la particule "up".*

1. Parlez plus fort ! Je ne vous entends pas.
2. [Au garage] Le plein, s'il vous plaît !
3. Ne t'énerve pas pour rien !
4. Il inventait toujours de nouvelles façons d'augmenter la production.
5. Ce n'est pas vrai ! Il a dû inventer l'histoire.
6. Il a maigri et a besoin d'une ceinture pour tenir son pantalon.
7. Que manigancez-vous ?
8. Je regarderai le mot dans le dictionnaire.
9. Se sont-ils racommodés ?
10. Il nous faut d'autres éléments pour confirmer notre théorie.

10. *Traduisez les phrases qui suivent en utilisant des verbes à particule lorsque cela est possible.*

1. La manifestation (...) a, elle aussi, été sévèrement réprimée. *(Le Monde)*
2. Un chien sauta du bassin et se secoua. Marthe se leva, comme quelqu'un qui, après la sieste, et le visage encore enduit de sommeil, secoue ses rêves. (R. Radiguet)
3. Il nous en portera une bouteille demain ; il ne l'a pas fait ce soir, car il ignorait si nous accepterions de prolonger notre séjour. (M. Bataille)
4. [Bernard] releva la tête et prêta l'oreille. Mais non : son père et son frère étaient retenus au Palais ; sa mère en visite ; sa sœur à un concert ; et quant au puîné, le petit Caloub, une pension le bouclait au sortir du lycée chaque jour. (A. Gide)
5. On aurait pu, non pas empêcher totalement les effets de la crise, mais en limiter les dégâts. *(Le Monde)*
6. Enfin, comme il [Blake] se tenait un jour dans sa chambre, il pensa mourir de terreur en voyant Dieu se pencher à la fenêtre. (J. Green)
7. Comme dans toutes les périodes difficiles, ceux qui "s'en sortent" sont essentiellement les plus malins et les moins scrupuleux. *(Le Monde)*
8. Visiblement, Saddam croit les sociétés occidentales trop amollies pour pouvoir longtemps supporter une pareille épreuve. *(Le Monde)*
9. [M. Chevènement] est parti en pleine guerre. (...) Sa démission a au moins le mérite de clarifier un débat que les dirigeants politiques avaient, pour la plupart, remis à plus tard. *(Le Monde)*
10. Les droits de succession auxquels s'ajoutaient les frais occasionnés par l'établissement des successibles, se révélèrent si élevés qu'Antoine Rameau dut tout vendre aux enchères. (G. Perec)

5 Les prépositions : un système logique

Les prépositions sont source de nombreuses erreurs, la plupart dues à des calques de traduction (lorsque, par exemple, "à" est traduit systématiquement par *at*). Leur emploi ne devrait pourtant pas poser de gros problème dans la mesure où le système des prépositions est beaucoup plus logique en anglais qu'en français. Dans la majorité des cas, il suffit d'analyser le type de rapport établi par la préposition pour pouvoir proposer une traduction satisfaisante.

Il est donc essentiel de :
– bien connaître le sens des prépositions anglaises (de nombreuses grammaires en donnent une liste détaillée),
– bien saisir la valeur de la préposition française dans son contexte.

5.1. Quelques prépositions décrivant des relations spatiales

Légende : × = absence de mouvement → = mouvement

PAR RAPPORT À UN POINT

to — ***at*** — ***away from*** — ***away from / far from / at a distance from*** — ***past / by*** — *(corner)* ***at*** / ***in*** — ***at*** *(aggressive movement)*

PAR RAPPORT À UNE LIGNE

on (to) — ***on*** — ***off*** — ***across / over*** — ***along***

PAR RAPPORT À UNE SURFACE

on (to) — ***on*** — ***off*** — ***off*** — ***across / over*** — ***through***

Notez la différence :

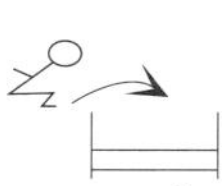

to jump onto the bed

to jump on the bed

PAR RAPPORT À UN PLUS GRAND ESPACE OU UN VOLUME

into ***in / inside*** ***out of*** ***out of / outside*** ***through***

Notez la différence :

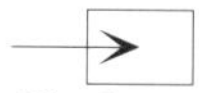

She walked into the room

She walked in the room

D'où la différence d'emploi entre ***in*** et ***at***.

In s'emploie pour une grande ville :

➠ *We live in Chicago*

ou un endroit plus petit s'il est important pour vous :

➠ *We usually spend our summer in Glenfield.*

Avec ***at***, l'endroit n'est qu'un point sur la carte :

➠ *We stopped at Glenfield for a cup of tea.*

Lorsqu'il s'agit d'un bâtiment, ***in*** s'emploie plutôt quand on parle du lieu lui-même, ***at*** quand on pense à sa fonction.

➠ *We were **in** the theatre when Mrs Fairs fainted last night.*

➠ *"Why didn't you answer the phone last night?" "We were **at** the theatre."*

RAPPORTS ENTRE DIFFÉRENTES PERSONNES OU CHOSES

over

relations verticales

under

above

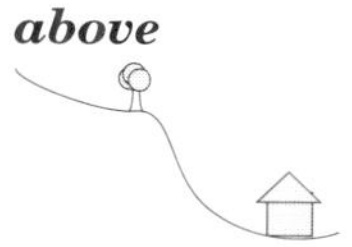

pas nécessairement à la verticale

below

– objets se touchant

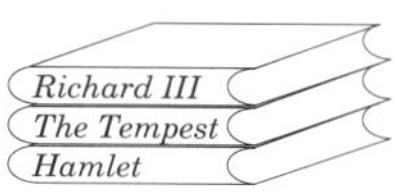

Richard III *is **on(top of)*** The Tempest
Hamlet *is **under(neath) / beneath*** The Tempest

– une chose parmi d'autres : ***among*** + pluriel

N.B. : Pour traduire "entre" – par exemple, "entre amis" – on utilise ***between*** pour deux personnes et ***among*** pour plus de deux personnes.

amid / amidst / in the middle of + pluriel ou "***mass noun***"

– proximité :

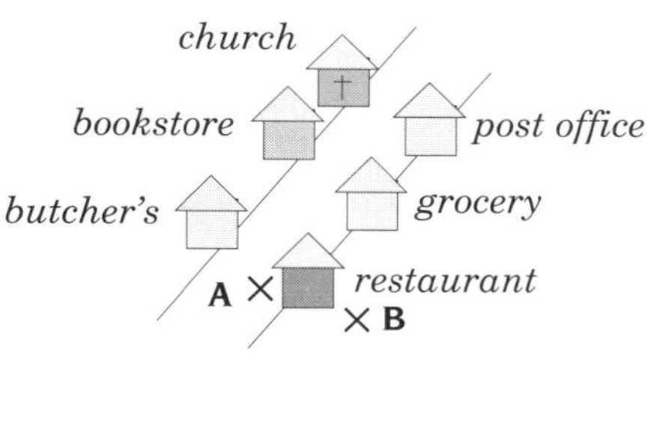

*These places are **near / close to** each other.*
*The church is **next to / by / beside** the bookstore.*
*The restaurant is **opposite / across the road from** the butcher's.*
*A is in **front of / outside** the restaurant.*
*B is **behind** it.*
*The bookstore is **between** the church and the butcher's.*

– choses qui se touchent :

sitting with his back ***to / against*** *the tree*

– distance : *here* > ***(a)round*** *here* > ***beyond*** *a certain point*

Attention aux prépositions utilisées dans les adresses :

– ***At*** + numéro :
She lives at number 8.
She lives at 8 Ekersley Street.

– ***In*** + nom de rue :
She lives in Chestnut Avenue / Dover Street.
(Mais on emploie *on* en anglais américain.)

– ***On*** + étage
She lives on the second floor.

1. *Vous trouverez ci-dessous plusieurs phrases et leur traduction. Étudiez et justifiez la façon dont les prépositions soulignées ont été traduites en anglais.*

1. Et ce glas, si on l'avait sonné, m'aurait parlé de toi. De ton père grimpant <u>au</u> clocher de la cathédrale Saint-Pierre. (Y. Navarre)	*And if that bell had been tolled, it would have reminded me of you. Of your father climbing up the bell-tower of the Cathedral of Saint Pierre.* (Trad. D. Watson)
2. ...un bateau irlandais s'échouant <u>dans</u> l'anse de l'Aiguillon proche de La Rochelle... (*Le Monde*)	*...a boat shipwrecked off the Charente Coast in the Bay of Aiguillon near La Rochelle...* (*The Guardian Weekly*)
3. Je ne suis rien. Rien qu'une silhouette claire, ce soir-là, <u>à</u> la terrasse d'un café. (P. Modiano)	*I am nothing. Nothing but a pale shape, silhouetted that evening against the café terrace.* (Trad. D. Weissbort)
4. J'étais assis <u>en face de</u> lui, <u>sur</u> le fauteuil en cuir réservé aux clients. (*Ibid.*)	*I sat opposite him, in the leather armchair we kept for clients.* (*Ibid.*)
5. Il m'a précédé <u>dans</u> le couloir qui mène <u>au</u> vestibule. (*Ibid.*)	*He walked ahead of me into the corridor which leads to the entrance hall.* (*Ibid.*)
6. Il escalade l'appui et s'assied <u>sur</u> l'allège, les jambes pendant <u>dans</u> le vide. (L. Durand)	*He swung his legs over the window-sill and sat there with his legs dangling.* (Trad. J. Brownjohn)
7. [Scène peinte sur un plateau] ... <u>à</u> droite, un petit garçon en pantalon brodé est penché <u>au bord</u> d'une rivière ; au centre une carpe sortie <u>de</u> l'eau gigote <u>au</u> bout d'une ligne. (G. Perec)	*...on the right, a boy in embroidered trousers leans over a river bank; in the centre, a carp out of water twists on a line...* (Trad. D. Bellos)

8. Il n'y a plus <u>sur</u> le mur de la chambre, <u>en face de</u> son lit, <u>à côté de</u> la fenêtre, ce tableau carré qu'il aimait tant : il représentait une antichambre dans laquelle se tenaient trois hommes. Deux étaient debout, en redingote, pâles et gras, et surmontés de hauts-de-forme qui semblaient vissés <u>sur</u> leur crâne. (*Ibid.*)

On the bedroom wall, opposite his bed, beside the window, that square picture he loved so much is no longer: it showed an antechamber with three men in it. Two were standing, pale and fat, dressed in frock-coats and wearing top-hats which seemed screwed to their heads. (*Ibid.*)

9. Passé le poste de contrôle frontalier <u>de</u> Rouweïched, <u>en</u> Jordanie, la route <u>vers</u> l'Irak est un trait rectiligne et noir dans le désert chauffé à blanc. (*Le Monde*)

Once past the border checkpoint at Ruweishid in Jordan the road to Iraq is a tarmac strip running straight through the white-hot desert. (*The Guardian Weekly*)

2. *Voici un certain nombre de phrases contenant la préposition "à". Analysez le type de relation exprimé par cette préposition dans chacun des exemples, puis traduisez les phrases.*

1. Il habite à quelques kilomètres de Norwich.
2. Je l'ai vu entrer en courant à la pharmacie.
3. On apercevait un clocher à l'horizon.
4. Il a vécu toute sa vie à Oxford et maintenant enseigne l'économie à Cambridge.
5. À quelques mètres de là, il y avait une papeterie.
6. Il habite 16 rue Mouffetard, au 3ème étage.
7. Le majordome les fit entrer au salon.
8. Il a un alibi. Quelqu'un l'a vu au cinéma à 8 h 50, à l'entracte.
9. Nous nous sommes donné rendez-vous au cinéma à 8 heures.
10. La fillette avait le nez collé à la devanture du magasin.
11. Vous devrez changer de train à Brighton.
12. Elle habite à 50 miles à l'ouest de Londres.
13. Elle travaille à la Fnac.
14. Nous allions chaque jour, après dîner, à la gare de J..., à deux kilomètres de chez nous, voir passer les trains militaires. (R. Radiguet)
15. Il se jeta de l'eau à la face, puis se donna un coup de peigne. (É. Zola)
16. Elle a toujours écouté aux portes. C'est une manie. (G. Simenon)

3. *Même exercice à partir de la préposition "dans".*

1. Je l'ai aperçu dans la chambre.
2. J'ai pris un stylo dans ta chambre, Pierre.
3. J'ai pris un stylo dans le tiroir.
4. J'ai pris le chat dans mes bras.
5. Il s'est promené dans les champs.
6. Il est perché dans l'arbre.
7. Le vent souffle dans les arbres.

8. La maison est dans les arbres.
9. Il passa la journée à se promener dans la maison.
10. Les élèves n'ont pas le droit d'avoir des réunions politiques dans l'école.
11. Tout fut détruit dans un rayon de 10 kilomètres.
12. Nous buvions dans des verres en cristal.
13. C'est un article que j'ai découpé dans le journal.
14. Tu ne sais même pas enfoncer un clou dans le mur !
15. À Mount Rushmore, des visages sont sculptés dans la pierre.
16. L'âne venait manger dans ma main.

5.2. Quelques prépositions décrivant des rapports temporels

PRÉPOSITIONS	RAPPORTS TEMPORELS	EXEMPLES
In	+ mois / année	→ *in July : in 1990*
On	+ jour / partie d'un jour particulier	→ *on Monday / on Xmas day / on Monday morning (=the Monday I'm talking of) / on the afternoon of July 17th*
At	+ heure + noms de fêtes + *the end / the beginning of...*	→ *at 3 o'clock / noon* → *at night / at dawn / at dusk* → *What are you doing at Easter?* → *I'll see you at the end of the week.*
In ***During*** ***Throughout***	Pour situer une action dans une période de temps • ***in*** permet plutôt de situer l'action de façon précise, • ***during*** insiste plus sur la durée et s'emploie également lorsqu'une activité remplace une période de temps, • ***throughout*** ajoute l'idée de "constamment".	→ *They were married in 1920.* → *We read a lot during the holidays.* → *During his internship at St Giles's, he met a lot of interesting people.* → *We had rain throughout the summer.*
Over	= *during* = *as a period of time elapses*	→ *We'll discuss it over the weekend.* → *He became increasingly bitter over the years.*
By ***Before***	+ date / heure future = pas plus tard que	→ *We must finish the work by 3 o'clock.*
Within	= période de temps commençant au moment où l'on parle et ayant un terme précis.	→ *I'm sure he'll be back within the next two weeks.*

Till ***Until*** ***Up to***	Pour une action qui se prolonge jusqu'à un moment précis.	→ *I was up until 2 a.m. last night.*
From	+ point de départ précis (heure, jour)	→ *I'll be in Spain from next Monday.* → *I have known him from his birth.*
... To / Till	= fin de la période	→ *I watched TV from 8 to 10.*
Since	+ point de départ (passé)	→ *I haven't had a break since August.*
For	+ durée d'une action / situation • Il faut noter qu'on omet d'ordinaire ***for*** avant un démonstratif. • On ajoute souvent ***past*** ou ***last*** à l'expression avec ***for***. • Mais ***past*** est postposé avec *some, many, a long time.*	→ *I read in bed for 2 hours last night.* → *Every Monday, these last few months, I have gone to the swimming-pool.* → *For the past few days it's been very cold.* → *For many days past...*
Ago	Pour mentionner la date d'événements passés.	→ *I saw him five days ago.*
While	Pour des actions simultanées qui durent.	→ *I'll do the washing-up while you ring him.*
As	Même chose que ***while***, mais implique un changement.	→ *As we drove on, the landscape became more barren.*

Attention à la différence entre :

• ***In time*** = *not too late* (à temps) :

→ *The train was late, so we were in time to catch it.*

• ***On time*** = *at the arranged time (à l'heure) :*

→ *I was so anxious to be on time that I arrived quite early.*

• ***At the end*** ≠ *at the beginning*

• ***In the end*** = *finally*

Traduisez les phrases qui suivent en prêtant tout particulièrement attention aux expressions temporelles soulignées.

1. Raymond d'Argilat et Adrien Delmas étaient des amis <u>de longue date</u>. (R. Deforges)
2. <u>Avec les années</u>, Bismark était devenu un nom affectueux que les aînés, Juliette et Ernest, donnaient encore à Noiraud, sans y penser. (M. Aymé)
3. Beaucoup de missions dangereuses, pour lesquelles il s'était porté volontaire, furent annulées <u>au dernier moment</u>. (P. Bou le)
4. Mais <u>tous les cinq ans</u>, <u>le cinq de mai</u>, <u>à une heure précise du matin</u>, le fantôme sortait de son asile. (Ch. Nodier)
5. <u>Dans les dernier temps</u>, le jeune ménage emmenait presque toujours

Laurent, qui égayait la promenade par ses rires et sa force de paysan. (É. Zola)

6. [Les prix] ont de nouveau – comme en août– augmenté d'environ 0,6 % en un mois. *(Le Monde)*
7. Dès le quatrième jour, un livre de Valéry ouvert dans son tiroir à demi tiré, elle se plongeait dans la poésie pure aussitôt que son chef s'éloignait. (H. de Montherlant)
8. Il n'habitait jamais deux jours de suite le même hôtel. (Ph. Soupault)
9. Il aurait dû être ici à cinq heures et demie au plus tard. (C. Aveline)
10. Dès l'âge de trois ou quatre ans, mon père me traînait dans toutes les boîtes où il passait. *(Le Monde)*
11. M. Pierre Verbrugghe, préfet de police de Paris, a annoncé, lundi 15 octobre, que la vitesse sera limitée à 50 km/h dans la capitale à partir du 1er décembre. *(Le Monde)*
12. En mars dernier, il est allé au Japon.
13. Il avait eu soixante-cinq ans le 25 février dernier et son mandat avait été prolongé pendant un an, avec la possibilité de le lui conserver jusqu'à soixante-dix ans. *(Le Monde)*
14. Air Europe vous propose 7 vols par jour aujourd'hui, 8 vols à partir du dont 1er novembre les premiers à 7 h 50 et 8 h 45 (...), enregistrement jusqu'à 10 minutes avant le départ. *(Publicité pour Air Europe)*
15. À l'arrivée, liaison directe par train express Gatwick Airport-Victoria Station tous les quarts d'heure, en 30 minutes. *(Ibid.)*

5.3. Autres types de rapports exprimés par des prépositions

Les exercices qui suivent doivent de préférence être faits après avoir consulté une liste des prépositions anglaises et de leurs différents sens.

Ils portent sur quelques-unes des prépositions françaises posant le plus de problèmes aux traducteurs. Certaines prépositions telles que "de" ou "à" peuvent en effet décrire un grand nombre de relations qu'il sera très souvent nécessaire de **clarifier** en anglais en utilisant une préposition qui explicitera le rapport exprimé ou une autre structure. D'où la nécessité d'avoir une bonne connaissance des rapports exprimés par les différentes prépositions anglaises.

1. *a/ Analysez le type de rapport décrit par la préposition "à" dans les phrases qui suivent.*
b/ Traduisez ces phrases.

1. Sa porte s'ouvre avec violence ; et à la lueur d'une lampe posée sur la cheminée, il voit quelqu'un s'avancer. (Ch. Nodier)
2. Il nous apprit, à notre grande stupeur, qu'il partait le lendemain pour la Chine.
3. À l'auberge, nous avons retrouvé l'homme au manteau de cuir qui conduisait la vieille Ford.
4. Il lui dit au dessert qu'il la trouvait vraiment sympathique. (C. Rihoit)

5. Un groupe de jeunes bourgeois anglais –promotion Eton 1916– sourit à l'objectif. (B. Audusse)
6. Le sang aux joues, Sylvie exultait en silence. (H. Troyat)
7. Et je reconnus, malgré ses habits tachés, mon ami de Londres, le dandy à la cravate rouge sang. (Ph. Soupault)
8. Vous pouvez mourir d'un instant à l'autre, à cheval, au volant. (F.-R. Bastide)
9. J'ai vu au numéro de votre voiture que vous êtes français. (P. Mac Orlan)
10. Il se jeta de l'eau à la face, puis se donna un coup de peigne. (É. Zola)
11. Les mâles allaient à pas tranquilles, tout le corps en avant à chaque mouvement de leurs longues jambes torses. (G. de Maupassant)
12. Léa voulut monter avec son parrain, au grand désappointement des frères Lefèvre qui avaient astiqué, en son honneur, leur vieille Celtaquatre. (R. Deforges)
13. Laurent et Claude étaient partis et elle s'était aussitôt enfuie pour éviter le regard douloureux et interrogatif de son père. À cette évocation, un mauvais goût lui venait dans la bouche. (*Ibid.*)
14. Ils demeuraient côte à côte. Sans effort pour plaire ni parler, paisibles et en quelque sorte heureux. Une longue habitude l'un de l'autre les rendait au silence, ramenait Chéri à la veulerie et Léa à la sérénité. (Colette)
15. Il était fasciné par la figure de l'écrivain à la Gide –intelligent, cultivé, courtois... (*Le Monde*)
16. Le commissaire général aux questions juives (*Ibid.*)

2. *a/ Analysez le type de rapport décrit par la préposition "de" dans les phrases qui suivent.*
b/ Traduisez ces phrases.

1. L'employé de ce guichet est particulièrement déplaisant.
2. Ils avaient déjà condamné la porte d'une chaise. (F. Mallet-Joris)
3. Miete apportait les plats de la cuisine. (P. Mac Orlan)
4. La semaine que j'ai passée dans la forêt, ça a été la pire de toute la guerre, pour moi. (H. Thomas)
5. Il avait le visage noir de poussière. (H. Thomas)
6. La France possède le plus vaste domaine de ski alpin du monde (Brochure touristique)
7. "Ainsi, Monsieur, vous vivez de votre art ?"
8. Avec Claire, je pouvais m'abandonner avec naturel à ma rage de destruction qui était à la mesure de ses sentiments. (Ph. Sollers)
9. Ce fut vers elle que Blake se tourna, sur son lit de mort, ayant juste achevé ce dessin extraordinaire où l'on voit Dieu mesurant les cieux d'un compas. (J. Green)
10. Blake le précipita d'un coup de poing de l'échafaudage où ils se tenaient tous les deux. (J. Green)
11. La Corse : une île de 180 km de long qui émerge au sud de Nice. De là, 30 minutes d'avion, 10 heures de ferry-boat suffisent pour l'atteindre. (Brochure touristique)
12. Un grand lac aux rives vaporeuses empanachées de cîmes d'arbres de Fragonard, de Watteau. (N. Sarraute)
13. Sur les sables de la nuit, les crabes ont marché vers moi et leurs pinces m'ont déchiré. Ils se sont nourris de moi. (M. Bataille)
14. L'instant où il comprit qu'on lui proposait de participer à la guerre secrète fut un des plus exaltants de son existence. (P. Boulle)

15. En septembre 1939, dès les premiers jours de la mobilisation, il éprouva une violente soif d'héroisme. (P. Boulle)
16. La méditation de la mort n'apprend pas à mourir, elle ne rend pas la sortie plus facile, mais la facilité n'est plus ce que je recherche. (M. Yourcenar)
17. Ce mot de vision est celui qui vient nécessairement sous la plume lorsqu'il s'agit de Blake. (J. Green)
18. Je riais de malice, je pleurais d'attendrissement. (J.-P. Sartre)

3. *Analysez le type de rapport décrit par la préposition "sur" dans les phrases qui suivent, puis traduisez ces phrases.*

1. Il n'avait pas d'argent sur lui.
2. L'office donne sur le jardin.
3. Nous avons une maison de campagne sur l'Eure.
4. J'ai laissé la clef sur la porte.
5. Il monta sur la table pour parler à la foule.
6. Il a fait gaffe sur gaffe !
7. Il ne faut jamais juger les gens sur leur mine.
8. La chambre fait 4 mètres sur 3.
9. Je t'écris rapidement car nous sommes sur le départ.
10. Il a téléphoné sur les 6 heures.
11. Le roman se termine sur la mort du héros.
12. "Jamais !" dit-il, et sur ce il nous quitta.
13. Ne l'envoyez pas ! Un livre sur quatre arrive abîmé.
14. Ça n'arrive qu'une fois sur mille et il fallait que ça m'arrive.
15. Il chanta sur l'air de "Qui a peur du grand méchant loup ?" .
16. Les magnétophones ont été achetés sur les fonds de laboratoire.
17. Nos paiements s'étalèrent sur une période de trois ans.
18. De grands motifs à fleurs étaient visibles sur le fond de velours bleu.
19. Une porte donnait sur le vestibule de l'entrée. (R. Deforges)
20. Comme sa mère se penchait sur le fourneau, Alexis traversa furtivement la cuisine derrière son dos. (M. Aymé)
21. [À propos de quelqu'un qui vient d'être menacé.] Vite, je me redressai et bondis sur la fourche qui gisait à ma portée par hasard. (M. Jouhandeau)
22. À la suite de la vieille, Françoise entra, deux matous sur les talons. (C. Rihoit)
23. Ils aimaient Chamfort, Rousseau et Chateaubriand, mais s'opposaient sur Zola, Gide et Mauriac pour se retrouver sur Stendhal et Shakespeare. (R. Deforges)
24. Elle se recoucha sur le dos et constata que Chéri avait jeté, la veille, ses chaussettes sur la cheminée, son petit caleçon sur le bonheur-du-jour, sa cravate au cou d'un buste de Léa. (Colette)
25. Sur vingt ans de pouvoir, j'en ai passé douze sans domicile fixe. (M. Yourcenar)
26. [Indications scéniques] La propriétaire lit sur un gros registre. (J. Anouilh)

4. *Analysez le type de rapport décrit par la préposition "par" dans les phrases qui suivent, puis traduisez ces phrases.*

1. Tu ne ris que par méchanceté ou par moquerie. (Colette)
2. Par précaution, l'Adélaïde poussa le chiffon entre la pendule et son support. (M. Aymé)

3. Que peut-on craindre par une nuit pareille ? (P. Mac-Orlan)
4. [Les enfants] s'avancent côte à côte, se tenant par la main. (A. Robbe-Grillet)
5. Arrivée devant sa porte, Framboise lui dit bonsoir. Il la saisit par le bras. (C. Rihoit)
6. Tous les peuples ont péri jusqu'ici par manque de générosité. (M. Yourcenar)
7. Par bonheur, un équilibre tend de nos jours à s établir entre ces deux extrêmes. (M. Yourcenar)
8. On croirait presque qu'il n'était homme que par erreur, tant il ressemblait peu au reste de l'humanité. (J. Green)
9. Leurs femmes sont souvent employées dans l'administration du ministère de l'Intérieur, ce qui veut dire que par leur intermédiaire, ils continuent d'être informés des différentes initiatives du ministère. *(Le Monde)*
10. On monte ensuite directement au dernier étage par l'escalator situé derrière les tours pour trouver la galerie de l'impressionnisme, choisie pour sa lumière naturelle. (Guide du Musée d'Orsay)

5. *Analysez le type de rapport décrit par la préposition "dans" dans les phrases qui suivent, puis traduisez ces phrases.*

1. Cela vous coûtera dans les 100 francs.
2. Il coupa un morceau dans la miche et me le tendit.
3. [Chez le boucher] Donnez-moi un morceau dans le jarret.
4. Je l'ai lu dans le dernier roman d'Iris Murdoch.
5. Je l'ai appris dans le dernier livre de Barbara Tuchman.
6. Elles buvaient leur thé dans des tasses en porcelaine bleue.
7. Elle quitta la pièce dans un bruissement de soie.
8. Je la suivis dans sa chambre. (R. Nimier)
9. Il remplissait des cahiers de mots et locutions françaises, de vocabulaire anglais, de citations recopiées dans les livres qu'il dévorait. (C. Foy)
10. En effet les bêtes pâturaient dans un rayon d'une vingtaine de kilomètres... (M. Tournier)
11. Tout cela fut fait dans le dessein de faciliter leurs opérations.
12. Nous ne les avons pas assez surveillés dans leur recherche d'un premier emploi. *(Le Monde)*
13. Nous fûmes dans la nécessité de le congédier.

5.4 Adjectifs + prépositions

Voici la liste de quelques adjectifs courants et des prépositions avec lesquelles ils se contruisent. Cette liste n'est, bien sûr pas exhaustive et pourra utilement être complétée au cours de vos lectures.

About		
angry (about sthg)	*concerned (= worried)*	*happy*
annoyed (about sthg)	*confident*	*hesitant*
anxious	*crazy (= enthusiastic)*	*honest*
certain	*curious*	*mad (= crazy about)*
clear	*doubtful*	*mistaken*
→ *to be clear about*	*excited*	*positive*
sthg = to understand it	*glad*	*puzzled*

sad
selfish
sensible
sensitive
serious
sincere
sorry
sure
➟ *to be sure about one's feelings, plans = to know them for sure*

thrilled
uneasy
worried
wrong

Against

prejudiced

At

amazed / *amused* / *astonished* / *shocked* / *surprised* } *at* ou *by*

bad
brilliant
clever
expert
good
hopeless
poor
terrible
skilful
weak
+ autres adjectifs décrivant la compétence

For

anxious for (= eager for)
answerable (for an action)
bound
➟ *a ship bound for = going to*

eager
eligible (= qualified for)
famous
fit
➟ *This will be fit for them.*

grateful
late
➟ *to be late for work*

prepared
qualified
ready
➟ *Get ready for bed.*

responsible
sorry (for s.o.)
suitable
➟ *sthg suitable for wear in cold weather*

From

absent
different
safe
separate

In

experienced
inherent
interested
steeped

Of

afraid
ahead
ashamed
aware
capable
certain
conscious
critical
envious
fond
full
guilty

N.B.
➟ *to be guilty <u>of</u>*
➟ *to feel guilty <u>about</u>*

independent
➟ *things happening independent of each other*

ignorant
independent
jealous
proud
sick
sure
suspicious
tired
typical

On

bent
dependent
hard
➟ *Don't be hard on him!*

intent (= determined)
keen

To

accustomed
addicted
adjacent
answerable (to s.o.)
attentive
averse
blind
close
contrary
cruel
deaf
dear
due (due to = because of)
equal (equal to = capable of and willing to)
faithful
glad
grateful (to s.o.)
harmful
important
➟ *A good job is important to me.*

inferior
kind
loyal
married
new
➟ *He is new to the job. / This is new to me.*

nice
➟ *They were very nice to me.*

obedient
peculiar
polite
➟ *He's always polite to strangers.*

rude
sensitive

similar
superior
thankful (to s.o.)
used (= accustomed)
willing

With

acquainted
angry (with s.o.)
annoyed (with s.o.)
+ autres adjectifs exprimant la colère
busy
concerned (interested in)
consistent
content (satisfied)
➟ *He's not content with the explanation he's been given.*
delighted
disappointed
disgusted
disillusioned
familiar
impressed
level (level with = at the same height as)
patient
pleased
preoccupied
red (blue, green... with cold, fear...)
satisfied
wrong
➟ *What's wrong with you?*

Comme nous l'avons déjà dit, la liste qui précède ne mentionne que quelques adjectifs courants et est donc loin d'être complète. L'exercice qui suit porte principalement sur d'autres adjectifs et doit permettre de montrer que :

– l'emploi de certaines prépositions est logique, par exemple :
 with + cause / contenu,
 at suivant un adjectif marquant la surprise ;

– d'autres emplois, moins facilement explicables, sont à connaître. C'est pourquoi on ne peut que recommander d'établir une liste personnelle au cours des lectures.

Il ne faut pas non plus oublier que certains adjectifs peuvent se construire avec plusieurs prépositions, selon le sens de l'expression, par exemple :

➟ *It's* { *good* / *ideal* } *for you.* (*you* = destinataire)

➟ *It's* { *good* / *nice* / *cruel* } *of you to have written such a letter.* (*you* = agent)

1. *Complétez les phrases qui suivent avec les prépositions qui conviennent.*

1. *She was rather frightened ... what was happening to her.* (A. Brookner)
2. *The old lady was in fact rather stiff ... the joints.* (*Ibid.*)
3. *She had already been upset ... that other business.* (*Ibid.*)
4. *She was so tranquil, so utterly fulfilled ... her desires that she encouraged daring thoughts of possession, of accumulation, in others.* (*Ibid.*)
5. *Their expressions had become quite innocent ... surprise and pity.* (*Ibid.*)
6. *[He was] astonished ... this clairvoyant vision.* (W. Boyd)
7. *Her skin was very pale and creamy and her face was covered ... large freckles.* (*Ibid.*)
8. *The moonless sky was filled ... stars.* (*Ibid.*)
9. *The atmosphere in the compartment was heavy ... tension.* (*Ibid.*)
10. *It hadn't been very fair ... Matilda or the children, he admitted.* (*Ibid.*)
11. *He ruffled his son's hair, enjoying the pleasant sensations, his heart big ... self-satisfaction and pride.* (*Ibid.*)
12. *The bulging hedgerows were bright ... flowers. The cornfields were bleached and ready ... harvest.* (*Ibid.*)

13. *"Everybody here at last", sighed Mrs Cobb as if transported ... joy.* (*Ibid.*)
14. *On arrival everyone had run down to the beach from the train, tripping and tearing over sand dunes of wild fig, aghast ... ecstatic shock at the meeting with the water.* (N. Gordimer)
15. *The black slum had always been known simply ... that anonymous term.* (*Ibid.*)
16. *She was using a paper handkerchief dipped ... gin to wipe greenfly off the back of a pale new leaf.* (*Ibid.*)
17. *He sat forward in the chair, explaining, adamant ... persuasion.* (*Ibid.*)
18. *Her Hands are large and rough, and when she rubs the Vicks salve on my chest, I am rigid .... pain... I am covered up .... heavy quilts.* (T. Morrison)
19. *America's great cities are suffering (...) from the aftereffects of an old cultural prejudice against cities, rooted ... Puritanism.* (E. Fawcett and T. Thomas)
20. *A majority of the surviving farms are each too small ... acreage to matter.* (*Ibid.*)
21. *The world market has been won instead by American farmers being blessed ... a profusion of good farmland.* (*Ibid.*)
22. *Television news, in particular, was invested ... semimagical powers ...* (*Ibid.*)
23. *Television (...) may have inured people ... the violence.* (*Ibid.*)
24. *We took a train crowded ... drunks to Sloane Square.* (M. Amis)
25. *She was particularly skilled ... dealing with this sort of problem.* (*Ibid.*)
26. *She's far and away the least nasty ... him in the office.* (*Ibid.*)

2. *Traduisez les phrases suivantes.*

1. Pendant le repas, Eddy s'était excusé (...) de son inattention, à peine assis au bord de sa chaise, le corps impatient, déjà tout occupé de quelque plaisir futur et proche. (F. Mauriac)
2. Mais le visage de certaines femmes jusque dans la maturité demeure baigné d'enfance. (F. Mauriac)
3. Le jour suivant, ce fut les bras encombrés de fleurs et de mousseux qu'il vint faire aux Blanchard ses adieux. (Y. Queffélec)
4. Les grands ensembles et les petites maisons s'effacent, je survole toutes les clôtures, sauvée de la pesanteur. (S. de Beauvoir)
5. Mais je ne voyais rien d'autre que les pierres et l'eau, aveugle à toutes ces choses que mon père me montrait. (S. de Beauvoir)
6. Tarrov attendit en vain l'apparition quotidienne et les fenêtres restèrent obstinément fermées sur un chagrin bien compréhensible. (A. Camus)
7. Il remplissait l'autre [marmite], pois par pois, du même mouvement appliqué et régulier. Il trouvait ainsi ses repères dans une journée mesurée à la marmite. (A. Camus)
8. Tellement semblables, les visages : cheveux courts, sourires pour le photographe, fronts dégagés et dentures correctes, de bons college boys, encore nimbés de la lumière de l'adolescence. (Ph. Labro)
9. Mais Gilles s'aperçoit qu'il n'a rien à attendre de cette grosse fille paresseuse et obèse, inutilisable à la chasse et aux tournois... (M. Tournier)
10. [Les limites de cette ouverture] sont dans le dogmatisme inhérent aux doctrines d'école (...) et surtout l'accumulation des préjugés inhérents à l'esprit militaire. (J.-D. Bredin)

5.5. "En" + participe présent

Le cas de la préposition "en" suivie d'un participe présent illustre parfaitement la nécessité d'éviter toute traduction automatique et de réfléchir au sens de l'expression française. Voici quelques possibilités de traduction en fonction des différents sens :

1. Expression d'un rapport temporel (valeur fondamentale du gérondif français) :

- deux actions simultanées : simple juxtaposition (*as* ou *while* sont aussi possibles lorsque les actions durent un certain temps, ou que l'une s'inscrit dans la durée de l'autre.)

  ➟ – Je te connais trop bien, dit-il en riant. *"I know you too well," he said, laughing.*

  ➟ J'ai lu un magazine en attendant mon tour chez le docteur. *I read a magazine while waiting for my turn at the doctor's.*

- une action qui dure est interrompue par une action plus brève : *while / as*

  ➟ Elle est tombée de l'échelle en voulant réparer la lampe. *She fell off the ladder while she was trying to repair the lamp.*

- une action en précède immédiatement une autre : *on*

  ➟ En ouvrant la porte, j'aperçus la lettre par terre. *On opening the door, I saw the letter on the floor.*

- actions répétées (= "à chaque fois que") : *when* (c'est ce sens qu'on trouve souvent pour des conseils ou règles générales.)

  ➟ Fais bien attention en traversant la rue. *Be careful when you cross the street.*

When peut également s'employer quand "en" + participe présent a le sens assez général de "quand", "lorsque" :

  ➟ Il a oublié son parapluie en partant. *He forgot his umbrella when he left.*

2. Expression d'un rapport de cause à effet (valeur secondaire du gérondif français) :

- deux actions, avec un rapport de cause à effet évident : simple coordination (l'ordre redevenant chronologique en anglais – cf. p. 43) .

  ➟ Elle s'est cassée la jambe en faisant du ski. *She went skiing and broke her leg.* (Mais on pourrait tout aussi bien dire : *She broke her leg skiing.*)

- rapport de cause à effet involontaire : *in*

  ➟ En écrivant cette lettre, il ne se doutait guère qu'il provoquerait une telle tempête. *In writing this letter, he little knew what an uproar he would cause.*

- c'est la répétition d'une action qui entraîne certaines conséquences : *from, through*

  ➟ Elle a perdu sa ligne en mangeant trop de bonbons. *She ruined her figure from eating too many sweets.* (On pourrait également dire : *She ruined her figure by eating too many sweets.*)

3. L'expression décrit le moyen utilisé

- *by*

  ➟ En prenant ce chemin, on évite les embouteillages. *By going this way, you avoid traffic-jams.*

- une forme résultative (résultat d'un chassé-croisé) permet souvent de décrire le moyen ou la façon dont on fait quelque chose.

  ➟ Il sortit du pub en titubant. *He tottered out of the pub.*

4. Valeur conditionnelle : *if*

→ En arrivant de bonne heure, tu auras une meilleure place. *If you arrive early, you will get a better seat.*

Enfin, il sera parfois possible d'avoir recours à des expressions idiomatiques :

→ J'ai été étonné en apprenant la nouvelle. *I was surprised at hearing the news.*

→ En allant à la poste, j'ai rencontré mon voisin. *On my way to the post-office, I met my neighbour.*

→ – Oui, dit-il en fronçant les sourcils. *"Yes", he said with a frown.*

→ Il s'est enroué en parlant. *He talked himself hoarse.*

Traduisez les phrases suivantes.

1. Je m'asseyais sur le banc et M. Liévin se promenait en dictant. (J.-P. Sartre)
2. "Allons ne prenez pas froid, leur dit Mademoiselle Rakoff en tapant dans ses mains." (Y. Queffélec)
3. Il se décida à rentrer chez lui comme il en était sorti, en passant à travers la muraille. (M. Aymé)
4. Mon grand-père grommelait en lisant les bulletins trimestriels. (J.-P. Sartre)
5. – Qu'est-ce que vous allez faire de tous ces Bottins ? ai-je demandé à Hutte, en désignant d'un mouvement large du bras les rayonnages. (P. Modiano)
6. Tout en mûrissant le projet d'un voyage en Égypte, il menait une vie des plus paisibles... (M. Aymé)
7. La femme du boulanger traversait en courant la place. (P. Gascar)
8. Elle jubilait ce matin en s'installant avec Louise dans la voiture de leur grand-père. (S. de Beauvoir)
9. Il lisait [son journal] en fronçant les sourcils et en tournant les pages après s'être mouillé l'index d'un coup de langue. (P. Modiano)
10. Il s'était mis à chanter une chanson à boire en fracassant différentes vitrines... (M. Aymé)
11. – Mon frère ! Je suis celui que tu étais en partant... (A. Gide)
12. Le Cadi... avait manqué son coup, en lâchant la corde. (M. Jouhandeau)
13. – Je voudrais t'épargner le retour ; mais en t'épargnant le départ. (A. Gide)
14. En arrivant au coin de la rue du Mont-Cenis, elle rencontra quelques écoliers qui dévalaient la pente en courant. (M. Aymé)
15. Il recula en poussant un hurlement de frayeur. (M. Aymé)
16. – Je vous engage à aller la voir aussitôt après notre explication.
    Laurence le regarda avec haine :
    – Pour l'empêcher de se descendre en laissant un mot où elle dirait pourquoi ? (S. de Beauvoir)
17. Le Directeur de la Santé, en pénétrant un matin dans son bureau, trouva sur sa table la lettre suivante. (M. Aymé)
18. En entendant de tels éloges, Dutilleul devenait rouge de confusion... (M. Aymé)
19. Il [se rendra] comme prévu, dimanche 17 mars, à Moscou en sachant bien que les dirigeants soviétiques n'ont aucunement l'intention de rendre M. Honecker à la justice allemande. *(Le Monde)*
20. Elle a précisé en souriant à la vendeuse..." C'est pour un garçon de huit ans..." (L. Durand)

6 Le groupe nominal

6.1. Les indénombrables

Les indénombrables anglais ne prennent pas l'article indéfini et ne se mettent pas au pluriel, ce qui peut poser des problèmes lorsque l'on traduit à partir du français. Il est certes fréquent qu'un nom appartienne à la fois à la catégorie des dénombrables :

→ *The fox ate two chickens.*

et à celle des indénombrables :

→ *I love chicken with rice.*

et il existe de nombreux cas où un nom d'ordinaire indénombrable :

→ *One cannot live without love.*

peut être dénombrable :

→ *He had two loves in his life.*

→ *He was overcome by a love so strong that...*

Mais ce dernier type d'emploi n'est pas généralisable. La difficulté principale vient donc du fait qu'il est très souvent nécessaire de particulariser alors que le mot anglais qui convient ne peut être dénombré.

→ Il a eu une chance folle... (*luck*)

→ Il m'a donné un bon conseil. (*advice*)

→ Un remords sourd le hantait. (*remorse*)

Il existe plusieurs possibilités pour le traducteur :

1. L'emploi du nom anglais sans article ou **l'emploi d'un adjectif au lieu d'un nom** lorsque l'article indéfini français marque une tournure de style plus qu'une particularisation.

→ Il l'écoutait avec une attention passionnée.
He listened to her with passionate attention.

→ C'était une évidence et elle me foudroya. (S. de Beauvoir)
It was patently obvious and it bowled me over completely. (Trad. P. O'Brian)

L'emploi de ***some*** est également possible :

→ Il ressemblait à un homme possédé par une obsession ténébreuse. (M. Tournier)
He resembled a man possessed by some dark obsession. (Trad. A. Sheridan)

2. L'utilisation d'un autre mot

→ L'une de mes plus chères voluptés était de me promener... dans la pépinière du Luxembourg. (Maupassant) *One of my most cherished pleasures was to walk... in*

the plant nursery of the Luxembourg. (Trad. W. Fowlie)
(*Voluptuousness* étant un indénombrable et *pleasure* pouvant être dénombrable.)

Il existe également certains couples de mots, l'un d'entre eux dénombrable, l'autre indénombrable, par exemple :

DÉNOMBRABLE	INDÉNOMBRABLE
➡ *Can you buy two loaves?*	*We'll need more bread.*
➡ *A few sheep were grazing in the field.*	*Mutton is my favourite meat.*
➡ *He had several pigs in his farm.*	*Muslims don't eat pork.*
➡ *A cow and its young calf.*	*I often cook veal in white wine.*
➡ *The cart was pulled by two oxen.*	*There's often very little beef in a hamburger.*
➡ *You're lucky to have work.*	*You're lucky to have a good job.*

3. L'utilisation d'un singulier au lieu du pluriel français

➡ Derrière ces fortifications, le pays entier, les foyers des paysans, les cafés des villes, les pensées des gens, leurs rêves, leurs raisons, leurs volontés. (H. Thomas)
Behind these fortifications, the whole country, peasant homes, snall-town cafés, and the thoughts, dreams, reason and will of the people.

4. L'utilisation d'un dénombreur ou partitif

- **Qualité** : *a kind of, a sort of, a type of:*
  ➡ *He felt a strange kind of joy when he looked at her.*
  ➡ *It must be a fascinating sort of work.*
  pluriel : *these kind of people, people of this kind*

- **Quantité**

– approximative : *much, little, a lot of, plenty of, a great deal of, some, any, enough:*
➡ *Is there any butter left?*
➡ *I felt some apprehension at the idea of...*

– plus précise : utilisation du partitif approprié en fonction du nom qui suit :

a foot, or a length of cable, a mile of road,	*a pint of milk, a glass of water,*
a yard of braid	*a cup of tea, a spoonful of vinegar*
a pound of butter, an ounce of tobacco	*an acre of land*

– quelques partitifs courants :

a bar of chocolate,	*a lump of sugar,*
a slice of ham / cake,	*a block of ice,*
a piece of furniture / wood,	*a stick of chalk,*
a lump of coal,	*a blade of grass,*
a speck of dust, a game of chess,	*a suit of armour.*

– le cas des indénombrables abstraits :
De nombreux extracteurs peuvent être utilisés avec ces noms (voir les exercices qui suivent), par exemple :
➡ *He is given to bursts of anger.*
➡ *And then he had a stroke of genius.*
➡ *He is going through a spell of feverish activity.*

Il faut cependant remarquer que l'article indéfini peut être utilisé avec ces noms :
- dans certaines expressions figées : *What a pity / what a shame / to make a fuss / to be in a hurry / to make a mess of things*, etc.

- parfois, lorsque l'indénombrable abstrait est qualifié par un adjectif :
  → *A strange anxiety took hold of him.*
- et plus fréquemment encore lorsqu'il est défini par une proposition :
  → *An orgy soon developed, cast and directed with a crudity that again might have made me want to laugh...* (K. Amis)

1. *Complétez les phrases qui suivent. Il y a souvent plusieurs possibilités.*

1. *Let me give you a ... of advice.*
2. *The speech was followed by a ... of applause.*
3. *I had a ... of malaria last month.*
4. *We've had a short ... of cold weather.*
5. *I read an interesting ... of information in the paper last night.*
6. *I could hear ... of laughter coming from the room next door.*
7. *For weeks afterwards, she had a terrible ... of guilt.*
8. *He had to leave the room, overcome by a ... of coughing.*
9. *The judge declared that it was a ... of self-defence.*
10. *I was very touched by his gift and the ... of affection it conveyed.*
11. *I could sense a ... of anxiety in his voice.*
12. *That was a real ... of luck!*
13. *I noticed a ... of dirt on his shoes.*
14. *An interesting ... of evidence came out during the trial.*
15. *You've done a good ... of research here.*
16. *He can have the most dreadful ... of rage.*
17. *The second ... of business I had to deal with that morning was the case of Mr Jones.*
18. *I didn't even get a ... of praise!*

2. *Traduisez les passages qui suivent.*

1. Nous trimbalions avec nous quelques meubles. (Drieu La Rochelle)
2. Et qu'est-ce que la pauvreté, sinon une faim généralisée ? (M. Tournier)
3. – Mais, madame Octave, ce n'est pas encore l'heure de la pepsine, disait Françoise. Est-ce que vous vous êtes senti une faiblesse ? (M. Proust)
4. J'étais délivrée de l'inquiétude, du désespoir, de toutes les nostalgies. (S. de Beauvoir)
5. [Indications scéniques] On entend le tam-tam et les musiques du quartier populaire. (J. Cocteau)
6. Vous m'apporteriez des réglisses, du champagne pour ma fête, le dimanche on ferait un piquet monstre... (Colette)
7. La justice a parfois des pudeurs singulières. (*Le Monde*)
8. Le soir, lorsqu'ils se trouvaient face à face, en apparence tranquilles et étrangers l'un à l'autre, des orages de passion, d'épouvante et de désir passaient sous la chair calme de leur visage. Et il y avait dans Thérèse des emportements, des lâchetés, des railleries cruelles ; il y avait dans Laurent des brutalités sombres, des indécisions poignantes. (É. Zola)
9. Il promenait une irritabilité qui s'avivait au moindre obstacle. Le mal grandissant qu'il cachait avec tant de soin se manifestait au dehors par des brusqueries, des humeurs sombres, des actes de maniaque. (É. Zola)

6.2. L'article

L'absence de correspondance formelle entre les systèmes de détermination français et anglais est source de nombreuses difficultés. On consultera une grammaire pour y trouver l'explication et la liste détaillée des différents emplois.

Article défini Je suis amoureux de l'amitié. (Montesquieu) Je rendre à l'hôpital demain. Le professeur Stone Le petit déjeuner est mon repas favori. Le café est un stimulant.	**Article Ø** *I am in love with friendship.* *I'm going into hospital tomorrow.* *Professor Stone* *Breakfast is my favourite meal.* *Coffee is a stimulant.*
Il a l'estomac fragile. Il a la mémoire des noms. Il a le droit de couper cet arbre s'il le désire. Ce vin coûte 30 francs la bouteille.	**Article indéfini** *He has a weak stomach.* *He has a memory for names.* *He has a right to cut down this tree if he wishes to.* *This wine costs 30 francs a bottle.*
Il attendait, les mains dans les poches.	**Autre déterminant** *He was waiting, with his hands in his pockets.*
Article indéfini Nous avons eu un temps de chien.	**Article Ø** *We had foul weather.*
Je suis maintenant une parfaite bricoleuse.	**Article défini** *I'm now the perfect D.I.Y. woman.*
Il a laissé des livres pour toi. Un Pascal ou un Descartes dirait que…	**Autre déterminant** *He has left some books for you.* *S.o. like Pascal or Descartes might say that…*
Article Ø Elle est interprète. Il devient snob en vieillissant. La chambre est utilisée comme débarras. Il arrive enfin à la mairie, grand bâtiment de style néo-gothique.	**Article indéfini** *She is an interpreter.* *He is becoming a snob as he grows older.* *The bedroom is used as a lumber room.* *He finally reached the town-hall, a large neo-gothic building.*
L'Éthiopie, pays le plus menacé par la famine…	**Article défini** *Ethiopia, the country most threatened by famine…*
Partitif Il reste du fromage et du lait. Il a montré beaucoup de curiosité.	**Article Ø** *There's cheese and milk left.* *He showed great curiosity.*
Il a de l'oreille. Si tu fais du bruit, on est fichu !	**Article indéfini** *He has a good ear.* *If you make a noise, we're done for!*
Peux-tu acheter du lait ? Ils ont publié de bons livres.	**Autre déterminant** *Can you buy some milk?* *They have published some good books.*
Autre déterminant Rien de ce genre n'était arrivé ici.	**Article défini** *Nothing of the kind had happened here.*

1. *Traduisez les paires de phrases qui suivent, et justifiez votre choix des articles.*

1. a/ Il va à l'église tous les dimanches.
   b/ Il va à l'église pour voir si l'orage a fait des dégâts.
2. a/ Il a été nommé directeur de l'école l'année dernière.
   b/ J'ai parlé au directeur de l'école hier soir.
3. a/ Pouvez-vous me passer le pain, s'il vous plaît ?
   b/ Le pain complet est bon pour la santé.
4. a/ Nous passons nos vacances dans le Surrey.
   b/ Le Surrey que je connais est loin d'être le Surrey des poèmes de John Betjeman.
5. a/ Il m'en a parlé la semaine dernière.
   b/ Il ne m'en a parlé que la dernière semaine.
6. a/ – Qui parle ? – C'est le ministre de l'Intérieur.
   b/ Mrs Thatcher a été ministre de l'éducation avant d'être Premier ministre.
7. a/ Il a passé quinze jours à l'hôpital après son accident.
   b/ Je gare toujours ma voiture devant l'hôpital.
8. a/ C'est le grand expert en philosophie hindoue.
   b/ Mr Harrow, l'expert en philosophie hindoue, donnera une conférence le mois prochain.

2. *Complétez les passages qui suivent en utilisant* "the", "a", "∅" *ou un possessif.*

1. *... term had just begun. ... Professor Treece, ... head of ... department of English, sat at his desk, ... back to ... window, with ... cold, clear October light shining icily over ... shoulders on to ... turbulent heaps of ... upon his desk, on to ... pale young faces of his three new students. As ... rain rattled against ... panes behind him, and ... students stared speculatively out at ...... last leaves falling damply from ... trees, ... Professor Treece spoke sonorously.* (M. Bradbury)
2. *Adam kept his scooter under ... filthy tarpaulin in Mrs Green's small front garden. He pulled off ... tarpaulin, kicked it under ... hedge, and regarded ... machine with ... loathing. He had been given ... scooter by ... former owner, ... father-in-law, when ... latter's firm had provided him with ... small car. At ... time, he had regarded ... gift as one of ... astounding generosity, but he was now convinced that it had been ... act of ... purest malice, designed either to maim him or ruin him, or both. He had accepted ... gift on ... assumption that ... running costs would be more than compensated for by ... savings on ... fares, ... prediction that still wrung from him ... bitter laugh whenever he recalled it, which was usually when he was paying for ... repairs.* (D. Lodge)
3. *When he got home that evening he could smell that Val was in ... mood. ... basement was full of ... sharp warmth of ... frying onions, which meant she was cooking something complicated. When she was not in ... mood, when she was apathetic, she opened ... tins or boiled ... eggs, or at ... most dressed ... avocado. When she was either very cheerful or very angry, she cooked. She stood at ... sink, chopping ... courgettes and ... aubergines, when he came in, and did not look up, so he surmised that ... mood was bad.* (A.S. Byatt)
4. *More disasters on ... scale of ... cyclone which hit ... Bangladesh this week*

are likely in ... next few years, ... Western analysts believe. In 1970, ... half ... million died after ... cyclone brought ... floods to ... Bangladesh; this week ... toll looks set to top ... 100,000. In ... intervening 20 years, many thousands of ... others have been swept out to ... sea. (The Guardian)

5. *... age of ... American hero is dead and most Americans can no longer tell ... right from ... wrong, according to ... new study.*
[...] ... majority of those interviewed believed that if ... US were ... business, it would have been taken over long ago by ... Japanese or ... west Europeans. Most believe ... Japanese to be "superior".
... percentage of ... Americans who say that ...religion is "very important" in ... lives has fallen from 75 per cent in ... 1950s to 54 per cent. ... majority will not look after ... elderly parents while 72 percent do not know ... next-door neighbour.
... study suggests that ... nineties will be ... decade of ... renewed moral crusade, as ... people seek to impose ... order on ... moral chaos. (The Guardian)

3. *Traduisez les passages suivants.*

1. Nous nous moquions, mes frères et moi, d'un de nos voisins, bonhomme grotesque, nain à barbiche blanche et capuchon, conseiller municipal, nommé Maréchaud. Tout le monde l'appelait le père Maréchaud. (R. Radiguet)
2. Les menaces, les suppressions de pourboires, les injures, les prières avaient échoué ; le père Rateau soulevait sa casquette, se grattait les cheveux, promettait, sur un ton ému, de s'amender et, le lendemain, venait plus tard. (J.-K. Huysmans)
3. Stendhal raconte que le castrat Farmelli chanta tous les jours, pendant 24 ans, trois airs favoris, toujours les mêmes, à Philippe V. (Ph. Soupault)
4. Léa était la seule de ses neveux et nièces à n'être pas intimidée par le moine, colosse rendu plus impressionnant encore par sa longue robe blanche. Prédicateur remarquable, il prêchait dans le monde entier, et entretenait une correspondance régulière avec des personnalités religieuses de toutes confessions. (R. Deforges)
5. Un jour, sur les bords du Nil, dans le Soudan anglais, le prince Guillaume de Suède passait quelques jours pour se reposer des fatigues d'une exploration dans l'Afrique équatoriale. (Ph. Soupault)
6. Comme il est profond, ce mystère de l'Invisible ! Nous ne le pouvons sonder avec nos sens misérables, avec nos yeux qui ne savent apercevoir ni le trop petit, ni le trop grand, ni le trop près, ni le trop loin, ni les habitants d'une étoile, ni les habitants d'une goutte d'eau... (Guy de Maupassant)
7. Comme il arrive souvent, c'est ce que je n'ai pas été, peut-être, qui définit [ma vie] avec le plus de justesse : bon soldat, mais point grand homme de guerre, amateur d'art, mais point cet artiste que Néron crut être à sa mort, capable de crimes, mais point chargé de crimes. (M. Yourcenar)
8. Mlle Lethuit n'écoutait pas. Elle était agitée d'un tremblement intérieur. Quoi, Mlle Lethuit, terreur et providence des familles pauvres qu'elle assistait pour le compte de l'État, soutien de son vieux père et de sa soeur Pauline, amazone laïque et républicaine, tremblait ? (F. Mallet- Joris)
9. À son joli voisin, Honoré avait donné de ces différentes figures une esquisse rapide et si bienveillante que, malgré leurs différences profondes, elles semblaient toutes pareilles, la brillante Mme de Torrence, la spirituelle duchesse de D..., la belle Mme Lenoir. (M. Proust)

10. Les villes cherchent à dire quelque chose. Elles se gonflent et se dégonflent, et à chaque respiration il y a des bruits qui jaillissent d'elles et courent à travers la terre. Les ondes sortent tout le temps des cerveaux, et les cœurs battent. Il y a beaucoup de vie. Les immeubles blancs debout sur les plateaux d'asphalte, on croyait qu'ils étaient immobiles. Mais ce n'était pas vrai : ils bougeaient. Les routes tournoyantes, les voies ferrées, les chantiers, les carrières, les usines à gaz. Il y a tellement de vie partout. La terre ne cesse pas de vibrer. (J.-M.G. Le Clézio)

6.3. Les adjectifs démonstratifs

1. *This / these* ou *that / those?*

• On emploie ***this*** ou ***these*** lorsque le référent est proche de l'énonciateur, dans le temps ou dans l'espace.

➟ [Pendant le repas] *This cake is excellent!*

That ou ***those*** marquent une distanciation par rapport à l'énonciateur, lorsque le référent est plus lointain, ou inconnu :

➟ *Can you remember that carrot cake we had in Winchester last week?*

Comparez :

➟ Il y avait trois hommes debout dans le salon. L'un de ces hommes gesticulait. *Three men were standing in the sitting room. One of these men was gesticulating.*

➟ Il y avait un homme debout près du piano. C'était un de ces hommes à l'air arrogant que l'on rencontre souvent dans ces milieux d'affaires. *A man was standing next to the piano. He was one of those arrogant-looking men that one often comes across in such business circles.*

La différence est donc à rapprocher de celle que l'on trouve entre ***here*** et ***there***, ou entre ***now*** et ***then***.

• ***This, these, that*** et ***those*** peuvent permettre de reprendre ce qui a déjà été mentionné.

➟ *"I sent him a few lines of congratulations. –That was nice of you!"*

Mais seuls ***this*** ou ***these*** permettent d'annoncer ce qui suit :

➟ *Let me tell you this: I won't stand for it much longer!*

• ***That*** et ***those*** permettent souvent une distanciation intellectuelle ou affective et peuvent exprimer le mépris :

➟ *If that girl comes again, I won't let her in!*

2. Autres traductions des démonstratifs français

• L'article anglais, ancien démonstratif, a une valeur déictique plus forte que l'article français et permet donc assez souvent de traduire un démonstratif français :

→ Sur le palier, Hutte a hésité un instant avant de refermer la porte et ce claquement métallique m'a pincé le cœur. (P. Modiano) *On the landing, Hutte paused a moment before shutting the door and the metallic sound cut me to the quick.* (Trad. D. Weiddbort)

Cet emploi de l'article défini anglais est obligatoire lorsque le démonstratif français précède l'explicitation qui en est faite :

→ Il avait cet optimisme typique des gens de son milieu. *He had the optimism one currently finds in such circles.*

• Quand le démonstratif français signifie "ce type de...", "ce genre de...", "un tel...", il se traduit souvent par ***such (a)*** .

→ Cette conduite est inadmissible ! *Such behaviour is intolerable!*

→ Ces gens-là font toujours des histoires. *Such people always make a fuss.*

• Ils se traduiront parfois par un possessif en anglais :

→ Dans les graviers de la terrasse, les cigales chantaient. Elles devaient être des milliers, ivres de chaleur et de lune, à lancer ainsi ce drôle de cri des nuits entières. (F. Sagan) *On the terrace the crickets were chirruping. There must have been thousands of them, drunk with heat and moonlight, pouring out their strange song all night long.* (Trad. I. Ash)

• "Celui-ci"/ "ce dernier" et "celui-là" (lorsqu'il y a comparaison entre deux éléments) se traduisent la plupart du temps par ***the latter*** et ***the former***.

→ *He has written a novel and a play. The latter [= the play] is excellent.*

3. Attention à la **portée du démonstratif** dans les expressions suivantes :

→ <u>Ce</u> début de journée : *the beginning of <u>that</u> day*

→ <u>Ce</u> milieu d'après-midi : *the middle of <u>that</u> afternoon*

4. Emplois particuliers des démonstratifs anglais

• ***That*** + nom + of + pronom possessif (valeur souvent péjorative)

→ son fichu mari : *that husband of hers*

→ avec sa voix geignarde : *with that whining voice of hers*

• Dans la langue parlée, on utilise parfois ***this*** sans aucune valeur démonstrative, comme simple équivalent familier de ***a***.

→ *I was in the train yesterday, and this chap came up to me and said...*

• ***That*** et ***those*** peuvent renvoyer à une situation ou à un fait bien connu de tous.

→ *[Didiseven] will work wonders on those tired old running shoes. (Ad for Didiseven stain-remover)*

• On emploie assez couramment ***this*** en anglais là où le français préfère un nom.

→ [Dans une lettre] J'espère que ma lettre vous parviendra avant la fin de la semaine. *I hope this reaches you before the end of the week.*

Traduisez les phrases suivantes.

1. Et je ne vois pas qui, dans le pays, en voudrait à Valentine. Vous ne pouvez

pas savoir le bien que cette femme-là a fait quand elle en avait encore les moyens, du vivant de son mari. (G. Simenon)

2. Laurence pense à ce roi qui changeait en or tout ce qu'il touchait et sa petite fille était devenue une magnifique poupée de métal (S. de Beauvoir)
3. – Mais je t'aime surtout pour cette pureté qui est en toi et que rien ne peut ternir. (M. Tournier)
4. Cet été-là, j'avais dix-sept ans et j'étais parfaitement heureuse. Les "autres" étaient mon père et Elsa, sa maîtresse. Il me faut tout de suite expliquer cette situation qui peut paraître fausse. (F. Sagan)
5. Cette salope de Marie-Claire. Elle refuse obstinément le divorce : pour le plaisir de m'emmerder. (S. de Beauvoir)
6. Parmi les livres publiés depuis 1968, nous avons choisi et commenté ceux qui nous permettaient de mieux comprendre cette fin de siècle. *(Le Monde)*
7. Gilles de Rais fait partie de ces hobereaux bretons et vendéens qui ont pris fait et cause pour le dauphin Charles... (M. Tournier)
8. En 1986, en France, plus de 17000 personnes ont été hospitalisées pour intoxication par produit pharmaceutique, hors tentative de suicide. Cet usage immodéré, a rappelé M. Evin, est inquiétant pour l'avenir. *(Le Monde)*
9. Derrière Hutte, des rayonnages de bois sombre couvraient la moitié du mur : y étaient rangés des Bottins et des annuaires de toutes espèces et de ces cinquante dernières années. (P. Modiano)
10. Le petit page pourtant communique déjà un peu de sa force de conviction à cette ombre de roi. (M. Tournier)
11. [À propos de la Géorgie] Ces cinq mois de gouvernement Gamsakhourdia, ces premiers pas sur le chemin de l'indépendance n'auraient-ils apporté que des déceptions ? Certainement pas. *(Le Monde)*
12. Oui, cela pourrait commencer ainsi, ici, comme ça, d'une manière un peu lourde et lente, dans cet endroit neutre qui est à tous et à personne, où les gens se croisent presque sans se voir, où la vie de l'immeuble se répercute, lointaine et régulière. De ce qui se passe derrière les lourdes portes des appartements, on ne perçoit le plus souvent que ces échos éclatés, ces bribes, ces débris, ces esquisses, ces amorces, ces incidents ou accidents qui se déroulent dans ce que l'on appelle les "parties communes" , ces petits bruits feutrés que le tapis de laine rouge passé étouffe, ces embryons de vie communautaire qui s'arrêtent toujours aux paliers. (G. Perec)

6.4. La traduction de "on"

Le pronom "on" , particulièrement fréquent en français, peut avoir, selon le contexte, un grand nombre de valeurs différentes, allant de l'indétermination totale à un certain degré de détermination. Sa traduction dépendra donc d'une part du degré de détermination, d'autre part des intentions de l'énonciateur (S'inclut-il dans le "on" ? Inclut-il son interlocuteur ?) .

La traduction pourra se faire par :

1. Un changement de structure

Il a lieu lorsque le pronom renvoie à une ou plusieurs personnes non spécifiées.

- utilisation d'un passif. C'est la façon la plus courante de rendre l'indétermination de "on" .
  - ➟ On dit que cet hôtel est très bien. *This hotel is said to be very good.*

- utilisation d'une forme impersonnelle avec ***there***.
  - ➟ On entendit un tonnerre d'applaudissements. *There was thunderous applause.*

- utilisation d'une forme impersonnelle avec ***it***.

On l'utilise surtout pour traduire des impressions ("On dirait", "on eût cru..").

➟ On dirait qu'il va pleuvoir. *It looks like rain.*

➟ On pourrait croire qu'il a raison, mais... *It might look as if he were right, but...*

2. Le recours à un nom ou pronom

- Énonciateur exclu :

people, some, someone, everyone, they... selon la taille du groupe auquel on pense.

➟ En Angleterre, on joue aux fléchettes dans les pubs. [ce n'est pas un Anglais qui parle.] *In England, people (/they) play darts in the pubs.*

➟ On a encore oublié d'éteindre ! *Someone's forgotten to turn off the light again!*

- Énonciateur inclus : ***we***

Cet emploi se rencontre surtout dans la langue parlée.

➟ On pourrait s'arrêter en route. *We could stop on our way.*

Everyone ou *everybody* sont aussi parfois possibles.

➟ Le train s'arrêta et on descendit. *The train stopped and everyone got off.*

- Destinataire considéré comme directement impliqué et représentatif de la classe : ***you***
  - ➟ En partant une demi-heure plus tôt, on évite les embouteillages. *By leaving half-an-hour earlier, you avoid traffic-jams.*

Voir aussi l'autre emploi de ***you*** ci-dessous.

- Énonciateur exclu ou inclus, aucune détermination :

one / you. Ces deux pronoms sont surtout utilisés pour des proverbes, aphorismes ou généralités. ***You*** se rencontre également dans le contexte impersonnel des instructions ou modes d'emploi.

➟ On ne peut changer son caractère. *One can't help one's nature.*

➟ On ne peut pas toujours avoir raison. *You can't always be right.*

- Lorsque "on" renvoie à un groupe bien précis, il est souvent possible d'expliciter à l'aide d'un nom.

➟ [Dans un hôpital] On peut demander à ce qu'un poste de télévision soit installé dans la chambre. *Patients can ask for a TV set to be installed in their rooms.*

➟ On ne peut sortir pendant l'épreuve. *Students are not allowed to go out during the exam.*

➟ On avance ainsi dans son entourage "perestroïkiste", que M. Chevardnadze avait donné aux conservateurs de trop beaux prétextes... *(Le Monde)* His pro-perestroika aides are suggesting that Shevardnardze gave the conservatives far too good excuses... *(The Guardian Weekly)*

***1.** Étudiez et justifiez la façon dont le pronom "on" a été traduit dans les phrases suivantes.*

1. "L'idée de manger des insectes paraît un peu étonnante dans une civilisation où l'on n'en mange pas." (B. Comby, *Le Monde*)	*The idea of eating insects seems a little startling in a civilisation where they are not eaten.* (*The Guardian Weekly*)
2. [Description de Vichy] Au seuil de ces hôtels et sous les ombrages de ces parcs on rencontre des êtres dont on voudrait ne jamais oublier les traits et qu'on aimerait jusqu'à mourir s'ils n'étaient inaccessibles et comme d'un autre monde. (*Le Monde*)	*On the threshold of these hotels and in the leafy shade of these parks, you meet people whose features you would like never to forget, and for whom you would die of love were they not inaccessible and somehow from a different world.* (*The Guardian Weekly*)
3. Étrange ville [Vichy] dont le point de ralliement n'est pas un clocher rassurant bordé de bistrots pagnolesques mais un sanctuaire païen coiffé de coupoles et de minarets, où l'on vient implorer le pouvoir mystérieux des eaux. (*Le Monde*)	*It is a curious town (...) whose focal point is not some friendly church square lined with quaint bistrots, but a pagan sanctuary topped with cupolae and minarets, where visitors worship the mysterious powers of the water that issues from its hot springs.* (*The Guardian Weekly*)
4. "Nous sommes syriens, nous sommes une partie de la Syrie [au Golan] et espérons revenir à ce pays (...). Je sais que le niveau de vie est plus bas en Syrie qu'en Israël" mais "de toute façon, on s'adapte". (*Le Monde*)	*"We are Syrians, we are part of Syria and we hope to go back to that country (...). I only know that the standard of living is lower in Syria than in Israel", he admitted, "but in any case we'd get used to it."* (*The Guardian Weekly*)
5. Malgré tout, quoi qu'on en dise à Rabat, ces grâces royales ne sont pas sans rapport avec la crise du golfe..." (*Le Monde*)	*Whatever Rabat may say, these royal pardons are not unconnected with the Gulf crisis...* (*The Guardian Weekly*)
6. Si, en entrant à Verrières, le voyageur demande à qui appartient cette belle fabrique de clous qui assourdit les gens qui montent la grande rue, on lui répond avec un accent traînard : "Eh ! elle est à M. le Maire." (Stendhal)	*If a stranger to the town inquired who owned the enormous machine which deafened everyone coming up the High Street, someone or other would be sure to tell him, in the drawling speech of the district: "Why! it belongs to his Worship the Mayor."* (Trad. M. Shaw) *If, when he gets into Verrières, the traveler asks who owns that handsome nail factory which deafens everyone on the main street, he will be told, in drawling tones: "Oh, that? It's the mayor's."* (Trad. R.M. Adams)

→

7. Que les entreprises françaises essaient de vendre leurs produits au prorata de l'effort militaire français entre, quoi qu'on en pense, dans ce qu'on pourrait appeler "la logique de reconstruction". *(Le Monde)*

Whatever one may think of it, French industry's attempts to sell their products in proportion to the military effort France has contributed enter into what might be called the logic of reconstruction. *(The Guardian Weekly)*

2. *Traduisez les phrases suivantes.*

1. "Si Vichy ne fait pas du bien à l'empereur, on peut dire que l'empereur fait du bien à Vichy." *(Le Monde)*
2. On ne saurait penser à tout. (Dicton)
3. "Qu'est-ce qu'on fait ? – Rien. – On reste ici ? – Pourquoi pas ?" (G. Simenon)
4. Hutte se tenait derrière le bureau massif, comme d'habitude, mais gardait son manteau, de sorte qu'on avait vraiment l'impression d'un départ. (P. Modiano)
5. Au vrai, la maladie de l'adolescence qui est de ne pas savoir ce qu'on veut et de le vouloir à tout prix, cette maladie prenait en moi des proportions délirantes. (Ph. Sollers)
6. On ne sait jamais. (Dicton)
7. Le dossier lui-même est rempli de formules comme "Il y a tout lieu de penser..." ou "On peut légitimement présumer..." *(Le Monde)*
8. Dans le village on s'étonnait. Le boulanger avait parlé assez pour qu'on n'ignorât rien de l'essentiel du drame. (M. Jouhandeau)
9. [Le grand-père a écrit une lettre en vers à son petit fils.] Pour me faire mieux goûter mon bonheur ma mère apprit et m'enseigna les règles de la prosodie. Quelqu'un me surprit à gribouiller une réponse versifiée, on me pressa de l'achever, on m'y aida. (...) On m'offrit un dictionnaire de rimes, je me fis versificateur... (J.-P. Sartre)
10. Avec le grand établissement thermal (inauguré en 1903, exécuté par Lecœur et Woog) ... on bascule dans le Mauresque. *(Le Monde)*
11. En tout cas, pour lui [le maire de Katzrin], "l'État ferait une erreur en mettant le Golan sur la table de négociation". D'abord, explique Meir Monitz, "on ne donne pas sa maison..." *(Le Monde)*
12. Une serviette noire, si pleine qu'on n'avait pas pu la fermer, était posée par terre. Hutte la prit. Il la portait en la soutenant de la main. (P. Modiano)
13. On avait quitté le village à la tombée de la nuit, et vers minuit, la compagnie était passée près du poteau frontière abattu, couché en travers du fossé. (H. Thomas)
14. [Matthews vient de se faire critiquer par son supérieur.]
    À ce moment, si peu tendre qu'il soit à mon égard, je plains Matthews. On ne peut pas lui laisser entendre avec moins d'élégance qu'il ne sert à rien (...).
    Matthews serre les mâchoires...
    – Poursuivez Dr Martinelli, dit Matthews en me jetant un regard furieux.
    Avec moi, évidemment, on peut y aller : je ne suis pas quelqu'un d'important. (R. Merle)

7 Le lexique

7.1. Les faux amis

Qu'on les appelle mots pièges, faux amis ou mots sosies, il s'agit de mots dont la graphie est proche dans les deux langues mais dont le sens est différent. Certains de ces mots sont toujours faux amis, d'autres ne le sont que dans certains contextes. Ils sont trop nombreux pour pouvoir en donner une liste exhaustive ici[1] mais les exercices qui suivent pourront attirer l'attention sur la nécessité de bien les connaître.

1. *Pour chacun des mots français qui figurent ci-dessous, notez :*

- *une ou plusieurs traductions anglaises (l'absence de contexte permet bien sûr de très nombreuses possibilités),*
- *le mot anglais proche par sa forme,*
- *une ou plusieurs traductions françaises de ce mot anglais.*

ex. : agenda : *diary*
(≠ *agenda* : ordre du jour)

1. actuellement	11. location	21. agonie	31. surnom
2. décevoir	12. intoxiqué	22. trépasser	32. évincer
3. grief	13. combine	23. patron	33. truculent
4. affluence	14. mondain	24. inconsistant	34. confident
5. ostensible	15. haineux	25. logeur	35. malice
6. rampant	16. habilité	26. socquette	36. achèvement
7. liqueur	17. grand	27. acceptation	37. fatuité
8. gentil	18. mécanique	28. corporation	38. refus
9. défiler	19. fastidieux	29. sportif	39. éventuel
10. physicien	20. candide	30. vexé	40. commodité

1. On pourra consulter, par exemple :
Les Mots anglais qu'on croit connaître, Bouscaren et Davoust, Hachette.
Les Faux Amis de la langue anglaise, Koessler et Derocquigny, Vuibert.

2. *Décidez si les mots soulignés sont des faux amis ou non dans les phrases qui suivent, puis traduisez ces phrases.*

1. a/ Quant à la <u>conférence</u> internationale, on convient, au Quai d'Orsay, que "c'est le vrai problème". *(Le Monde)*
   b/ Chacune des quatre journées du colloque a été organisée de manière identique, avec deux <u>conférences</u> le matin... (D. Laporte)
2. a/ Le pouvoir <u>contrôle</u> entièrement un clergé docile dans sa grande majorité. *(Le Monde)*
   b/ Qui <u>contrôle</u> les profs de vos enfants ? (*Le Monde de l'Éducation*)
3. a/ Ils étaient venus nous informer de la possibilité de gagner une bourse d'études d'un an dans une université aux États-Unis. (...) C'était une <u>chance</u> unique. (Ph. Labro)
   b/ On reste d'une remarquable prudence, à l'Élysée, sur les <u>chances</u> qu'aurait ce schéma de s'imposer... *(Le Monde)*
4. a/ Peut-on laisser <u>aliéner</u> des cœurs qu'on peut gagner à si bas prix ? (Massenet)
   b/ Mais Grand-Lebrun, qu'il le veuille ou non, demeure mon bien propre et nul ne me l'<u>aliénera</u>. (F. Mauriac)
5. a/ Le mouvement pacifiste, après de puissantes <u>manifestations</u> de rue avant le début des hostilités, s'est effiloché pendant la guerre. *(Le Monde)*
   b/ La vertu... est un principe dont les <u>manifestations</u> diffèrent selon les milieux... (H. de Balzac)
6. a/ Deux <u>morales</u> s'affrontaient au Moyen Âge : celle de la société christianisée, et celle de la courtoisie hérétique. (D. de Rougemont)
   b/ Le <u>moral</u> des soldats est excellent.

3. *Traduisez les phrases suivantes.*

1. Ils ont sensiblement la même taille, et sans doute aussi le même âge. (A. Robbe-Grillet)
2. ...Cette discipline médicale trop ignorée qu'est la psychiatrie militaire. *(Le Monde)*
3. Jamais je n'avais senti plus implacable la sentence des hommes et des choses. (L.-F. Céline)
4. Elle [une insitutrice] finit, elle aussi, par disparaître : on prétendait qu'elle ne m'apprenait rien mais je crois surtout que mon grand-père la trouvait calamiteuse. (J.-P. Sartre)
5. Je ferme les yeux, je ressuscite un jour pris au hasard entre tous les jours révolus du temps où Grand-Lebrun contenait ma vie. (F. Mauriac)
6. Oh ! dis : n'as-tu donc rencontré rien que de décevant sur la route ? (A. Gide)
7. Après le cessez-le-feu, le règlement des problèmes immédiatement liés à la crise suppose une négociation Irak-Koweït encadrée par les pays de la région, et éventuellement par d'autres... *(Le Monde)*
8. Dominique disait toujours : "Elle est sûrement très sympathique, ta camarade, mais, ma pauvre petite, elle est tellement ordinaire." (S. de Beauvoir)

9. C'est si beau un petit corps ensanglanté, soulevé par les soupirs et les râles de l'agonie. (M. Tournier)
10. Selon les commodités de transport, il leur arrivait de revenir sur leurs pas ou de faire d'assez larges détours. (G. Perec)
11. Il suffirait encore d'une acceptation claire de Saddam Hussein pour que la guerre s'arrête. *(Le Monde)*
12. [Voltaire écrit] à la Comtesse de Bentinck qu'il a "figure de trépassé et de cadavre ambulant." *(Le Monde)*
13. C'est vexant, pense Laurence, je ne me rappelle jamais de mes rêves. (S. de Beauvoir)
14. Très tôt m'a tenu le besoin d'écrire, de me délivrer par l'écriture. (F. Mauriac)
15. [Ils] admettent avec tristesse "la profonde incompréhension de la position française" et concluent : "Il faut assumer ; on n'y peut rien." *(Le Monde)*

7.2. Quelques champs sémantiques particulièrement riches en anglais

7.2.1. Bruits

Le champ sémantique des bruits est beaucoup plus riche en anglais qu'en français. Il est donc souvent nécessaire d'utiliser un mot plus précis en anglais.

• Un mot aussi vague que le mot "bruit" peut certes se traduire par ***noise*** ou ***sound***, le mot ***sound*** étant plus neutre que le mot ***noise*** qui évoque un bruit gênant ou désagréable :

➟ *Her watch had stopped but she knew from the sounds outside that it must be late.*

➟ *There's too much noise in here: let's go and find a quiet place to talk.*

mais il est souvent préférable d'utiliser un mot spécialisé :

➟ le bruit d'une chaise que l'on remue *the scraping of a chair*

➟ le bruit de bouchons qui sautent *the popping of corks*

➟ Il plongea dans un grand bruit d'eau. *He dived with a loud splash.*

• Il faudra souvent choisir entre plusieurs mots anglais pour traduire le français.

BATTRE

➟ Le volet battait contre le mur. *The shutter was <u>rattling</u> against the wall.*

➟ Il battit des mains. *He <u>clapped</u> his hands.*

➟ Il croyait entendre son cœur battre à grands coups. *He thought he could hear his heart <u>thumping</u>.*

➟ La porte du hangar battait dans le vent. *The barn door was <u>banging</u> in the wind.*

➟ Il battait du pied pour se réchauffer. *He <u>stamped</u> his feet to get warmer.*

➟ La voile battait dans le vent. *The sail <u>flapped</u> in the wind.*

➟ Le cheval battait l'air de sa queue. *The horse <u>swished</u> its tail.*

SIFFLER

➟ Les spectateurs ont sifflé à la fin de la pièce. *The audience booed at the end of the play.*

➟ Il regardait par la fenêtre en sifflant un air triste. *He was staring out of the window, whistling a sad tune.*

➟ J'entendis la balle passer en sifflant. *I heard the ball whizzing past.*

➟ Les serpents sifflent. *Snakes hiss.*

➟ C'est triste de le voir respirer si difficilement, en sifflant. *It is sad to see him wheezing so.*

Les verbes décrivant des bruits sont trop nombreux pour que la liste puisse en être donnée. Le tableau ci-dessous montre cependant que l'on peut assez facilement déduire le sens de ces verbes d'après leur sonorité, ce qui doit permettre de les retenir plus aisément.

FIRST CONSONANTS *(= often the origin of the sound)*			MIDDLE VOWELS *(main quality of the sound)*	LAST CONSONANTS *(duration of the sound)*
s[s] = *hissing or whistling sound* t [t] = *shrill sound*	b [b] = *explosive sound* c [k] = *sudden sound* n [n] = *nasal sound* m [m] = *low sound made by the lips* th [θ] = *soft, muffled sound* q [kw] = *harsh, shrill sound* w [w] = *sound of air coming out (or vibration)* ch [tʃ] = *brisk sound, often of voices* g [g] = *low sound, coming from the throat, often unpleasant*	l [l] = *clear, metallic sound* r [r] = *hard, dry sound*	i [i] = *thin, brief sound* ee, ea [iː], a [ei] = *high-pitched sound that lasts* u [ʌ] = *deep sound* o [ɔ] = *short explosive sound* oo [uː], oa [ou] = *deep sound, that lasts* a [æ] = *flat sound (on a surface)* aw, or [ɔː] = *nasal quality*	*echoing sound* ng [ŋ] m [m] (*softer*) *short sound, that does not last* ck [k] p [p] = *dry sound* d [d] = *muffled sound* mp [mp] = *muffled, but harder sound* *repeated sound* ter [tə] *prolonged sound* l [l] sh [ʃ] = *muffled* zz [z] = *buzzing* ss [s] = *hissing* ch [tʃ] n [n]

1. *On utilise très souvent des gérondifs en anglais pour décrire des bruits, surtout lorsque ceux-ci sont répétés. Comparez :*

- "Didn't you hear anything during the night? No shots? No shouting or screaming?" (M. Spark) (= no shout<u>s</u> or scream<u>s</u>)
- I heard <u>a</u> shot and then <u>a</u> scream.

Ceci ne s'applique pas aux mots finissant en "-ter" ("chatter", "clatter"...), *qui impliquent déjà une répétition.*

Complétez les phrases qui suivent en utilisant des gérondifs.

1. *She lay for only a few minutes listening to the ... of her watch.* (P.D. James)
2. *Cordelia was awakened early next morning by the discordant ... of the birds.* *(Ibid.)*
3. *There was little sound except the ... of crickets in the grass and from time to time the nearby ... of a railway level-crossing bell.* *(Ibid.)*
4. *The silence was broken only by the furtive ... of some small night prowler in the grass.* *(Ibid.)*
5. *It was raining. (...) The house hummed like a machine with the steady sound of ...* (I. Murdoch)
6. *There was a faint ... and ... of the wavelets touching the foot of the little cliff.* *(Ibid.)*
7. *These sounds reminded me of the faint ... of my bead curtain at Shruff End.* *(Ibid.)*
8. *The hot stuffy weather continued, with a few distant ... of thunder now.* *(Ibid.)*
9. *Then I heard screaming, not near by, perhaps two hundred yards away, but very clear in the utter silence, and very loud, and accompanied by another sound, also loud, a ... or an unsteady ... (...) like a high wind, through trees.* (K. Amis)
10. *Nothing was to be heard except the ... of morse as the signalmen sent out their calls for help.* (E. Waugh)
11. *"I can hear the ... at the gate," she says in a loud voice – "Don't you hear her sounding the horn?"*
12. *"Here they come," says Hadrian, at the window, and presently a car bumps up the drive. Presently again, a ... at the back door.*
    "Let them in," says Lister. (M. Spark)

2. *Traduisez les phrases suivantes.*

1. Son rire franc, sonore, se mêla au grésillement de la viande dans la poêle. (F. Mallet-Joris)
2. Les pneus de la voiture crissèrent sur l'asphalte de cette paisible rue de banlieue. (B. Pronzini)
3. Il percevait des froissements d'étoffe, entendait le lit craquer. (Y. Queffélec)
4. Des rafales faisaient vibrer un panneau de bois rectangulaire dressé sur deux poteaux. (M. Tournier)
5. Un cochon grognait dans son têt. Au bruit des pas sur la terre gelée, un chien se mit à aboyer avec fureur. (H. Alain-Fournier)
6. Le frou-frou de chaque obus s'achevait en une grosse détonation sourde, très loin derrière la barrière sombre de la forêt. (H. Thomas)
7. Les quatre fusils-mitrailleurs de la compagnie mêlaient leurs bruits en une pétarade continue. (H. Thomas)

8. Tout le monde garda le silence. La pluie crépitait toujours, mais les bruits des autos devenaient plus rares. (C. Aveline)
9. Un pas lourd avait ébranlé un escalier, puis il y eut comme une chute molle, suivie d'un soupir d'aise. (É. Zola)
10. On entendait [le vent] gronder comme un torrent ou passer avec le sifflement appuyé d'une chute d'eau. Le tablier de la cheminée battait de temps à autre. (H. Alain-Fournier)
11. Et c'étaient autour d'elle des rires, des cris et des coin-coin, comme dans un troupeau d'oies que pourchasse un épagneul ! (H. Alain-Fournier)
12. On dit qu'il faut hurler avec les loups : je crois tout aussi nécessaire de bêler avec les moutons, quand on fait partie du troupeau. (M. Pagnol)
13. Sa gaieté redoubla, un grincement de poulie mal graissée, qui finit par dégénérer en un accès terrible de toux. (É. Zola)
14. Le docteur, s'étant rapproché de la fenêtre et penché dans la demi-ténèbre, occupa son esprit à décomposer la rumeur nocturne : un crissement continu de grillons et de sauterelles, une mare coassante, deux crapauds, les notes interrompues d'un oiseau qui n'était peut-être pas un rossignol, le dernier tram. (F. Mauriac)
15. Le silence n'était troublé que par le grésillement de mille cris d'oiseaux ; mais, en approchant des maisons, Angelo commença à entendre un concert très épais de braiements d'ânes, de hennissements de chevaux et de bêlements de moutons. "Il doit se passer quelque chose ici, se dit Angelo. Ceci n'est pas naturel. Toutes ces bêtes crient comme si on les égorgeait." (J. Giono)
16. L'immense bourdonnement des abeilles pillant un champ de colza en fleur, le ronronnement paisible d'une batteuse dans une cour de ferme, le tintement d'une enclume de forgeron, et jusqu'au martèlement d'un pivert sur un tronc de mélèze formaient un cortège allègre et paisible qui le suivait, l'entourait et le précédait. (M. Tournier)

7.2.2. Lumière

Voici le sens des principaux verbes de ce champ sémantique particulièrement riche :

• Lumière intermittente ou brève Type : D = directe, R = réfléchie

to FLASH: *very strong and sudden light (e.g. torch)*	*D / R*	→ *He was to flash his torch twice as a signal.*
to FLARE: *sudden and intense outburst of flame (e.g. fire suddenly revived)*	*D*	→ *The lamp flared up, then went out.* (I. Murdoch)
to GLINT: *sudden, brief and hard light (often on metallic object)*	*R*	→ *Her hands were covered with rings, her wrists with bracelets, which were glinting as she lightly tapped her fingers together.* (*Ibid.*)
to SPARKLE: *series of brief and bright flashes of light (e.g. diamond, water under the sun)*	*R*	→ *The sea sparkled in the sun.*

to TWINKLE: *intermittent light, very similar to sparkle, but often softer*	*D*	→ *"Twinkle, twinkle, little star like a diamond in the sky..."*
to SCINTILLATE: *same as sparkle but conveys the idea that sparks are actually issuing from the object which is usually moving (e.g. rich costume with sequins)*	*R*	→ *Her dress scintillated in the bright light as she danced round and round.*
to FLICKER: *moving, unsteady light (e.g. candle, flame, fire-fly)*	*D*	→ *I saw a curious flicker within the house as if a light were moving.* (*Ibid.*)
to SHIMMER: *unsteady, wavering light, which looks soft and silky, as if seen through a haze*	*D*	→ *The moonlight shimmered on the lake.*

• Lumière régulière et constante

to SHINE: *general word for emitting or reflecting a bright light*	*D / R*	→ *Everywhere the trees and the grass, and the far-off water, seemed roused from the twilight and shining.* (D. H. Lawrence)
to BLAZE: *light from a very bright and intense fire; conveys an idea of heat and radiation*	*D*	→ *The blazing house could be seen from miles away.*
to DAZZLE: *describes the effect of a very strong light: causes difficulty to see (e.g. driver dazzled by the lights of a car)*	*D / R*	→ *At first I was dazzled by the bright snow.*
to GLARE: *very bright and brilliant constant light; usually dazzling and unpleasant.*	*D / R*	→ *I find it tiring to drive under such glaring sun.*
to GLOW: *bright light without any flame; often red or orange light in darkness (e.g. embers or cigarettes)*	*D*	→ *Evening had gained on the theatre... Cigarettes would soon be seen to glow.* (E. Bowen)
to GLEAM: *soft light shining through a veil (e.g. moon) or reflected on a dark object, often with a connotation of luxury (e.g. polished wood)*	*D / R*	→ *In one place the rainbow gleamed fiercely.* (D. H. Lawrence)
to GLIMMER: *weak light coming from a distance and often through a veil (e.g. light seen through mist, curtain, etc)*	*D*	→ *Faint glimmers of light could be seen trough the fog.*
to GLISTEN: *light reflected on a wet surface (e.g. field or road after the rain)*	*R*	→ *There was a blackbird perched on the cherry-tree, sleek and glistening as if it had been bathed in oil.* (J. Braine)
to GLITTER: *brilliant light, often the reflection of light on metal, hence its somewhat sinister connotation*	*R*	→ *He threw up his hands in a gesture of resignation, the diamond on his little finger glittering coldly.* (J. Braine)

1. *Les verbes mentionnés ci-dessus sont souvent utilisés de façon métaphorique, particulièrement pour décrire un sentiment ou une attitude.*

a/ Complétez les phrases qui suivent en indiquant les sentiments appropriés. Plusieurs noms sont bien sûr possibles.

Ex. : His eyes flashed with... anger / fury / hatred.

1. *Her cheeks glowed with...*
2. *Her eyes sparkled with...*
3. *That evening, he was scintillating with...*
4. *His eyes blazed with...*
5. *There was a tiny flicker of ... in her eyes.*
6. *Here eyes were glistening with ...*
7. *His eyes glittered with ...*
8. *Her eyes twinkled with ...*
9. *Her eyes shone with ...*
10. *His eyes glimmered with ...*

b/ Complétez les phrases qui suivent avec le verbe, le nom ou l'adjectif qui vous semble le mieux convenir.

1. *He was looking straight at me but gave only a brief ... of a smile.* (J. Braine)
2. *The carpet was a ... zigzag of blue and green and yellow.* (J. Braine)
3. *As she spoke a vision of herself, Derek Palmer, Bruce Wyatt and John Sinclair-Davies ... across her mind.* (M. Drabble)
4. *Lotty came over to stand next to me, her black eyes ... [...] Her anger was so intense it made my knees wobble.* (S. Paretsky)
5. *The smile in his eyes was very astonishing as he looked at the other man. It was the pure ... of relief.* (D.H. Lawrence)
6. *"What the devil!" he began, and his red-brown eyes ... with angry lights.* (L.P. Hartley)
7. *Picnics or expeditions or visits were planned for almost every day: Mrs Maudsley would announce them after breakfast; to the rest of us it sounded like a command, yet her eye would ... an interrogation at Lord Trimingham as if he were a signal that must be consulted before the train went on.* (L.P. Hartley)
8. *Brangwen looked at him in a sudden ... of insolent anger.* (D.H. Lawrence)
9. *His large dark eyes assumed his favourite "mischievous"...* (A. Wilson)
10. *Mrs Craddock's lovely eyes ... with the rich comedy of life.* (*Ibid.*)

2. *Traduisez les phrases suivantes.*

1. Elle était blême, des perles de sueur brillaient sur son front. (M. Pagnol)
2. Ils restèrent un instant tous deux à se rire à la face, les joues allumées. (É. Zola)
3. Les yeux bleu foncé brillèrent. Gilberte bégaya de joie. (Colette)
4. Tante Alicia étreignit, de trois doigts étincelants, le pied de son verre qu'elle leva. (Colette)
5. Au premier étage brûlait, derrière une vitre, la lampe du docteur Courrèges. (F. Mauriac)
6. Le givre fondait et l'herbe mouillée brillait comme humectée de rosée. (H. Alain-Fournier)
7. Au fond de la rue un homme a débouché en courant : cheveux et moustaches de jais, chemise blanche éblouissante. (S. de Beauvoir)
8. Enfin, à la lueur des étoiles, elle alla déraciner un (...) gros genêt épineux... (M. Pagnol)

9. Avant que le jeune homme ait rien pu dire, ils sont tous les trois arrivés à la porte d'une grande salle où flambe un beau feu. (H. Alain-Fournier)
10. Je n'ai pu me détacher avant les premières lueurs du jour de l'observation de ce corps maigre... (M. Tournier)
11. La discussion continua. Meaulnes n'en perdait pas une parole. Grâce à cette paisible prise de bec, la situation s'éclairait faiblement. (H. Alain-Fournier)
12. Les fournées se suivaient, les lueurs du four dansant, par moments, dans la salle où s'activaient deux hommes au torse nu, blancs et amaigris par le feu. (P. Gascar)
13. Toute cette ombre immobile ou scintillante était la vie, comme le fleuve, comme la mer, invisible au loin... (A. Malraux)
14. Depuis une heure, il avançait ainsi, lorsque sur la gauche à deux kilomètres de Montsou, il aperçut des feux rouges, trois brasiers brûlant au plein air et comme suspendus. (É. Zola)

7.2.3. Démarche

Ce champ sémantique est également très vaste en anglais. Voici le sens des principaux verbes qui en font partie.

1. Démarche neutre

to WALK

to STEP: *to put one's foot on something or in a given direction.*
It can mean to walk, but only if no more than one or two steps are taken.
➟ *Why don't you step in until the rain has stopped?*

to TREAD: *literary for to walk. Can also mean "to step on something".*
➟ *She trod softly not to disturb the child.*

to TIPTOE: *to walk on one's toes.*
➟ *He took off his shoes and tiptoed along the corridor.*

to PAD: *to walk noiselessly.*
➟ *He padded in, barefoot.*

to PATTER: *to walk fairly quickly, making small light tapping sounds.*
➟ *My neighbour was at home: I could hear the patter of her feet upstairs.*

to PACE: *to walk in a small area, often up and down.*
➟ *He was pacing up and down the room, waiting for the phone to ring.*

to SHAMBLE,
to SHUFFLE: *to walk in a slovenly way, dragging one's feet.*
➟ *The old man shuffled in and collapsed into an armchair.*

2. Démarche rapide

to RUN

to TROT: *to move at a brisk pace, between walking and running, with small steps.*

to JOG: *to run at an easy pace.*

to HURRY: *to go somewhere very quickly. Often because you are late.*

to RUSH: *to hurry, but more impetuous.*
➟ *Gosh, it's late; I must rush.*

to SPRINT: *to run over a short distance (to catch a bus, for instance) .*

to RACE: *to go very fast.*
→ *We raced across town to get to the station in time.*

to DASH,
to DART: *to go somewhere quickly and suddenly. Often implies running, and often used for a short distance only.*
→ *Everyone dashed for shelter when the storm broke out.*

to TEAR: *to go somewhere quickly and excitedly.*
→ *A group of children tore across the street.*

to BOLT: *to run away very quickly, often because of fear.*
→ *The burglar dropped his bag and bolted when he heard a noise.*

to HURTLE: *to move with great precipitation.*
→ *He hurtled down the stairs.*

to HASTEN: *to hurry, but literary and usually abstract.*
→ *He hastened to add that he might be wrong.*

3. Démarche énergique

to MARCH: *to walk with regular steps, like a soldier.*

to STRIDE: *to walk with long, hurried steps.*
→ *He strode out of the room, looking furious.*

to STALK: *to walk stiffly, angrily or proudly.*
→ *When he heard the words, he turned red and stalked out of the room.*

to TRAMP: *to walk with heavy steps.*
→ *A police constable was tramping the street.*

to STAMP: *to walk with quick, angry steps. Often because of anger.*
→ *He stamped angrily out of the boardroom.*

4. Démarche suffisante (contentement de soi)

to STRUT: *to walk in a proud way, with one's chest out, trying to look important.*
→ *He walked across the terrace, strutting like a peacock.*

to SWAGGER: *to walk proudly and often aggressively.*
→ *The doorman swaggered up to the group of noisy young people.*

to PRANCE: *to walk with exaggerated movements (often to be admired).*
→ *The girl pranced into the room, conscious of her good looks.*

to MINCE: *to walk with affected short steps.*

to WADDLE: *to walk swaying from side to side, like a duck. Often used to describe the way very fat people walk.*

5. Démarche tranquille, détendue

to TRIP: *to walk gaily and lightly, with short steps, almost as if one were skipping. Often describes the way women walk.*
→ *The child was tripping along behind him.*

to STROLL,
to SAUNTER: *to walk for pleasure. A stroll can be brisk or slow; but to saunter is always to walk without hurrying, sometimes in an insolent way.*
→ *They strolled for an hour in the garden.*

to AMBLE: *to walk slowly and leisurily.*
→ *I had half-an-hour before my appointment and ambled round the village.*

to RAMBLE,
to WANDER: *to walk without any plan or destination; often implies larger areas.*
→ *We spent our mornings rambling through the countryside.*

to ROAM,
to ROVE: *to ramble with great freedom and over larger spaces.*

to HIKE: *to go for a long walk in the country.*
→ *They're hiking in the Lake District.*

6. Démarche difficile

to TREK: *to make a long and difficult journey.*
→ *They trekked for miles through the desert before finding a village.*

to TRUDGE: *to walk heavily and with difficulty, like someone who is tired.*
→ *They had to trudge through the snow.*

to PLOD: *to walk slowly and heavily.*
→ *I plodded my way back home through the fields.*

to TRAIPSE: *to walk wearily. Often implies discouragement.*
→ *He traipsed around town, looking for a job.*

7. Démarche chancelante

to TODDLE: *used for the unsteady walk of a baby.*

to LIMP: *to walk unevenly because one of your legs is hurt.*
→ *I limped back home with my bandaged knee.*

to HOBBLE: *same unsteady movement as to limp, but more awkward, as if the whole body was affected.*
→ *The old man hobbled along with his stick.*

to HOP: *to move in small jumps, using one foot only.*

to STUMP: *describes the walk of someone who has a wooden leg.*

to STAGGER,
to REEL,
to TOTTER: *to move along very unsteadily, as if about to fall, like someone who is drunk. To reel is more violent than to stagger. To totter is often linked to weakness or old age.*
→ *He was staggering under the enormous weight.*

to LURCH: *to move unevenly, with sudden movements forward.*
→ *A drunken man came lurching out of the pub.*

to SWAY: *You sway when your feet are motionless but your body moves (often unsteadily)*
→ *She clapped her hands to the music and swayed from side to side.*

to STUMBLE: *to walk unsteadily and nearly fall.*
→ *He stumbled down the path. / He stumbled over a stone.*

to TRIP: *to knock one's foot against something and lose one's balance.*
→ *He tripped over a root and nearly fell.*

to SLIP: *to slide involuntarily.*
→ *He slipped on a banana peel.*

8. Démarche furtive

to CREEP,
to SNEAK: *to move slowly and quietly, in order not to be seen.*
➡ *In the middle of the night, I heard someone creeping up the stairs.*

to SLINK: *same as to sneak, but often implies fear or shame.*

to SLIP: *same as to creep, but idea of rapidity as well.*
➡ *He slipped away before the end of the class.*

to SIDLE: *to walk secretively and nervously.*
➡ *He sidled up to her and slipped a note into her pocket.*

to PROWL,
to LURK: *to wander around, trying not to be seen, usually waiting for an opportunity to strike or kill.*
➡ *He saw someone prowling in the street and rang the police.*

1. *Ces verbes de mouvement sont souvent utilisés dans un sens métaphorique et abstrait. Complétez les phrases qui suivent en employant le verbe qui convient (ou le nom ou adjectif correspondant). Des synonymes sont donnés entre parenthèses.*

1. *I was … to hear that he had lost his job. (= shocked, overwhelmed)*
2. *We had a … job to do and I could not leave the office before eight o'clock. (= urgent)*
3. *The woods were dark and quiet: it was very … there. (= scary)*
4. *He may not be very bright, but he is a …: he'll succeed! (= someone who is not brilliant but works hard)*
5. *He showed me different photographs in the hope of … my memory (= making me remember)*
6. *No wonder he gets poor marks: he listens for five minutes, then his attention starts … (= he stops concentrating)*
7. *John rang me. He was … mad. (= absolutely furious)*
8. *He promised to help me, then left me in the … when things started going wrong. (= abandoned me)*
9. *It was by chance that they … across the truth. (= came across)*
10. *He's not going to be … by such arguments. (= influenced)*
11. *They stole a … on us when they published their book before we did. (= gained an advantage over us)*
12. *Don't worry. It won't be a problem for her. She's resilient and she'll take it in her … (= deal with it)*
13. *He's very, very old and tends to … a little. (= talk confusedly)*
14. *I had a … look at his report. (= furtive)*
15. *In America, the police patrol cars are called … cars.*
16. *I had a … suspicion that something was wrong. (= vague)*

2. *Traduisez les phrases suivantes.*

1. Mais il l'a saisie par la manche et, clopinant, la mène jusqu'à la table. (A. Gide)
2. Mais mon compagnon se précipita dans la grande classe, où je le suivis. (H. Alain-Fournier)

3. Puis, pendant les longues heures du milieu de la nuit, fiévreusement, il arpentait, en réfléchissant, les greniers abandonnés. (H Alain-Fourrier)
4. Mme Courrèges trottait derrière eux. (F. Mauriac)
5. L'homme était parti de Marchiennes vers deux heures. Il marchait d'un pas allongé, grelottant sous le coton aminci de sa veste et de son pantalon de velours. (É. Zola)
6. Je me vois encore poursuivant les écoliers alertes (...) en sautillant misérablement sur une jambe. (H. Alain-Fournier)
7. J'attendis dans un fossé que les portes fussent ouvertes et je me glissai dans ma chambre sans être vu de personne. (G. Sand)
8. Il recula en poussant un hurlement de frayeur [et...] se mit à courir de toute sa vitesse sans prendre le temps d'un regard en arrière. (M. Aymé)
9. Il reprit ses affaires et trébuchant se laissa dévaler jusqu'à la grève. (Y. Queffélec)
10. Sur la piste forestière apparut le marcheur aux pas élancés qu'il parvint à rattraper... (Y. Queffélec)
11. La femme du boulanger faisait un pas à l'intérieur de la remise, consolidait de la main sa chevelure noire, se retournait et se lançait, de nouveau, en courant, à travers la place déserte. (P. Gascar)
12. Et tu sais, je te regarde partir. Gare à toi si tu marches en grenadier ou si tu traînes les pieds ! (Colette)
13. Germaine Buge s'enfuit avec ses bottes, sans attendre le dénouement. (M. Aymé)
14. Vêtus de toile mince, ils grelottaient de froid, sans se hâter davantage, débandés le long de la route, avec un piétinement de troupeau. (É. Zola)
15. Vacillant comme un homme ivre, le grand garçon, les mains dans ses poches, les épaules rentrées, s'en alla lentement sur le chemin de Sainte-Agathe ; tandis que, dernier vestige de la fête mystérieuse, la vieille berline quittait le gravier de la route et s'éloignait, cahotant en silence, sur l'herbe de la traverse. (H. Alain-Fournier)

7.2.4. Regard

Il s'agit d'un autre champ sémantique particulièrement riche en anglais. Voici le sens des principaux verbes décrivant diverses façons de regarder :

1. Trois verbes essentiels

- *to* SEE: – *to receive visual impressions (not always voluntarily):*
  → *I can see much better without these glasses.*
  – *to be aware of what is in front of one's eyes:*
  → *I could see a police car parked opposite the gates.*
  – *often used for mental vision:*
  → *I can see what you mean.*
- *to* LOOK (AT): *fixing, turning one's eyes on something.*
  → *He looked up and what he saw made him gasp.*
- *to* WATCH: *following something with one's eyes, usually something that moves or that one expects to see undergoing some change.*
  → *to watch TV, to watch a sick person.*

2. Verbes dépeignant le regard

a/ durée :

to BEHOLD: *to look at something for a certain time, usually at a remarkable, striking or interesting sight. Often literary.*
→ *We were beholding the beautiful sunset.*

to INSPECT,
to EXAMINE: *close scrutiny (to look for mistakes, to test or check something).*
→ *She put on some make-up to hide the bruise and inspected her face in the mirror.*
→ *The police inspector opened the clock and examined it carefully.*

to SCRUTINIZE,
to SCAN: *to pay close attention to all the details of something. Often means that you survey a scene, or look at something from beginning to end.*
→ *He was scanning the papers, obviously looking for some news item.*
→ *Plain-clothes detectives scrutinized all the guests as they arrived.*

to SURVEY: *detailed examination, but from further off, or in one's mind.*
→ *He stepped back and surveyed his work: the room looked good.*

to PEER: *to look at something with bent head or half-closed eyes: often used for someone who cannot see very well.*
→ *He was peering through the windscreen, trying to see through the curtain of rain.*

to MAKE OUT: *to manage to discern something with difficulty.*
→ *It was so dark that we could just make out the gates at the end of the drive.*

b/ rapidité :

to GLANCE AT,
to GLIMPSE sthg: to have a quick look at something. One also says:
– *to glance through (a newspaper, a report) / to cast, to take or to give a glance at,*
– *to catch or to get a glimpse of.*

Ces deux verbes indiquent la brièveté. Mais *glance* insiste sur le fait de voir ; *glimpse*, sur ce qui est vu. C'est pouquoi on dit *"to take " (or) "give" a glance*, mais *"to get" a glimpse*.

- *to HAVE / (TAKE) A PEEP / (PEEK) AT:*
to look furtively at something hidden or forbidden. You can also say: to peep / peek at.
→ *The child crept up to the door and peeped through the keyhole.*

c/ processus mental :

to OBSERVE: *to direct one's attention on something (and often draw conclusions from it).*
→ *After a week, the doctor observed a change in his patient.*

to NOTICE: *to see, hear, sense something and react to it.*
→ *I noticed that he locked the door when he left.*

to PERCEIVE: *to notice something, not only through one's eyes, but by using all one's senses and one's mind.*
→ *As soon as I saw her, I perceived that she was unhappy. (Almost "to sense").*

to VIEW: *to look at sthg with interest, and with a certain purpose in mind.*
➟ *to view a house you're thinking of buying / Viewed from above, the house looked tiny.*

N.B. : *to* REMARK implique des paroles :
➟ *He remarked on her good looks. / She remarked that it was very late.*

3. Verbes impliquant une attitude ou une émotion

to GAZE AT: *to look at something with fixed attention or in a dream-like way (because of admiration, wonder, surprise...).*
➟ *He gazed admiringly at the dancer on stage.*

to STARE AT: *similar to 'to gaze' but stronger. You stare at something with wide open eyes (because of surprise, fear, anger, disbelief...).*
➟ *He stared at the girl as if she had just dropped from another planet.*

N.B.: *Something "stares you in the face" if it is so obvious that you should have seen it before.*

to GLARE AT,
to GLOWER AT: *similar to "to stare" + idea of anger.*
➟ *They had stopped fighting and now sat glaring at each other.*

to GAPE AT: *similar to "to gaze" + idea of surprise, stupidity, incapacity to react (often implies that one is open-mouthed).*
➟ *gaping tourists.*

to GLOAT OVER: *to look at something with unpleasant, malignant happiness.*
➟ *a miser and his money, a murderer and his victim.*
➟ *He said "I told you so!", obviously gloating over my misfortune.*

to OGLE: *to make eyes at somebody.*
➟ *She was used to the men ogling her in the street.*

1. *Complétez ces phrases avec l'un des verbes suivants :*
examine – gaze – look out – make out – ogle – glance – stare – peer – watch – glare – view – catch a glimpse

1. *Scoope House hardly looked its best in the late afternoon of a dark November evening. No wonder that the agents hadn't recently sent anyone to ...* (P.D. James)
2. *She recognized him at once as the man who had ... with such a hopelessly lovelorn expression upon Natasha.* (P. Gallico)
3. *Sydney whirled around in sudden anger and ... at her.* (P. Highsmith)
4. *It was her business to ... the person who wanted to buy and decide whether he or she would be supplied or not.* (E. Ambler)
5. *I have been ... the clouds and it occurs to me that I have never done this in my life before, sqimply sit and ... clouds.* (I. Murdoch)
6. *Members of the staff from the lowest to the highest (...) had managed an excuse to pass by the cubicle to ... of this remarkable Englishwoman.* (P. Gallico)
7. *All smiles and gallantry, he clicked his heels, kissed hands, bowed... and ... the business men's wives.* (E. Ambler)

8. *The Sinnotts were a romantic couple. Strangers still ... after them on the street.* (M. Mc Carthy)
9. *The new oil lamp is easy to carry so I was not reduced to ... about with a candle.* (I. Murdoch)
10. *The mother perceived her son ... enraptured outside the Lion Wallace booth.* (D.H. Lawrence)
11. *The 18th century oil of Wicken fen [was] by an artist whose indecipherable signature, ... through a microscope, had provided so many shared moments of happy conjecture.* (P.D. James)
12. *She didn't think she could take another tutorial with Louis, because he made her self-conscious about her legs. "I'm sure he doesn't mean to ... at your legs, Viola", said Carfax.* (M. Bradbury)
13. *Through the screen I could just ... my cousin Albert, much heavier than he'd been ten years ago.* (S. Paretsky)

2. *Traduisez les phrases suivantes.*

1. On n'entendait pas un bruit, pas un mot. Des yeux dénués d'intention fixèrent Ludo. (Y. Queffélec)
2. Elle le considérait avec une admiration appliquée. (F. Mauriac)
3. Par la fenêtre, il regarda démarrer sa voiture. (Colette)
4. Béant d'horreur, M. Lécuyer ne pouvait détacher les yeux de cette apparition. (M. Aymé)
5. Mme Alvarez et sa fille échangèrent un regard de stupeur. (Colette)
6. L'instituteur regardait les deux hommes monter vers lui. (A. Camus)
7. Meaulnes avec précaution regarda à travers les rideaux. (H. Alain-Fournier)
8. Les miradors semblaient inviter à fouiller l'horizon. (M. Tournier)
9. Pourtant il en est un qui a reconnu Jeanne du premier regard, dès son entrée dans la salle du trône. (M. Tournier)
10. Et, les yeux errants, il s'efforçait de percer les ombres, tourmenté du désir et de la peur de voir. (É. Zola)
11. Ils me considéraient, stupéfaits. (...)
    – C'est curieux, a déclaré Heurteur en me fixant, on ne pourrait pas dire l'âge que vous avez. (P. Modiano)
12. Et il tendait le bras, posait sa main à plat juste au dessous de mon nez pour cacher la moustache, et cillait des yeux comme le portraitiste devant son modèle. (P. Modiano)
13. Il lui répondit par une terrible grimace : la langue entre ses dents, il retroussa sa babine, en louchant de son mieux. (M. Pagnol)
14. Personne ne lui demandait rien, mais on le regardait à la dérobée. (...) Honoré clignait de l'œil vers sa femme. Il clignait quand il était sûr que son garçon ne le voyait pas. (M. Aymé)
15. Celui-ci se dirigea vers le hangar ; en y entrant, il chercha vainement Julien à la place qu'il aurait dû occuper, à côté de la scie. Il l'aperçut à cinq ou six pieds plus haut, à cheval sur l'une des pièces de la toiture. Au lieu de surveiller attentivement l'action de tout le mécanisme, Julien lisait. (Stendhal)
16. Quand elle eut fini, elle tira de sa poche deux papiers et, pour les distinguer aux dernières lueurs du feu, elle ajusta encore ses lunettes... (G. de Maupassant)

7.2.5. Parole

Voici les principaux verbes appartenant à ce champ sémantique :

1. Verbes décrivant une façon de parler ou d'articuler

to UTTER:	*you insist on the use of the voice, on the fact of making sounds.*
to WHISPER, to MURMUR:	*"murmur" is more intimate or affectionate; "whisper" has connotations of secrecy.*
to MUMBLE:	*to speak indistinctly.*
to DRAWL:	*to speak slowly and not very clearly.*
to SLUR one's words:	*to speak indistinctly (through carelessness).*
to RATTLE off:	*to speak quickly and effortlessly.*
to STAMMER:	*to speak hesitatingly, repeating the same words or syllables (because of fear, shyness).*
to STUTTER:	*to stammer because of anger. It can also be a characteristic of speech, a habitual problem.*
to LISP:	*people who lisp cannot pronounce the sounds [ʒ] and [z] correctly.*
to BABBLE, to GABBLE:	*to speak too quickly and in a confused way so that it is difficult to understand what is said.*
to PRATTLE:	*to talk like a child, freely, without much sense.*
to JABBER, to GIBBER:	*to talk without clear articulation or content.*
to QUAVER:	*to speak in an unsteady voice (often characteristic of old people.)*
to HAVE A BURR:	*to pronounce the "r" sounds more noticeably than in standard English.*
to HAVE A LILT:	*to speak in a singing way.*

2. Verbes impliquant un locuteur (discussion ou conversation)

to DISCUSS	
to STATE:	*idea of clearness and precision.*
to ARGUE:	*implies conviction, defending one's cause.*
to DEBATE:	*formal public discussion.*
to REMARK:	*to call attention to something.*
to COMMENT ON / UPON	
to CHAT:	*to talk in a light and easy way.*
to CHATTER:	*to chat + idea of rapidity, of incessant talk.*
to MAKE SMALL TALK, to TITTLE-TATTLE, to NATTER:	*to talk about unimportant things.*
to GOSSIP:	*to talk about the private affairs of others; often unkind.*

to BLAB:	*to disclose a secret.*
to BLURT *sthg* OUT:	*to say something that you had kept to yourself before, or to say something involuntarily, without thinking.*

3. Façons de parler révélant une attitude

to MUMBLE:	*to speak indistinctly because one is embarrassed or ashamed.*
to MUTTER:	*to speak to oneself or to complain in a low voice.*
to GRUMBLE:	*to speak in a low voice, usually to complain in a bad tempered way.*
to GROWL:	*to speak in a low and angry voice.*
to BARK:	*to shout at someone.*
to SNARL:	*to speak in an unpleasant, aggressive tone of voice (due to spite or bad temper).*
to SNORT:	*to speak while breathing noisily, to express contempt or disapproval.*
to PRATTLE, *to* PRATE:	*to talk too much, without saying anything important (often used pejoratively).*
to YAP:	*to talk endlessly, in a way that is annoying.*
to RAVE:	*to talk in an excited and uncontrolled way.*
to RAMBLE ON, *to* DRIVEL ON:	*to talk on and on in a disordered way.*
to DRONE ON:	*to talk on in a dull and boring way.*

4. Verbes décrivant des cris

to CRY:	*to call out in a loud voice.*
to SHOUT:	*to call or cry in a loud voice (implies words spoken).*
to YELL:	*to shout, but more piercing.*
to SCREAM, *to* SHRIEK:	*very shrill piercing sound.*
to SCREECH:	*prolonged and discordant shriek.*
to SQUEAL:	*sharp, shrill cry, similar to the noise made by a pig.*
to YELP:	*to give a sudden, short cry of fear or pain.*
to ROAR, *to* THUNDER:	*to shout something in a very loud voice.*
to BAWL:	*to shout in anger / or to wail.*
to HOWL:	*to produce long, loud cries of anger, pain or unhappiness (often felt as vulgar).*
to WAIL:	*long drawn-out cries of grief.*
to BELLOW:	*to shout in a deep, hollow voice.*
to CHEER:	*to make sounds of encouragement or approval.*
to WHOOP:	*shouts of enthusiasm or triumph.*

1. *Trouvez un ou plusieurs équivalents anglais des verbes suivants. Il s'agira bien sûr d'approximations en l'absence de contexte.*

1. zézayer
2. baragouiner
3. cancaner
4. jacasser
5. chevroter
6. laisser échapper
7. divaguer
8. bavarder
9. grogner
10. jaser
11. bafouiller
12. balbutier
13. dégoiser
14. radoter
15. potiner
16. affirmer
17. lancer d'un ton hargneux
18. lancer un cri perçant
19. faire observer
20. parler d'une voix traînante

2. *Traduisez les phrases suivantes.*

1. Il marmonnait dans sa barbe, comme s'il eût été seul. (F. Mauriac)
2. La vue de plusieurs personnes qui le regardaient en silence le paralysait. Il disait : "Ça m'embrouille les idées, ça me fait bégayer du cerveau. (M. Pagnol)
3. Derrière elle, Gilbert marmotte des fadaises... (S. de Beauvoir)
4. Mais elle criait comme une bête, avec des gestes de folle, si bien que les trois chiens l'entouraient d'aboiements furieux... (M. Pagnol)
5. "De l'encre aux doigts, ruminait le père, et la voilà grosse..." (Y. Queffélec)
6. Un hurlement soudain : "Salaud ! Le salaud !"
   Laurence prend sa mère aux épaules :
   "Ne crie pas.
   – Je crierai tant qu'il me plaira. Salaud, salaud !" (S. de Beauvoir)
7. Ah si ! ... T'as raison..., ricana bêtement Nicole. (Y. Queffélec)
8. Mon grand-père est resté sur sa chaise, il grommelle ; ma mère vient me souffler à l'oreille qu'il faut quitter la fenêtre. (J.-P. Sartre)
9. Heureusement, les applaudissements ne manquent pas : qu'ils écoutent mon babillage ou l'Art de la Fugue, les adultes ont le même sourire... (J.-P. Sartre)
10. "Même que t'as oublié combien deux et deux ça fait.
    – Quatre, hésita une voix mal posée.
    – Et quel âge que t'as ?
    – ...Sept, balbutia l'enfant." (Y. Queffélec)
11. C'est alors que je sentis sur ma figure le contact d'un objet si répugnant que je bondis en poussant des hurlements frénétiques, les yeux exorbités. (A. Gerber)
12. "Voici le héros du jour !" s'égosillait mon père. Yagel hululait. (A. Gerber)
13. Vous voudriez m'entraîner dans une vie où je ne me ferais que de la peine, où tout le monde potine sur tout le monde... (Colette)
14. Il frappa sauvagement du poing contre la cloison qui sépare nos chambres et rugit : "Fils, notre aubépine est la racine d'un nouveau monde !" (A. Gerber)
15. Le vieux, dès qu'il l'eut reconnu, écuma ainsi qu'une bête enragée.
    Il bredouillait : "Ah ! Cochon ! Cochon ! t'es pas mort..." (G. de Maupassant)

7.3. Quelques verbes pièges

7.3.1. "Lay, lie, raise, rise, arise, rouse, arouse"

Il y a souvent confusion entre ces différents verbes dont le sens est pourtant clair :

VERBE TRANSITIF	VERBE INTRANSITIF
• *to* LAY *(laid, laid) = to cause to lie* • *to* RAISE *(raised, raised) = to cause to rise*	• *to* LIE *(lay, lain)* • *to* RISE *(rose, risen) = to go up, to get up, to go upwards (e.g. person, sun, smoke, prices...)*
• *to* ROUSE / *to* AROUSE } niveau de langue plus soutenu Il est préférable de s'en tenir aux emplois suivants : → *He was so sleepy that it took me ten minutes to (a)rouse him. (= to wake him up)* → *She made a speech that roused people to anger.* *To* AROUSE est plutôt utilisé pour des sentiments positifs ou agréables (*to arouse sorrow, admiration, pity*...). *To* ROUSE est préféré lorsqu'on parle d'émotions plus violentes (*to rouse anger, indignation*...).	• *to* ARISE *(arose, arisen) = to begin to exist (a problem arises, a sound arises from a room...)*

→ Son mari ronflait allongé sur le sol de la cuisine.
Her husband lay snoring on the kitchen floor.

→ Voici quelqu'un qui vient poser le tapis dans la salle à manger.
Here's someone who comes to lay the carpet in the dining room.

→ Nos difficultés viennent de la situation économique actuelle.
Our difficulties arise from the present economic situation.

→ Un autre point a été soulevé pendant la réunion.
Another question was raised during the meeting.

→ Nos espoirs remontent depuis quelques jours.
Our hopes have been rising for the last few days.

→ Ses suggestions lui valurent l'indignation de tous.
His suggestions roused general indignation.

Traduisez ces phrases en utilisant les verbes suivants : "lay / lie / raise / rise / arise / rouse / arouse".

1. Il porta son verre à ses lèvres et but à la santé de la mariée.
2. Les négociations ont commencé pour relever le salaire des employés.
3. Des piles de vieux numéros de *Paris-Choc* s'élevaient le long du mur du fond.

4. Lorsqu'il entendit un bruit de roues sur des cailloux, il s'allongea complètement, et ne bougea pas d'un long moment. (H. Thomas)
5. Ces grands faits de société continuent de susciter débats et réflexions. *(Le Monde)*
6. Il tira de sa pipe deux anneaux de fumée qui s'élevèrent avec peine. (C. Aveline)
7. Elle réussissait toujours à réveiller en lui ce qu'il y avait d'impur, de moins noble, ce qu'il refoulait avec tant de bonne volonté au plus profond de lui-même. (F. Mallet-Joris)
8. Il sortit avec répugnance de son rêve et regarda autour de lui. (P. Boulle)
9. Sans doute avait-il un peu de fièvre, car il but énormément. Puis il se recoucha dans le trou des rochers. (H. Thomas)
10. Ma déclaration provoqua l'intérêt de M. Duhoureau qui avait de la curiosité pour les professions libérales. (A. Lanoux)
11. Le brouillard se leva juste à l'heure où le ciel blanchissait vers l'est. (B. Clavel)
12. Le froid nous parut plus vif, car le vent plaquait contre notre visage en sueur une frissonnante carapace. (Ph. Sollers)

7.3.2. "Make" et "do"

Ces deux verbes sont souvent utilisés l'un pour l'autre par les étudiants. S'il est vrai que *make* est plus souvent employé lorsqu'on parle de création ou de fabrication :

➡ *I'll make a soufflé tonight.*

et que *do* permet plutôt de décrire un travail, un processus ou une activité :

➡ *I don't like doing the washing-up.*

il n'existe pas de règle nette qui permette d'utiliser l'un ou l'autre de ces deux verbes sans erreur possible. Il est donc nécessaire de connaître certaines expressions par cœur (en s'aidant d'un vocabulaire ou d'un dictionnaire unilingue) et de faire la liste des expressions rencontrées au cours des lectures.

Il faut également être vigilant lorsqu'on traduit le verbe français "faire" qui correspond souvent à *do* ou *make*, mais qui peut aussi se traduire de bien d'autres façons.

Les deux exercices qui suivent ne mentionnent bien sûr que quelques-uns des emplois de ces verbes et n'ont donc qu'un but de sensibilisation. Le premier doit faire prendre conscience de la nécessité de connaître le plus grand nombre d'expressions possible, le second doit apprendre à éviter les automatismes, à ne pas systématiquement hésiter entre *make* et *do*, mais à réfléchir au sens de l'expression française.

1. *Complétez les phrases suivantes en utilisant "make" ou "do" :*

1. *Mr Chevènement is unlikely to … or say anything that could damage France's long-term interests.* *(The Economist)*
2. *In the 1980s (…) publishing companies … lots of money.* *(Ibid.)*
3. *By 1969 the professional futurists were forecasting that the 1990s would see rockets shuttling holidaymakers to the moon and household robots … the dusting and … the beds.* *(Ibid.)*
4. *By Buckingham Palace, the hi-tech cameras snapping the Changing of the Guard are mostly held by Japanese – reasonably enough, since their skills … them in the first place.* (M. Bradbury)

5. *Germans and Swedes, French and Dutch (...) chatter into red telephones of modern design devised to ... conversation impossible...* (Ibid..)
6. *That's a decision for the President to ... with King Fahd.* (The Independent)
7. *In Philadelphia the orchestra will ... a programme and repeat it three times, in other words four performances of the same programme every week they ...a concert.* (Ibid.)
8. *If the money gained from the sell-off were going into BTG itself then the privatisation might ... more sense.* (Ibid.)
9. *Hartmann, who ... little work but was valued for his (...) flair, his sixth sense, suggested that (...) there were fortunes to be ... in photocopying machines.* (A. Brookner)
10. *She had no time for the new woman, with her bold sexist demands, thinking that such women forfeited too much and ... fools of themselves into the bargain.* (Ibid.)
11. *Bang goes the fantasy of retirement at 35 while robots ... the dirty work.* (The Economist)
12. *TV programmers have an annoying habit of changing their minds (TV Times ... as many as 2, 000 changes a week).* (Ibid.)
13. *People with head injuries may ... better at memory tests in a laboratory after taking a drug...* (Ibid.)
14. Encounter *(...) has finally folded, a victim of the market forces it ... so much to celebrate.* (Ibid.)
15. *Gerry Collins (...) said he believed that progress could still be ... on the initiative put forward by Peter Brooke...* (The Independent)
16. *The sale ... only £ 6m.* (Ibid.)
17. *Mish has had to find and organise funding for the course and ... his own travel arrangements.* (Ibid.)
18. *If other prisons are to emulate Blantyre's standards, a basic choice will have to be ...* (Ibid.)
19. *"Hey, Jill, don't ... any favours. Do you want to come with me or not?"* (R. Carver)
20. *Jill tried to ... the best of it.* (Ibid.)
21. *Well, I just pray I can get through to June. If I can ... it that long, if I can last to June, I'm leaving this place for ever.* (Ibid.)
22. *In the morning I awoke, decided that I should ... more physical exercise, and began at once.* (J. Fante)
23. *Every two minutes some gorgeous one gazed at me, the great author, and nothing would ... but I had to autograph her menu...* (Ibid.)
24. *"Too many people have cars today," the technician said, un ... his heavy lead apron and hanging it up.* (B. Moore)
25. *The Librarian would be glad to know of any important discoveries Mr Michell might ...* (A.S. Byatt)
26. *She acquired an IBM golfball typewriter and ... academic typing at home in the evenings.* (Ibid.)
27. *If he could get a job, it might be easier to initiate some change. He ... applications and was regularly turned down.* (Ibid.)
28. *His other two portraits were photographic copies, ... to order, of the two portraits of Ash in the National Portrait Gallery.* (Ibid.)
29. *"You would think," said Val, "that the cats would ... the garden no good."* (Ibid.)
30. *"Oh, it's all very interesting, my menial keyhole observations, ... no mistake."* (Ibid.)

2. *Traduisez les phrases qui suivent en vous attachant tout particulièrement à la traduction du verbe "faire".*

1. Au fond le seul problème c'est : fait-on ou non tout ce qu'on peut pour qu'il y ait plus de confort et de justice sur terre ? (S. de Beauvoir)
2. Tarrou fit un geste de la main comme pour le calmer. (A. Camus)
3. La majorité des enfants font leur première communion. (S. de Beauvoir)
4. "Une heure pour faire les trois kilomètres d'El Ameur ici !" (A. Camus)
5. À la guerre, on fait tous les métiers. (A. Camus)
6. – Non, dit Balducci. Ce n'est pas la peine d'être poli. Tu m'as fait un affront. (A. Camus)
7. [Les médecins] avaient demandé et obtenu de nouvelles mesures pour éviter la contagion qui se faisait de bouche à bouche, dans la peste pulmonaire. (A. Camus)
8. Il prétendit introduire dans son service des réformes d'une portée considérable et bien faites pour troubler la quiétude de son subordonné. (M. Aymé)
9. Certains même (...) tentèrent de se faire la main sur le portefeuille ou la montre de famille de leurs amis et connaissances. (M. Aymé)
10. C'est pour cette raison que les pays dits riches sont, paradoxalement, enclins à faire crédit à ce minuscule émirat. *(Le Monde)*
11. Il me poussa vers la porte, et je vis son greffier, debout, les poings serrés, prêt à sauter sur moi si je faisais le forcené. (G. Apollinaire)
12. Faire des enfants, puis ne savoir qu'en faire. Tant d'attention, de conscience, de sérieux pour un accouchement, et tant de légereté, d'aveuglement et de bêtise pour une éducation. (H. de Montherlant)
13. Nul ne lui [M. Chevènement] fera l'injure de penser que ses raisons sont médiocres. Il était contre cette guerre, et il l'a dit dès le début du conflit. Il a néanmoins contribué à la préparer, puis à la faire : "Si j'avais démissionné, disait-il quelques jours avant de s'en aller, on me reprocherait d'avoir déserté. J'ai fait le choix d'assumer." *(Le Monde)*
14. [Un père parle à son fils] – Je voulais mes aises, être un peu tranquille. Je t'ai fait à cause de la guerre. On nous disait : cette guerre est la dernière des guerres, vous la faites pour que votre fils ne la fasse pas. Je me disais : je la fais, mais je n'ai pas de fils, je suis roulé. J'avais hâte d'en avoir un. (J. Laurent)

7.3.3. La traduction de "faire faire"

Rappelons tout d'abord la différence entre les verbes ***make, have*** et ***get*** employés comme factitifs.

• Si on utilise la force ou une forte contrainte :
to make someone do something.

→ Je les ferai travailler toute la nuit si nécessaire. *I'll make them work all night if necessary.*

N.B. : Au passif, ***to*** réapparaît devant l'infinitif.

→ On lui fit rembourser jusqu'au moindre sou. *He was made to pay back every penny of it.*

• Quand il n'y a pas contrainte, mais que l'on obtient quelque chose par des moyens financiers ou autres :
have s.o. do sthg
have sthg done.

➡ Je ferai réparer la voiture demain. *I'll have the car repaired tomorrow.*

Cette forme n'a pas de passif.

• Dans une langue un peu plus familière, on peut employer *get* à la place de have dans la structure précédente.

➡ Je lui ferai réparer la fuite. *I'll get him to repair the leak.*

Une bonne partie des difficultés liées à la traduction de "faire faire", cependant, vient non pas d'une utilisation erronée de ces structures, mais de leur utilisation abusive. En fait, beaucoup de verbes anglais ont un sens causatif qui rend superflue l'utilisation de *make* ou *have*. Voici quelques exemples :

➡ Elle fit venir le docteur. *She sent for the doctor.*
➡ Elle nous a fait visiter le château. *She showed us round the castle.*
➡ Ne le faites pas attendre ! *Don't keep him waiting!*
➡ De surprise, je fis tomber le plat *I was so surprised that I dropped the dish.*
➡ Fais sortir le chien. *Let the dog out.*

1. *Traduisez les phrases qui suivent en utilisant un verbe anglais qui vous évitera d'employer* "to make", "to have" *ou* "to get".

1. Il fait pousser des rosiers sur son balcon.
2. Ils l'ont fait attendre deux heures, puis ils lui ont fait payer un prix exorbitant.
3. L'architecte qu'ils firent venir leur fit remarquer que la charpente était pourrie.
4. Il nous a tous fait croire qu'il était malade.
5. Fais bouillir de l'eau pour le thé, s'il te plaît.
6. Il nous fit entrer dans une superbe pièce.
7. Je n'arrive pas à faire démarrer la voiture.
8. La poésie de Wilfred Owen fait souvent penser à Keats.
9. Le mauvais temps continue de faire parler de lui.
10. Cette lettre a fait rebondir l'affaire.

2. *Traduisez les phrases qui suivent en vous attachant tout particulièrement aux expressions avec "faire faire". Pouvez-vous employer une structure avec* "to make", "to have" *ou* "to get", *ou est-t-il nécessaire d'avoir recours à un autre verbe ?*

1. Le vétérinaire arrive, examine Brunette [= une vache], et la fait sortir de l'écurie. (J. Renard)
2. Ce jour-là, L'Empereur Jaune fit visiter son palais au poète. (J.-L. Borges)
3. La vraie bagarre, c'est moins de se faire éditer que de trouver son public. *(Le Monde)*
4. Au sortir de l'hôpital, Mme Frioulat se fit conduire en taxi rue Élysée-des-Beaux-Arts... (M. Aymé)
5. En sortant du journal, Framboise alla se faire consoler par Benjamin. (C. Rihoit)

6. Le spectre, visible pour lui seul, n'était aperçu par aucun de ceux qu'il faisait coucher dans sa chambre. (C. Nodier)
7. Alberto avait fait couler le bain. (H. Marsan)
8. Justement, aujourd'hui, il fait cuire un lièvre, et le dosage des herbes odorantes est d'une importance extrême. (M. Bataille)
9. À douze ans, il s'était fait renvoyer de tous les établissements religieux de Bordeaux. (R. Deforges)
10. Et il faut dire qu'il ne faisait rien pour "lui faire connaître du monde." (H. de Montherlant)
11. Elle avait dû insister longuement auprès de sa mère pour obtenir la permission de se faire faire cette robe de lourde soie noire à minuscules fleurs rouges dont la forme faisait ressortir la rondeur de sa poitrine et la cambrure de ses reins. (R. Deforges)
12. Viennent ensuite trois pays, l'Australie, le Canada et le Brésil qui, chacun à sa façon, ont toujours fait rêver les Français. *(Le Monde)*
13. [Vous devez] faire revivre en chair et en os les personnages mêmes que mes mensonges ont pu lui faire imaginer. (J. Anouilh)
14. L'autre lui raconta son histoire, avec timidité, en s'appliquant, avec le souci évident de bien se faire comprendre. Ils avaient été surpris, lui et sa section, et faits prisonniers, alors qu'ils se croyaient très loin du front. (P. Boulle)
15. Elle revenait d'une promenade que son père lui avait fait faire et n'avait pas encore ôté son chapeau. (J. Green)
16. Les splendides images que Diane a fait faire ou laissé faire de sa nudité aux sculpteurs et aux peintres de son temps ne donnent pas l'idée d'une prude. (M. Yourcenar)

7.3.4. "Say, tell, speak, talk"

1. Ces verbes sont souvent employés l'un pour l'autre par les étudiants. Afin d'éviter toute erreur, il est nécessaire de :

a/ connaître un certain nombre d'expressions idiomatiques par exemple : *"you say your prayers"* mais *"you tell a story"*, voir pour cela l'exercice 1 ci-dessous.

b/ se souvenir que les structures les plus courantes sont :

to TELL *s.o. (sthg)*

→ *He told me the name of the book.*

to TELL *s.o. that...*

→ *They told her that she was too old for the job.*

to TELL *s.o. to...*

→ *I told him not to do it again.*

to SAY *sthg (to s.o.)*

→ *He said a lot on the subject.*

to SAY *that...*

→ *The headmaster said that the school had done very well.*

to SPEAK Ø

to TALK Ø

• *to* SAY insiste sur le fait de prononcer ou d'articuler des mots. C'est pourquoi on rencontre si souvent ce verbe pour rapporter les paroles de quelqu'un.

→ *"I'll do it," he said.*

• *to* TELL insiste plus sur l'expression d'une idée, orale ou écrite.

→ *Over dinner, he told us an interesting story.*

• *to* SPEAK met l'accent sur celui qui parle, sa façon d'articuler ou de s'exprimer.

→ *He speaks with a Yorkshire accent.*

→ *I have a sore throat and can hardly speak.*

• *to* TALK implique un interlocuteur ou un public et un discours plus construit.

→ *He talked for an hour about the future prospects of the firm.*

2. Lorsqu'on rapporte les paroles de quelqu'un, on emploiera surtout les verbes :

to SAY

→ *He said that he would not quit.*

to TELL

→ *He told journalists that there was unrest in the country.*

to TALK

→ *He talked of unrest and riots.*

Mais il est bon de se souvenir que l'anglais utilise un large éventail de verbes pour rapporter les paroles de quelqu'un, le verbe utilisé dépendant bien sûr des intentions ou du ton du locuteur dont on rapporte les paroles. Voici, à titre d'exemple, quelques-uns de ces verbes trouvés dans un même numéro de *The Independent.*

→ *He stressed that the operations were mutually supportive.*

→ *He warned: "I am struck by the enormous size of the Iraqi military establishment."*

→ *He added: "I don't plan to give you the date this morning..."*

→ *He underlined the commitment to continuing the air bombardment."*

→ *He announced that the Kuwait government had agreed to contribute £ 660m towards British military costs.*

→ *Pt Mikhail Gorbatchev had declared the poll illegal.*

→ *Pt Gorbachev (...) is insisting that all republics must take part in his referendum.*

→ *Dr Lewis Moonie (...) suggested that a group of British Universities were interested in taking over B.T.G.*

→ *The report concludes that traffic accidents and child abuse are the two main factors which have influenced this trend.*

→ *Its authors argue that the decline in mobility has serious implications for children's development.*

→ *They call for more emphasis to be placed on children's rights, pointing out that the increase in traffic has turned the streets into a place of danger.*

→ *She found that officers advised prisoners not to come forward if they felt they might be HIV positive.*

→ *Mr Hanmock and others noted the damage that the Gulf crisis (...) inflicted upon fragile African economies.*

Ces expressions correspondent parfois à
– une forme verbale parallèle en français :

➟ Il ajouta que... *He added that...*

– une expression nominale

➟ Selon l'auteur... *The author argues that...*

Leur utilisation permettra d'éviter les répétitions et de rendre le texte plus idiomatique.

1. "Say, tell, speak or talk?"
Complétez les phrases qui suivent avec le verbe qui convient.

1. *It goes without ... that we'll pay for your expenses.*
2. *It's no use trying to make me ..., because I promised I'd keep the secret.*
3. *Let's ... he offers the job to you. Would you accept it?*
4. *I am ... for the whole of my countrymen.*
5. *We were against the project, which would have been very unpopular, to ... nothing of the cost.*
6. *Don't ... anyone. We don't want the neighbours to start ...*
7. *He only had to ring the President, and his son got the job: money ..., whatever you may say.*
8. *You know you can rely on me. Just ... the word and I'll come and help.*
9. *Pull yourself together and stop ... nonsense!*
10. *I don't know how we'll communicate: I can't ... a word of Russian.*
11. *Actions ... louder than words.*
12. *She always ... her prayers before she goes to sleep.*
13. *Let's invite Edwina as well. Otherwise, you'll spend the evening ... shop.*
14. *He's never afraid of ... his mind.*
15. *They put his name down for Eton, almost before he was conceived, so to ...*
16. *Don't ... back to me like this!*
17. *The child was punished for ... some naughty words.*
18. *What would you ... to a week in the canaries?*
19. *They're so similar that I can't ... them apart.*
20. *Let's hope you are right. Time will ...*
21. *"I'll have a drop of sherry, please."*
    "All right. Just ... when."
22. *... about clothes, did you buy that dress you saw last week?*
23. *We quarrelled two years ago, and haven't been on ... terms since.*
24. *His attitude was rude, to ... the least.*
25. *It's an intriguing, not to ... fascinating story.*
26. *He can't ... the time yet. He's too young.*
27. *She ... me a long story about her childhood. I thought she was ... the truth, but she was ... me lies all the time.*
28. *"I wish we earned more!"*
    "You can ... that again!"
29. *After the bomb alerts, there was no one to .... of in the streets.*
30. *"I think books are getting outrageously expensive."*
    "You're ... me!" Only yesterday I paid £11 for a poetry anthology."

31. *She's rude and ill-behaved – but she has determination: I will … that for her.*
32. *"What about a few days in Brighton in June?"*
    "Now you're …! I'd love to go back to Brighton."
33. *After a dozen rehearsals, he still couldn't … his lines properly.*
34. *I …, what a fantastic tablecloth this would make!*
35. *"They're going to double my salary!"*
    "Oh, … me another!"
36. *Staying at home during one's holidays has a lot to be … for it.*

2. *Même exercice que le précédent.*

1. *Cordelia still … nothing. There was a silence, then he …: "Miss Markland … me that after your rescue from the well she was reluctant to leave you alone."* (P.D. James)
2. *They … about England and English seaside towns.* (O. Manning)
3. *Randolph Henry Ash had written a poem purporting to be … by a Digger in Putney.* (A.S. Byatt)
4. *Let's … I'm a man on the run from a bad marriage and possible embezzlement charges. Should I face all the bad music or hightail it down to old Brazil? You … me.* (J. Harrison)
5. *"She didn't kill Sir Ronald. He took the gun from me..."*
   "That's what you've been … me. I don't think you need trouble to … it again. (P.D. James)
6. *She liked Inspector Blakelock. He … seldom, but he was never impatient with her.* (*Ibid.*)
7. *The Iraqi authorities are hastening to do exactly what they are … All allied prisoners-of-war are … to be on their way home.* (*The Economist*)
8. *We musn't … together once they're here. And, afterwards, we musn't meet or show any particular interest in each other.* (P.D. James)
9. *"I … to my husband about you", she said.*
   "What did you … him? Something nice?" (O. Manning)
10. *Bogus leaflets claiming to … for German health authorities (...) have been distributed in Berlin.* (*The Economist*)
11. *There was no one alive to … him the truth except Elizabeth Leaming and herself. And she wasn't going to …* (P.D. James)
12. *From time to time, he wriggled [his toes], whether in obedience to some medical instruction or for his own private satisfaction, it was impossible to … After a moment he … "I started my career at Hoggatt's, you know..."* (*Ibid.*)

7.3.5. "Let" *et* "leave"

La traduction du verbe français "laisser" pose souvent des problèmes aux étudiants, qui confondent *to let* et *to leave*. Ces deux verbes ont pourtant des sens très différents. *To let* peut traduire le verbe laisser lorsqu'il a le sens de "permettre", alors que *to leave* signifie "abandonner", "quitter".

Voici quelques-unes des principales structures dans lesquelles on peut rencontrer ces verbes :

to LET *s.o. (sthg) do sthg.*	→ *Let him sleep if he wishes to.*
to LET *s.o. (sthg)* + adj.	→ *Let him alone!*
to LET *s.o. (sthg)* + adv.	→ *Let him in.*
to LEAVE *s.o. (sthg) (to s.o / sthg).*	→ *Don't leave him*
to LEAVE *s.o. (sthg)* + adv.	→ *Don't leave him behind.*
to LEAVE *s.o. (sthg)* + adj.	→ *Leave him alone!*
to LEAVE *s.o. (sthg)* + part. présent.	→ *I left him waiting.*
to LEAVE *s.o. (sthg)* + part. passé.	→ *Don't leave things undone.*
to LEAVE *sthg (s.o.) with s.o.*	→ *I left a word with him.*

Comparez :

→ *Don't let him out.* Ne le laisse pas sortir. (= Il n'est pas autorisé à sortir.)

et :

→ *Don't leave him out.* Ne le laisse pas dehors.

1. *Complétez les phrases qui suivent (extraites de* Eating People is Wrong, *de Malcolm Bradbury) avec* "to let" *ou* "to leave".

1. *Mrs Rogers smiled, and said how interesting it had all been, and how all mothers were often frightened to think of the hands they … the writing of children's books in, but now that she'd seen the speaker, she would have no qualms about … her children read his work.*
2. *"Well, when are you going to … me have something written down?*
3. *Treece had been … uneasy by the whole matter.*
4. *"… me take that for you," said Treece, rescuing Louis from his remarkably long overcoat.*
5. *"You must excuse me if I … you here, but I haven't finished getting things ready yet, and I have to change..."*
6. *A girl who was always having her bottom pinched had it pinched in one corner; she … out a cry and Treece looked round nervously.*
7. *It was just a simple conversational gambit of mine, thought Emma, but if he really wants to make something out of it – well, … him; it's his party.*
8. *"Next time you must … me lend you my wife," said Carfax amiably.*
9. *"I don't mean to … him go," said Treece, sitting back on his tuffet extravagantly. "He needs looking after."*
10. *"… him alone," said Tanya. "You will make him cry."*
11. *But the trouble with your morality is that it won't … other people breathe either!*
12. *What could he do? – for he was … with only one course.*
13. *"Look, Louis, I'm shivering; if I get any colder they'll have to wheel me off on a barrow. Let's … it for now.*
14. *"You're not going. I shan't … you," said Emma...*
    "Why don't you … him alone?" said Louis.
    "If he goes, so do you," said Emma.

2. *Traduisez les phrases suivantes.*

1. Ce n'est jamais agréable d'être malade, mais il y a des villes et des pays qui vous soutiennent dans la maladie, où l'on peut, en quelque sorte, se laisser aller. (A. Camus)
2. Il est distrait au volant de son auto et laisse souvent ses flèches de direction levées, même après qu'il a effectué son tournant. (A. Camus)
3. "Honoré, vous ne pouvez pas laisser votre mère toute seule dans cet état-là." (G. de Maupassant)
4. La vieille mourante... engageait son fils à rentrer son blé et à la laisser mourir toute seule. (G. de Maupassant)
5. "Et si vous ne m'obéissez pas, je vous laisserai crever comme un chien, quand vous serez malade à votre tour, entendez-vous ?" (G. de Maupassant)
6. On me laisse mijoter. Que je me pénètre bien, au départ, de mon insignifiance. (R. Merle)
7. Il s'était débattu [dans un cauchemar] depuis le jour déjà lointain où Maria Cross avait manqué au rendez-vous, et l'avait laissé tête à tête avec Victor Larousselle. (F. Mauriac)
8. Les amis que j'ai laissés derrière moi, au lycée, au lendemain du bac philo, eux aussi ont raté cette formidable aventure. (Ph. Labro)
9. C'était un jour de marché, des voitures encombraient la place. Les paysans les laissaient là, dès le matin, les unes contre les autres... (P. Gascar)
10. Soudain, la porte en face laquelle je suis assis s'ouvre et laisse passage à un groupe joyeux qui vient se mêler au nôtre. (Ph. Sollers)
11. – Te laisse pas faire, lui conseilla l'homme discètement. (R. Queneau)
12. Mais laissons la parole au mari. (M. Jouhandeau)

7.4 Les collocations

> Le traducteur se doit d'apprendre à manier en virtuose les clichés, locutions, formules toutes faites, tournures usuelles et autres idiotismes qui constituent le fonds de la langue dans laquelle il écrit, et dont l'absence ou la rareté caractérise ce jargon abominable qu'on a appelé le "traduit-du".
> (Michel Tournier)

La collocation est la relation qui lie certains mots que l'on trouve fréquemment associés. Il peut s'agir, par exemple,
– d'un adjectif et d'un nom :

➟ *a <u>guiding</u> principle*

➟ *a <u>pointed</u> remark*

– ou d'un adverbe et d'un adjectif :

➟ *<u>fully</u> conscious that*

➟ *<u>deeply</u> attached to*

C'est comme si certains mots s'unissaient spontanément. Il est donc essentiel, pour écrire un anglais authentique, de bien connaître non seulement les mots isolés mais ces rapports privilégiés qu'ils entretiennent avec d'autres mots.

On est certes parfois proche du cliché, mais il est préférable, surtout lorsqu'on apprend à traduire, d'écrire un anglais peu original plutôt que de risquer de produire une langue plus personnelle qui sonnerait faux.

Une écriture plus imagée et plus créative ne sera d'ailleurs possible que si l'on connaît bien (ne serait-ce que pour les éviter !) les collocations les plus courantes.

Les exercices qui suivent offrent quelques exemples de ces associations de mots mais c'est uniquement en lisant et en notant les expressions rencontrées que l'on peut se constituer une liste plus complète.

1. *a/ Complétez les phrases qui suivent avec le ou les adjectifs qui vous semblent le mieux convenir. Ces adjectifs doivent exprimer une simple intensification ; ils ont donc le sens assez vague de "profond, réel, véritable, fort..." Il y aura parfois, bien sûr, de nombreux adjectifs possibles (ce qui ne veut pas dire qu'il s'agira de synonymes).*

b/ Cherchez ensuite une série de collocations équivalentes en français pour traduire chacune de ces phrases.

1. *This is … madness!*
2. *He felt a … desire to see her.*
3. *This … friendship of theirs was to last over twenty years.*
4. *The speech was followed by … applause.*
5. *Emerson had a … infuence on Charles Ives.*
6. *There is a … likeness between mother and daughter.*
7. *John could tell the most … lies when he was a child.*
8. *Mrs Thatcher was well-known for her … determination.*
9. *He never spoke to me after I made that … blunder.*
10. *Mr. Bush said he has … doubts about the issue of the talks.*
11. *The minister had to abandon his plans in the face of such … opposition.*
12. *At the moment all he felt was … anger.*
13. *He has … authority over his personnel.*
14. *After twenty years, the place still had … charm for me.*
15. *My wife has … patience with the children.*
16. *To all the accusations, he issued a … denial.*
17. *The house suffered … damage during the storm last March.*
18. *On the next day he came down with a … fever.*
19. *I knew the job would be a … challenge.*
20. *She got herself into … trouble over that matter.*
21. *There's always … traffic on the road at 8 a.m.*
22. *There was a period of … tension in 1988.*
23. *He took the pills and fell into a … sleep.*
24. *Nothing could relieve his … anxiety.*
25. *He delivered him a … blow that left him unconscious.*
26. *"Perfect!," he said, with … sarcasm.*
27. *They exerted … pressure to make him resign.*
28. *I admire someone who can work with such … energy.*
29. *On that subject, he has … beliefs.*
30. *She gave her … support to the Cause.*

2. *Même exercice que le précédent, mais il s'agit cette fois de trouver des adverbes (ou mots ayant fonction d'adverbes) intensificateurs. Évitez de proposer des adverbes aussi courants et vagues que* "quite" *et* "extremely"*.*

1. *The whole story sounded … improbable.*
2. *The steeple was … distinguishable in the distance.*
3. *It's no use shouting: he is … deaf.*
4. *We forgot our umbrella and came back … wet.*
5. *He is … engaged in politics.*
6. *John and Ann? I think they're … acquainted.*
7. *The house burnt down, but they were … insured.*
8. *I was … absorbed in my book when the telephone rang.*
9. *The Cabinet was … divided over the issue.*
10. *She was … aware of her shortcomings.*
11. *Don't think I'm not … appreciative of all you've done for me.*
12. *The book will be … suitable for her.*
13. *I'll be … frank with you.*
14. *I'm sure the story was … exaggerated.*
15. *She is a … qualified nurse.*
16. *The second project we examined was … superior to the first one.*
17. *We turned on the tap and the water came out … hot.*
18. *He was … hurt by her remark.*
19. *He was … hurt in the accident.*
20. *These goods are … available from any of our stores.*

7.5 Les mots de liaison

Il est essentiel de bien connaître les mots de liaison puisqu'ils articulent le texte et lui donnent sa cohérence interne. Une traduction erronée d'un de ces mots charnières entraîne souvent un contresens au niveau du paragraphe entier.

Outre la mauvaise connaissance de ces mots ou de grossières erreurs de traduction, les problèmes principaux viennent de traductions "mécaniques" , c'est-à-dire de l'association systématique d'un mot français à un mot anglais (par exemple, "puis" toujours traduit par *then,* "d'ailleurs" toujours traduit par *besides*, etc.). Il est donc plus que jamais recommandé, lorsqu'on rencontre ces mots-charnières, d'analyser leur valeur dans le texte avant de les traduire.

Il est impossible, dans le cadre restreint de ce chapitre, de passer en revue tous ces mots. Les quelques exemples qui suivent ne peuvent qu'aider à prendre conscience de l'importance de ce point.

Traduisez les passages qui suivent en réfléchissant tout particulièrement à la valeur des mots de liaison soulignés.

1. Ces dîners en ville lui bouffaient sa vie privée. Sa femme s'en plaignait d'ailleurs. (C. Rihoit)

2. Personne ne pensait plus à l'IRA, ou du moins l'avait-on quelque peu oubliée. Or, c'est bien l'Armée républicaine irlandaise qui a frappé, jeudi 7 février, en plein cœur de Londres. *(Le Monde)*
3. Personne ne l'empêcherait de jouer, pourvu qu'il ne fît pas trop de bruit. (R Rolland)
4. "On l'a échappé belle, dit Françoise.
   – Pourvu que ça dure, dit Gerbert.
   – Ça durera, dit Françoise." (S. de Beauvoir)
5. Cela s'est vu, admit le docteur Fog –rarement... Remarquez, continua-t- il en changeant de ton, je parle d'une manière très générale. (P. Boulle)
6. Mais la première surprise fut si forte qu'elle paralysa jusqu'à ces manifestations de la terreur que Mouchette épiait déjà sur le visage de son amant. (G. Bernanos)
7. "Je suis étonné de vous entendre dire cela, mon cher Jean ! Perdez-vous la tête ? Enfin, aimeriez-vous être rhinocéros ?
   – Pourquoi pas ! Je n'ai pas vos préjugés." (E. Ionesco)
8. Combien de fois Jilou et moi t'avons-nous demandé de faire un effort ? reprit-il. La semaine dernière encore, tu nous avais promis... (H. Troyat)
9. [Blake] ne lisait [jamais] la Bible sans qu'un ange déchu, fort savant du reste, vînt exprès de l'Enfer pour lui expliquer le saint texte. (J. Green)
10. – Les impôts ! Les impôts, mes enfants ! Avec mon petit bar, je ne déclare rien, trois fois rien. Et ça rapporte ! D'ailleurs, je n'ai pas voulu jusqu'ici, parce que je ne sais pas conduire, mais cette année je vais m'acheter une de ces voitures ! Du cuir, du chrome... Par exemple, il faudra que je prenne des leçons, et ça m'embête... (F. Mallet-Joris)
11. Mais quand il [Blake] eût écrit dans le goût du temps, sa gloire y eût peu gagné, car il usait d'un procédé néfaste pour publier ses livres. (J. Green)
12. [Le facteur Boniface vient de lire les détails d'un assassinat dans le journal.]
    – Nom de nom, y a-t-il tout de même des gens qui sont canailles !
    (G. de Maupassant)
13. Ces dix jours de tête-à-tête, il les voyait s'achever sans regret ; c'était naturel, elle ne les regrettait pas non plus ; elle ne pouvait tout de même pas demander que Gerbert eût des regrets tout seul. (S. de Beauvoir)
14. Il se rappela Barrès regardant piaffer qui, déjà ? Ah oui, Montherlant : "Il a du jus, le petit !" (F. Nourissier)
15. Pierre Mercadier avait pris l'habitude de jeter tous les jours d'abord un coup d'œil sur les cours [de la bourse]. (L. Aragon)
16. Plume déjeûnait au restaurant, quand le maître d'hôtel s'approcha, le regarda sévèrement et lui dit d'une voix basse et mystérieuse : "Ce que vous avez là dans votre assiette ne figure pas sur la carte."
    Plume s'excusa aussitôt.
    "Voilà, dit-il, étant pressé, je n'ai pas pris la peine de consulter la carte. J'ai demandé à tout hasard une côtelette, pensant que peut-être il y en avait, ou que sinon on en trouverait aisément dans le voisinage, mais prêt à demander tout autre chose si les côtelettes faisaient défaut. Le garçon sans se montrer particulièrement étonné s'éloigna et me l'apporta peu après et voilà... (H. Michaux)

8 Style et ton

8.1 Sous-traduire

A Translation at best is but a mock Rainbow in the clouds imitating a true one.
(Sir Richard Fanshawe)

Il est très souvent nécessaire de sous-traduire en thème, c'est-à-dire de ne pas toujours rendre de façon aussi marquée l'originalité du style. C'est en partie parce que traduire littéralement un effet de style français peut fort bien conduire au charabia en anglais. C'est aussi parce que, lorsqu'on traduit vers une langue qui n'est pas sa langue maternelle, il est très difficile de juger le seuil d'acceptabilité au-delà duquel une structure ou une expression peu courante ne passera pas.

C'est surtout lorsqu'on travaille sur des textes littéraires que l'on est tenté de ne pas affadir le texte par une traduction trop plate. Mais ce n'est qu'avec une longue expérience du thème et une excellente connaissance de l'anglais que l'on peut oser prendre certaines libertés avec la langue. Cela signifie que l'on aboutira parfois à un texte plus terne, à ce qu'Edna St Vincent Millay appelle *translating with the lights out*, mais cela est souvent préférable au charabia ou à un texte qui ne "passe pas" .

Voici quelques cas où la sous-traduction est courante :

1. Traduction de certains temps

Le présent de narration est rare en anglais et se traduit la plupart du temps par un simple présent, ce qui représente une perte. L'emploi d'un présent en anglais se rencontre de plus en plus fréquemment dans la traduction de romans contemporains, mais c'est un usage qu'on ne peut généraliser. (cf. chap. 3.1.)

2. Traduction de certaines structures

Il y a à nouveau perte lorsqu'on change certaines structures qui sont trop rares ou qui sembleraient trop insolites en anglais, mais qui, en français, contribuaient à l'effet général du texte. C'est le cas, par exemple, des phrases laconiques, sans sujet ou sans verbe, que l'on rencontre assez souvent en français mais qui passent très mal en anglais. Voici, par exemple, la façon dont a été traduit le passage suivant d'André Malraux :

➡ Quatre ou cinq klaxons grincèrent à la fois. Découvert ? Combattre, combattre des ennemis qui se défendent, des ennemis éveillés, quelle délivrance ! (...) Il se répétait que cet homme devait mourir. Bêtement : car il savait qu'il le tuerait. Pris ou non, peu importait.

Four or five klaxons rasped out all together. Had he been discovered? If only he could fight, fight an enemy who was on his guard, who gave blow for blow – what a relief that would be! (...) He kept telling himself that the man must die. It was foolish; for he knew that he was going to kill him. Whether he was caught or not, paid the penalty or not, mattered little. (Trad. A. Macdonald)

3. Traduction de phrases longues

On rencontre plus souvent en français des phrases longues, contenant de nombreuses incises. Ceci est plus rare en anglais où il est parfois nécessaire, surtout dans les textes non littéraires, de traduire par plusieurs propositions indépendantes.

4. Traduction de niveaux de langue

Il est souvent préférable de sous-traduire un peu lorsque la langue est familière ou dialectale. (cf. chap. 7.2.)

5. Traduction et réécriture

Enfin, il ne faut pas hésiter à clarifier une phrase française ambiguë ou mal écrite, sauf bien sûr si l'ambiguïté, la lourdeur ou la tournure incorrecte sont voulues.

➟ Arrivée trop tard, il n'a pas considéré votre demande. *Your request arrived too late, which is why he did not consider it.*

➟ Pour acheter un billet d'avion, cette agence est la plus sérieuse. *This is the best travel agency if you want to buy an air ticket.*

➟ L'enfant passa le bout de ses doigts sur ses lèvres, effleura sa joue humide, glissa sur des yeux verts trop grands pour son visage, écarta une mèche de longs cheveux dorés qui retomba aussitôt sur son front. (...) Assis sur le bord du trottoir, à égale distance entre les deux raies délimitant le bloc de pierre, l'ourlet de sa culotte de velours noir imprimait un pli sur chaque cuisse. (R. Sabatier)	*The child ran his fingertips over his lips, brushed his damp cheek, touched the green eyes that were too large for his face, pushed aside a lock of long golden hair which immediately fell back onto his forehead. (...) As he sat on the edge of the sidewalk, in the centre of two lines marking off the block, the hem of his black corduroy shorts creased across each thigh.* (Trad. P. Southgate)

8.2. La langue familière

Beaucoup de textes, de dialogues surtout, sont écrits dans une langue parlée familière qu'il est nécessaire de rendre aussi naturellement que possible en anglais. Les deux écueils principaux consistent à :
– utiliser un niveau de langue beaucoup plus soutenu,
– chercher à traduire trop littéralement les mots ou les tournures syntaxiques qui dénotent une langue familière.

Un certain nombre de structures incorrectes sont fréquemment employées dans une langue parlée familière :

➟ Y t'a rien dit ? Que tu dis ! T'es pas fou, non ?

Or ces structures, dont le nombre est limité (par exemple, ellipse de la négation ou du sujet), peuvent rarement être calquées lorsqu'on traduit vers l'anglais, qui a ses propres règles à ce sujet. Il est donc préférable de ne pas chercher à calquer les structures incorrectes mais de **compenser** en utilisant d'autres procédés qui sembleront plus naturels en anglais. Dans la traduction qui suit, par exemple, la négation manquante en français a été rétablie et le "que" familier n'a pas été traduit. En revanche, le traducteur a compensé en utilisant un terme plus argotique pour traduire le mot "vexé" .

➟ "Je leur raconterai plus rien à l'avenir !" que je me disais, vexé. (L.-F. Céline)
That pissed me off. "I'll never tell them anything after this," I said to myself.
(Trad. R. Manheim)

La même prudence est nécessaire pour le lexique. On peut souvent trouver des équivalents lexicaux tout aussi familiers en anglais, mais il faut avant tout que la phrase sonne juste et paraisse naturelle. L'utilisation d'une exclamation ou d'un *tag* permettront parfois d'obtenir une phrase anglaise authentique et spontanée, alors que le mot familier aurait pu sembler "plaqué".

Il est donc souvent préférable de sous-traduire un peu. Ceci sera surtout conseillé dans les cas où l'on connaît mal les connotations exactes des expressions familières que l'on veut utiliser. Beaucoup d'entre elles, en effet, sont très marquées socialement et appartiennent au langage d'un groupe bien précis : public-school, teenagers, cockney... Leur utilisation dans le "mauvais" contexte tiendrait du contresens.

Voici quelques procédés qui peuvent aider à obtenir un effet de langue parlée familière :

1. Utilisation de formes contractées, d'interjections, de reprises par auxiliaires et d'explétifs

- interjections :
  → *eh, ah, look, well...*
- emploi des auxiliaires pour des réponses brèves et reprises :
  → *"You're a pretty boy, aren't you?"*
  "Sure," said George.
  "Well, you're not," said the other little man. "Is he, Al?" (E. Hemingway)
- explétifs :
  → *I mean, well, you see, I suppose, surely, and so forth, kind of, really...*

2. Utilisation d'expressions familières ou argotiques

- emploi de verbes à particules, de mots d'origine germanique plutôt que d'origine latine, et d'expressions familières :
  → to *turn down* (au lieu de *to refuse*)
  → *to put off* (au lieu de *to postpone*)
  → *frightfully* (au lieu de *very*)
  → *stuff* (au lieu de *things*)
- utilisation de *them* à la place du démonstratif :
  → *Look at them kids!*
- quand le niveau de langue du texte français le nécessite, on pourra utiliser des termes appartenant à une langue plus relâchée (jurons, gros mots, argot, etc.) :
  → relâché *"How the hell should I know?"*
  "The goddam creep."
  "Where the fuck is my car?"
  "Go and get stuffed."
  grossier *"That's all crap."*
- Il faut noter que l'article défini souvent employé en français devant un nom propre (en parler dialectal ou campagnard) :
  → la Justine
  se traduit d'ordinaire par *our* :
  → *our Justine* (si la personne fait partie de la famille)
  ou par *old* :
  → *old Justine* (souvent indépendamment de l'âge)

3. Changements syntaxiques

- ellipse de l'auxiliaire, de certains articles ou pronoms sujets :

➟ *"Post here yet?"*	(pour *"Is the post here yet?"*)
➟ *"Shouldn't be long now."*	(pour *"He shouldn't be long now."*)
➟ *"She all right doctor?"*	(pour *"Is she all right doctor?"*)
➟ *"You coming?"*	(pour *"Are you coming?"*)

- emploi, en langue populaire, d'une reprise par auxiliaire avec inversion :
  ➟ *He's a good lad, is John.*

4. Transcription de la prononciation (souvent pour rendre une langue dialectale ou très populaire)

➟ *d'you / d'ye*	(pour *do you)*
➟ *Begod*	(pour *By God)*
➟ *ye*	(pour *you)*
➟ *yeah*	(pour *yes)*
➟ *Whadda you*	(pour *What do you)*
➟ *I dunno*	(pour *I don't know)*
➟ *an'*	(pour *and)*
➟ *thinkin'*	(pour *thinking)*
➟ *ain't*	(pour *am not / are not / is not / have not / has not)*

Étudiez la façon dont la langue familière a été traduite dans les passages qui suivent.

1. "Je me suis endormi tard. Ritchie le regarda en souriant, et Gomez ajouta vivement :
– Il fait trop chaud. Je ne peux pas dormir.
– Les premiers temps, c'est comme ça, dit Ritchie débonnaire. Tu t'y habitueras. Il le regarda attentivement. Est-ce que tu prends des pilules de sel ?
– Naturellement, mais ça ne me fait pas d'effet." (J.-P Sartre)

"Didn't get to sleep till late."
Ritchie grinned at him, and Gomez added hastily:
"Too hot. I can't sleep."
"Always like that at first," said Ritchie breezily. "You'll get used to it." He gave Gomez an appraising look. "See here, you taking salt pills?"
"Of course, but they don't do any good." (Trad. G. Hopkins)

2. [Assise sur un banc, Zazie pleure.]
"C'est si grave que ça ? demanda-t-il.
– Oh voui, msieu"
Décidément, il était temps de voir la gueule qu'avait le satyre. Passant sur son visage une main qui transforma les torrents de pleurs en rus bourbeux, Zazie se tourna vers le type. Elle n'en put croire ses yeux. Il était affublé de grosses bacchantes noires, d'un melon, d'un pébroque et de larges tatanes. C'est pas possib, se disait Zazie avec sa petite voix intérieure, c'est pas possib, c'est un acteur en vadrouille, un de l'ancien temps. (R. Queneau)

"It's as bad as all that?" he asked.
"Oh yess, msieu."
It was definitely time to see what sort of kisser the sex fiend had. Smearing her face with a hand that transformed the torrents of tears into muddy grooves, Zazie turned and looked at the chap. She couldn't believe her eyes. He was rigged out with an enormous handle-bar mustache, a bowler, an umbrella, and gunboat shoes. Not possible, said Zazie to herself with her little inner voice, not possible, he's an actor from ye olden days, a strolling trouper.
(Trad. B. Wright)

3. "Oh ! d'ma part, ça va-t-à volonté, mais c'est ma mé qui n'va point.
– Vot'mé ?
– Oui, ma mé !
– Qué qu'alle a votre mé ?
– All'a qu'a va tourner d'l'œil !"
(G. de Maupassant)

"Oh, I'm all right. It's mi mother. She's not so good."
"Your mother?"
"Aye, mi mother."
"What's wrong with your mother?"
"She's breathin' 'er last, that's what's wrong with'er." (Trad. A. Kellet)

4. "Et puis, il nous les casse, dit l'homme à la femme. Viens.
Ils sortirent.
– Vacherie de temps, dit l'homme.
– T'en fais pas, dit la femme.
– Demain, j'irai taper la tante Charlotte, dit l'homme." (R. Queneau)

"Anyway he's a bloody bore," the man said to the woman. "Come on." (...) They went out.
"Stinking weather," said the man.
"Don't get excited," said the woman.
"Tomorrow I'll go and touch Aunt Charlotte," said the man. (Trad. B. Wright)

5. "Eh bien, paresseux ! tu liras donc toujours tes maudits livres, pendant que tu es de garde à la scie ? Lis-les le soir, quand tu vas perdre ton temps chez le curé, à la bonne heure !"
(Stendhal)

All right, loafer! still reading your damn books while you're supposed to be watching the saw? Read them after work, when you're wasting your time with the priest, why don't you?
(Trad. R.M. Adams)

8.3. La gamme des registres

Il est essentiel, dès le premier contact avec le texte, de bien cerner son niveau de langue. Celui-ci est-il littéraire ou populaire, s'agit-il d'une langue officielle ou familière ?

• Il faudra donc déceler, par exemple :
– les archaïsmes ;
– les néologismes (souvent révélateurs de la langue parlée par un groupe social ou un groupe d'âge) ;
– certaines formes dialectales géographiques (ex. : patois auvergnat ou parigot) ou sociales (ex. : parler lycéen, snobisme mondain...) ;
– certains mots qui "détonnent" dans un discours parce qu'ils sont plus recherchés ou plus familiers que le reste du texte et donc particulièrement chargés de sens ;
– des caractéristiques syntaxiques ou lexicales (répétitions par exemple) reflétant l'idiolecte du locuteur.

Certains de ces traits distinctifs pourront assez facilement être rendus en anglais, en utilisant, par exemple un archaïsme équivalent ou en utilisant un même type de répétition pour rendre un idiolecte.

Il est cependant parfois impossible de traduire chacun des traits lexicaux ou syntaxiques utilisés en français, surtout en ce qui concerne la langue familière ou dialectale, en partie parce le français a plus volontiers recours à des déviations syntaxiques là où l'anglais préfère les variantes lexicales. Il faudra donc alors compenser (cf. chapitre précédent.)

D'une façon générale, il vaut mieux sous-traduire un peu, afin d'éviter un texte artificiel, qui sonne faux.

• Il est aussi important de voir si le texte appartient à un genre donné qui peut avoir, en anglais, des règles d'écriture quelque peu différentes de celles du français. Par exemple :
– articles de journaux (*journalese*, avec, en anglais, l'utilisation fréquente du passif, des règles syntaxiques spéciales régissant la composition des gros-titres *–headlinese*, un vocabulaire particulier, etc.) cf. p. 160,
– lettres (avec la nécessité de trouver un équivalent aux formules de politesse finales plutôt que de les traduire),
– notices, panneaux, etc., qui utilisent souvent une langue figée,

➡ Défense de marcher sur l'herbe *Keep off the grass*

– petites annonces,
– recettes de cuisine, etc.

Pour la traduction de ces types de langue, il n'est pas utile, cette fois, de sous-traduire, mais il faut avant tout être **authentique**, c'est-à-dire bien connaître les règles d'écriture du genre afin de pouvoir produire un texte qui semblera naturel en anglais.

1. *À côté de chacun des mots qui suivent, notez le niveau de langue :*
F (= formal, literary or technical) I (= informal or colloquial)
N (= neutral) S (= slang)
Vous pourrez noter deux registres (ex. : I / S) lorsque le mot vous semble être à la limite entre les deux.

1. a/ *to lock up*
b/ *to put inside*
c/ *to imprison*
d/ *to detain*

2. a/ *dopey*
b/ *asinine*
c/ *stupid*
d/ *daft*

3. a/ *to assassinate*
b/ *to do in*
c/ *to rub out*
d/ *to murder*

4. a/ *money*
b/ *dough*
c/ *bread*
d/ *lolly*

5. a/ *to needle*
b/ *to get so's wick*
c/ *to exasperate*
d/ *to annoy*

6. a/ *to tie the knot*
b/ *to espouse*
c/ *to get spliced*
d/ *to marry*

7. a/ *to clobber*
b/ *to smite*
c/ *to knock*
d/ *to strike*

8. a/ *to absorb*
b/ *to drink*
c/ *to swig*
d/ *to whet one's whistle*

9. a/ *irate*
b/ *mad*
c/ *hot under the collar*
d/ *angry*

10. a/ *to give a buzz*
b/ *to give so a tinkle*
c/ *to phone*

11. a/ *mawkish*
b/ *soppy*
c/ *schmaltzy*

12. a/ *to watch out*
b/ *to keep your eyes peeled*
c/ *to be vigilant*

13. a/ *girl*
b/ *bird*
c/ *chick*

14. a/ *guarded*
b/ *cautious*
c/ *cagey*
d/ *noncommittal*

15. a/ *to con*
b/ *to rip off*
c/ *to cheat*
d/ *to take for a ride*

16. a/ *afflicted*
b/ *pained*
c/ *aggrieved*

17. a/ *crooked*
b/ *corrupt*
c/ *venal*
d/ *bent*

18. a/ *prying*
b/ *nosy*
c/ *snooping*
d/ *inquisitive*

2. *Inscrivez les mots qui suivent dans un paradigme semblable à celui donné en exemple, puis trouvez un paradigme équivalent en anglais. Il y a parfois, bien sûr, de très nombreuses possibilités pour chaque niveau de langue. Il faut également noter qu'il n'y a pas toujours une limite bien nette entre deux registres (entre langue familière et langue argotique, par exemple), et que certains mots pourront donc entrer dans une catégorie ou dans l'autre.*

Ex. : voler

	FRANÇAIS		ANGLAIS
a/ langue littéraire ou officielle	dérober		*purloin*
b/ langue standard	voler	+	*steal*
c/ langue familière	faucher		*pinch*
d/ langue argotique	carotter		*swipe*

1. mourir
2. casser la croûte
3. pioncer
4. s'enfuir
5. réprimander
6. pétoche (nom)
7. dément (nom)

3. *Lisez les extraits qui suivent et leur traduction. Définissez tout d'abord le registre de chacun des passages français et soulignez les traits syntaxiques ou lexicaux qui vous permettent de le déterminer. Puis étudiez la façon dont les traducteurs ont essayé de rendre un niveau de langue équivalent. Relevez, selon les cas, les exemples de traduction littérale, de sous-traduction, de compensation, de transposition ?*

1. V'là qu'j'en aperçois un d'vos cavaliers qui fumait sa pipe su mon fossé, derrière ma grange. J'allai décrocher ma faux et j'vins à p'tits pas par-derrière, qu'il n'entendit seulement rien. Et j'li coupai la tête d'un coup, d'un seul, comme un épi, qu'il n'a pas seulement dit "ouf !" . Vous n'auriez qu'à chercher au fond d'la mare : vous le trouveriez dans un sac à charbon, avec une pierre de la barrière. (G. de Maupassant)

"Anyway, I 'appened to notice one of your soldiers sittin'at the edge of mi ditch, just at t'back o'mi barn, smoking 'is pipe. I went and took down mi scythe and came and crept up behind 'im – so quietly that 'e never 'eard a thing. And I cut off 'is 'ead with a single stroke – a single stroke – just as if it 'ad been an ear o'corn. Do you know, 'e did'nt so much as say "ouch!" If you don't believe me, all you've got to do is to search t'bottom o't'pond. You'll find 'im there in a coal sack, with a big stone from t'gate-post weighin' it down. (Trad. A. Kellet)

2. – J'en ai assez moi, qu'il répétait, je vais aller me faire paumer par les Boches...
Il cachait rien.
– Comment que tu vas faire ?
Ça m'intéressait soudain, plus que tout, son projet, comment qu'il allait s'y prendre lui pour réussir à se faire paumer ?
– J'sais pas encore...
– Comment que t'as fait toujours pour te débiner ? ... C'est pas facile de se faire paumer !
– J'm'en fous, j'irai me donner.
(L.-F. Céline)

"I'm fed up," he said. "I'm going to get myself captured by the Boches..."
He wasn't keeping any secrets.
"How are you going about it?"
All of a sudden his plan interested me more than anything else. How was he fixing to get taken prisoner?
"I don't know yet."
"How'd you manage to get away? ... It's not easy to get taken prisoner."
"To hell with that! I'll just surrender." (Trad. R. Manheim)

3. – Attends ! cria la Brûlé, on va t'en mettre au cul, de la dentelle !
– C'est à nous que ces salopes volent ça, reprit la Levaque. Elles se collent du poil sur la peau, lorsque nous crevons de froid... Foutez-moi-la donc toute nue, pour lui apprendre à vivre !
(É. Zola)

"Just you wait!" screamed Ma Brûlé. "We'll stick that lace up your arse' "
"Those bitches pinch all that stuff from us," added la Levaque. "They stick fur on their skins while we die of cold. Strip her bloody well naked, just to show her what life is!"
(Trad. L. Tancock)

4. **Lettre officielle**

J'ai l'honneur de vous informer des faits suivants dont j'ai pu être le témoin aussi impartial qu'horrifié.
Ce jour même, aux environs de midi, je me trouvais sur la plate-forme d'un autobus qui remontait la rue de Courcelles en direction de la place Champerret. Ledit autobus était complet, plus que complet même, oserai-je dire, car le receveur avait pris en surcharge plusieurs impétrants, sans raison valable et mû par une bonté d'âme exagérée qui le faisait passer outre aux règlements et qui, par suite, frisait l'indulgence. À chaque arrêt, les allées et venues des voyageurs descendants ou montants ne manquaient pas de provoquer une certaine bousculade qui incita l'un de ces voyageurs à protester, mais non sans timidité. Je dois dire qu'il alla s'asseoir dès que la chose fut possible.

Official letter

I beg to advise you of the following facts of which I happened to be the equally impartial and horrified witness.
Today, at roughly twelve noon, I was present on the platform of a bus which was proceeding up the rue de Courcelles in the direction of the Place Champerret. The aforementioned bus was fully laden – more than fully laden, I might even venture to say, since the conductor had accepted an overload of several candidates, without valid reason and actuated by an exaggerated kindness of heart which caused him to exceed the regulations and which, consequently, bordered on indulgence. At each stopping place the perambulations of the outgoing and incoming passengers did not fail to provoke a certain disturbance which incited one of these passengers to protest, though not without timidity. I should mention that he went and sat down as and when this eventuality became possible.

Moi je

Moi je comprends ça : un type qui s'acharne à vous marcher sur les pinglots, ça vous fout en rogne. Mais après avoir protesté aller s'asseoir comme un péteur, moi, je comprends pas ça. Moi j'ai vu ça l'autre jour sur la plate-forme arrière d'un autobus S. Moi je lui trouvais le cou un peu long à ce jeune homme et aussi bien rigolote cette espèce de tresse qu'il avait autour de son chapeau. Moi jamais j'oserais me promener avec un couvre-chef pareil. Mais c'est comme je vous le dis, après avoir gueulé contre un autre voyageur qui lui marchait sur les pieds, ce type est allé s'asseoir sans plus. Moi, je lui aurais foutu une baffe à ce salaud qui m'aurait marché sur les pieds.

Speaking personally

That's something I do understand; a chap who goes out of his way to tread on your dogs, it makes you bloody wild. But after you've made a fuss about it to go and sit down like a bloody coward, that personally I don't understand. I saw it with my own eyes the other day on the back platform of an S bus. Personally I thought the young man's neck was somewhat long and I also thought that kind of plait thing round his hat was bloody silly. Personally I would never dare to show myself in such a get-up. But anyway, like I said, when he'd moaned at another passenger who was treading on his toes, this chap went and sat down and that was that. Personally I would have clipped him one, any bastard that trod on my toes. →

Vulgaire

L'était un peu plus dmidi quand j'ai pu monter dans l'esse. Jmonte donc, jpaye ma place comme de bien entendu et voilàtipas qu'alors jremarque un zozo l'air pied, avec un cou qu'on aurait dit un télescope et une sorte de ficelle autour du galurin. Je lregarde passeque jlui trouve l'air pied quand le voilàtipas qu'ismet à interpeller son voisin. Dites donc, qu'il lui fait, vous pourriez pas faire attention, qu'il ajoute, on dirait, qu'i pleurniche, quvous lfaites eeprais, qu'i bafouille, deummarchet toutltemps sullé panards, qu'i dit. Ladssus, tout fier de lui, i va s'asseoir comme un pied.

Cockney

So A'm stand'n'n'ahtsoider vis frog bus when A sees vis young Froggy bloke, caw bloimey, A finks, 'f 'at aint ve most funniest look'n'geezer wot ever A claps eyes on. Bleed'n'great neck, jus'loike a tellyscope, strai'up i'was, an've tifter 'e go'on 'is bonce, caw, A fought A'd 'a died. Six foot o'skin an'grief, A ses to meself, when awlver sud'n 'e starts to come ve ol'acid, an': "Gaw bloimey," 'e ses, "wot ver ber-leedin'ow yeh fink yeh adeouin'of?" 'E's tawkin'to annuver bleed'n'fawrner vere on ve bus pla'form; ses 'e keeps a-treadin'on 'is plites awler toime, real narky 'e gets, till vis uvver Frog bloke turns round an'ses: " 'Ere," 'e ses, "oo yeh fink yeh git'n'a'? Garn," 'e ses, "A'll give yeh a pro'r mahrfful na minute," 'e ses, "gi'ah a vit." So 'e does, pore bastard, 'e does a bunk real quick deahn ve bus wivaht anuvver word.

Paysan

J'avions pas de ptits bouts de papiers avec un numéro dessus, mais jsommes tout dmême monté dans steu carriole. Une fois que j'm'y trouvons sus steu plattforme de steu carriole qui z'appellent comm'ça eux autres un autobus, jeum'sentons tout serré, tout gueurdi et tout racornissou. Enfin après qu'jeuyons paillé, je j'tons un coup d'œil tout alentour de nott peursonne et qu'est-ceu queu jeu voyons-ti pas ? un grand flandrin avec un d'ces cous et un d'ces couv-la-tête pas ordinaires. Le cou, l'était trop long. L'chapiau, l'avait dla tresse autour, dame oui. Et pis, tout à coup, le voilà-ti pas qui s'met en colère ? Il a dit des paroles de la plus grande méchanceté à un pauv'meussieu qu'en pouvait mais et pis après ça l'est allé s'asseoir, le grand flandrin.
(R. Queneau)

West Indian [1]

In a bus with bags of people on, only room for two-three more, it have a fellar with a string instead of a ribbon round he hat, and this fellar look at another test with a loud tone in he eye and start to get on ignorant and make rab about this test treading on he toes. The test start to laugh kiff-kiff and the fellar get in one set of confusion, he looking poor-me-one and outing off fast for vacant seat. (Trad. B. Wright)

1. *Replacing* "Paysan"

9 Noms propres, mesures, titres et allusions culturelles

Il n'existe pas de règles strictes concernant la traduction de ces termes, mais il est souhaitable de respecter l'usage.

9.1. Noms propres

• On ne traduit bien sûr pas les noms propres, sauf, cas rare, lorsqu'il y a jeu de mots. Mais il sera alors souvent préférable d'utiliser une note explicative, plutôt que de donner au personnage un nom anglais. Il est également préférable de ne pas traduire les titres (par exemple, Monsieur, Madame...) qui précèdent les noms, ce qui donnerait au lecteur l'impression qu'il s'agit d'un personnage anglais.

➡ Le salon de Madame de Beaumont est presque entièrement occupé par un grand piano de concert... (G. Perec) *Madame de Beaumont's drawing room is almost entirely filled by a concert grand...* (Trad. D. Bellos)

• Les patronymes prennent la marque du pluriel en anglais.

➡ La table des Poissonard regorgeait de victuailles... (J. Dutourd)
The Poissonards' table groaned with food... (Trad. R. Chancellor)

• Les appellations familières ("La..." / "Le...") seront souvent traduites par *old* ou *our*.

➡ La Jeanne *Our Jeanne*
➡ Le Fernand *Old Fernand*

9.2. Noms géographiques

• On ne traduit les noms géographiques que lorsqu'il existe un équivalent en anglais, mais il faut être vigilant car l'anglais a souvent ses propres termes. S'il va de soi que la plupart des noms de pays, régions ou mers, etc., sont différents en anglais et en français (par exemple, l'Espagne : *Spain*, la Sicile : *Sicily*), il faut noter quelques termes ou orthographes moins connus :

FRANÇAIS	ANGLAIS
➡ L'Escaut	*The Scheldt*
➡ Ouessant	*Ushant*
➡ Anvers	*Antwerp*

FRANÇAIS	ANGLAIS
→ Gand	*Ghent*
→ Gênes	*Genoa*
→ Livourne	*Leghorn*
→ Mayence	*Mainz*
→ Reims	*Rheims*
→ Lyon	*Lyons*
→ Marseille	*Marseilles*

• On ne traduit pas les noms de rue ; il ne faudrait pas en faire des rues anglaises.
N.B. : l'article défini est la plupart du temps utilisé devant les noms de rue français.
Comparez :

→ Il habite Oxford Street. *He lives in Oxford Street.*
→ Il habite rue Soufflot. *He lives in the rue Soufflot.*
→ Il habite Russell Square. *He lives in Russell Square.*
→ Il habite Place du Panthéon. *He lives {on / in} the Place du Panthéon.*

N.B. : *the* est souvent utilisé en anglais devant les noms de rues appelées "*X Roads*" (où X désigne l'endroit où celles-ci conduisent).

→ *I live off the Brixton Road.*

9.3. Mesures

• L'usage veut que l'on convertisse les mesures (poids, distances, taille...). Selon le contexte, il faudra parfois utiliser une mesure exacte, parfois une équivalence approximative pour donner un ordre de grandeur.

→ À quelques kilomètres de là... *A few miles away...*

→ L'étagère ne doit pas avoir plus de 40 cm de haut, ou elle ne rentrera pas sous la fenêtre. *The shelf musn't be over 15 inches high, or it won't fit under the window.*

• Mais on traduit les prix, sans les convertir, ce qui serait difficile étant donné les variations de taux de change.

→ dix mille francs *ten thousand francs*

9.4. Allusions et termes culturels

Ceux-ci posent souvent de véritables problèmes au traducteur lorsqu'ils n'ont pas d'équivalent dans la langue-cible. Le choix d'une traduction dépendra beaucoup du public pour lequel on traduit. Est-il cultivé ? Connaît-il la civilisation française ? S'agit-il de "l'Anglais moyen" ou d'universitaires spécialistes de la France ?

Mais quel que soit le public, il faut tout d'abord rejeter toute traduction qui pourrait entraîner un contresens quant à la réalité socioculturelle décrite. Il ne faut pas, en cherchant des équivalents approximatifs, laisser croire au lecteur que le texte traduit a pour cadre un pays anglo-saxon. Il sera donc préférable de traduire "café" par "café" plutôt que par *pub* et absurde de traduire "le jeu de boules" par *playing darts* sous prétexte qu'il s'agit d'une activité tout aussi populaire outre Manche

Voici les principaux procédés utilisables pour traduire ces termes :

1. Emprunt

On peut garder certains termes que l'on suppose connus du "lecteur anglais moyen". C'est la plupart du temps le cas de mots tels que "concierge", "baguette", "lycée", "café", "arrondissement"...

On gardera également (bien qu'il ne s'agisse pas d'une règle absolue) les noms de diplômes (par exemple : "licence", "agrégation") qui n'ont pas d'équivalent exact en anglais.

Ce recours à l'emprunt permet au lecteur de mieux sentir les différences de la civilisation étrangère, il permet aussi de faire plus exotique, plus couleur locale, et de respecter la réalité. Il ne faut cependant pas abuser du procédé qui peut rendre la lecture difficile et relever du snobisme.

2. Explication

Elle pourra être donnée entre parenthèses ou insérée au texte. Ce procédé est fréquemment utilisé dans la traduction d'articles de journaux.

➟ [Cette opération] concernera dès cette année 6000 enfants des classes de CM1 et de CM2... (*Le Monde*) *In 1991 the programme will involve 6,000 pupils who are in their last two years of primary school (9-11 years).* (*The Guardian Weekly*)

3. Note du traducteur (= *translator's note*)

Elle permet de traduire en gardant le mot français ou en utilisant un équivalent, dont le sens exact est expliqué par la note. Mais il est préférable d'éviter ces notes dans les traductions scolaires, et de les réserver, plus généralement, à quelques cas de véritable intraductibilité (jeux de mots, par exemple) .

4. Équivalence approximative

➟ Elle est en quatrième. *She is in the third form.*

Comme il a été mentionné plus haut, ce procédé peut être dangereux en donnant un cadre anglo-saxon au texte.

9.5. Titres de livres, de journaux, de tableaux, de films...

C'est plus que jamais ici une question d'usage.

- On a tendance à traduire les titres de livres, de tableaux, de films lorsqu'ils sont célèbres et qu'il existe une traduction connue en anglais.

➟ *La Chartreuse de Parme* The Charterhouse of Parma

Mais on préférera d'ordinaire garder en français un titre moins connu, sauf, bien sûr, s'il s'agit d'une œuvre étrangère.

• Les titres de journaux ne se traduisent pas, surtout lorsqu'ils sont très connus. On gardera *Le Monde, Le Figaro*. Toutefois, on pourra traduire un titre qui serait sinon peu clair pour un lecteur anglais.

➞ Ensuite, il lisait les journaux, tous les journaux que Riri recevait –*Le Courrier arverne, L'Écho des Limonadiers*– et ceux que les clients du matin avaient laissés : *L'Aurore, Le Parisien libéré* ou, plus rarement, *Le Figaro, L'Humanité* ou *Libération*. (G. Perec)
Then he would read the papers, all the papers that Riri took –The Auvergne Messenger, The Soft Drink Echo– *as well as those left by the morning's customers:* L'Aurore, Le Parisien libéré, *or, less often,* Le Figaro, L'Humanité, *or* Libération. (Trad. D. Bellos)

• C'est aussi l'usage qui veut que certains titres de tableaux sont traduits, alors que d'autres resteront en français.

➞ Il s'agit généralement de copies finement exécutées de tableaux réputés –*La Joconde, L'Angélus, La Retraite de Russie, Le Déjeuner sur l'herbe, La Leçon d'Anatomie*, etc.– sur lesquelles il a ensuite peint des effets plus ou moins prononcés de brume... (G. Perec)
They are, generally, minutely executed copies of well-known paintings –Mona Lisa, The Angelus, The Retreat from Russia, Le Déjeuner sur l'herbe, The Anatomy Lesson, *etc– over which he has then painted a more or less heavy haze...* (Trad. D. Bellos)

1. *Étudiez et commentez les traductions des passages qui suivent.*

1. Arnica Péterat, sans défiance et sans défense, n'avait jamais imaginé jusqu'à ce jour que son nom pût porter à rire. (A. Gide)

*Arnica Péterat – guileless and helpless creature – had never until that moment suspected that there might be anything laughable** in her name. (Trad. D. Bussy)

* *There is an insinuation in Mlle Péterat's name which might be rendered in English by calling her Miss Fartwell. (Translator's note)*

2. "Assez, assez ! Je vois que tu aurais des tendances à t'habiller comme une grande coquette du Français –et tu prends ça pour un compliment." (Colette)

"Enough! Enough! I see your fancy is to be dressed like a leading comédienne *at the Théâtre Français –and don't take that as a compliment!* (Trad. R. Senhouse)

3. Elle tient dans la main droite une œuf qu'elle utilisera pour se laver les cheveux, et dans la main gauche le n° 40 de la revue *Les Lettres Nouvelles* (juillet-août 1956) dans lequel se trouve, outre une note de Jacques Lederer sur *Le Journal d'un Prêtre* de Paul Jury (Gallimard), une nouvelle de Luigi Pirandello, datée de 1913, intitulée *Dans le gouffre*, qui raconte comment Tomeo Daddi devint fou. (G. Perec)

In her right hand she holds an egg, which she will use for washing her hair, and in her left she carries issue No 40 of Les Lettres Nouvelles *(July-August 1956), a review containing, alonside a note by Jacques Lederer on* Le Journal d'un prêtre *by Paul Jury (Gallimard), a short story by Luigi Pirandello, dating from 1913, entitled* In the Abyss, *and telling the tale of how Romeo Daddi went mad.* (Trad. D. Bellos)

4. "J'ai rencontré *chez Papa* Bernard et Georgette.
– Comment vont-ils ? Ils jouent toujours à Philémon et Baucis ?"
(S. de Beauvoir)

"I met Bernard and Georgette at Papa's."
"How are they getting along? Still playing Darby and Joan?"
(Trad. P. O'Brian)

5. La Bibliothèque nationale et les Archives de France ont fait, cette année, de riches moissons à Drouot. D'autres œuvres se voient interdites de sortie, comme ce *Portrait du duc d'Orléans*, par Ingres, ou tout récemment, *les Apprêts d'un déjeuner*, de Chardin. (*Le Monde*)

Both the Bibliothèque Nationale (national library) and the Archives de France have reaped a rich harvest at the Drouot auction rooms in Paris this year. [Other works] may have export bans slapped on them, as was the case with Ingres' "Portrait du Duc d'Orléans" and, very recently, Chardin's "Les Apprêts d'un Déjeuner". (*The Guardian Weekly*)

6. [Le passage se passe dans le pays minier.]
"Dis donc, Mouquet, murmura Zacharie à l'oreille du moulineur, filons-nous au *Volcan*, ce soir ?"
Le Volcan était un café-concert de Montsou. (É. Zola)

"I say, Mouquet," Zacharie whispered in his ear, "what about going to the Volcan *tonight?"*
The Volcan *was a pub (licensed for music and dancing) at Montsou.*
(Trad. L. Tancock)

2. *Comment traduiriez-vous les mots ou sigles qui suivent pour le "lecteur anglais moyen" (pour un journal, par exemple) ? L'exercice sera plus facile si vous imaginez un contexte pour chacun de ces mots.*

1. la Manche
2. la Côte d'Azur
3. la Bretagne
4. les îles anglo-normandes
5. le vin de Bordeaux
6. un croissant
7. une madeleine
8. un soufflé
9. l'Élysée
10. (l'Hôtel) Matignon
11. le Quai d'Orsay
12. l'U.D.F.
13. la Bourse
14. les P.M.E.
15. les C.R.S.
16. un H.L.M.
17. le fisc.
18. la T.V.A.
19. le R.E.R.
20. un collège
21. un lycée
22. l'OTAN
23. l'ONU
24. l'UNICEF
25. l'O.M.S.
26. l'OPEP
27. 3 hectares
28. la Belle Époque
29. la Commune
30. la Restauration
31. Platon
32. Sophocle
33. Aeschyle
34. Arioste
35. Moïse
36. Noé

3. *Traduisez les passages qui suivent en proposant, pour certains d'entre eux, plusieurs possibilités en fonction du public pour lequel vous traduisez.*

1. L'après-midi, elle allait rejoindre un autre petit homme brun au visage bouffi, dans un hôtel meublé de la rue Vital, voisine de l'avenue Paul-Doumer. (P. Modiano)

2. Il y a plein de Trochu par ici, presque tous pêcheurs. (G. Simenon)

3. – Au minimum, au strict minimum, vous pouvez avoir une chaîne mono pour

trois cent mille anciens francs. Mais ce n'est pas ça, pas ça du tout. (S. de Beauvoir)

4. Le père Milon demeurait impassible, avec son air abruti de paysan, les yeux baissés comme s'il eût parlé à son curé. (G. de Maupassant)

5. Il avait dû se lever à cinq heures et, faute de trouver un taxi, prendre le premier métro pour se rendre à la gare Saint-Lazare. (G. Simenon)

6. Il s'est levé lourdement. Hutte doit peser plus de cent kilos et mesurer un mètre quatre-vingt-quinze. (P. Modiano)

7. Papa suggérait Florence, Grenade ; elle disait : "Tout le monde y va, c'est d'un banal..." Voyager tous les quatre en auto : la famille Fenouillard, disait-elle. (S. de Beauvoir)

8. Et puis, tous ces magots me dégoûtaient : j'étais sans-culotte et régicide, mon grand-père m'avait prévenu contre les tyrans, qu'ils s'appelassent Louis XVI ou Badinguet. Surtout, je lisais tous les jours, dans *Le Matin,* le feuilleton de Michel Zévaco : cet auteur de génie, sous l'influence de Hugo, avait inventé le roman de cape et d'épée républicain. (J.-P. Sartre)

9. M. Bariani, maire de l'arrondissement, a organisé une visite des squats de son quartier. *(Le Monde)*

10. Il apparaît en revanche de plus en plus improbable que des juges aient à instruire les crimes imputés à René Bousquet, ancien grand commis de l'État, haut fonctionnaire de la collaboration administrative. *(Le Monde)*

11. Le secrétaire général du Quai d'Orsay, M. François Scheer, n'a rien dit d'autre à Téhéran aux autorités irakiennes... *(Le Monde)*

12. [À propos d'Althusser] Alarmé par son état de confusion et d'abattement, le docteur Étienne le faisait aussitôt hospitaliser dans le service du professeur Pierre Deniker, à Sainte-Anne. *(Le Monde)*

Rue D'Ulm, où pourtant les graves et anciens troubles psychiatriques intermittents de Louis Althusser sont connus, on se refuse d'abord à croire "la folle rumeur" – ainsi s'exprime Jean Bousquet, alors directeur de l'école. *(Le Monde)*

Annexes

1. Quelques règles d'écriture propres à certains textes

1.1. La correspondance

En anglais les lettres, surtout les lettres d'affaires ou les lettres officielles, ont tendance à être plus simples et plus directes qu'en français. Les formules de politesse sont courtes et l'éventail en est beaucoup plus réduit. Il est donc impossible de traduire littéralement les débuts et les fins de lettres. Puisqu'il s'agit d'une langue figée, il faut connaître les formules et expressions anglaises équivalentes, celles qui rendront la lettre naturelle et authentique.

1. **Présentation** (pour les lettres officielles ou d'affaires)

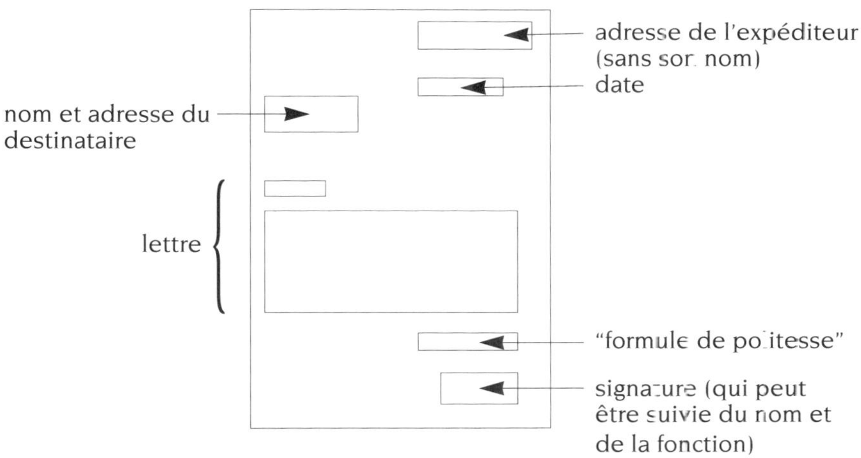

2. Date

Elle peut être écrite de différentes façons :

- *5.4.92*
- *April 5th 1992*
- *April 5th, 1992*
- *5th April 1992*
- *5th April, 1992*
- *April 5, 1992*
- *April 5 1992*
- *5 April, 1992*
- *5 April 1992*

3. Formules de début et de fin de lettre

Début de lettre	Fin de lettre
• Lettre officielle ou lettre d'affaires (on ne connaît pas toujours le nom du destinataire) :	
→ *Dear Sir*	*Yours faithfully*
Dear Madam	
• Lettre plus personnelle (ce peut être une lettre d'affaires, lorsqu'on connaît la personne à qui on écrit) :	
→ *Dear Mr Bridge*	*Yours sincerely*
	Sincerely yours
	Yours truly
• Lettre à un ami :	
→ *(My) dear John*	*Best wishes*
	Yours (ever)
	Love
	Fondest love
	(Yours) affectionately
	Your affectionate niece

4. Expressions courantes dans les lettres

→ *In reply to... / With reference to...* (lettre d'affaires)
→ *I should be grateful if you would send me...*
→ *I should like to apply for the post of...*
→ *I am writing to tell you... / ask you... / concerning...*
→ *I wish to draw your attention to...*
→ *I enclose...*
→ *I look forward to hearing from you / seeing you*
→ *My regards to your parents*

1.2. Les gros titres

Les titres et manchettes d'articles de journaux sont souvent plus concis et plus condensés en anglais. C'est en partie parce qu'ils ont leurs propres règles syntaxiques et stylistiques que l'on peut résumer de la façon suivante :

1. Omission de la plupart des articles :

→ *BOMB DEFUSED BEFORE TERRORISM CONFERENCE*
→ *BRITON ON SPYING CHARGE*

2. Omission très fréquente de l'auxiliaire *to be* :

→ *FRENCH TV CREW EXPELLED (= is expelled)*
→ *CAMELFORD DOCTOR "NOT TOLD TRUTH" (= was not told truth)*

3. Système des temps limité :
emploi très fréquent du présent, même si l'article décrit des événements passés ou futurs.

→ *SERBIAN OPPOSITION VOWS TO FIGHT ON*
→ *PROFITS ON WALL STREET DIVE 98%*

La forme *is to* (avec ellipse de *be*) est souvent utilisée pour parler du futur.

→ *LOSS-MAKING COAL MINE TO CLOSE (= is to close)*

→ *MAJOR TO RESIST MAJORITY VOTING IDEA (= is to resist)*

4. Emploi fréquent de séquences de noms :
Les premiers noms ont une valeur d'adjectifs qualifiant le dernier. De telles séquences se lisent ou se construisent donc "à rebours".

→ *MALTA WAR MEMORIAL APPEAL (= Appeal to build a war memorial in Malta)*

→ *EARNINGS RISE BLOW (Rise in earnings represents a blow for the government's hope of bringing down inflation)*

5. Utilisation fréquente du gérondif :

→ *STANDING UP TO THE SOVIETS*

→ *SENTENCING OFFENDERS AGAINST CHILDREN*

6. Omission fréquente des verbes :

→ *TEN YEARS FOR UDR SOLDIER IN GUNS CASE*

→ *COURT FIGHT OVER WILDLIFE SITE*

→ *FEAR FOR MISSING PAIR*

Cette concision et ces omissions contribuent souvent à rendre le titre énigmatique, ce qui est en partie voulu par le journaliste dans la mesure où le mystère va inciter à lire l'article pour découvrir le sens du titre.

1. *Expliquez et commentez la façon dont les gros titres suivants du* Monde *ont été traduits dans le* Guardian Weekly.

1. MOZAMBIQUE : DU TEMPS DES DOGMES AU TEMPS DES DOUTES	*MOZAMBIQUE: FROM DOGMA TO DOUBT*
2. L'UNITÉ DU CANADA DE NOUVEAU MENACÉE	*CANADA ON THE BRINK*
3. L'OPPOSITION IRAKIENNE EN EXIL S'EFFORCE DE SURMONTER SES DIVISIONS	*DIVIDED IRAQI OPPOSITION IN EXILE*
4. DÉCOUVERTE D'UNE PARENTÉ ENTRE LE VIRUS DU SIDA ET LE PARASITE DE LA BILHARZIOSE	*RESEARCHERS EXAMINE BILHARZIA-AIDS LINK*
5. TROIS MILITAIRES DU DISPOSITIF "DAGUET" ONT ÉTÉ CAPTURÉS PAR UNE PATROUILLE IRAKIENNE, PUIS REMIS AUX AUTORITÉS FRANÇAISES	*CAPTURED FRENCH SOLDIERS FREED BY IRAQ*
6. EL SALVADOR : LA GUÉRILLA DONNE UNE NOUVELLE DIMENSION À LA LUTTE ARMÉE	*EL SALVADOR: A NEW DIMENSION TO ARMED STRUGGLE*
7. LES FRANÇAIS REDOUTENT LA GUERRE MAIS APPROUVENT L'ATTITUDE DE M. MITTERRAND	*FRENCH PREFER TALKS TO WAR*
8. L'ALGÉRIE VA DEMANDER DE NOUVEAUX CRÉDITS À LA FRANCE	*ALGERIA'S LOAN HOPE*

2. *Traduisez les titres et le passage suivants.*

1. L'ANGOLA ENTRE LA FOI ET LA MORT *(Le Monde)*
2. LA SECTE MOON FINANCE LA CONSTRUCTION D'UNE USINE AUTOMOBILE *(Le Monde)*
3. LA FAMILLE ROYALE DU KOWEÏT CONSERVE UN MINIMUM DE CONTACTS AVEC LA POPULATION DE L'ÉMIRAT *(Le Monde)*
4. LA QUESTION DES RÉPARATIONS AUX JUIFS DE RDA POSE UN DÉLICAT PROBLÈME AU CHANCELIER KOHL
5. UN CADAVRE LE LONG DE LA VOIE (A. Gide)
6. C'est à peine si Wallas peut lire le journal qu'il s'est fait apporter. Il parcourt rapidement les colonnes :
   "Grave accident de la circulation sur la route de Delft."
   "Le Conseil se réunira demain pour l'élection d'un nouveau maire."
   "La voyante abusait ses clients."
   "La production de pommes de terre a dépassé celle des meilleures années."
   "Décès d'un de nos concitoyens. Un cambrioleur audacieux s'est introduit, hier à la nuit tombée, dans la demeure de M. Daniel Dupont..." (A. Robbe-Grillet)

2. Dates, chiffres et mesures

2.1. Dates

• On peut écrire indifféremment :

→ *9 May, 1992*
→ *May 9, 1992*
→ *9th May, 1992*
→ *May 9th, 1992*

La virgule peut être omise.

• En anglais américain, le nom du mois est mentionné en premier lorsqu'on utilise des chiffres exclusivement.

→ *9 May 1992* *9.5.92 (Br. English)*
5.9.92 (Am. English)

• Oralement, on dit :

– Mois et jours

→ *May the ninth, nineteen ninety-two*
→ *The ninth of May, nineteen ninety-two*

– Années :

→ *1797: seventeen ninety-seven*
→ *1634: sixteen thirty-four*
→ *1802: eighteen - o - two* (ou : *eighteen-two)*

• Noter l'expression :

→ *In the thirties / twenties...*
Pendant les années trente / vingt....

2.2. Chiffres

• Attention à la différence entre l'anglais britannique et l'anglais américain pour certains chiffres :

➞ un milliard = *one thousand million (s) (Br. English)*
one billion (Am. English)

➞ un billion = *one billion (Br. English)*
one trillion (Am. English)

Mais en anglais bitannique, on utilise de plus en plus *billion* pour 10^9, *trillion* pour 10^{12}, etc., comme en anglais américain.

• Pluriel ou singulier ?
On emploie le pluriel lorsque le chiffre n'est pas suivi d'un nom ou lorsqu'il est suivi de *of* + nom :

➞ *She's got millions in the bank.*
➞ *Hundreds of people turned up.*

On emploie le singulier dans les autres cas :

➞ *She won ten thousand pounds in the Pools.*
➞ *We received several hundred letters the first week.*
➞ *I asked for an egg and she gave me two dozen! (= two dozen eggs)*

• Il faut noter l'**utilisation de la virgule au lieu du point** en anglais pour séparer les groupes de mille :

➞ 7.852 (français) *7,852*(anglais)

• **Comment lire les chiffres ou les écrire en toutes lettres**

➞ *101:* *a / one hundred and one*
➞ *2417:* *two thousand, four hundred and seventeen*
N.B. : utilisation de *and* avant le dernier chiffre en anglais britannique.
➞ *1 / 8:* *an / one eighth*
➞ *3 / 4 mile:* *three quarters of a mile*
➞ *4 / 9:* *four ninths*
➞ *0.33:* *(nought) point three three*
➞ *7.67:* *seven point six seven*
N.B. : chacun des chiffres est prononcé séparément.
➞ 10^5: *ten to the power of five*

• Le chiffre zéro se dit :
– *zero* dans des mesures :

➞ *It's freezing. We had eight below zero this morning.*
➞ *Students are marked from zero to twenty.*

– *nil* lorsqu'on parle de scores au football, rugby, cricket...

➞ *Scotland beat Wales two nil.*

– *love* pour ces mêmes scores au tennis, ping-pong

➞ *He won the set five love.*

– *nought* dans les chiffres décimaux

➞ *0.21: nought point two one*

– *o* (comme la lettre) pour d'autres chiffres ou pour les numéros de téléphone, par exemple).

- Symboles mathématiques

[+] : *plus / and*

→ *7 + 12 = 19: Seven and twelve are / is nineteen.*
Seven plus twelve equals nineteen. (langue plus soutenue)

[–] : *minus / take away*

→ *9 – 4 = 5: Nine take away four is / leaves five.*

→ *34 – 11 = 23: Eleven from thirty-four is twenty-three.* ou
Thirty-four minus eleven equals twenty-three.
(langue plus soutenue)

[×] : *multiplied by / ...times...*

→ *7 × 5 = 35: Seven fives are thirty-five.* (pour des chiffres à une unité)

→ *42 × 29: Forty-two times twenty-nine makes one thousand, two hundred and eighteen.* ou
Forty-two multiplied by twenty-nine equals one thousand, two hundred and eighteen. (langue plus soutenue)

[/] : *divided by*

→ *12 / 4 = 3: Four into twelve goes three.*
Twelve divided by four equals three. (langue plus soutenue)

[=] : *equals / is / are*

- Numéros de téléphone

On prononce chaque chiffre séparément.

→ *404 7089: four o four seven o eight nine*

2.3. Mesures et argent

- Âge

On dit :

→ *She's twenty-two.*

→ *She's twenty-two years old.*

Mais attention au singulier en position d'épithète :

→ *A twenty-two- year-old girl*

Noter l'expression : *To be in one's fifties. (between 50 and 59).* On dira également : *In his early / late thirties / forties...*

- Taille

On dit :

→ *He's five feet six (inches) (tall).*

→ *He's five foot six.* (langue plus relâchée)

En position d'épithète, on utilise obligatoirement le singulier :

→ *a six-foot man.*

→ *He is / weighs seventy-one kilos.*

N.B. : *stone (a stone* = 6,35 kilos*)* ne prend pas la marque du pluriel :

→ *She weighs 7 stone 4.*

→ *She's* / *She wears (a)* } *size 12.*

- Température

On dit :

→ *It's 20° C.*
→ *The temperature has risen to 22°.*
→ *The temperature has fallen to minus 11°.*
→ *The temperature is in the {mid / low / upper} twenties. (around 25°)*

- Argent

N.B. : emploi du pluriel ou du singulier :

→ *He gave me ten pounds.*
→ *He gave me a ten-pound note.* (valeur d'adjectif épithète)

- Mesures

N.B. : place des adjectifs :

→ Le trou a une profondeur de trois mètres. *The hole is three yards deep.*
→ un mur d'un mètre et demi de haut *a wall five feet high.*
(mais : *a five-foot wall*)

N.B. : différence entre :

→ *9 square yards* (= *3 yds* × *3 yds*)
→ *9 yards square* (= *9 yds* × *9 yds*)

- Pour ces mesures, l'accord se fait avec un verbe (ou un adjectif) au singulier :

→ *The ten pounds he gave me <u>was</u> really welcome.*
→ *Two miles <u>is</u> not far!*
→ *I'll give you <u>another</u> two pounds if you keep quiet.*

1. *Lisez à haute voix les phrases ou paragraphes qui suivent.*

1. $\frac{4 \times 6}{3} = 8$
2. $\frac{2\,(17 - 2)}{3} = 10$
3. *READERS GIVE £ 500,000.*
4. *Tax-free investment in Famous British Companies. Call free 0800 282 101.*
5. *Football results: England B beat Iceland 1– 0*
6. *Tourist rates: France: 9.74 francs / Germany: 2.88 DM / Malta: 0.55 pounds*
7. *The weather – Records*
Warmest (day): Edinburgh, 26 April, 16C / 61F
Coldest (night): Tulloch Bridge, 20 April, –5C / 23F
8. REAL TENNIS – *Queen's Club: Doubles: Semi-finals: L. Deuckar and W. Davies (Aus) bt C. Lumley (Aus) and C. Bray (GB), 6-4, 6-0, 6-4.*
9. Money Observer *costs £ 2.25 from bookstalls or from 120-126 Lavender Avenue, Mitcham, Surrey, CR4 3HP. A subscription is £ 24.50 (£ 34.50 overseas).*
10. GREEN POUND
A £ 5,000 cheque to the charity Farm Africa, for use in the Sudan, is the latest contribution from GreenCard holders. The 50,000 cardholders have raised £ 180,000 for environmental groups since the card was launched by Bank of Credit and Commerce International in 1989. GreenCard donates 30p for every £ 100 spent. Details: 044 441055. (The Observer)

2. *Traduisez les phrases suivantes.*

1. Il s'est levé lourdement. Hutte doit peser plus de cent kilos et mesurer un mètre quatre-vingt-quinze. (P. Modiano)
2. Cette clôture que tu vois là, c'est un ancien parc aux lapins... Il y en a deux douzaines qui se sont échappés... (M. Pagnol)
3. Or moi, j'étais là déjà, il y a mille ans, il y a cent mille ans. Quand la terre n'était encore qu'une boule de feu tournoyant dans un ciel d'hélium... (M. Tournier)
4. Puis, il tira de sa poche une grande liste des fournitures nécessaires. "D'abord, quatre mille baguettes, de soixante centimètres. Il en faut trois ou quatre par plante." (M. Pagnol)
5. Valène connaissait Winckler depuis mille neuf cent trente-deux, mais c'est seulement au début des années soixante qu'il s'était aperçu que [son buffet] n'était pas un buffet comme les autres, et que cela valait la peine de le regarder de près. (G. Perec)
6. On disait qu'Ugolin gagnait des cents et des mille ; le messager d'Aubagne avait confié à Philoxène que "rien que pour sa part, il avait reçu plus de six cents francs de transport, parce que trois fois par semaine, il portait chez Trémalat et Cie trois gros paniers de fleurs." (M. Pagnol)
7. Smautf a calculé qu'il y aurait en 1978 deux mille cent quatre-vingt-sept nouveaux adeptes de la secte des Trois Hommes Libres et, en supposant qu'aucun des anciens disciples ne soit mort, un total de trois mille deux cent soixante-dix-sept fidèles. Ensuite cela ira beaucoup plus vite : en 2017, la dix-neuvième génération comptera plus d'un milliard d'individus. En 2020, la totalité de la planète, et même largement au-delà, aura été initiée. (G. Perec)
8. Il y a quelques années, Morellet a essayé de le décourager en lui apprenant que le nombre qui s'écrit 9^{9^9}, c'est-à-dire neuf puissance neuf à la puissance neuf, qui est le plus grand nombre que l'on puisse écrire en se servant uniquement de trois chiffres, aurait, si on l'écrivait en entier, trois cent soixante-neuf millions de chiffres, qu'à raison d'un chiffre par seconde, on en aurait pour onze ans à l'écrire, et qu'en comptant deux chiffres par centimètre, le nombre aurait mille huit cent quarante-cinq kilomètres de long ! (G. Perec)

3. Étude et comparaison de traductions

These French poems, shipwrecked into English and fitted out with borrowed clothes.
(Edna St Vincent Millay)

Poetry is what gets lost in translation.
(Robert Frost)

Il n'y a pas de plus éminent service à rendre à la littérature que de transporter d'une langue à l'autre les chefs d'œuvre de l'esprit humain.
(Madame de Staël)

The only true motive for putting poetry into a fresh language must be to endow a fresh nation, as far as possible, with one more possession of beauty.
(Dante Gabriel Rossetti)

Les pages qui suivent proposent un certain nombre de textes suivis d'une ou plusieurs traductions. Ces dernières ne sont pas données comme "modèles". Au contraire, lorsque plusieurs traductions sont proposées, elles ont presque toujours été choisies pour illustrer diverses approches (différentes interprétations du texte ; différentes conceptions de la traduction, pouvant aller de la traduction littérale à la transposition).

L'étude de ces traductions doit être précédée d'une analyse approfondie du texte de départ, qui permettra de bien comprendre ce texte et de définir certaines priorités de traduction : le traducteur devra-t-il avant tout essayer de rendre le registre, le ton, le rythme ?

En étudiant ou comparant ces traductions, on devra donc tout d'abord chercher à déterminer les caractéristiques et les priorités de chaque traduction, ainsi que leur effet global. On pourra ainsi, par exemple, reconnaître que le traducteur a choisi certains glissements lexicaux (parfois pénalisés dans un thème universitaire) afin de restituer le ton ou le rythme du passage.

Enfin, il est nécessaire de rappeler que ce travail ne peut être abordé qu'avec beaucoup d'humilité. La critique est facile et il est important de ne pas s'en tenir à cette phase "négative" du travail mais d'essayer de proposer d'autres solutions lorsque la traduction ne semble pas satisfaisante sur certains points.

Le Renard et les raisins

Certain Renard gascon, d'autres disent normand,
Mourant presque de faim, vit au haut d'une treille
Des Raisins mûrs apparemment,
Et couverts d'une peau vermeille.
Le galand en eût fait volontiers un repas ;
Mais comme il n'y pouvait atteindre ;
"Ils sont trop verts, dit-il, et bons pour des goujats."

Fit-il pas mieux que de se plaindre ?

Jean de la Fontaine, *Fables*, 1678

The Fox and the Grapes

A Fox, who having fail'd to pick,
Though prowling all around the village,
The bones of goose, or duck, or chick,
Was bent on any sort of pillage.

Saw from a trellis hanging high
Some grapes with purple bloom inviting;
His jaws with heat and hunger dry,
The luscious fruit would fain be biting.

His carcase than a weasel thinner,
Made him for ev'ry prize alert;
He thought, though fortune brought no dinner,
'Twas best secure a good dessert.

A tantalizing branch to gain,
With many a spring and many a bound
He strove; but finding all in vain,
With this remark he quits the ground:

"Let those who like such trash devour,
"I'll range elsewhere for better prog;
"Those worthless grapes, so green and sour,
"Are scarcely fit to feed a hog!"

Napoleon thus, beyond the waves,
Saw the white cliffs with longing eyes,
But like the Fox, he told his slaves,
"In Russia there's a better prize."

And there the baffled boaster tried,
For his own fame in luckless hour;
There found, to check his full-grown pride,
That Russian grapes were also sour.

Trad. J. Matthews, 1820

The Fox and the Grapes

*A Cornish fox, or Welsh as some folk say,**
Was skulking round a vineyard wall one day,
Half dead with hunger, parched with summer's heat,
When lo, on high, he saw a heavy bunch
Of grapes, in purple bloom and aspect sweet.
Our gallant longed to have them for his lunch;
But, since they were too high for all his straining,
"Sour grapes", said he, "fit for the trash to eat."

Was not his exit better than complaining?

Trad. P. Wayne, 1961

* *La Fontaine says "Gascon" and "Norman".*

The Fox and the Grapes

A fox of Gascon, though some say of Norman descent,
When starved till faint gazed up at a trellis to which grapes were tied–
Matured till they glowed with a purplish tint
As though there were gems inside.
Now grapes were what our adventurer on strained haunches chanced to crave
But because he could not reach the vine
He said, "These grapes are sour; I'll leave them for some knave."

Better, I think, than an embittered whine.

Trad. M. Moore, 1965

The Fox and the Grapes

A certain Gascon Fox, a Norman one others say,
Famished, saw on a trellis, up high to his chagrin,
Grapes, clearly ripe that day,
And all covered with a purple skin.
The rogue would have had a meal for the gods,
But, having tried to reach them in vain,
"They're too green," he said, "and just suitable for clods."

Didn't he do better than to complain?

Trad. N.B. Spector, 1988

Correspondances

La Nature est un temple où de vivants piliers
Laissent parfois sortir de confuses paroles ;
L'homme y passe à travers des forêts de symboles
Qui l'observent avec des regards familiers.

Comme de longs échos qui de loin se confondent
Dans une ténébreuse et profonde unité,
Vaste comme la nuit et comme la clarté,
Les parfums, les couleurs et les sons se répondent.

Il est des parfums frais comme des chairs d'enfants,
Doux comme les hautbois, verts comme les prairies,
–Et d'autres, corrompus, riches et triomphants,

Ayant l'expansion des choses infinies,
Comme l'ambre, le musc, le benjoin et l'encens,
Qui chantent les transports de l'esprit et des sens.

Charles Baudelaire, *Les Fleurs du Mal*,1857

Correspondences

All nature is one temple, the living aisles whereof
Murmur in a soft language, half strange, half understood;
Man wanders there as through a cabalistic wood,
Aware of eyes that watch him in the leaves above.

Like voices echoing in his senses from beyond
Life's watery source, and which into one voice unite,
Vast as the turning planet clothed in darkness and light,
So do all sounds and hues and fragrances correspond.

Perfumes there are as sweet as the music of pipes and strings,
As pure as the naked flesh of children, as full of peace
As wide green prairies–and there are others, having the whole

Corrupt proud all-pervasiveness of infinite things,
Like frankincense, and musk, and myrrh, and ambergris,
That cry of the ecstasy of the body and of the soul.

Trad.G. Dillon, 1936

Correspondences

Nature is a temple where we live ironically
In the midst of forests filled with dire confusions;
Man, hearing confused words, passes symbolically
Under the eyes of the birds watching his illusions.

Like distant echoes in some tenebrous unity,
Perfumes and colours are mixed in strange profusions,
Vast as the night they mix inextricably
With seas unsounded and with the dawn's delusions.

And there are the perfect perfumes of the Flesh,
That are as green as the sins in the Serpent's mesh,
And others as corrupt as our own senses,

Having the strange expansion of things infinite,
Such as amber, musk, benzoin and sweet incenses,
That seize the spirit and the senses exquisite.

Trad. A. Symon

Correspondences

Nature is a temple whose living colonnades
Breathe forth a mystic speech in fitful sighs;
Man wanders among symbols in those glades
Where all things watch him with familiar eyes.

Like dwindling echoes gathered far away
Into a deep and thronging unison
Huge as the night or as the light of day,
All scents and sounds and colors meet as one.

Perfumes there are as sweet as the oboe's sound,
Green as the prairies, fresh as a child's caress,
–And there are others, rich, corrupt, profound

And of an infinite pervasiveness,
Like myrrh, or musk, or amber, that excite
The ecstasies of sense, the soul's delight.

Trad. R. Wilbur, 1955

Correspondences

Nature is a temple where living pillars
At times allow confused words to come forth;
There man passes through forests of symbols
Which observe him with familiar eyes.

Like long echoes which in a distance are mingled
In a dark and profound unison
Vast as night is and light,
Perfumes, colors and sounds answer one another.

There are perfumes as cool as the flesh of children,
Sweet as oboes, green as prairies
–And others, corrupt, rich and triumphant,

Having the expansion of infinite things,
Like amber, musk, myrrh and incense,
Which sing of the transports of the mind and the senses.

Trad. W. Fowlie, 1963

Le ciel est, par-dessus le toit,
Si bleu, si calme !
Un arbre, par-dessus le toit,
Berce sa palme.

La cloche, dans le ciel qu'on voit,
Doucement tinte.
Un oiseau sur l'arbre qu'on voit
Chante sa plainte.

Mon Dieu, mon Dieu, la vie est là,
Simple et tranquille.
Cette paisible rumeur-là
Vient de la ville.

– Qu'as-tu fait, ô toi que voilà
Pleurant sans cesse,
Dis, qu'as-tu fait, toi que voilà,
De ta jeunesse ?

Paul Verlaine, *Sagesse*, 1881

The sky-blue smiles above the roof
Its tenderest;
A green tree rears above the roof
Its waving crest.

The church-bell in the windless sky
Peaceably rings,
A skylark soaring in the sky
Endlessly sings.

My God, my God, all life is there,
Simple and sweet;
The soothing bee-hive murmur there
Comes from the street!

What have you done, O you that weep
In the glad sun,–
Say, with your youth, you man that weep,
What have you done?

Trad. G. Hall , 1947

How calm the sky above the roof
Is, and how blue!
A leafy bough above the roof
Rocks gently too.

From some bell in the sky I see
Chimes faintly float.
A bird sits on the bough I see
And pipes his note.

Ah God, how simple life is there,
How still, how sweet!
What peaceful murmurs rise up there
From town and street!

What hast thou done, who weepest here
Thine endless tears?
What hast thou done, who weepest here,
With thy lost years?

Trad. A. Conder

The sky is up above the roof
So blue, so soft.
A tree there, up above the roof,
Swayeth aloft.

A bell within that sky we see,
Chimes low and faint;
A bird upon that tree we see,
Maketh complaint.

Dear God, is not the life up there
Simple and sweet?
How peacefully are borne up there
Sounds of the street.

What hast thou done, who comest here,
To weep alway?
Where hast thou laid, who comest here,
Thy youth away?

Trad. E. Dowson, 1965

The sky is, above the roof,
So blue, so calm!
A tree, above the roof,
Is rocking its palm.

The bell, in the sky that one sees,
Is softly ringing.
A bird in the tree that one sees
Is plaintively singing.

Dear me, dear me, life exists there,
Simply, tranquilly.
That peaceful murmur there
Comes from the city.

–What have you done, ô you there
Shedding ceaseless tears,
Tell, what have you done, you there,
With your youthful years?

Trad. E. Rhodes Peschel, 1981

Le Bateau ivre

Comme je descendais des Fleuves impassibles,
Je ne me sentis plus guidé par les haleurs :
Des Peaux-Rouges criards les avaient pris pour cibles
Les ayant cloués nus aux poteaux de couleurs.

J'étais insoucieux de tous les équipages,
Porteur de blés flamands ou de cotons anglais.
Quand avec mes haleurs ont fini ces tapages
Les Fleuves m'ont laissé descendre où je voulais.

Dans les clapotements furieux des marées,
Moi, l'autre hiver, plus sourd que les cerveaux d'enfants,
Je courus ! Et les Péninsules démarrées
N'ont pas subi tohu-bohus plus triomphants.

La tempête a béni mes éveils maritimes.
Plus léger qu'un bouchon j'ai dansé sur les flots
Qu'on appelle rouleurs éternels de victimes,
Dix nuits, sans regretter l'œil niais des falots !

Plus douce qu'aux enfants la chair des pommes sures,
L'eau verte pénétra ma coque de sapin
Et des taches de vins bleus et des vomissures
Me lava, dispersant gouvernail et grappin.

Et dès lors, je me suis baigné dans le Poème
De la Mer, infusé d'astres, et lactescent,
Dévorant les azurs verts ; où, flottaison blême
Et ravie, un noyé pensif parfois descend ;

Où, teignant tout à coup les bleuités, délires
Et rythmes lents sous les rutilements du jour,
Plus fortes que l'alcool, plus vastes que nos lyres,
Fermentent les rousseurs amères de l'amour !

Arthur Rimbaud, *extrait*, 1871

The Drunken Boat

As I was going down impassive Rivers,
I no longer felt myself guided by haulers!
Yelping redskins had taken them as targets,
And had nailed them naked to colored stakes.

I was indifferent to all crews,
The bearer of Flemish wheat or English cottons,
When with my haulers this uproar stopped,
The Rivers let me go where I wanted.

Into the furious lashing of the tides,
More heedless than children's brains, the other winter
I ran! And loosened peninsulas
Have not undergone a more triumphant hubbub.

The storm blessed my sea vigils.
Lighter than a cork I danced on the waves

That are called eternal rollers of victims,
Ten nights, without missing the stupid eye of the lighthouses!

Sweeter than the flesh of hard apples is to children,
The green water penetrated my hull of fir
And washed me of spots of blue wine
And vomit, scattering rudder and grappling-hook.

And from then on I bathed in the Poem
Of the Sea, infused with stars and lactescent,
Devouring the green azure where, like a pale elated
Piece of flotsam, a pensive drowned figure sometimes sinks;

Where, suddenly dyeing the blueness, delirium
And slow rhythms under the streaking of daylight,
Stronger than alcohol, vaster than our lyres,
The bitter redness of love ferments!

Trad. W. Fowlie, 1966

The Drunken Boat

No longer, borne down insensible rivers,
I tracked the canal at the whim of the haulers;
Naked and spitted to barbarous totems,
The Indian yelpers had claimed them for target.

I had no thought for all that roaring pack:
When all were done in and the boatmen lay still,
Bearing cotton and corn out of England and Flanders
I passed down the river and rode at my will.

Into the furious clangour of tides,
Dazed as a child's thought, I, winter-long,
Flashed in that race! And the tetherless capes
Gave never, till then, more braggart uproar.

Hurricanes prospered my seaward patrols.
Spryer than cork, a fortnight on the swells,
(Eternally tossing the drowned, as they say)
I danced out of sight of the lanthorn's blank eye.

Blander than sour-apple pulp to the child,
Green undertows deluged my bowsprit of fir;
Jets of blue wine and vomitings bathed me,
Rudder and grappling hook went by the board.

Yes, then I was drenched in the poem of Ocean,
The star-splintered flurry, pounded to curd,
Devouring those azures where, wan and bemused,
The drowned, past plundered waterlines, sometimes descend.

–Those gradual azures, furors, rounds, whence, suddenly,
Clouding in coloured shocks, in the mid-day glare,
Big as the plucked string, brasher than bacchanale,
Love's labouring leavens boil in bitter red.

Trad. B. Belitt

Le Pont Mirabeau

Sous le pont Mirabeau coule la Seine
Et nos amours
Faut-il qu'il m'en souvienne
La joie venait toujours après la peine

Vienne la nuit sonne l'heure
Les jours s'en vont je demeure

Les mains dans les mains restons face à face
Tandis que sous
Le pont de nos bras passe
Des éternels regards l'onde si lasse

Vienne la nuit sonne l'heure
Les jours s'en vont je demeure

L'amour s'en va comme cette eau courante
L'amour s'en va
Comme la vie est lente
Et comme l'Espérance est violente

Vienne la nuit sonne l'heure
Les jours s'en vont je demeure

Passent les jours et passent les semaines
Ni temps passé
Ni les amours reviennent
Sous le pont Mirabeau coule la Seine

Guillaume Apollinaire, *Alcools*, 1912

Mirabeau Bridge

Under the Mirabeau Bridge there flows the Seine
Must I recall
Our loves recall how then
After each sorrow joy came back again

Let night come on bells end the day
The days go by me still I stay

Hands joined and face to face let's stay just so
While underneath
The bridge of our arms shall go
Weary of endless looks the river's flow

Let night come on bells end the day
The days go by me still I stay

All love goes by as water to the sea
All love goes by
How slow life seems to me
How violent the hope of love can be

Let night come on bells end the day
The days go by me still I stay

The days the weeks pass by beyond our ken
Neither time past
Nor love comes back again
Under the Mirabeau Bridge there flows the Seine

Let night come on bells end the day
The days go by me still I stay Trad. R. Wilbur, 1955

Le Pont Mirabeau

Under this bridge in Paris runs the Seine
And loves we had
Why must I be reminded
That joy has always followed after pain

Let night come days have gone away
The hour strikes I stay

Hand in hand let's lean here face to face
While there below
The bridge our arms make goes
The weary wash of everlasting gaze

Let night come days have gone away
The hour strikes I stay

Love flows away as runs the river current
Love flows away
As life itself is slow
And as our Hope of it is violent

Let night come days have gone away
The hour strikes I stay

The days do not the weeks do not remain
Times that have gone
Nor loves return again
Under this bridge in Paris runs the Seine

Let night come days have gone away
The hour strikes I stay Trad. H. Duncan, 195-

The Mirabeau Bridge

Under the Mirabeau Bridge the Seine
Flows and our love
Must I be reminded again
How joy came always after pain

Night comes the hour is rung
The days go I remain

Hands within hands we stand face to face
While underneath
The bridge of our arms passes
The loose wave of our gazing which is endless

Night comes the hour is rung
The days go I remain

Love slips away like this water flowing
Love slips away
How slow life is in its going
And hope is so violent a thing

Night comes the hour is rung
The days go I remain

The days pass the weeks pass and are gone
Neither time that is gone
Nor love ever returns again
Under the Mirabeau Bridge flows the Seine

Night comes the hour is rung
The days go I remain Trad. W.S. Mervin, 1968

L'Amoureuse

Elle est debout sur mes paupières
Et ses cheveux sont dans les miens,
Elle a la forme de mes mains,
Elle a la couleur de mes yeux,
Elle s'engloutit dans mon ombre
Comme une pierre sur le ciel.

Elle a toujours les yeux ouverts
Et ne me laisse pas dormir.
Ses rêves en pleine lumière
Font s'évaporer les soleils,
Me font rire, pleurer et rire,
Parler sans avoir rien à dire.

Paul Éluard, *Capitale de la Douleur*, 1923

Woman in Love

She is standing on my eyelids
And her hair is in mine,
She has the shape of my hands,
She has the color of my eyes,
She is engulfed in my shadow
Like a stone against the sky.

Her eyes are always open
She does not let me sleep
Her dreams in broad daylight
Make suns evaporate,
Make me laugh, weep and laugh,
And speak without anything to say.

Trad. L. Alexander, 1952

Woman in Love

She is standing on my lids
And her hair is in my hair
She has the colour of my eye
She has the body of my hand
In my shade she is engulfed
As a stone against the sky

She will never close her eyes
And she does not let me sleep
And her dreams in the bright day
Make the suns evaporate
And me laugh cry and laugh
Speak when I have nothing to say

Trad. Samuel Beckett, 1977

Woman in Love

She is standing on my eyes
And her hair is in my hair;
She has the figure of my hands
And the colour of my sight.
She is swallowed in my shade
Like a stone against the sky.

She will never close her eyes
And will never let me sleep;
And her dreams in day's full light
Make the suns evaporate,
Make me laugh and cry and laugh,
Speak when I have nought to say.

Trad. G. Bowen, 1987

L'Ennui

Non so più cosa son, / Cosa facio. MOZART. (*Figaro*)

Avec la vivacité et la grâce qui lui étaient naturelles quand elle était loin des regards des hommes, Mme de Rênal sortait par la porte-fenêtre du salon qui donnait sur le jardin, quand elle aperçut près de la porte d'entrée la figure d'un jeune paysan presque encore enfant, extrêmement pâle et qui venait de pleurer. Il était en chemise bien blanche, et avait sous le bras une veste fort propre de ratine violette.

Le teint de ce petit paysan était si blanc, ses yeux si doux, que l'esprit un peu romanesque de Mme de Rênal eut d'abord l'idée que ce pouvait être une jeune fille déguisée, qui venait demander quelque grâce à M. le maire. Elle eut pitié de cette pauvre créature, arrêtée à la porte d'entrée, et qui évidemment n'osait pas lever la main jusqu'à la sonnette. Mme de Rênal s'approcha, distraite un instant de l'amer chagrin que lui donnait l'arrivée du précepteur. Julien, tourné vers la porte, ne la voyait pas s'avancer. Il tressaillit quand une voix douce dit tout près de son oreille :

– Que voulez-vous ici, mon enfant ?

Julien se tourna vivement, et, frappé du regard si rempli de grâce de Mme de Rênal, il oublia une partie de sa timidité. Bientôt, étonné de sa beauté, il oublia tout, même ce qu'il venait faire. Mme de Rênal avait répété sa question.

– Je viens pour être précepteur, Madame, lui dit-il enfin, tout honteux de ses larmes qu'il essuyait de son mieux.

Mme de Rênal resta interdite, ils étaient fort près l'un de l'autre à se regarder. Julien n'avait jamais vu un être aussi bien vêtu et surtout une femme avec un teint si éblouissant, lui parler d'un air doux. Mme de Rênal regardait les grosses larmes qui s'étaient arrêtées sur les joues si pâles d'abord et maintenant si roses de ce jeune paysan. Bientôt elle se mit à rire, avec toute la gaieté folle d'une jeune fille, elle se moquait d'elle-même et ne pouvait se figurer tout son bonheur. Quoi, c'était là ce précepteur qu'elle s'était figuré comme un prêtre sale et mal vêtu, qui viendrait gronder et fouetter ses enfants !

– Quoi, Monsieur, lui dit-elle enfin, vous savez le latin ?

Ce mot de Monsieur étonna si fort Julien qu'il réfléchit un instant.

– Oui, Madame, dit-il timidement.

Mme de Rênal était si heureuse, qu'elle osa dire à Julien :

– Vous ne gronderez pas trop ces pauvres enfants ?

– Moi, les gronder, dit Julien étonné, et pourquoi ?

– N'est-ce pas, Monsieur, ajouta-t-elle après un petit silence et d'une voix dont chaque instant augmentait l'émotion, vous serez bon pour eux, vous me le promettez ?

Stendhal, *Le Rouge et le Noir*, 1830

WITH the lively grace that was so characteristic of her when she was not in men's society, Madame de Rênal had just passed through the side door opening on the garden, when she observed , near the gate the almost childish, pale, tear-stained face of a young peasant boy. He had on a white shirt, and carried under his arm a neat little ratteen jacket.

The boy had such a fine complexion and such beautiful eyes that something like a romantic thought came to Madame de Rênal to suspect in him only a girl in disguise, with a petition to the Mayor. Her heart was full of pity for the poor creature at the gate, who had not, evidently, the courage to raise his hand to the bell. Madame de Rênal, for the moment free from the disagreeable thought about tutors, advanced a few steps towards him. Julien, with his face turned towards the door, did not see her. He trembled all over when he heard close to him, in a gentle voice:

"What is it you want here, my child?"

Julien turned quickly around. His timidity left him under the kindly look Madame de Rênal gave him. Presently, dazed by her beauty, he forgot everything, even what had recently occurred. Madame de Rênal repeated the question.

"I am here to be the instructor, madame," he said to her, ashamed of the tears which he did his best to wipe away.

Madame de Rênal was dumbfounded; they were then near enough to observe each other closely. Julien had never known a person so well dressed, particularly a

woman of such radiant beauty, to talk to him. Madame de Rênal observed the great tears on his cheeks; the latter, though pale at first, were now crimson. She laughed outright, and her laugh had all the abandon of a young girl. She was now amused at herself. What, was this the tutor, the dirty, ragged priest she imagined, who would abuse her children? She could not at first wholly grasp the situation.
"Why, monsieur," she gasped, "you know Latin?"
This word "monsieur" astonished Julien so much that he had difficulty about collecting his thoughts.
"Yes, madame," he replied, shyly.
She was so happy that she hardly dared add:
"You will not, then, scold the poor children too much?"
"I scold them?" asked Julien in astonishment; "why?"
"Then you will be good to them, monsieur," she added, after a moment's silence, in a quavering voice, "will you promise me?"

Trad. C. Tergie, 1900

DULNESS

Non so più cosa son, / Cosa facio. MOZART. (*Figaro*)

WITH the vivacity and grace which came naturally to her when she was beyond the reach of male vision, Madame de Rênal was coming out through the glass door which opened from the drawing-room into the garden, when she saw, standing by the front door, a young peasant, almost a boy still, extremely pale and shewing traces of recent tears. He was wearing a clean white shirt and carried under his arm a neat jacket of violet ratteen.
This young peasant's skin was so white, his eyes were so appealing, that the somewhat romantic mind of Madame de Rênal conceived the idea at first that he might be a girl in disguise, come to ask some favour of the Mayor. She felt sorry for the poor creature, who had come to a standstill by the front door, and evidently could not summon up courage to ring the bell. Madame de Rênal advanced, oblivious for the moment of the bitter grief that she felt at the tutor's coming. Julien, who was facing the door, did not see her approach. He trembled when a pleasant voice sounded close to his ear:
"What have you come for, my boy?"
Julien turned sharply round, and, struck by the charm of Madame de Rênal's expression, forgot part of his shyness. A moment later, astounded by her beauty, he forgot everything, even his purpose in coming. Madame de Rênal had repeated her question.
"I have come to be tutor, Madame," he at length informed her, put to shame by his tears which he dried as best he might.
Madame de Rênal remained speechless; they were standing close together, looking at one another. Julien had never seen a person so well dressed as this, let alone a woman with so exquisite a complexion, to speak to him in a gentle tone. Madame de Rênal looked at the large tears which lingered on the cheeks (so pallid at first and now so rosy) of this young peasant. Presently she burst out laughing, with all the wild hilarity of a girl; she was laughing at herself, and trying in vain to realise the full extent of her happiness. So this was the tutor whom she had imagined an unwashed and ill-dressed priest, who was coming to scold and whip her children.
"Why, Sir!" she said to him at length, "do you know Latin?"
The word "Sir" came as such a surprise to Julien that he thought for a moment before answering.
"Yes, ma'am," he said shyly.
Madame de Rênal felt so happy that she ventured to say to Julien:
"You won't scold those poor children too severely?"
"Scold them? I?" asked Julien in amazement. "Why should I?"
"You will, Sir," she went on after a brief silence and in a voice that grew more emotional every moment, "you will be kind to them, you promise me?"

Trad. S. Moncrieff, 1938

[Honoré Bontemps cherche à faire garder sa mère qui est mourante.]
«Comben qu'vous m'prendrez pour la garder jusqu'au bout ? Vô savez que j'sommes point riches. J'peux seulement point m'payer eune servante. C'est ben ça qui l'a mise là, ma pauv' mé, trop d'élugement, trop d'fatigue ! A travaillait comme dix, nonobstant ses quatre-vingt-douze. On n'en fait pu de c'te graine-là !...»
La Rapet répliqua gravement :
«Y a deux prix : quarante sous l'jour, et trois francs la nuit pour les riches. Vingt sous l'jour et quarante la nuit pour l'zautres. Vô m'donnerez vingt et quarante.»
Mais le paysan réfléchissait. Il la connaissait bien, sa mère. Il savait comme elle était tenace, vigoureuse, résistante. Ça pouvait durer huit jours, malgré l'avis du médecin.
Il dit résolument :
«Non. J'aime ben qu'vô me fassiez un prix, là, un prix pour jusqu'au bout. J'courrons la chance d'part et d'autre. L'médecin dit qu'alle passera tantôt. Si ça s'fait tant mieux pour vous, tant pis pour mé. Ma si all' tient jusqu'à demain ou pu longtemps tant mieux pour mé, tant pis pour vous !»
La garde, surprise, regardait l'homme. Elle n'avait jamais traité un trépas à forfait. Elle hésitait, tentée par l'idée d'une chance à courir. Puis elle soupçonna qu'on voulait la jouer.
«J'peux rien dire tant qu'j'aurai point vu vot' mé, répondit-elle.
– V'nez-y, la vé.»
Elle essuya ses mains et le suivit aussitôt.
En route, ils ne parlèrent point. Elle allait d'un pied pressé, tandis qu'il allongeait ses grandes jambes comme s'il devait, à chaque pas, traverser un ruisseau.
Les vaches couchées dans les champs, accablées par la chaleur, levaient lourdement la tête et poussaient un faible meuglement vers ces deux gens qui passaient, pour leur demander de l'herbe fraîche.
En approchant de sa maison, Honoré Bontemps murmura :
«Si c'était fini, tout d'même ?»
Et le désir inconscient qu'il en avait se manifesta dans le son de sa voix.

Guy de Maupassant, *le Horla*, "Le Diable", 1886

"How much do you want to watch over her till the end?
I'm not well off, you know. I can't even afford a woman to look after the house. That's what's done for my poor old mother – too much worry, too much work. She's ninety-two, but she did the work of ten. They don't make'em like that no more!"
Mother Rapet replied gravely: "There's two rates. Two francs a day and three francs a night for the rich. One franc a day and two francs a night for the rest. You'll pay me one and two."
The peasant thought this over. He knew his mother well. He knew her tenacity, her strength, her powers of resistance. She might last a week, in spite of the doctor's opinion.
He said firmly: "No, I'd rather you gave me a fixed price for the whole job. That makes it a risk for both of us. Doctor says she'll go pretty soon. If she does, you win and I lose. But if she hangs on till tomorrow or longer, then I win and you lose".
Mother Rapet looked at the man in surprise. She had never taken on a death for a fixed price before. She hesitated, tempted by the gamble involved. Then the suspicion occurred to her that he was trying to swindle her, and she replied: "I can't say till I've seen your mother."

"Then come and see her."
She dried her hands and followed him straight away.
They did not speak to each other on the way. She walked fast, while he strode along as if he had to cross a stream with every step.
The cows lying in the fields, stupefied by the heat, sluggishly raised their heads and lowed feebly at these two people hurrying by, as if asking them for some fresh grass.
As they drew near to his house Honoré Bontemps murmured: "Perhaps it's all over anyway."
And his unconscious hope that this should be the case showed in his voice.

Trad. R. Colet, 1971

"How much will you charge me for sittin' up with 'er until the end? You know I've not got a lot o' money. Can't even afford to keep a single servant. It's that what's done for mi poor old mother – too much worry, too much work. She used to do the work of ten, even though she was ninety-two. You don't find women made o' that sort o' stuff nowadays!"
Mother Rapet answered him in very solemn tones:
"I've two different prices. For rich folks I charge forty sous a day and three francs a night. For ordinary folk I charge twenty sous a day and forty sous a night. You can 'ave it at the second price."
But the peasant was thinking hard. He knew his mother's constitution. He knew how she clung to life and how tough and resilient she was. She could last another week, in spite of the doctor's opinion.
He replied very firmly:
"No. I'd rather you did it for a fixed price – one price for the whole job. I stand to lose by it just the same as you do. Doctor says she'll go any minute. If that' appens, so much the better for you, so much the worse for me. But if she lasts until tomorrow – or even longer – then so much the better for me, and so much the worse for you!"
The death-bed attendant looked at him in surprise. She had never done her work by contract before. She hesitated, tempted by the notion of a little speculation. Then she suddenly became suspicious. Perhaps she was being tricked.
"I can't say until I've seen your mother," she replied.
"Come an' see 'er, then," said the peasant.
She dried her hands and followed him out of the cottage.
On the way they said nothing to each other. She trotted along and he kept up with her by taking great strides with his long legs, just as though he was stepping over roadside gutters.
The cows were lying in the fields, quite overcome by the heat. With an effort, they raised their heads and lowed feebly, as if to ask for some fresh grass from the two human beings who passed by.
As he came in sight of his house Honoré Bontemps muttered to himself:
"What if it were all over by now?"
And the tone of his voice indicated his unconscious hope that this should be the case.

Trad. A. Kellet, 1989

Arrivera-t-il jusqu'à la surface de ma claire conscience, ce souvenir, l'instant ancien que l'attraction d'un instant identique est venue de si loin solliciter, émouvoir, soulever tout au fond de moi ? Je ne sais. Maintenant je ne sens plus rien, il est arrêté, redescendu peut-être ; qui sait s'il remontera jamais de sa nuit ? Dix fois il me faut recommencer, me pencher vers lui. Et chaque fois la lâcheté qui nous détourne de toute tâche difficile, de toute œuvre importante, m'a conseillé de laisser cela, de boire mon thé en pensant simplement à mes ennuis d'aujourd'hui, à mes désirs de demain qui se laissent remâcher sans peine.

Et tout d'un coup le souvenir m'est apparu. Ce goût, c'était celui du petit morceau de madeleine que le dimanche matin à Combray (parce que ce jour-là je ne sortais pas avant l'heure de la messe), quand j'allais lui dire bonjour dans sa chambre, ma tante Léonie m'offrait après l'avoir trempé dans son infusion de thé ou de tilleul. La vue de la petite madeleine ne m'avait rien rappelé avant que je n'y eusse goûté ; peut-être parce que, en ayant souvent aperçu depuis, sans en manger, sur les tablettes des pâtissiers, leur image avait quitté ces jours de Combray pour se lier à d'autres plus récents ; peut-être parce que, de ces souvenirs abandonnés si longtemps hors de la mémoire, rien ne survivait, tout s'était désagrégé ; les formes –et celle aussi du petit coquillage de pâtisserie, si grassement sensuel sous son plissage sévère et dévot– s'étaient abolies, ou, ensommeillées, avaient perdu la force d'expansion qui leur eût permis de rejoindre la conscience. Mais, quand d'un passé ancien rien ne subsiste, après la mort des êtres, après la destruction des choses, seules, plus frêles mais plus vivaces, plus immatérielles, plus persistantes, plus fidèles, l'odeur et la saveur restent encore longtemps, comme des âmes, à se rappeler, à attendre, à espérer, sur la ruine de tout le reste, à porter sans fléchir, sur leur gouttelette presque impalpable, l'édifice immense du souvenir.

Et dès que j'eus reconnu le goût du morceau de madeleine trempé dans le tilleul que me donnait ma tante (quoique je ne susse pas encore et dusse remettre à bien plus tard de découvrir pourquoi ce souvenir me rendait si heureux), aussitôt la vieille maison grise sur la rue, où était sa chambre, vint comme un décor de théâtre s'appliquer au petit pavillon donnant sur le jardin, qu'on avait construit pour mes parents sur ses derrières (ce pan tronqué que seul j'avais revu jusque-là) ; et avec la maison, la ville, depuis le matin jusqu'au soir et par tous les temps, la Place où on m'envoyait avant déjeuner, les rues où j'allais faire des courses, les chemins qu'on prenait si le temps était beau. Et comme dans ce jeu où les Japonais s'amusent à tremper dans un bol de porcelaine rempli d'eau, de petits morceaux de papier jusque-là indistincts qui, à peine y sont-ils plongés, s'étirent, se contournent, se colorent, se différencient, deviennent des fleurs, des maisons, des personnages consistants et reconnaissables, de même maintenant toutes les fleurs de notre jardin et celles du parc de M. Swann, et les nymphéas de la Vivonne, et les bonnes gens du village et leurs petits logis et l'église et tout Combray et ses environs tout cela qui prend forme et solidité, est sorti, ville jardin, de ma tasse de thé.

Marcel Proust, *À la recherche du temps perdu*

Will it ultimately reach the clear surface of my consciousness, this memory, this old, dead moment which the magnetism of an identical moment has travelled so far to importune, to disturb, to raise up out of the very depths of my being? I cannot tell. Now that I feel nothing, it has stopped, has perhaps gone down again into its darkness, from which who can say whether it will ever rise ? Ten times over I must essay the task, must lean down over the abyss. And each time the natural laziness which deters us from every difficult enterprise, every work of importance, has urged me to leave the thing alone, to drink my tea and to think merely of the worries of to-day and of my hopes for to-morrow, which let themselves be pondered over without effort or distress of mind.

And suddenly the memory returns. The taste was that of the little crumb of madeleine which on Sunday mornings at Combray (because on those mornings I did not go out before church-time), when I went to say good day to her in her bedroom, my aunt Léonie used to give me, dipping it first in her own cup of real or of lime-flower tea. The sight of the little madeleine had recalled nothing to my mind before I tasted it ; perhaps because I had so often seen such things in the interval, without tasting them, on the trays in pastry-cooks' windows, that their image had dissociated itself from those Combray days to take its place among others more recent ; perhaps because of those memories, so long abandoned and put out of mind, nothing now survived, everything was scattered ; the forms of things, including that of the little scallop-shell of pastry, so richly sensual under its severe, religious folds, were either obliterated or had been so long dormant as to have lost the power of expansion which would have allowed them to resume their place in my consciousness. But when from a long-distant past nothing subsists, after the people are dead, after the things are broken and scattered, still, alone, more fragile, but with more vitality, more unsubstantial, more persistent, more faithful, the smell and taste of things remain poised a long time, like souls, ready to remind us, waiting and hoping for their moment, amid the ruins of all the rest ; and bear unfaltering, in the tiny and almost impalpable drop of their essence, the vast structure of recollection.

And once I had recognised the taste of the crumb of madeleine soaked in her decoction of lime-flowers which my aunt used to give me (although I did not yet know and must long postpone the discovery of why this memory made me so happy) immediately the old grey house upon the street, where her room was, rose up like the scenery of a theatre to attach itself to the little pavilion, opening on to the garden, which had been built out behind it for my parents (the isolated panel which until that moment had been all that I could see) ; and with the house the town, from morning to night and in all weathers, the Square where I was sent before luncheon, the streets along which I used to run errands, the country roads we took when it was fine. And just as the Japanese amuse themselves by filling a porcelain bowl with water and steeping in it little crumbs of paper which until then are without character or form, but, the moment they become wet, stretch themselves and bend, take on colour and distinctive shape, become flowers or houses or people, permanent and recognisable, so in that moment all the flowers in our garden and in M. Swann's park, and the water-lilies on the Vivonne and the good folk of the village and their little dwellings and the parish church and the whole of Combray and of its surroundings, taking their proper shapes and growing solid, sprang into being, town and gardens alike, from my cup of tea.

Trad. Scott Moncrieff, 1922

Tu seras étonnée de découvrir cette lettre dans mon coffre, sur un paquet de titres. Il eût mieux valu peut-être la confier au notaire qui te l'aurait remise après ma mort, ou bien la ranger dans le tiroir de mon bureau, – le premier que les enfants forceront avant que j'aie commencé d'être froid. Mais c'est que, pendant des années, j'ai refait en esprit cette lettre et que je l'imaginais toujours, durant mes insomnies, se détachant sur la tablette du coffre, – d'un coffre vide, et qui n'eût rien contenu d'autre que cette vengeance, durant presque un demi-siècle, cuisinée. Rassure-toi ; tu es d'ailleurs déjà rassurée : «Les titres y sont». Il me semble entendre ce cri, dès le vestibule, au retour de la banque. Oui, tu crieras aux enfants, à travers ton crêpe : «Les titres y sont.»
Il s'en est fallu de peu qu'ils n'y fussent pas et j'avais bien pris mes mesures. Si je l'avais voulu, vous seriez aujourd'hui dépouillés de tout, sauf de la maison et des terres. Vous avez eu de la chance que je survive à ma haine. J'ai cru longtemps que ma haine était ce qu'il y avait en moi de plus vivant. Et voici qu'aujourd'hui du moins, je ne la sens plus. Le vieillard que je suis devenu a peine à se représenter le furieux malade que j'étais naguère et qui passait des nuits, non plus à combiner sa vengeance (cette bombe à retardement était déjà montée avec une minutie dont j'étais fier), mais à chercher le moyen de pouvoir en jouir. J'aurais voulu vivre assez pour voir vos têtes au retour de la banque. Il s'agissait de ne pas te donner trop tôt ma procuration pour ouvrir le coffre, de te la donner juste assez tard pour que j'aie cette dernière joie d'entendre vos interrogations désespérées : «Où sont les titres ?» Il me semblait alors que la plus atroce agonie ne me gâterait pas ce plaisir. Oui, j'ai été un homme capable de tels calculs. Comment y fus-je amené, moi qui n'étais pas un monstre ?

François Mauriac, *Le Nœud de vipères*, 1932

You will be surprised to find this letter in my safe, lying on top of a packet of securities. It might have been better for me to entrust it to my lawyer, who would have handed it over to you after my death, or else put it in the drawer of my desk – the first drawer that my children will break open before I am even getting cold. But the fact is that I have gone over this letter in my mind for years and years, and that, when I lie awake, I have always imagined it, all by itself, on the shelf of my safe – an empty safe, containing nothing else but this revenge of mine which, for nearly half a century, I have kept warm.
Don't be afraid. As a matter of fact you are already reassured. "The securities are there all right." It seems to me as though I could hear that shout of yours, as soon as you are inside the hall, on your return from the bank. Yes, you'll shout to the children : "The securities are there all right."
It is only by a hair's breadth that they are there. I had laid my plans. If I had chosen, to-day you would be left with nothing, except the house and the land. It's lucky for you that I have survived my hatred. For a long time I thought that my hatred was the most alive thing in me – and here I am to-day, at any rate, not even feeling it any longer.
The old man I have become finds it hard to imagine the raging invalid I used to be, who spent his nights, not indeed in plotting his revenge – that delayed-action

bomb was already placed in position, with an attention to detail of which I was proud – but in seeking a way of being able to enjoy it. I wanted to live long enough to see all your faces when you came back from the bank. It was a question of not giving you my authority to open the safe too soon, of giving it you just late enough for me to have the last joy of hearing you asking in desperation: "Where are the securities?" It seemed to me that then even the most frightful pangs of death could not spoil that pleasure for me.
Yes, I was a man capable of calculating like that. How was I brought to it – a man like myself, who was no monster?

Trad. W. B. Wells

When you find this letter lying on top of a bundle of securities in my safe you will be surprised. I might have been better advised to entrust it to my solicitor, with instructions to hand it to you after my death, or to leave it in that locked drawer of my desk which my children will almost certainly force before my body has grown cold. But for years I have written and rewritten it in imagination, and always, in my bouts of sleeplessness, have seen it staring at me from the shelf of a safe empty of everything except this single act of vengeance upon which I have been brooding for almost half a century.
You need not be afraid. As a matter of fact, any cause for fear that you might have had will have been dissipated before you read these lines. "The securities are there all right!" I can hear your raised voice in the hall as you announce the good news on your return from the Bank. "The securities are there all right!" you'll say to the children through the folds of your mourning-veil.
But you've had a very narrow escape! I had taken all the necessary steps. Had I so willed it, you would stand to-day stripped of everything but the house and lands. You can thank your lucky stars that I have outlived my hatred. For years I believed that it was the most vital part of me. But now, quite suddenly, and for the time being, at least, it has ceased to mean anything to me. I find it difficult in my old age to recapture the vindictive mood of earlier years when I would lie in my sick-bed, night after night, not so much planning the method of revenge (the delay-action bomb had already been "set" with an attention to detail which was a matter of considerable pride to me) as wondering how I might derive the maximum of satisfaction from its detonation. I wanted to live just long enough to see your faces when you got back from the Bank. It was merely a matter of not giving you authority to open the safe too soon, of waiting just long enough to enjoy the sound of your despairing question – "but where are the securities?" I felt that no death-pangs, however frightful, could spoil that pleasure for me. Of such calculating malice was I capable! And yet, by nature I am not a monster. How came it, then, that I was brought to such a pass?

Trad. G. Hopkins, 1951

La grande défaite, en tout, c'est d'oublier, et surtout ce qui vous a fait crever, et de crever sans comprendre jamais jusqu'à quel point les hommes sont vaches. Quand on sera au bord du trou faudra pas faire les malins nous autres, mais faudra pas oublier non plus, faudra raconter tout sans changer un mot, de ce qu'on a vu de plus vicieux chez les hommes et puis poser sa chique et puis descendre. Ça suffit comme boulot pour une vie tout entière.
Je l'aurais bien donné aux requins à bouffer moi, le commandant Pinçon, et puis son gendarme avec, pour leur apprendre à vivre ; et puis mon cheval aussi en même temps pour qu'il ne souffre plus, parce qu'il n'en avait plus de dos ce grand malheureux, tellement qu'il avait mal, rien que deux plaques de chair qui lui restaient à la place, sous la selle, larges comme mes deux mains suintantes, à vif, avec des grandes traînées de pus qui lui coulaient par les bords de la couverture jusqu'aux jarrets. Il fallait cependant trotter là-dessus, un, deux... Il s'en tortillait de trotter. Mais les chevaux c'est encore bien plus patient que des hommes. Il ondulait en trottant. On ne pouvait plus le laisser qu'au grand air. Dans les granges, à cause de l'odeur qui lui sortait des blessures, ça sentait si fort, qu'on en restait suffoqué. En montant dessus son dos, ça lui faisait si mal qu'il se courbait, comme gentiment, et le ventre lui en arrivait alors aux genoux. Ainsi on aurait dit qu'on grimpait sur un âne. C'était plus commode ainsi, faut l'avouer. On était bien fatigués nous-mêmes, avec tout ce qu'on supportait en aciers sur la tête et sur les épaules.
Le général des Entrayes, dans la maison réservée, attendait son dîner. Sa table était mise, la lampe à sa place.
– Foutez-moi tous le camp, nom de Dieu, nous sommait une fois de plus le Pinçon, en nous balançant sa lanterne à hauteur du nez. On va se mettre à table ! Je ne vous le répéterai plus ! Vont-ils s'en aller ces charognes ! qu'il hurlait même. Il en reprenait, de rage, à nous envoyer crever ainsi, ce diaphane, quelques couleurs aux joues.

Louis-Ferdinand Céline, *Voyage au bout de la nuit*, 1932

The greatest defeat, in anything, is to forget, and above all to forget what it is that has smashed you, and to let yourself be smashed without ever realizing how thoroughly devilish men can be. When our time is up, we people mustn't bear malice, but neither must we forget: we must tell the whole thing, without altering one word – everything that we have seen of man's viciousness; and then it will be over and time to go. That is enough of a job for a whole lifetime.
Personally, I should have been glad to throw Major Pinçon to the sharks, and his policeman with him – just to teach them the proper way to live.
And my horse could have gone too, so that he shouldn't suffer any more. He hadn't any back left, poor brute, it was so sore; only two round open wounds where the saddle went, as wide across as my two hands, raw and running with pus, which streamed from the edges of his blanket down to his hams. But one had to ride him all the same, jogging on and on... He sagged as he trotted along. But horses are much

more patient than men are. He undulated as one rode and had to be left out in the open air. Inside barns, the stench that came from his wounds was so strong it was enough to stop one's breath. When one got up on his back it hurt him so that he arched himself, as gently as he could, and his belly reached to his knees. It felt like clambering onto a donkey. That made him more comfortable to ride, I must admit. We were very tired ourselves, with all that metal we carried on our heads and shoulders.
General Des Entrayes, in his private quarters, was waiting for his dinner. The table had been laid, the lamp was in its place.
"Get to hell out of here!" Pinçon yelled at us once again, swinging his lantern in front of our noses. "We're sitting down to table. I don't want to have to tell you again, d'you hear? Will you get out, you sods?" he screamed. Pushing us out to rot like this brought a little colour to his waxen cheeks.

Trad. J. H. P. Marks, 1934

The biggest defeat in every department of life is to forget, especially the things that have done you in, and to die without realizing how far people can go in the way of crumminess. When the grave lies open before us, let's not try to be witty, but on the other hand, let's not forget, but make it our business to record the worst of the human viciousness we've seen without changing one word. When that's done, we can curl up our toes and sink into the pit. That's work enough for a lifetime.
I'd gladly have fed Major Pinçon to the sharks and his M.P. with him, to teach them how to live; my horse too while I was at it, so he wouldn't have to suffer anymore; the poor fellow didn't have any back left it was so sore, only two plaques of raw flesh under the saddle, as big as my two hands, oozing rivers of pus that ran from the edges of his blanket down to his hocks. I had to ride him all the same, trot trot… That trot trot made him wriggle and writhe. But horses are even more patient than people. His trot was an undulation. I had to leave him out in the open. In a barn the smell of his open wounds would have been asphyxiating. When I mounted him, his back hurt him so badly that he arched it, oh, very politely, and his belly hung down to his knees. It felt like mounting a donkey. It was easier that way, I have to admit. We were plenty tired ourselves with all the steel we had to carry on our heads and shoulders.
General des Entrayes was waiting for his dinner in his specially requisitioned house. The table had been set, the lamp was in its place.
"Beat it, Christ Almighty, the whole lot of you!" Pinçon yelled at us one more time, shaking his lantern under our noses. "We're sitting down to table! I'm telling you for the last time! Are those swine ever going to go!" he screamed. The passion of sending us to our death put a little color into his diaphanous cheeks.

Trad. R. Manheim, 1983

Colin descendit du métro, puis remonta les escaliers. Il émergea dans le mauvais sens, et contourna la station pour s'orienter. Il prit la direction du vent avec un mouchoir de soie jaune et la couleur du mouchoir, emportée par le vent, se déposa sur un grand bâtiment, de forme irrégulière, qui prit ainsi l'allure de la patinoire Molitor.

Vers lui, c'était la piscine d'hiver. Il la dépassa et par la face latérale, pénétra dans cet organisme pétrifié, en traversant un double jeu battant de portes vitrées à barres de cuivre. Il tendit sa carte d'abonnement, qui fit un clin d'œil au contrôleur à l'aide de deux trous déjà perforés. Le contrôleur répondit par un sourire complice, n'en ouvrit pas moins une troisième brèche dans le bristol orange et la carte fut aveugle. Colin la remit sans scrupule dans son portecuir en feuilles de Russie et prit, à gauche, le couloir tapis-de-caoutchouté qui desservait les rangées de cabines. Il n'y avait plus de places au rez-de-chaussée. Il monta donc l'escalier de béton, croisant des êtres grands, car montés sur lames métalliques verticales, qui s'efforçaient à des cabrioles d'allure naturelle, malgré l'empêchement évident. Un homme à chandail blanc lui ouvrit une cabine, encaissa le pourboire qui lui servirait pour manger car il avait l'air d'un menteur, et l'abandonna dans cet in-pace après avoir, d'une craie négligente, tracé les initiales du client sur un rectangle noirci disposé à cet effet à l'intérieur de la cabine. Colin remarqua que l'homme n'avait pas une tête d'homme, mais de pigeon, et ne comprit pas pourquoi on l'avait affecté au service de la patinoire plutôt qu'à celui de la piscine.

Il montait de la piste une rumeur ovale, que la musique des haut-parleurs, disséminés tout autour, rendait complexe. Le piétinement des patineurs n'atteignait pas encore le niveau sonore des moments d'affluence où il présente une analogie avec le bruit des pas d'un régiment dans de la boue giclant sur du pavé. Colin cherchait des yeux Alice et Chick, mais ils ne paraissaient pas sur la glace. Nicolas devait le rejoindre un peu plus tard ; il avait encore à faire à la cuisine pour préparer le repas de midi.

Boris Vian, *L'Écume des jours*, 1947

Colin stepped down from the tube train and went up the escalator. He came out on the wrong side of the station, turned left and went right round it before he could get his bearings. He used his yellow silk handkerchief to find out where the wind was blowing from. The wind swept all the colour out of the handkerchief and spread it over a large lumpy building which immediately took on the appearance of the Rinkspot Skating Club.
The lump on the side nearest Colin was the indoor swimming pool. He went past that, and on the other side penetrated into the petrified organism by going through a double set of plate glass swing doors with bronze handles. When he showed his season ticket to the Commissionaire it winked at him through the two little round holes that had already been punched in it. The Commissionaire smiled back, but nevertheless gave a third brutal punch to the orange card and the ticket was blinded for life. Colin hurriedly put it back into his wallodile crocket and turned left into a corridor with a rubber floor that led to the changing cubicles. The ones at the level of the rink were all full. So he went up the concrete stairs, bumping into some very tall people on their way down cutting extraordinary capers and trying desperately to appear natural despite the obvious disadvantage of being perched on vertical metallic blades. A man in a white polo-necked sweater opened a cubicle for him, pocketed the tip Colin gave him for his pains and which Colin was sure he would spend on pleasure because he looked like a liar, and left Colin to rest in peace there alone, after having carelessly scribbled his initials with a piece of chalk on a little blackboard specially put there for that purpose. Colin noticed that the man did not have a man's head, but an ostrich's, and couldn't understand why he was working in the ice-rink instead of at the swimming-pool.
An oval sound rose from the rink, overlaid by the music of loud-speakers scattered all around. The skaters' trampling had not yet reached the sonic level of those hectic moments when the noise it makes can be compared to a regiment marching over cobbled roads through squelching mud. Colin looked round for Lisa and Chick, but they did not seem to be on the ice. Nicolas was coming to join him a little later; he still had some work to do in the kitchen in preparation for lunch.

Trad. S. Chapman, 1967

Quand je considère ma vie, je suis épouvanté de la trouver informe. L'existence des héros, celle qu'on nous raconte, est simple ; elle va droit au but comme une flèche. Et la plupart des hommes aiment à résumer leur vie dans une formule, parfois dans une vanterie ou dans une plainte, presque toujours dans une récrimination ; leur mémoire leur fabrique complaisamment une existence explicable et claire. Ma vie a des contours moins fermes. Comme il arrive souvent, c'est ce que je n'ai pas été, peut-être, qui la définit avec le plus de justesse : bon soldat, mais point grand homme de guerre, amateur d'art, mais point cet artiste que Néron crut être à sa mort, capable de crimes, mais point chargé de crimes. Il m'arrive de penser que les grands hommes se caractérisent justement par leur position extrême, où leur héroïsme est de se tenir toute la vie. Ils sont nos pôles, ou nos antipodes. J'ai occupé toutes les positions extrêmes tour à tour, mais je ne m'y suis pas tenu ; la vie m'en a toujours fait glisser. Et cependant, je ne puis pas non plus, comme un laboureur ou un portefaix vertueux, me vanter d'une existence située au centre.

Le paysage de mes jours semble se composer, comme les régions de montagne, de matériaux divers entassés pêle-mêle. J'y rencontre ma nature, déjà composite, formée en parties égales d'instinct et de culture. Çà et là, affleurent les granits de l'inévitable ; partout, les éboulements du hasard. Je m'efforce de reparcourir ma vie pour y trouver un plan, y suivre une veine de plomb ou d'or, ou l'écoulement d'une rivière souterraine, mais ce plan tout factice n'est qu'un trompe-l'œil du souvenir. De temps en temps, dans une rencontre, un présage, une suite définie d'événements, je crois reconnaître une fatalité, mais trop de routes ne mènent nulle part, trop de sommes ne s'additionnent pas. Je perçois bien dans cette diversité, dans ce désordre, la présence d'une personne, mais sa forme semble presque toujours tracée par la pression des circonstances ; ses traits se brouillent comme une image reflétée sur l'eau. Je ne suis pas de ceux qui disent que leurs actions ne leur ressemblent pas. Il faut bien qu'elles le fassent, puisqu'elles sont ma seule mesure, et le seul moyen de me dessiner dans la mémoire des hommes, ou même dans la mienne propre ; puisque c'est peut-être l'impossibilité de continuer à s'exprimer et à se modifier par l'action qui constitue la différence entre l'état de mort et celui de vivant. Mais il y a entre moi et ces actes dont je suis fait un hiatus indéfinissable. Et la preuve, c'est que j'éprouve sans cesse le besoin de les peser, de les expliquer, d'en rendre compte à moi-même. Certains travaux qui durèrent peu sont assurément négligeables, mais des occupations qui s'étendirent sur toute la vie ne signifient pas davantage. Par exemple, il me semble à peine essentiel, au moment où j'écris ceci, d'avoir été empereur.

Marguerite Yourcenar, *Mémoires d'Hadrien*, 1951

When I consider my life, I am appalled to find it a shapeless mass. A hero's existence, such as is described to us, is simple; it goes straight to the mark, like an arrow. Most men like to reduce their lives to a formula, whether in boast or lament, but almost always in recrimination; their memories obligingly construct for them a clear and comprehensible past. My life has contours less firm. As is often the case with other men, it is what I have not been which defines me, perhaps, most aptly: a good soldier, but not a great warrior; a lover of art, but not the artist which Nero thought himself to be at his death; capable of crime, but not laden with it. I have come to think that great men are characterized precisely by the extreme position which they take, and that their heroism consists in holding to that extremity throughout their lives. They are our poles, or antipodes. I have occupied each of the extremes in turn, but have not kept to any of them; life has always drawn me away. And nevertheless neither can I boast, like some ploughman or worthy carter, of a middle-of-the-road existence.

The landscape of my days appears to be composed, like mountainous regions, of varied materials heaped up pell-mell. There I see my nature, itself composite, made up of equal parts of instinct and training. Here and there protrude the granite peaks of the inevitable, but all about is rubble from the landslips of chance. I strive to retrace my life to find in it some plan, following a vein of lead, or of gold, or the course of some subterranean stream, but such devices are only tricks of perspective in the memory. From time to time, in an encounter, or an omen, or in a particular series of happenings, I think that I recognize the working of fate, but too many paths lead nowhere at all, and too many sums add up to nothing. To be sure, I perceive in this diversity and disorder the presence of a person; but his form seems nearly always to be shaped by the pressure of circumstances; his features are blurred, like a figure reflected in water. I am not of those who say that their actions bear no resemblance to them. Indeed, actions must do so, since they alone give my measure, and are the sole means of engraving me upon the memory of men, or even upon my own memory (and since perhaps the very possibility of continuing to express and modify oneself by action may constitute the real difference between the state of the living and of the dead). But there is between me and these acts which compose me an indefinable hiatus, and the proof of this separation is that I constantly feel the necessity of weighing and explaining what I do, and of giving account of it to myself. In such an evaluation certain works of short duration are surely negligible; yet occupations which have extended over a whole lifetime signifiy just as little. For example, it seems to me as I write this hardly important to have been emperor.

Trad G. Frick, 1955

L'homme élégant est descendu de la limousine, il fume une cigarette anglaise. Il regarde la jeune fille au feutre d'homme et aux chaussures d'or. Il vient vers elle lentement. C'est visible, il est intimidé. Il ne sourit pas tout d'abord. Tout d'abord il lui offre une cigarette. Sa main tremble. Il y a cette différence de race, il n'est pas blanc, il doit la surmonter, c'est pourquoi il tremble. Elle lui dit qu'elle ne fume pas, non merci. Elle ne dit rien d'autre, elle ne lui dit pas laissez-moi tranquille. Alors il a moins peur. Alors il lui dit qu'il croit rêver. Elle ne répond pas. Ce n'est pas la peine qu'elle réponde, que répondrait-elle. Elle attend. Alors il le lui demande : mais d'où venez-vous ? Elle dit qu'elle est la fille de l'institutrice de l'école de filles de Sadec. Il réfléchit et puis il dit qu'il a entendu parler de cette dame, sa mère, de son manque de chance avec cette concession qu'elle aurait achetée au Cambodge, c'est bien ça n'est-ce pas ? Oui c'est ça.

Il répète que c'est tout à fait extraordinaire de la voir sur ce bac. Si tôt le matin, une jeune fille belle comme elle l'est, vous ne vous rendez pas compte, c'est très inattendu, une jeune fille blanche dans un car indigène.

Il lui dit que le chapeau lui va bien, très bien même, que c'est... original... un chapeau d'homme, pourquoi pas ? elle est si jolie, elle peut tout se permettre.

Elle le regarde. Elle lui demande qui il est. Il dit qu'il revient de Paris où il a fait ses études, qu'il habite Sadec lui aussi, justement sur le fleuve, la grande maison avec les grandes terrasses aux balustrades de céramique bleue. Elle lui demande ce qu'il est. Il dit qu'il est chinois, que sa famille vient de la Chine du Nord, de Fou-Chouen. Voulez-vous me permettre de vous ramener chez vous à Saigon ? Elle est d'accord. Il dit au chauffeur de prendre les bagages de la jeune fille dans le car et de les mettre dans l'auto noire.

Chinois. Il est de cette minorité financière d'origine chinoise qui tient tout l'immobilier populaire de la colonie. Il est celui qui passait le Mékong ce jour-là en direction de Saigon.

Marguerite Duras, *L'Amant*, 1984

The elegant man has got out of the limousine and is smoking an English cigarette. He looks at the girl in the man's fedora and the gold shoes. He slowly comes over to her. He's obviously nervous. He doesn't smile to begin with. To begin with he offers her a cigarette. His hand's trembling. There's the difference of race, he's not white, he has to get the better of it, that's why he's trembling. She says she doesn't smoke, no thanks. She doesn't say anything else, doesn't say leave me alone. So he's less afraid. He tells her he must be dreaming. She doesn't answer. There's no point in answering, what would she say? She waits. So he asks, But where did you spring from? She says she's the daughter of the headmistress of the girls' school in Sadec. He thinks for a moment, then says he's heard of the lady, her mother, of her bad luck with the concession they say she bought in Cambodia, is that right? Yes, that's right.
He says again how strange it is to see her on this ferry. So early in the morning, a pretty girl like that, you don't realize, it's very surprising, a white girl on a native bus.
He says the hat suits her, suits her extremely well, that it's very... original... a man's hat, and why not? She's so pretty she can do anything she likes.
She looks at him. Asks him who he is. He says he's just back from Paris where he was a student, that he lives in Sadec too, on this same river, the big house with the big terraces with blue tiled balustrades. She asks him what he is. He says he's Chinese, that his family's from North China, from Fushun. Will you allow me to drive you where you want to go in Saigon? She says she will. He tells the chauffeur to get the girl's luggage off the bus and put it in the black car.
Chinese. He belongs to the small group of financiers of Chinese origin who own all the working class housing in the colony. He's the one who was crossing the Mekong that day in the direction of Saigon.

Trad. B. Bray 1986

Corrigés

Introduction, 2. Le texte français

1. p. 10

1. *But he told me the contrary. I'd like to know what he wants!*
2. *We could send them the brochure, but we'd need to know their names and addresses.*
3. *Are you coming with us or staying? Make up your mind!*
4. *At his age, one (/he) should be able to read fluently.*

2. p. 10

1. *You don't mind my coming? That's very nice of you!*
2. *He'll see you right away. If you would care to follow me...*
3. *It's hot in here. Could you (/Would you) please open the window?*
4. *As you are willing to accept these drawbacks, we will let you have a 10% discount.*
5. *Let's now take a concrete example, shall we?*

3. p. 11

1. *The doctor told her she must have lunch every day at the same time and have a balanced diet.*
2. *She isn't in her office? Of course – she must be having lunch at this time of day.*
3. *She left early because she is (due) to have lunch with a client at 12.30.*
4. *She has to have lunch early since her boss leaves at one and someone must be there to answer the telephone.*

4. p. 11

1. *They are lowering the temperature this week to see how the guinea-pigs will react.*
2. *With such measures, they've been reducing unemployment for the past three years in Germany.*
3. *In Burgundy, where the dish is greatly liked, they boil down the sauce, then mix in a few spoonfuls of red wine.*
4. *Air Inter was then facing too many difficulties. In 1981, they cancelled their flights on the less popular routes.*
5. *All they have to do is follow the example of Sweden, and they'll bring down inflation in the next few months.*

5. p. 11

1. *What does he do? He writes for* Le Monde.
2. *Don't disturb him. He is writing his essay.*
3. *He's written poems since he was ten.*
4. *He's been writing his Christmas cards since ten o' clock this morning, and he hasn't finished.*
5. *In 1642, Milton married a young woman who left him a few months later. He immediately wrote a plea for divorce.*
6. *He can write and he is only four!*

6. p. 11

1. *on the right track* 2. *in polite society* 3. *He looks distinguished.* 4. *If my memory is correct...* 5. *That's worth remembering.* 6. *Fit for duty...* 7. *It is always advisable (/wise).* 8. *Your ticket is valid...* 9. *a bad cold* 10. *he is a bon viveur* 11. *He is too kind-hearted...* 12. *kept a close watch* 13. *all that you (will) think (it) proper* 14. *I'm in for...* 15. *Lots of kisses* 16. *early* 17. *a long time after the others (/a long way behind...)* 18. *at least thirty years old* 19. *Hold tight...* 20. *it's really snowing*

7. p. 12

1. *patching his trousers* 2. *2 francs each* 3. *a five-room flat* 4. *he smashes them all to pieces* 5. *The exhibit was shown* 6. *The* pièce de résistance *was / there was a tiered cake for dessert* 7. *do you sell them separately* 8. *Have you got any identification?* 9. *ornamental lakes* 10. *he cannot find any spare parts* 11. *a play by Cocteau* 12. *an old gold coin* 13. *the necessary papers (/documents)* 14. *give him a tip*

8. p. 12

1. a/ *Oh, he's not a philosopher, he's a historian.* b/ *Oh, he's no philosopher!*
2. a/ *This can't go on! He is lazy, rude, and sometimes even drunk.* b/ *He is pleasant and hard-working when he is not drunk.*
3. a/ *But in any case, I'll be there early enough! I'm not going to worry about that.* b/ *You can count on me; I will always be there early.*
4. a/ *I won't say no; I'm only too happy to come.* b/ *I'm too happy: it can't last!*
5. a/ *It is true that the Italians earn as much as the Dutch, but their rents are lower.* b/ *If it is true that the Italians earn as much as the Dutch, I cannot understand why their standard of living is lower.*
6. a/ *They have no baby-sitter and share chores; tonight, he has gone to a party while his wife is staying with the children.* b/ *He is not sensible: he has gone to a party even though he has an exam early tomorrow morning.*

Introduction, 3. Le texte anglais

1. Trouver la langue de départ p. 13

1. b/ Publicité pour le Musée des Beaux Arts du Canada à Ottawa 2. a/ Dépliant sur la tapisserie de l'Apocalypse à Angers 3. a/ dépliant touristique sur la France 4. b/ The American Church in Paris 5. a/ Le Bon Marché 6. a/ texte d'Aragon

2. Récrire des textes

1. p. 15

1. *trace*	au lieu de	*trade*
2. *smiling*	"	*smelling*
3. *pests*	"	*pets*
4. *plays*	"	*lays*
5. bona fide	"	*bone fed*

2. b/ p. 15

Voici une façon possible de récrire les passages :

1. *Her decision was final.*
2. *You won't get better food anywhere (else).*
3. *...it would have cut off his hand.*
4. *...- great for baby food.*
5. *AIRMAN IN CRASH RECOVERING*
6. *The two overwhelming factors were...*
7. *I smell the stench...* OR: *I hear the roar...*
8. *Only two in three Australian adults...*
9. *Building work is expected to start soon.*
10. *He is without a doubt the greatest sweeper in the world, I'd say.* OR: *He is possibly ...., at a guess.*
11. *H. has been the best player on the field without any question.* OR: *H. has probably been the best player on the field.*
12. *... has shot up.* OR: *...has risen a little bit.*

3. p. 16

Voici une façon possible de récrire les passages :

1. a/ *He left school at 16... and his early years...*

1. b/ ... *He is admired, perhaps mostly for an ability to express resolute views with undeniable charm- an enviable capacity...*

2. a/ ... *when it found that as leader...*

2.b/ ... *if the successful candidate was not a man...*

3. *After all the hype, at last the film.... but still attracts interest...*

4. ... *for all, save fans...*

4. p. 16

Voici une façon possible de récrire les passages :

1. *...the latest depths to which the IRA have sunk.* OR: *...the latest lengths to which the IRA have gone.*
2. *...after a thorough check...*
3. *grammatical / sparse*
4. *...could prove unfounded.*
5. *He put his body in front of the defender.*
6. *...people will see the long-term advantages will outweigh them.*
7. *...the greasy ladder...* OR: *the greasy pole of politics bit by bit.*
8. *That was the incredible...*
9. *...the first ever US president to...*
10. *...we can get permission from the various relatives concerned.*

5. p. 17

1. *...a near-(to)-normal service would run...*
2. *PASSENGERS AFFECTED BY CANCELLED TRAINS*
3. *...and the corpse was cremated by the police.*
4. *SENIOR CITIZENS BARBECUE BIG SUCCESS...*
5. *INTENSIVE COURSES FOR...*
6. *...one or two were brought by a police-sergeant...*
7. *...the presence of death watch beetle had been confirmed in the church.*
8. *LESOTHO WOMEN WEAVERS OF...*
9. *There will be a strong contingent on the platform to support him.*
10. *CUSTOMERS' ORDERS WILL BE PROMPTLY EXECUTED*

6. b/ p. 18

Voici une traduction possible des phrases soulignées :

– *Bamako, an ancient city, shaded by many trees.*

– ..."*you will be able to see the view from Kulouba.*"

– "*Dinner in the evening and accommodation provided in single rooms.*"

– "*The narrow streets will fascinate you. And you will be impressed by the close connection between man and water, especially during the floods.*"

– "*Land transport(ation) is provided by special coaches with the utmost comfort for passengers.*"

– "*Walking along you discover houses clinging to the cliffs and caves containing the dead and their ritual masks.*"

– "*Camel rides, picnics, and back to Timbuctoo for a dinner and show. This is particularly enjoyable for the Americans, Scandinavians and English.*"

– "*Our motto is: our service is the best... It is highly renowned. Our prices will stay low, except in case of unforeseen circumstances.*"

– "*GENERAL CONDITIONS: We offer our services to create tailor-made holidays, with particular attention to individual requests.*"

7. p. 20

Voici une façon possible de récrire le passage :

DELFT'S NEW CHURCH

The building of the New Church dates back to the middle of the fourteenth century, prompted by the visions of Brother Simon and Jan Col: the Blessed Virgin Mary wanted them to build a church on the site. In 1381 a simple wooden church was founded as Delft's second parish church, with the Virgin Mary as its patroness. Two years later, the stone construction began, as it appears today: a late-gothic cruciform church with a tall, beautifully-shaped tower.

The British Museum owns a precious mediaeval book which recounts the origins of the church and the numerous miracles which occurred there.

The church was built according to strict architectural traditions, rules and symbols: the cruciform shape represents Jesus Christ, the 12 pillars in the choir symbolise the 12 prophets, the 4 columns recall the 4 evangelists and the 16 pillars in the nave are symbolic of the 16 prophets.

The church is 327 feet long. William the Silent's mausoleum stands where the high altar used to be.

The church was not spared catastrophies. During the great townfires of 1563, part of the tower burnt down, the organ, the bells and the stained glass windows were destroyed, and the roof and a wall collapsed. Restoration began immediately and led to a complete change in the outward appearance of the church.

The church suffered from acts of vandalism: in the south aisle, near the first column, remnants of a Roman Catholic Descent from the Cross can be seen.

8. a/ p. 20

What is striking with	S (about)
alexander Lagoya is not so	O (A...)
much the precision or the	
strictness or also a certain	O (strictness + v)
fertile perfection which, with	V
others, would incite ~~to~~ respect,	S
but an emotion constantly and	
mightily woven with tender-	V
ness, sometimes melancholy, sometimes merry, always sensitive and spontaneous, in the image of his general conception of life.	
Alexander, you bear an	S (Oh, Alexander)
emperor's first name: it is not	V (have)
surprising consequently if, like	
the Caesars, you directly	V
conquer the adhesion of	
crowds. But wath is entrancing	O (what) V (moving)
in your playing is not this	V (music)
immediate dazzling that it	V
provides; it is the feeling that	
each note goes farther, quite	V (in fact)
exactly up the terms of a	V (limits)
thought.	
In matters of music, the feeling	V (In music)
is always stronger than the knowledge and the very art of Lagoya consists, precisely, in	
this immediate manner to	V (way of)
convey beauty, without never	S (ever)
needing to convince, simply by the incontestable character of a	
playing which moves before it	V (music) V
is understood and which one	
recalls, like the sponge-cake of	V (madeleine)
Proust, with the dazzled remembrance of children.	

b/ *Voici une traduction possible du passage :*

What is striking about Alexander Lagoya is not so much the precision, accuracy or even fertile perfection that, with other performers, would incite respect, but an emotion constantly and powerfully woven with tenderness, sometimes melancholy, sometimes joyful, always sensitive and spontaneous, like his general conception of life.

Oh, Alexander, you have an emperor's name. No wonder then that, like the Caesars, you should arouse the admiration of the crowds. But what is fascinating about your music is not the instant enlightenment it provides. It is the feeling that each note goes further, more exactly to the limits of a thought.

In music, feelings are always stronger than knowledge, and Lagoya's art consists exactly in this immediate way of conveying beauty, without ever having the need to convince. The incontestable characteristic of his music is that it moves you before you understand it and that you recall it, like Proust's madeleine, with the bright memories of childhood.

1. 1. La ponctuation

1. p. 26

1. Bien que la traduction soit assez libre, certains changements de ponctuation apparaissent clairement : le tiret qui, en anglais, remplace le point ; les deux points remplacés par une nouvelle phrase. On peut noter également la disparition de l'expression argotique "premiers couteaux".
2. Il faut noter le point virgule qui remplace les deux points et la coordination beaucoup plus marquée en anglais dans la seconde phrase (*as* remplace la virgule). *Then* est précédé d'un point virgule plutôt que d'une virgule. Il faut également remarquer que les points de suspension à la fin du passage disparaissent en anglais, qui leur préfère la coordination avec *and*.
3. Notez la disparition des deux points, remplacés par la conjonction *but* qui coordonne les deux phrases (au lieu de la juxtaposition en français.) La phrase lapidaire "Des baudruches..." a été intégrée à la phrase précédente. Enfin, les points de suspension ont été remplacés par un tiret.
4. Les deux points ont été remplacés par un tiret, les points de suspension ont disparu et la dernière phrase, assez longue, a été coupée par un point.

2. p. 27

Voici la ponctuation de la traduction de K. Woods :

The little prince smiled.
"You are not very powerful. You haven't even any feet. You cannot even travel..."
"I can carry you farther than any ship could take you," said the snake.
He twined himself around the little prince's ankle, like a golden bracelet.
"Whomever I touch, I send back to the earth from whence they came," the snake spoke again. "But you are innocent and true, and you come from a star..."

3. p. 28

1. Les deux points passeraient mal ici en anglais, et il est préférable de remplacer les virgules par des points virgules dans la dernière phrase.
   When I went in, I had to accept the fact that such a short walk round had been enough for me to lose my way; I had come to another station, Bleston New Station, just as empty as the first one.
   My feet hurt; I was soaked; my hands were covered in blisters; I had better stay where I was.
2. *I agree that the most perfect sleep is almost necessarily a complement to love; it is contemplative rest reflected in two bodies.*
3. *On that very day came the news that C. had just been overthrown.*
4. *What is worse is that numerous demonstrations of intolerance accompanied these families' peregrinations from Tourville to Mayenne.*
5. *This race was marked by falls, rain ... and the victory of the favorites.*

1.2. L'inversion

2. p. 29

1. *He is thus wrestling in a web of contradictions.*
   (The Guardian Weekly)

2. *Not only has the beatification procedure been set in motion, but it is reliably reported to have even been "speeded up" in Rome.* (The Guardian Weekly)
3. *In the small room which was packed with dancing couples around midnight, a fan was buzzing like a big fly.*
4. *In front of them is virgin sand, yellow and smooth from the rock to the water.* (Trad. B. Wright)
5. *The fleets and schedules are not always suitable. Nor are their fares always appropriate, despite average subsidies in 1989 of 309 F (£30) for each passenger.* (The Guardian Weekly)
6. *Then came the time of lucidity, or a sort of self-weariness.* (Trad. J. Stewart)
7. *Where was Ibrahim? He had probably accompanied his camels to a distant pasture.*
8. *Other titles in the l'*Âge d'or *series include two films by Marc Allégret, the excellent* "Entrée des Artistes"... *and* "Parade en sept nuits"... *(The Guardian Weekly)*
9. *The reminder puts the decision just announced or confirmed by the democratic rulers of Greece and Argentina into the right perspective.* *(The Guardian Weekly)*
10. *If then he had told us the story of his life, he would doubtless have begun by telling us who he was, not in the eyes of the worthy Londoners who lived about him, but in the perfect knowledge God has of every creature.* (Trad. J. Green)

1.3. Les rapports de complémentation

2. p. 31

1. *Despite the doctor's prohibition, I had taken a tablet of veronal, and I slept soundly.* (Trad. W.B. Wells)
2. *(On) that evening, I discovered the statue of Osiris on one of the shelves.*
3. *Honoré, repeat this sentence after me: "Father, bless me, for I have sinned".*
4. *The coachman pulled a bit of string from under the seat and set to work doctoring the trace.* (Trad. D. Bussy)
5. *No one wants these gypsies. There is no administrative solution that might allow them to remain legally in France.*
6. *Very courteously, Angelo explained that he was sorry he had caused alarm.*
7. *With fluttering eyelids and a sickening feeling, Tchen discovered that he was not the fighter he thought he was, but a sacrificer.*
8. *A real garden –almost a park– completely surrounded the vast white villa, typical of the outer suburbs of Paris.* (Trad. R. Senhouse)
9. *As he talked, his hand brushed against Rebecca's waist.* (Trad. R. Howard)
10. *Even the dullest soldier should have realized that all the strength was on the other side, beyond the forests which blotted out the horizon.* (Trad. K. Thomson)

1.4. Non répétition du sujet ou du complément p. 33

1. *Your fox's ears look a little like horns... and they're too long!*
2. *Your planet is very beautiful. Has it got any oceans?*
3. *I don't know, but I have reservations about* Les Fruits d'Or. *There's so much talk about it.*
4. *"In Poland, they believe that poor people like us commit ritual murders", a voice said (/was heard to say) in the darkness.*
5. *The poor Jews –heirs to (/the sons of) fear and traps– were feverish /had a raging fever.*
6. *"Let them go and get killed," they said, pointing at the officers; "it's* <u>*their*</u> *job!"*
   "As for me(/for my part), I have children, and the state is not going to feed them if I die."
7. *Should this taste for misfortune/adversity be ascribed to Celtic culture, which was dominated by the idea of death?*
8. *As for us, at the end of the second millenium, we can very easily do without totalitarian passion.*
9. *We must keep an eye on all these strange and whimsical/capricious words; all the more as one also has to watch one's pen with a spelling system which badly needs to be reformed.*
10. *Well, there's an obvious solution to social conflicts.*
11. *And what about nurses? Why don't we go ahead and give them Chanel uniforms?*
12. *The taxi-driver, seeing in me his last hope of a fare that night, asked where I wanted to be taken (that must have been what he was saying), but I could not recognize the words he spoke, nor could I utter a word of thanks in reply. I heard myself give a sort of mumble.* (Trad. J. Stewart)
13. *Then he remembered that the girl had wanted to give her blood for her country, and that the country had refused that gift, because of her profession.*
14. *If young girls from good families, with a bathroom at home, have to have a medical examination at school, the room in which they undress stinks of sweat.*
15. *I know that among volunteers there are exceptional people who know exactly what they are capable of; but you know, Austin, many of them only rush forward to meet danger because they are not sure of their courage and are afraid that it will show.*

1.5. Place des compléments et des adverbes

1. p. 34

Les adverbes sont tout d'abord donnés à la place où ils apparaissent dans le texte d'origine. D'autres possibilités sont parfois données entre parenthèses.

1. *Mr Waldegrave said later that... the £34 million already allocated (Later, Mr Waldegrave said... / allocated already... / said later...)*
2. *The cases were brought earlier this year...*
3. *...legally strong.*

4. ...*for addressing the problem so prompty. (for so promptly addressing the problem.)*
5. ...*have yet to emerge ... which is on the rise again.*
6. *At least 190,000 homes... are still without electricity...*
7. ...*has decreased sharply... with a fall of almost £1...(has sharply decreased...)*
8. ...*is not necessarily in the best interests...*
9. *Yet the overall picture is still a depressing one... significantly more acute.*
10. *It was immediately clear... perhaps even since it had been laid to rest. (Immediately, it was clear that...)*
11. ...*and had, as he sometimes put it, just missed seeing...*
12. ... *(perhaps the only)... to devote himself mainly to... This is not altogether surprising; the English have commonly taken the view...*
13. *More completely than...*
14. *Superficially, at least, the most apparent...*

2. p. 35
1. *"We can no longer just sit still." ("We can no longer sit still," he just said.)*
2. ... *of devoted wives and occasionally mistresses... (occasionally risking everything)*
3. *Lately we get people round... (if we've got any of her stuff lately.)*
4. *Only that was nonsense... if they had ever been written. (they would only be wherever... / if only they had ever been written...)*
5. *Only one of her books... (the only self-portrait she wrote... / the assumed point of view of her only companion...)*
6. *The doctor eventually learnt the truth... (the water authority board member eventually called in...)*
7. ... *partly from a feeling that... (she had been partly unfair to him)*
8. *He was quite without class consciousness... divided neatly into... (divided quite neatly... / into two quite unequal...)*

3. p. 35
1. *"I was Vice-Consul in Lahore for a year and a half", read Charles Rossett.*
2. *Only the mother and the daughter will be there tonight.* (Trad. R. Brain)
3. *Like Castaing, Maigret had also been surprised when he had entered Valentine's bedroom.* (Trad. R. Brain)
4. *At dinner I told my parents that René and I were planning to go for a long walk in the forest of Sénart the next day.* (Trad. A.M. Sheridan-Smith)
5. *I was alone in the sitting-room, which was almost dark.*
6. *I could use this key for less innocent purposes.* (Trad. A.M. Sheridan-Smith)
7. *Not a sign of Nestor, although the photograph was certainly taken while he was still alive.* (Trad. B. Bray)
8. *However, this general outcry has had no effect on Saddam Hussein so far.*
9. *The alleged bias of the French media is constantly vilified in Algiers...*
10. *He took his friend to a café. The port they were served might help them to overcome their embarrassment.*
11. *On Thursday, the President of the Commission said pessimistically that Tocqueville might today illustrate his analyses by underlining ..."the difficulty of creating a grand design supported by genuine civic consciousness."*
12. *Anyway, my feelings toward them hadn't changed. In spite of everything. I'd have liked to understand their brutality, but what I wanted still more, enormously, with all my heart, was to get out of there, because suddenly the whole business looked to me like a great big mistake.* (Trad. R. Manheim)

1.6. Les relatifs

1. p. 38
1. *I had the feeling (**which** made me feel younger without pleasing me) that I was taking an examination.* (Trad. M. Sokolinsky) *that*: non / ø: non
2. *There were people in the water **who** couldn't swim.* (The Guardian Weekly) *that*: oui / ø: non
3. *The latter was a more or less enigmatic person **whom** we almost never saw, for the reason that she lived at a great distance from us, in Washington.* (J. Green) *that*: oui / ø: oui
4. *He was seated in the chair **which** Carola had cleared.* (Trad. D. Bussy) *that*: oui / ø: oui
5. *Inside was a Russia-leather pocket-book, **which** Julius took and opened.* (Trad. D. Bussy) *that*: non / ø: non
6. *No one was allowed on the platforms. But the waiting-rooms, **which** could be entered from outside, remained open...* (Trad. S. Gilbert) *that*: non / ø: non
7. *Maria Cross is the daughter of the woman **who** was head mistress of the St Clair school when your beloved Monsieur Labrousse was curé there, Lucie.* (Trad. G. Hopkins) *that*: oui / ø : non
8. *Juste-Agénor was drinking a cup of tisane and listening to a homily from his confessor, Father April, **whom** he had fallen into the habit of frequently consulting...* (Trad. D. Bussy) *that*: non / ø: non
9. *He will be shaking the hands of the very men **whom** he accused in 1989, in the heat of the emotions provoked by Tiananmen, of being guilty of "veritable assassinations"...* (The Guardian Weekly) *that*: oui / ø: non (phrase trop longue)
10. *I didn't know whether to be disappointed in Cal, **who**'d seemed helpless and vulnerable, or to like him even more for having suffered so...* (Trad. W.R. Byron) *that*: non / ø: non

2. p. 38
1. *As hastily as I could, I went upstairs to my room and hunted about in the drawers of my bureau to find something which I could use as a present...* (J. Green)

2. *If it is true to say of anybody that their actions bear no resemblance to themselves, it is certainly true to say it of Maria Cross.* (Trad. G. Hopkins)
3. *Tarrou also records that he had a long talk with Dr Rieux; all he remembered was that it had "good results".* (Trad. S. Gilbert)
4. *So this was the woman whose name he had heard whispered one summer's day in the Allées de Tourny...* (Trad. G. Hopkins)
5. *In his freshman year, his heart had been broken by a girl whose name he wouldn't disclose.* (W.R. Byron)
6. *He had prepared this phrase, and this smile, for a long time, and had hoped for the happiest outcome from them.* (Trad.W.E. van Heyningen)
7. *You're trespassing in a forest hut for which I am responsible.* (Trad. B. Bray)
8. *He put on his hat, pulled down the earflaps, buttoned his tunic, and went out.* (Trad. B. Bray)
9. *Then he was escorted by...a big grey dog - he was told this was one of the Siberian wolves which migrate in packs across the Polish plain.* (Trad. B. Bray)
10. *The teacher declared that he was very glad to begin his teaching in this village with its salubrious air and friendly population and in these hills that were very interesting to him since he was keen on mineralogy.* (Trad. W.E. van Heyningen)
11. *In order to reach this terrace one had to go through the orangery, which Anthime had immediately seized on for a laboratory, and through which it was agreed she should be allowed to pass at certain stated hours of the day.* (Trad. D. Bussy)
12. *There they were, all three of them, silent, on the other side of an oval table whose uncommon width symbolized, I suppose, all the distance between the Administration and the ordinary citizen.* (Trad. M. Sokolinsky)
13. *She was referring to the Levaques' eldest daughter, a gangling girl of nineteen and Zacharie's mistress, by whom he had had two children already.* (Trad. L. Tancock)
14. *His company... was supposed to turn the post-office of the town, most of whose six thousand inhabitants had been evacuated, into the nerve centre of the division...* (Trad. B. Bray)
15. *Those chatterboxes, whether well-known or soon to be, were surrounded by four or five silent onlookers among whom we happened to be, Patricia and I, on that particular evening.* (Rapport jury CAPES)

3. p. 39

1. *He straightened up, and saw the second group of children walking away.* (Trad. F. Davison)
2. *He came level with the window, and gave it a push. It swung open noiselessly.* (Trad. F. Davison)
3. *There remains the question of the service weapons issued to police officers.* (*The Guardian Weekly*)
4. *I could hear Christine walking about in the room.* (Trad. J. Green)
5. *Missing window-panes left black holes in the walls.* (Trad. F. Davison)
6. *The profession pleased him – indulged him in his taste for thieving.* (Trad. D. Bussy)
7. *Outside stairs, with stone steps hollowed by time, led to a little terrace in front of the apartment.* (W.E. van Heyningen)
8. *What is such an agreement worth if not flanked by international guarantees? Such uncertainties limit the agreement's significance.* (*The Guardian Weekly*)
9. *The idea got its first boost when President Mitterrand borrowed it and defended it at the United Nations in September 1988.* (*The Guardian Weekly*)
10. *Farther north came the line of the dunes, tirelessly shaped and reshaped by the wind: sea-bent was planted in an attempt to prevent shifting, and sometimes the massive, archaic silhouette of a herd of elk would be seen filing across the top of them.* (Trad. B. Bray)

2.1. L'animisme

2. p. 41

1. *Unfortunately, he was fated not to live very long.*
2. *Not a single murmur could be heard breaking the silence.*
3. *He probably meant/intented to be friendly, but he was tactless.*
4. *A heart transplant is a terrifying operation.*
5. *Cannonading could be heard in the distance.*
6. *Greater London now has a population of over 10 million.*
7. *There were two welcoming armchairs.*
8. *This was a thunderbolt. They all started up, vociferating and raising their arms towards the ceiling.* (Trad. E.A. Vizetelly)
9. *Gomez, his heart thumping in an access of cruelty...*
10. *And the wind blowing through the foliage sometimes sounded like falling rain.*
11. *I was frozen with terror.*
12. *It is better not to take her natural charity by surprise.*

2.2. Vision logique et vision chronologique des faits p. 42

1. *He [groped] his way up a ladder.* (Trad. L. Coverdale)
2. *They danced their way across the room.* (Trad. F. Davison)
3. *She met a number of schoolboys running down the slope.* (Trad. N. Denny)
4. *We went through a part of the garden which I didn't know on our way back to the hotel.*
5. *He squeezed inside the cave (...). He threaded his way between the cobwebs until he came to the far end.* (Trad. J. Brownjohn)
6. *There was nothing for it but to join the company making their way through the dark street towards the schoolhouse.* (Trad. F. Davison)

2.3. Préférence de l'anglais pour la coordination

2. p. 44

1. *I ran across the empty lot, weaved warily between the piles to avoid being seen by Professor Jennings or anyone else I knew, and arrived much too early.* (Trad. W.R. Byron)
2. *The American government does not seem so sure (of it) and has said that it only gave its aid on condition that the new immigrants would not settle in the West Bank.*
3. *After that, it was easy for the prime minister to take refuge behind the Academy's "unanimity" and announce the birth of the new spelling.* (The Guardian Weekly)
4. *The wretch did not laugh! He did not weep or dance or gesticulate or shout. He sang neither a gay nor a sad song.* (Trad. W. Fowlie)
5. *"One supreme task remained to be done and the thought of it alone caused me terrible anguish: I had to inform the parents... At last I summoned courage. But, to my amazement, the mother showed no emotion and not a tear trickled from the corner of her eye."* (Trad. W. Fowlie)

2.4. Préférence de l'anglais pour les tournures verbales

2. p. 46

1. *Poor Charles looked at both of them, dumbfounded, [and] opened his mouth as if to protest.* (Trad. R. Brain)
2. *Anne Marie looked after him devotedly though she did not carry indecency so far as to love him.* (Trad. I. Clephane)
3. *Like all his contemporaries, he read rubbish.* (Trad. I. Clephane)
4. *Why don't you try producing an opera?* (The Guardian Weekly)
5. *From the Rue Anatole-de-la-Forge, we emerged into the Avenue de la Grande-Armée and I was tempted to jump out.* (Trad. D. Weissbort)
6. *The President had appointed him out of the blue to head a medical commission, just to please his secretary.* (Trad. M. Sokolinsky)
7. *Letting people speak isn't something the important people of this world like to do.* (Trad. M. Sokolinsky)
8. *"And what about you, Guy, what are you going to do? (...)*
   "Me? I'm following something up." (...)
   I had said this rather portentously and it made him smile. (Trad. D. Weissbort)
9. *Mainland Chinese are anxious most of all that North Korea's economy should not collapse.* (The Guardian Weekly)
10. *The Gulf crisis and the wave of Islamic solidarity accompanying it have brought out the underlying anti-Americanism in Pakistan.* (The Guardian Weekly)
11. *Getting a laugh can be a completely selfish act, a kind of consolation. But it can also backfire on you when you try to do it via the stage. (...) You have to put on a convincing performance every single evening, and it's no good just using the trick of the trade.* (The Guardian Weekly)
12. *At about 9 p.m., when the jury had completed their 10-hour deliberations, Weber entered an especially hushed courtroom. There was the sound of a fall and a commotion among her guards. Weber was then helped out of the courtroom and the hearing suspended.* (The Guardian Weekly)

2.5. Thème et propos p. 47

1. *That doesn't mean I'm against a theatre of action, a theatre that changes the world politically.* (The Guardian Weekly)
2. *There are Serbs in Croatia – about 600,000...* (The Guardian Weekly)
3. *Life has never been easy between Orthodox Serbs and Catholic Croats.* (The Guardian Weekly)
4. *It is worse where internal changes in the Soviet Union are concerned.* (The Guardian Weekly)
5. *Some 80 very impressive pedestrian flyovers for game have been built over motorways...* (The Guardian Weekly)
6. *I thought of secretly giving them the basket, but even at the risk of a sound thrashing they would have told the whole story - once they had eaten everything - for the sheer pleasure of seeing me caught out.* (Trad. A.M. Sheridan-Smith)
7. *Air pollution, a major problem, is considered inevitable and therefore barely touched upon in impact studies.* (The Guardian Weekly)
8. *Krivenko dreams of putting the USSR's trade in order and making better use of its expertise by rationalising the system.* (The Guardian Weekly)
9. *Yet he has just spoken out on one subject –European defence– that he could not have raised a year ago without risking excommunication.* (The Guardian Weekly)
10. *Finally, the crisis will have hastened a certain change in the Commission's and its president's political status, but that is something Delors could not have said.* (The Guardian Weekly)

3.1. Le présent de narration

p. 49 **b/** 1. *She accompanied her husband, a distinguished archeologist, to what was still called Persia (it was later to become Iran), on two expeditions, in 1881-1882 and in 1884-1886. Her account of his archeological excavations is remarkable for its accuracy, cultural knowledge and insight. (...)*
Jane Dieulafoy, whose job it was not only to keep a log of the expedition but carry a heavy plate camera around, had always had an adventurous streak. In 1871, when she was twenty and only just out of convent school, she decided to spend her honeymoon accompanying her husband to the front of the Franco-Prussian, and then to Spain, Morocco and Upper Egypt. And when he was

given the task of surveying Persia's principal monuments, she naturally strung along. (The Guardian Weekly)

2. *At five twenty-five, on the pavement of the rue Quentin-Bauchart, Andrée was already accusing Costals of being late. He had forgotten their date, he had left early and gone... But there he was, she gave a start, and away they went, side by side...*
3. *I grabbed my suitcase and began to walk on this new ground, in this alien air, amongst the motionless trains. (...)*

   The few people I came across seemed to be hurrying, as if they had only a few minutes left before some rigid curfew.

   I know now that the large street which I took on the left was Brown Street; on the map I have just bought, I can follow the way I went that night; but during those dark minutes, I did not even look for the letters of a name at the street-corner, because the words I longed to see were "Hotel", "Pension", "Bed and Breakfast", words that I have since seen when walking past those houses during the day...
4. *On July 16, 1799, at the age of 30, Baron Alexander von Humboldt landed in Venezuela. He was accompanied by a French scientist, Aimé Bonpland. (...) For almost five years they travelled the length and breadth of tropical America - from Venezuela to Cuba, from Colombia (then New Granada) to Ecuador, from Peru to Mexico (then New Spain). A worthy disciple of the French encyclopaedists, Humboldt recorded and kept copious notes on everything he saw. He was a geographer, climatologist, linguist, historian, sociologist, anthropologist and architect all rolled into one.* (The Guardian Weekly)

3.2. La traduction du conditionnel français

2. p. 52

1. *"Déodat, what's wrong?"*

   Juliette Haudouin was leaning against the cherry tree with one hand and smiled at the postman.

   "You are growing more beautiful every day, Juliette. I've lost a letter for your father and I am told that Tintin Maloret has taken it."
2. *Then Albert, dear old chap, imagine that someone said to you: "you know, one day, your gold won't be worth a labourer's salary."*
3. *We must do something, we really must... Oh! I could box his ears! I love him, but I would box his ears as if he were a boy if only I could lay my hands on him!*
4. *I have a gun. Before you'd had time to pack up (or: If you had not packed up), I would already have killed Albert myself and confessed to the police that I was under your spell.*
5. *And then, after a few days, St Peter met him at the edge of a cloud. And he noticed that he looked very sad, very tense, like someone with toothache.*
6. *Rivière was looking at Pellerin. When he got out of the car, in twenty minutes, he would mix with the crowd, feeling weary and heavy. He would perhaps be thinking: "I am so tired... what a dirty job!"*
7. *Everyone around them was sure that it meant war. As soon as it broke out, foreigners from "hostile countries" would be sent to the camps that had already opened in France for Spanish people and foreigners.*
8. *If Bernard had been older, Laura would certainly have been quite frightened. But he was still a child.*
9. *He thinks for a moment, then says he's heard of the lady, her mother, of her bad luck with the concession they say she bought in Cambodia, is that right?* (Trad. B. Bray)
10. *He thought of the old childish formula: "Let's pretend we have an uncle in America and his name's Uncle Victor." But his mother's childhood had no doubt been harder than his own, and her mind was closed to all notions of play.* (Trad. N. Denny)

3.3. Prétérit et *"present perfect"*

2. p. 55

1. *For the past few minutes, the sound of music had been coming from the room next door where Cécile, on returning from the concert, had sat at the piano and was obstinately repeating the same bars (/phrase) from a barcarolle.*
2. *The novel had been out for a few weeks and was moderately successful.*
3. *When he arrived from his native Corsica, twenty years ago, the older ones here apparently made fun of his accent and of his ready flow of language. Making a superhuman effort, he became almost mute. He's been greatly admired ever since.*
4. *For some days (now), Claude had hated Fremigacci.*
5. *They had not been seen very often at Bonnet's home since Zaza had started working.*
6. *For the past few days, Vincent has been going out at night, after my parents are in bed (...). Last week, on Tuesday I think, the night was so hot that I could not stay in bed. I stood by the window to breathe better. I heard the door opening and closing downstairs. I leant over and I recognized Vincent when he walked past the street lamp. Since then, I've been keeping an eye on him – oh! without meaning to do so... and almost every night I hear him going out. He has got his own key and my parents have turned the bedroom George and I used to share into a consulting room for him, for the day when he has clients. He can come and go as he likes.*
7. *"Since the death of my husband, five years ago, I have lived alone in a small house I own at Etretat. To be more exact, until last Sunday I was living there alone but for a maid, a local girl who had been in my service for several years. She died during Sunday night, Inspector; in a way, she died instead of me, and that is why I have come to beg your help."*

She had not spoken dramatically. With a little smile, she seemed to be apologizing for mentioning such tragic things.

"Don't be alarmed, I'm not mad. I'm not even what they call a dotty old woman. When I say that Rose – that's my maid's name – died in my place, I'm almost certain I'm not mistaken. May I, very briefly, tell you the story?"

"Please do."

"Every evening, for at least twenty years, I've been in the habit of taking something to make me sleep, since I suffer from insomnia. It's a sleeping-draught in liquid form, rather bitter, but the bitterness is counterbalanced by a strong taste of aniseed. I know what I'm talking about, because my husband was a chemist.

"On Sunday, as on any other evening, I prepared my glass of medecine before going to bed, and Rose brought it to my room when I was in bed and ready to take it.

"I took one sip and found it tasted more bitter than usual.

"I must have put in more than twelve drops, Rose. I shan't drink any more."

"Good night, Madame!"

"She took the glass away as usual. Did she taste it out of curiosity? Did she swallow it all? It seems quite likely, because the glass was found empty in her room." (Trans. by Robert Brain, *Maigret and the Old Lady*, Hamish Hamilton, 1958)

3.4. "Would" et "used to" p. 57

1. *Do please me by smoking your pipe. My husband used to smoke cigars from morning till night, and nothing gets into a house more than cigar smoke.* (Trad. R. Brain)
2. *It was only a step from Paris, but before 1914 motor-cars were rare.(...) The valets used to wear striped yellow waistcoats, and the maids white bonnets and aprons trimmed with lace.* (Trad. R. Brain)
3. *For years Raymond Courrèges had been cherishing the hope that one day he might run across Maria Cross, the woman on whom he had so ardently longed to be revenged. Often in the street he would follow some chance passer-by, thinking to have found her.* (Trad. G. Hopkins)
4. *I am fifty. I was young then and was studying law. (...) I used to rise early, and one of my most cherished pleasures was to walk alone, about eight in the morning, in the plant nursery of the Luxembourg.(...) I sat down on a bench and read. At times I would let the book fall on my knees in order to dream...* (Trad. W. Fowlie)
5. *Often last year, when Jean-Charles was in Morocco, she used to say no. She would leave and then suddenly she would stop the car, turn round and run back up the stairs. He would clasp her in his arms. "You've come back!" And she would stay until dawn.* (Trad. P. O'Brian)
6. *The reason is that in childhood I classed the name of Mauprat with those of Cartouche and Bluebeard; and in the course of horrible dreams I often used to mix up the ancient legends of the Ogre and the Bogey with the quite recent events which in our province had given such a sinister lustre to this Mauprat family.* (Trad. S. Young)
7. *On rainy days, Anne-Marie would ask me what I wanted to do, and we would hesitate a long while between the circus, the Châtelet, the Maison Électrique, and the Musée Grévin; at the last moment, with deliberate casualness, we would decide to go to a picture theatre.* (Trad. I. Clephane)
8. *Then, four years ago, two years before he died, he stopped altogether, carefully packed his tools away, and dismantled his workbench.*
   At first, he still enjoyed going out. He would go to the park at Monceau for a walk, or would go down Rue de Courcelles and Avenue Franklin-Roosevelt as far as the Marigny gardens, at the bottom of the Champs-Élysées. He would sit on a bench, legs together, his chin resting on the handle of his walking stick, which he gripped with both hands, and he would stay like that for an hour or two, without moving, looking straight ahead at the children playing in the sand or at the old roundabout... (Trad. D. Bellos)
9. *On the little prince's planet the flowers had always been very simple. They had only one ring of petals; they took up no room at all; they were a trouble to nobody. One morning they would appear in the grass, and by night they would have faded peacefully away.* (Trad. K. Woods)
10. *Charles Schweitzer had never thought of himself as a writer, but the French language still amazed him, at the age of seventy, because he had learnt it with difficulty and had not quite made it his own: he used to play with it, he enjoyed the words and liked saying them, and his merciless diction did not spare one syllable; when he had time, his pen would sort them out into bunches.* (Trad. I. Clephane)

3.5. L'aspect

1. p. 59

1. a/ *I saw her put on her blue suit, then look at herself in the mirror.*
   b/ *All women say they have nothing to wear.*
2. a/ *He knelt down to look under the bed.*
   b/ *Kneeling by the bed, he was praying.*
3. a/ *He cut his finger peeling potatoes.*
   b/ *His finger was so damaged that the doctors had to cut it off.*
4. a/ *He spent his week-end chopping wood.*
   b/ *With the crash, the wood split in two.*
5. a/ *Dozing by the fire, he was dreaming of his youth.*
   b/ *He dozed off and dreamt of his youth.*
6. a/ *He blew on the fire to fan the flames.*
   b/ *He blew the candle out.*
7. a/ *He tore his trousers going through the hedge.*
   b/ *He tore up the envelope.*
8. a/ *Don't forget to lock up when you leave.*
   b/ *Don't forget to lock the back door.*

9. a/ *It was difficult to recognize the faces on the yellowed photograph.*
b/ *The photograph has turned yellow; I shouldn't have left it in the sun.*
10. a/ *He had a difficult time after his divorce.*
b/ *He met Jean in Grenoble.*
c/ *He had known Jean for a long time.*
11. a/ *They could easily escape.*
b/ *They easily managed to escape (or: were easily able to)*
12. a/ *She wanted to stop him from going.*
b/ *She tried to stop him from going.*

2. p. 60
1. *The important thing was to be in Paris once again, sitting on the bank of the Seine in the sun.* (Trad. K. Thomson)
2. *But after hunting through my clothes in vain, I had to make sure and rummaged among my shirts, in vain.* (Trad. J. Stewart)
3. *His brothers walked beside him, wrapped in their cloaks, bent forward a little under the weight of their burdens.*
4. *After wandering round the various squares which presented themselves to her, awaiting some signal from her memory, she ended by going into a stationer's shop and asking whether they knew a bookbinder's in the neighbourhood.* (Trad. W.B. Wells)
5. *Then I saw him squatting at the turn in the stairway and looking at me with terrifying eyes.* (Trad. J. Guichernaud)
6. *They left the village at nightfall, and around midnight the company passed near the overthrown frontier post lying across the trench.* (Trad. K. Thomson)
7. *After examining him with an air of mistrust he advanced upon him with long strides, head thrust forward and shoulders rounded, as though he hoped to spring upon him unawares.* (Trad. N. Denny)
8. *He was wretchedly bored at every Battle of Flowers, where Charlotte Peloux would exhibit him –half-naked and catching cold– sitting on drenched roses.* (Trad. R. Senhouse)
9. *The gang was already scattering, and Frioulat bolted at top speed without taking the time to look round. With the bird in his arms the old man came as far as the doorway, and after uttering a final screech, which completed the stampede, turned back into his shop.*
Frioulat, running like mad, caught up with the others at the corner. (Trad. N. Denny)

4. p. 62
1. a/ *Look! He is suddenly being very nice to her. I wonder what he's up to!*
b/ *Don't worry; he is very nice and you will get on well together.*
2. a/ *Most of all, I see Rome as an antique city.*
b/ *At last, I am seeing Rome! All my dreams are fulfilled.*
3. a/ *What an idiot! He is always asking stupid questions.*
b/ *What a student! He asks stupid questions, arrives late, and does not hand in his homework.*
4. a/ *I know you like my flat, but I'm not moving (out)!*
b/ *I don't know how to go about it, for I don't move very often.*
5. a/ *I'm all in a sweat. I've been running all the way from the station.*
b/ *I ran all the way from the station, went up the steps two at a time, and almost arrived on time.*
6. a/ *Paul has been stealing apples again! I've had it!*
b/ *Paul stole apples this morning, and I'm waiting for our neighbour.*
7. a/ *Well, he's getting older!*
b/ *Plastic doesn't last well.*
8. a/ *They've repaired the roof and there's no leak now.*
b/ *They've been repairing the roof since the beginning of the week, and there's too much noise to work.*
9. a/ *It's rained a lot this winter.*
b/ *Oh! It's been raining! The table is wet.*
10. a/ *I've been ironing all morning.*
b/ *I have ironed ten shirts this morning.*

5. p. 62
1. *I was sitting in the fifth row, during the English class. The teacher was going through a text with us when the door opened.*
2. *"Briefly,then, Théo Besson, who is forty-eight and a bachelor, has been holidaying in Etretat for the last two weeks."*
"At his stepmother's?"
"No. He hasn't been seeing her. I think they've quarrelled. (Trad. R. Brain)
3. *"Are you having a good time?" I asked politely.*
"What is the matter?" said my father irritably.
"What are you doing here?"
"And you? Elsa has been searching for you everywhere for the past hour." (Trad. I. Ash)
4. *The water was getting cold. Stepping out of the bath Nicole reached for a towel and dried herself slowly.* (Trad. L. Coverdale)
5. *Marie saw him on the bank of the Maine. She saw him, I'm telling you, with her own eyes...*
6. *There was no mistaking the sound –it was his mother's carriage.(...) Where could Mme de Séryeuse be going on this road?*
7. *One evening I was learning my lessons in the dining room, a lamp standing by me on the big table.(...) My back was turned to both windows, the curtains were drawn, the room seemed dark around me, but on the table was that perfectly circular pool of light where my hands turned the pages of books. Someone rang. I was alone in the house with a maid who opened the front door. A moment later, a woman came into the dining room.* (Trad. J. Green)
8. *On the sixth day I saw Cyril. He was sailing a small boat which capsized in front of our creek. We had a good deal of fun rescuing his possessions, during which he told me his name, that he was studying law, and was spending his holidays with his mother in a neighbouring villa.* (Trad. I. Ash)

9. *"You've been fighting again and your shirt's torn to shreds."*
"Boys will be boys," Micho said peacably. He was working on the circuits of a second-hand television set acquired from the parish.
(Trad. L. Coverdale)

10. *The bourgeois gradually disappeared; soon there only remained Vuillet and Roudier, whom the approaching danger inspired with some courage.(...)*
"Well, I like this better," Sicardot remarked, as he observed the flight of the other adherents. "Those cowards were exasperating me at last. For more than two years they've been speaking of shooting all the Republicans in the province, and to-day they wouldn't even fire a halfpenny cracker under their noses." (Trad. E.A. Vizetelly)

4.1. Les structures réflexes : modaux et auxiliaires

1. p. 66
1. *will* 2. *may / cannot* 3. *must* 4. *will* 5. *should* 6. *can't* 7. *shall* 8. *may* 9. *will* 10. *may* 11. *can't* 12. *will* 13. *would* 14. *should* 15. *shall*

2. p. 66
1. a/ *I suppose he must be leaving at this time.*
b/ *I think he must leave at nine o' clock.*
2. a/ *I must make cakes more often!*
b/ *I have to make a cake every Saturday night when my mother-in-law comes for supper.*
3. a/ *She was to stay there until her death, in 1919.*
b/ *She had to stay there until 11pm, in case she was needed.*
4. a/ *You shall pay for it! If you think you'll get away with it...*
b/ *(You'll) pay me whenever you can, I'm in no hurry.*
5. a/ *Who knows? He may be shy, which would explain why he didn't say anything.*
b/ *He can be shy among a lot of people. I have known him remain silent all evening.*

4. p. 67
1. *The parents had to be told. My legs would not take me there.*
2. *"It had to happen", she thought. "I was too happy".* (Trad. N. Denny)
3. *JESSICA: You think you're clever, but I bet you could not possibly describe him.*
HUGO: Of course I could.
JESSICA: No, you couldn't.
HUGO: Yes, (I could).
JESSICA: No. What colour are his eyes?
4. *Atheists like religious people will not admit that there can be atheists.* (Trad. W. Fowlie)
5. *"In fact you could say it all hung by a thread," he said quite dreamily.*
"You didn't have to cut it", said Christiane. "That wasn't part of your duties."
(Trad. K. Thomson)

6. *All these guests realized that they had to go into raptures over my merits, and they used to pat me obediently: in spite of their origins, they must have preserved some obscure notion of Good.*
(I. Clephane)
7. *All... comments, opinions, criticisms or suggestions... should be addressed to...X...*
(Egor Review)
8. *She must have told him to be careful, have warned him that he could be overheard, for his next words were almost shouted: "So I don't know how to behave, don't I? - What does it matter if they do hear?"* (Trad. G. Hopkins)
9. *He redoubled his precautions while passing the kitchen. He could smell coffee brewing, so Grandpa Allègre must be up already.*
(Trad. J. Brownjohn)
10. *"No, truly, he isn't. Antoine's a very good boy," protested Germaine, but Mme Frioulat would not let her go on.*
"I dare say he isn't a bad boy at heart, but he's like so many others, he lacks discipline."
"Children have to be kept in order," said the ticket-collector." (Trad. N. Denny)
11. *And on looking closer, he could see the fine wrinkles of her skin, the withered neck, and a certain dryness of the hands, about which there could be no mistake.*
"May I take your hat, Inspector, and see if I can find an armchair your size? You must feel a little awkward in my doll's house... (Trad. R. Brain)
12. *"You know that it is probably arranged for tomorrow?"*
"All the better." They all knew what it meant: the arrival of the revolutionary troops at the railway terminal, which was to be the signal for the rising. (Trad. A. Macdonald)
13. *Luxury, freedom from care (...) make those children so charming that you could believe them made from a different substance than the children of an undistinguished or poor class. (...) On the other side of the iron gate (...) there was another child (...), one of those child-waifs whose beauty an impartial eye might discover if (...) it cleaned the child of the repulsive patina of poverty.* (Trad. W. Fowlie)
14. *I was going to drive the nail home, since it had to be done.*
"Mr. Secretary, if you'll allow me to be frank, there's an optimistic supposition in your question. You think actually that, in view of the progress made by the medical profession, it shouldn't take long to stop such an epidemic."
"Well, am I wrong?"
"You may be." (Trad. M. Sokolinsky)
15. *One or more Spanish bodyguards. More promising still, a car and a boy of eight. A boy who would have been born in 1931, the very year when Maria Weber left her Rue Raynouard apartment and vanished. A boy who might therefore be her son, who might be hidden somewhere in France –possibly at a house with a tennis court, why not?– and who would*

constitute a most effective means of persuasion if only he could be captured.

As for that magnificent car, every head must have turnd as it sped past. Tracing it ought to be as easy as organizing a paper chase.

(Trad. J. Brownjohn)

4.2. Les structures réflexes : les résultatives

2. p. 70

1. *Monsieur Profitendieu tottered his way to an armchair.*
2. *During the conversation Marthe told me that she was going to have lunch with her in-laws, and I decided to talk her into staying with me.*
3. *I tiptoed across the small garden, then walked up the front steps.*
4. *Léa did not obey her mother and did not go to her bedroom. She rushed out into the garden, crossed the courtyard, and ran through the vineyards towards Bellevue.*
5. *From time to time Nicole would sneak up to the attic to see her son.* (Trad. L. Coverdale)
6. *One night he attacked the door and kicked it to pieces.* (Trad. L. Coverdale)
7. *She shook herself free just as hard.* (Trad. R. Byron)
8. *Christiane brought in the coffee, real coffee, which Claude had smooth-talked the Rue de l'Échaudé grocer into getting for him.*
9. *It's because people think that there are problems. One day, if you go on like this, you'll think yourself into a dilemma, your big head will present you with a solution and you'll jump feet first into a hopeless mess...* (Trad. L. Hill)
10. *They shot peasants on the strength of a mere accusation; they put women in prison; they tried to terrify children into telling them who the killers were.* (Trad. A. Kellet)

4.3. Les structures réflexes : le passif

3. p. 73

1. *He was keen for his message to be heeded in Paris while he was in exile.* (The Guardian Weekly)
2. *I know appearances are against me. After all, people can't be expected to know that I accepted the situation in perfect good faith... François had to have country air...* (Trad. G. Hopkins)
3. *Charles [ran off], preferring to pursue a bareback rider. His portrait was turned to the wall and all mention of his name was forbidden.* (Trad. I. Clephane)
4. *He was so excited that I ended up answering, with a smile that was intended to be enigmatic...* (Trad. D. Weissbort)
5. *The death is announced of Marie de Resen, on October 25th, in her ninety-second year.* (Trad. D. Weissbort)
6. *Saddam Hussein's policy is said to meet with some approval even in the Ba'ath Party and the army...* (The Guardian Weekly)
7. *Murky "field" alliances cannot therefore be ruled out, but so far there is nothing to buttress such an assumption.* (The Guardian Weekly)
8. *[Nothing can be done except tirelessly explain] France's viewpoint to these doubly humiliated leaders and elites who, it is agreed, "are rather deluding themselves about the balance of power, and about the leeway France has compared with the Americans".* (The Guardian Weekly)
9. *The Israelis are expected to do everything possible to prevent the question from being examined globally, but on the other hand, they are thought to be less opposed to a broad conference on security in the region.* (The Guardian Weekly)
10. *They went together to the other end of town, behind the presbytery, to see how the house that was being built there was coming along.*

4.4. Les structures réflexes : l'adjectif possessif

2. p. 75

1. *I was bitten on the ankle.*
2. *He closed his eyes and went to sleep.*
3. *She tapped him on the shoulder.*
4. *Their eyes were sore.*
5. *They came in with their hats on (their heads).*
6. *Alexis, with his head between his hands, pretended to be dozing, which was unlikely since his two younger brothers were noisily playing and pulling the dog's ears.*
7. *General Pierre-Marie Koenig suddenly turned round, as if he had been hit in the back.*
8. *The children are fair-haired, almost the same colour as the sand. Their skin is a little darker, their hair a little lighter.*
9. *Ursula kissed him on the forehead and left.*
10. *The sexton tried to take her by the shoulders, but she started calling him a dirty-minded, lecherous, deceitful old man.*

4.5. Les structures réflexes : les mots composés

1. p. 77

1. a *boarding school* / a *language school* / a *schoolbag* / a *school report* / a *driving school* 2. *the head waiter* / a *headhunter* / a *headshrinker* 3. *salt water (or: sea water)* / a *waterfall* / *drinking water* / *watercress* / a *watercolour* 4. *the tax-collector* / *tax evasion* / *the petrol tax* / a *land tax* / a *tax haven* / an *income tax* 5. *the arms race* / a *racecourse* / a *bicycle race* / a *racegoer* 6. *the speed limit* / *the take-off speed* / a *speed boat* 7. *trout fishing* / a *fishing net* / a *fishing rod* / *deep-sea fishing* / *the fishing tackle* 8. an *ironing board* / *the fingerboard* / *the bread board* / *the board meeting* 9. a *savings bank* / a *bank holiday* / a *bank account* / *the World Bank* 10. a *sash window* / a *rose window* / a *window cleaner* / a *window display (or: shop window)* / a *stained-glass window* 11. a *telephone book* / a *bookmark* / a *cheque book* / *bookbinding* 12. a *camp fire* / a *wood fire* / a *fire station* / a *fire hydrant* / a *bush fire*

2. p. 78

1. *the Queen's birthday* 2. *the cost of living* 3. *a little plot of land* 4. *the eight o' clock news* 5. *a ten-day trip* 6. *the electricity bill* 7. *the edge of the table* 8. *the director's letter* 9. *a butcher's knife* 10. *the Hundred Years' War* 11. *the city of New York* 12. *her stamp collection* 13. *a tube station* 14. *a miner's lamp (or: a safety lamp)* 15. *a snowball* 16. *a six-inch ruler* 17. *a lady's watch* 18. *the inside of the box* 19. *a doll's house (US: doll house)* 20. *a piece of bread* 21. *yesterday's news* 22. *a spider's web* 23. *a fellow- traveller (or: travelling companion)* 24. *a 320-page book* 25. *the government's plans* 26. *the top of the wall* 27. *a bowl of rice* 28. *a match-factory* 29. *a slice of cake* 30. *half-an-hour's work*

3. p. 78

1. *a plate full of soup / a plate used for soup*
2. *people approving of the Prince / the Prince approving of...*
3. *the type of food given to cats / the food given to a given cat*
4. *the picture representing D.G. / the picture belonging to D.G.*
5. *the fact of playing cards / a type of card*
6. *a box used for matches / a box full of matches*
7. *to sleep through the night / to get a kiss before going to sleep*
8. *Filch = the butler / Filch = the butler's son*
9. génitif utilisé pour des produits provenant d'animaux vivants / nom composé lorsqu'on tue l'animal pour obtenir le produit
10. *last Sunday's paper / a kind of paper published on Sundays*

4. p. 78

1. *Blake's eccentricities are famous.* (Trad. J. Green)
2. *The Seven-League Boots* (Trad. N. Denny)
3. *One of the British Press's best commentators, Peter Jenkins of the* Sunday Times...
4. *She was the wife of the younger of the men.* (Trad. V. Cohen)
5. *The sunlight of autumn 1945 gently lit the large bedroom.* (Trad. K. Thomson)
6. *A flock of sea-birds is walking along the shore, just at the edge of the waves.* (Trad. B. Wright)
7. *Germaine Buge left Mlle Larrisson's flat after doing two hours' "thorough cleaning" under the old maid's critical eye.* (Trad. N. Denny)
8. *I can provide no answers for a rebellious spirit like Claire's without falsifying my own mind.* (Trad. J. Stewart)
9. *He took a big beer glass, sent an ice-cube spinning round in it, flung away the iceberg in disgust, engaged a jug of water, placed the misted glass on the counter, put the receptacle adjacent to it.* (Trad. B. Wright)
10. *Brittany and its sandy beaches... the solitude of underwater fishing... the blue of the sky... a rest cure... seawater swimming-pools... games of tennis.*
11. *At regular intervals they saw the Antifer lighthouse searching the sky, and somewhere could be heard the mournful sound of the fog-siren. A strong smell of seaweed came up to them In spite of her high heels and her Paris clothes, Arlette was showing no sign of fatigue, didn't complain of the cold.* (Trad. R. Brain)
12. *Isabelle Huppert is a redhead with sea-green eyes.* (The Guardian Weekly)
13. *Like Valéry Giscard d'Estaing's France, Mikhail Gorbachev's USSR "wants to be governed from the centre."* (The Guardian Weekly)
14. *In Ukraine, a nine-point protocol was signed on April 18 between the local authorities and the strike committee.* (The Guardian Weekly)
15. *The new meeting with Arafat, say the French, was organised "at Arafat's request and with the Lybian authorities' approval".* (The Guardian Weekly)
16. *The long four o'clock break was at its height. A single roar rose from the playground, seething with hundreds of boys in their red-braided black smocks.* (Trad. B. Bray)
17. *Every time I see a medal of St Christopher on the dashboard of a car left for repair, I think of the school at Beauvais...* (Trad. B. Bray)
18. *By an ample coaching porch a brass fountain gaily poured its water into a heart-shaped granite basin.* (Trad. B. Bray)

4.6. Les structures réflexes : les verbes à particule

2. p. 81

1. *to cut down / bring down* 2. *to put up with* 3. *to look down on* 4. *to pay back* 5. *to put out* 6. *to hand out / give out* 7. *to put down* 8. *to call off* 9. *to throw out* 10. *to hit back* 11. *to stand up for* 12. *to turn down* 13. *to make over* 14. *to look up to* 15. *to make up for* 16. *to put up* 17. *to own up to* 18. *to turn up* 19. *to work out* 20. *to come through / to pull through* 21. *to go off* 22. *to make up* 23. *to put off* 24. *to bring up* 25. *to go over* 26. *to give in* 27. *to cover up* 28. *to be fed up with* 29. *to put away / to take away* 30. *to find out* 31. *to fix up* 32. *to bear out* 33. *to take out / to pull out* 34. *to run down* 35. *to die away* 36. *to come out* 37. *to break in (on)* 38. *to leave off*

3. p. 82

1. *Danger! Keep away from the tracks.* 2. *The journalists started firing away at the president.* 3. *Five minutes later, he was still laughing away.* 4. *He mentioned her name and gave the game away.* 5. *The letters on the monument have worn away with time.* 6. *I put the key away, but I can't remember where.* 7. *He got away with a good spanking.* 8. *They decided to do away with that stupid habit.* 9. *The water boiled away and the saucepan is burnt.* 10. *These memories have now faded away.*

4. p. 82

1. *Because there were no planes, we had to fall back on the boat.* 2. *He should not have kept back that part of the story.* 3. *He spends his time looking back upon the past.* 4. *I take back what I said; it was stupid.* 5. *He drew (/stepped) back, terrified.* 6. *You can't rely on him; he often goes back on his promises.* 7. *He hung back too long before making up his mind.*

5. p. 82

1. *We'll have to cut down on our expenses.* 2. *The house was burnt down.* 3. *I had to let my skirts down this winter.* 4. *This custom has been handed down from generation to generation in our family.* 5. *The aim of this measure is to keep prices down.* 6. *He is not the sort of person who will let you down.* 7. *They turned down her request to be transferred.* 8. *His mother was a charwoman. That is no reason to look down on him!*

6. p. 82

1. *We put off the meeting because of the bad weather.* 2. *The thieves made off with the jewels.* 3. *The lawyer was convincing and managed to get the accused off.* 4. *The pain should wear off within a week.* 5. *I was just back from the station, where I had seen John off.* 6. *No sooner had I answered than he rang off.* 7. *Firecrackers were going off in the street.* 8. *They broke off their engagement.*

7. p. 82

1. *Would you like to try on this blue dress?* 2. *My son likes French, but he also gets on very well in maths.* 3. *Can you send my mail on to this address?* 4. *I cannot take on such an important job right now.* 5. *At the end of the year, the pupils put on a short play which they perform in front of their parents.*

8. p. 83

1. *Don't trouble (/bother) to see me out, I know the way.* 2. *Indian ink usually does not wash out.* 3. *In this factory the workers clock out around 5 o' clock.* 4. *It took a long time to dig out the buried miners.* 5. *If you intend to play bridge, count me out.* 6. *The truth came out at the enquiry.* 7. *This new dress brings out her figure.*

9. p. 83

1. *Speak up! I can't hear you.* 2. *Fill her up, please.* 3. *Don't get so worked up over nothing!* 4. *He was always thinking up new ways of improving production.* 5. *It can't be true! He must have made up the story.* 6. *He has lost weight and needs a belt to keep his trousers up.* 7. *What are you up to?* 8. *I'll look up the word in the dictionary.* 9. *Have they made it up?* 10. *We need more elements to back up our theory.*

10. p. 83

1. *Their demonstration (...) was also harshly put down.* (The Guardian Weekly)
2. *A dog jumped out of the pool and shook itself. Marthe got up, like someone shaking off her dreams after a nap while still looking half asleep.*
3. *He will bring us a bottle tomorrow; he did not do so tonight, because he did not know if we would agree to stay on.*
4. *Bernard looked up, listening. No; his father and elder brother had been kept back at the Palais; his mother was out visiting, his sister had gone to a concert, and as for the youngest, Caloub, he was locked up in a boarding school every day after leaving the lycée.*
5. *We could have limited the damage, if not warded off all the effects of the crisis.* (The Guardian Weekly)
6. *Finally, one day when he was in his room, he thought he would die of terror: God was leaning in at his window.* (Trad. J. Green)
7. *Those who are "making out" are basically the craftiest or the least scrupulous.* (The Guardian Weekly)
8. *Clearly, Saddam believes Western societies have become too flabby to be able to stand up to such an ordeal.* (The Guardian Weekly)
9. *[M. Chevènement] walked out in the middle of a war. (...) His resignation has at least the advantage of clarifying a debate that most of our political leaders had put off for later.* (The Guardian Weekly)
10. *The taxes on the inheritance, added to the legal costs of the search for heirs, turned out to be so high that Antoine Rameau had to auction off everything.* (Trad. D. Bellos)

5.1. Quelques prépositions décrivant des relations spatiales

2. p. 87

1. *He lives a few miles from Norwich.*
2. *I saw him run into the chemist's.*
3. *A steeple could be seen on the horizon.*
4. *He's lived all his life in Oxford and now teaches economics at Cambridge.*
5. *A few yards away, there was a stationer's.*
6. *He lives at 16 rue Mouffetard, on the third floor.*
7. *The butler showed them into the sitting-room.*
8. *He has an alibi. Someone saw him in the cinema at 8.50, during the interval.*
9. *We are to meet at the cinema at 8 o'clock.*
10. *The small girl had her nose pressed against the shop-window.*
11. *You'll have to change trains at Brighton.*
12. *She lives 50 miles west of London.*
13. *She works at Fnac.*
14. *Everyday, after supper, we would go to J... station, a mile and a half from home, to see the troop trains go by.*
15. *He threw water onto (/over) his face, then ran a comb through his hair.*
16. *She's always listened outside (or: at) doors. She can't help it.*

3. p. 87

1. *I caught sight of him in the bedroom.*
2. *I took a pen from your bedroom, Peter.*
3. *I took a pen out of the drawer.*
4. *I took the cat into my arms.*
5. *He walked across the fields.*
6. *He's up in the tree.*
7. *The wind is blowing through the trees.*
8. *The house stands among (the) trees.*
9. *He spent the day walking about in the house.*
10. *Pupils are not allowed to hold political meetings within (/inside) the school.*
11. *Everything was destroyed within a radius of ten kilometres.*

12. *We were drinking out of (or: from) crystal glasses.*
13. *It's an article I cut out of the paper.*
14. *You can't even drive a nail into the wall!*
15. *At Mount Rushmore, faces are carved out of stone (or: into the stone).*
16. *The donkey came and ate out of my hand.*

5.2. Quelques prépositions décrivant des rapports temporels p. 89

1. *Raymond d'Argilat and Adrian Delmas had been friends for a long time.*
2. *Over the years, Bismarck had become an affectionate name that the eldest children, Juliette and Ernest, still gave to Noiraud, without thinking.*
3. *Many dangerous missions, for which he had volunteered, were cancelled at the last minute.*
4. *But every five years, on the fifth of May, at exactly 1 a. m., the ghost left its refuge.*
5. *Lately, the young couple had almost always taken Laurent with them, whose laughter and peasant's strength made the walk more cheerful.*
6. *As in August, the prices have once more increased by 0.6% in a month.*
7. *By the fourth day , with a book by Valéry lying open in her half-pulled drawer, she immersed herself in pure poetry as soon as her boss left.*
8. *He never lived for two days running (/in a row) in the same hotel.*
9. *He should have been here at 5.30 at the latest.*
10. *From the time I was three or four, my father used to drag me along to all the clubs he was playing at.* (The Guardian Weekly)
11. *M. Pierre Verbrugghe, chief commissioner of the Paris Police, announced on Monday October 15th, that , (as) from December 1st, the speed will be limited to 35mph in the capital.* (Ibid.)
12. *Last March, he went to Japan.*
13. *He had turned sixty-five on February 25th and his term had been extended for a year, with the possibility of staying in office until he was seventy.* (Ibid.)
14. *Now Air Europe offers you 7 flights a day , and 8 flights from November 1st, the earliest at 7.50 and 8.45 a.m.(...); check-in up to ten minutes before departure.*
15. *On arrival, reach London in 30 minutes with the Gatwick Express, which leaves every 15 minutes.*

5.3. Autres types de rapports exprimés par des prépositions

1. b/ p. 90

1. *His door opened violently; and by the glimmer of a lamp on the chimney-piece, he saw someone coming forward.*
2. *To our amazement, he told us that he was leaving for China (on) the next day.*
3. *At the inn, we once again met the man in the leather coat who was driving the old Ford.*
4. *Over dessert, he told her that he found her very pleasant indeed.*
5. *A group of young English gentlemen –Eton 1916– smiled at the camera.*
6. *With her cheeks ablaze, Sylvie rejoiced in silence.*
7. *And in spite of his stained clothes, I recognized my London friend, the dandy with the blood-red tie.*
8. *You can die any minute, when riding a horse, when driving.*
9. *I saw by the numberplate of your car that you were French.*
10. *He threw water onto (/over) his face, then ran a comb through his hair.*
11. *The males went peacefully along, their whole bodies thrown forward with each movement of their long crooked legs.*
12. *Lea wanted to go in with her grandfather, to the Lefevre brothers' disappointment – they had polished their old Celtaquatre in her honour.*
13. *Laurent and Claude had gone and she had immediately fled to avoid her father's painful and questioning look. At this memory, a bad taste came into her mouth.*
14. *They remained side by side, making no effort to please each other or to talk, peaceful and, so to say, happy. The long habit of being together kept them silent, took them back to their respective natural states of spinelessness and serenity.*
15. *He was fascinated by the figure of the writer in the Gide mould: intelligent, cultured, courteous.* (The Guardian Weekly)
16. *The Commissioner-general responsible for Jewish questions.* (The Guardian Weekly)

2. b/ p. 91

1. *The clerk at this window is particularly unpleasant.*
2. *They had already forbidden the use of the door with a chair.*
3. *Miete brought the dishes in from the kitchen.*
4. *The week I spent in the forest was the worst in the whole war, for me.*
5. *His face was black with dust.*
6. *France has the largest alpine ski area in the world.*
7. *"And so, you live by your art, sir?"*
8. *With Claire, I could indulge in my rage for destruction, which matched her own feelings.*
9. *It was towards her that Blake turned on his death-bed, when he had just completed the unusual drawing in which God is shown measuring the heavens with a compass.* (Trad. J. Green)
10. *Blake, with a blow of his fist, knocked him off the scaffold on which they were both standing.*
11. *Corsica is a 110 mile long island that emerges from the sea South of Nice –30 minutes by plane, 10 hours by ferry-boat, and you're there.*
12. *A large lake with hazy shores and feathery tree-tops, reminiscent of Fragonard or Watteau / like a painting by Fragonard or Watteau.*

13. *On the night sands, the crabs walked towards me and tore me to pieces. They fed on me.*
14. *The moment when he understood that they wanted him to take part in the secret war was one of the most exhilarating in his whole life.*
15. *In September 1939, from the very first days of mobilisation, he felt a violent thirst for heroism.*
16. *Meditating on death does not teach us how to die; it does not make our exit easier, but I no longer look for easiness.*
17. *This word vision is the one which comes inevitably under the pen when there is question of Blake.* (J. Green)
18. *I laughed out of malice but I wept for pity.* (Trad. I. Clephane)

3. p. 92

1. *He had no money on him.*
2. *The pantry looks on to the garden.*
3. *We have a country house on the Eure.*
4. *I left the key in the lock.*
5. *He got on to the table to talk to the crowd.*
6. *He made blunder after blunder!*
7. *You should never judge people by appearances.*
8. *The room is 4 yards by 3.*
9. *I am writing to you in a hurry as we are about to leave.*
10. *He phoned around 6 o' clock.*
11. *The novel ends with the hero's death.*
12. *"Never!" he said, and with that, he left us.*
13. *Don't send it! One book out of four arrives damaged.*
14. *It only happens once in a thousand times and it had to happen to me!*
15. *He sang to the tune of "Who's afraid of the big bad wolf?"*
16. *The tape-recorders were bought out of the laboratory funds.*
17. *We paid back over a period of three years.*
18. *Large floral patterns could be seen against the blue velvet.*
19. *A door opened on to the front hall. (/ led to...)*
20. *As his mother leant over the range, Alexis stealthily walked across the kitchen behind her back.*
21. *I quickly got up and rushed to (/jumped for) the hayfork which happened to be lying within reach.*
22. *Following the old woman, Françoise went in, two tomcats close on her heels.*
23. *They liked Chamfort, Rousseau and Chateaubriand, but disagreed about Zola, Gide and Mauriac, though they held similar views about (/regarding) Stendhal and Shakespeare.*
24. *She lay down again on her back and noticed that last night, Chéri had thrown his socks on to the mantelpiece, his underpants on to the writing desk, his tie around the neck of a bust of Lea.*
25. *Out of twenty years in power, I spent twelve without a fixed address.*
26. *The owner is reading from a large register.*

4. p. 92

1. *You laugh only out of malice or mockery.*
2. *As a precaution, Adelaïde pushed the duster between the clock and its base.*
3. *What can you fear on such a night?*
4. *The children are walking side by side, holding hands.*
5. *When they reached her door, Frambcise said good night. He took her by the arm.*
6. *So far, all the nations have perished because of a lack of generosity.*
7. *Fortunately, a balance now tends to be found between these two extremes.*
8. *It is as if he were a man only by mistake, so little did he resemble the rest of humanity.* (Trad. J. Green)
9. *Many of their wives work in the administrative department of the Interior Ministry, which means that through them former agents can remain informed about the ministry's various moves.* (The Guardian Weekly)
10. *Then the visit proceeds, via the back escalator, directly to the impressionist gallery located on the top floor, because of the natural lighting.* (Musée d'Orsay - brief guide)

5. p. 93

1. *It'll cost you about 100 francs.*
2. *He cut a piece of bread out of the loaf and handed it to me.*
3. *Give me a piece off the shin.*
4. *I read this in the latest novel by Iris Murdoch.*
5. *I learnt it from Barbara Tuchman's latest book.*
6. *They were drinking tea out of blue china cups.*
7. *She left the room with a rustling (or: rustle) of silk.*
8. *I followed her into her bedroom.*
9. *He filled notebooks with French words and expressions, with English vocabulary, and with quotations copied out from the books he devoured.*
10. *Indeed, the animals were grazing in a radius of over ten miles.*
11. *All of this was done with the aim of making their operations easier.*
12. *We didn't keep a close enough eye on them when they were looking for new jobs.* (The Guardian Weekly)
13. *We were under the necessity of dismissing him.*

5.4. Adjectifs + prépositions

1. p. 95

1. *at* 2. *in* 3. *by* 4. *in* 5. *with (or of= devoid of)* 6. *at* 7. *in* 8. *with* 9. *with* 10. *on* 11. *with* 12. *with – for* 13. *with* 14. *with* 15. *by* 16. *in* 17. *against* 18. *with – with* 19. *in* 20. *in* 21. *with* 22. *with* 23. *to* 24. *with* 25. *at* 26. *to*

2. p. 96

1. *During the meal, Eddy had apologized for his inattentiveness (...), sitting on the very edge of his chair, his whole attitude reflecting impatience, already preoccupied with the thought of some pleasure in the near future.*
2. *But the faces of some women remain steeped in childhood until they reach middle age.*

3. *The next day, he came to say goodbye to the Blanchards with his arms piled high with flowers and bottles of sparkling wine.* (Trad. L. Coverdale)
4. *The blocks of buildings and the small houses disappeared, I was flying over all the fences, free from gravity...*
5. *But I saw nothing except stones and water, blind as I was to all those things my father showed me.*
6. *Tarrov waited in vain for the daily appearance, but the windows remained resolutely closed on such easily understandable grief.*
7. *He filled the other, pea by pea, at a constant, carefully regulated speed. Thus time for him was reckoned by these pans and he could take his bearings in it at any moment of the day.* (Trad. S. Gilbert)
8. *The faces are all so similar: short hair, smiles for the photographer, clear brows and perfect teeth – good college boys, still bathed in the glow of adolescence.* (Trad. W.R. Byron)
9. *But Gilles soon realized that he could expect nothing from this fat, lazy girl, who was quite hopeless at hunting and tourneys...* (Trad. A. Sheridan)
10. *[The limits of this reform] reside in the dogmatism inherent in the various doctrinal schools (...) and above all the accumulation of prejudices inseparable from the military point of view.* (Trad. J. Mehlman)

5.5. "En" + participe présent p. 98

1. *I used to sit on the bench and Monsieur Liévin would wander about giving me dictation.* (Trad. I Clephane)
2. *"Now don't catch cold," Mademoiselle Rakoff told them, clapping her hands.* (Trad. R. Coverdale)
3. *He decided to go in as he had come out, by passing through the wall.* (Trad. W. Fowlie)
4. *My grandfather used to grumble when he read my end-of-term reports.* (Trad. I. Clephane)
5. *"What will you do with all these directories?" I asked Hutte, taking in the shelves with a sweeping gesture.* (Trad. D. Weissbort)
6. *While contemplating the project of a trip to Egypt, he led a very peaceful life...* (Trad. W. Fowlie)
7. *The baker's wife was running across the square.* (Trad. V. Cohen)
8. *She had been in the highest spirits that morning as she and Louise got into their grandfather's car.* (Trad. P. O' Brian)
9. *He read, knitting his brows and turning over the pages after moistening his index finger with his tongue.* (Trad. D. Weissbort)
10. *He had begun to sing a drinking song as he smashed various windows...* (Trad. W. Fowlie)
11. *"Brother! I am the boy you were when you left...* (Trad. W. Fowlie)
12. *The Cadi.., in letting the rope down, had missed.* (Trad. R. Heppenstall)
13. *"I wanted to spare your returning, but by sparing your departure."* (Trad. W. Fowlie)
14. *As she reached the corner of the rue Mont-Cenis she met a number of schoolboys running down the slope.* (Trad. N. Denny)
15. *He drew back with a yell of fright.* (Trad. N. Denny)
16. *"And I strongly advise you to go and see her as soon as we've had it out."*
    Laurence gave him a look of hatred.
    "So as to prevent her killing herself and leaving a note to say why?" (Trad. P. O' Brian)
17. *The warden of the Santé, on entering his office one morning, found the following letter on his desk.* (Trad. W. Fowlie)
18. *When he heard such praise, Dutilleul turned red with embarrassment...* (Trad. W. Fowlie)
19. *On March 17, he went to Moscow as planned, knowing very well that the Soviet leaders had no intention of returning Honecker to be tried by a German court.* (*The Guardian Weekly*)
20. *"It's for an eight-year-old boy..." she'd told the shop assistant with a smile.* (Trad. J. Brownjohn)

6.1. Les indénombrables

1. p. 101

1. *word* 2. *burst* 3. *bout* 4. *spell* 5. *piece / item* 6. *peals / bursts* 7. *feeling* 8. *fit* 9. *act* 10. *mark / show* 11. *touch / tinge* 12. *stroke* 13. *bit* 14. *piece* 15. *piece* 16. *fits* 17. *item* 18. *word / an ounce*

2. p. 101

1. *We dragged a few pieces of furniture about with us.*
2. *And what is poverty, if not generalized hunger?* (Trad. A. Sheridan)
3. *"But, Madame Octave, it is not yet time for your pepsine," Françoise said. Are you feeling a little weak?"*
4. *I felt released from anxiety, despair, and from all my feelings of nostalgia.*
5. *The din and bands of the popular district can be heard.* (Trad. C. Wildman)
6. *You could go on bringing me liquorice, champagne on my birthday, and on Sunday we should have an extra special game of piquet.* (Trad. R. Senhouse)
7. *French judicial authorities sometimes show an extraordinary coyness.* (*The Guardian Weekly*)
8. *In the evening, when they sat face to face, looking at peace, as if they were strangers, storms of passion, of terror and of desire arose under the calm flesh of their faces. Thérèse had fits (/transports) of anger and cowardice, with cruel and unkind remarks; as for Laurent he was a prey to dark feelings of brutality, to poignant sensations of hesitation.*
9. *His constant irritability flared up at the slightest provocation. The growing disorder which he had been at such pains to conceal was betrayed by sudden outbursts of temper, moodiness, and finical behaviour.* (Trad. du jury du concours St Cloud-Fontenay)

6.2. L'article

1. p. 103

1. a/ *He goes to church every Sunday.*
   b/ *He is going to the church to see if the storm has caused any damage.*
2. a/ *He was appointed Headmaster last year.*
   b/ *I spoke to the headmaster last night.*
3. a/ *Can you pass me the bread, please?*
   b/ *Wholemeal bread is good for your health.*
4. a/ *We spend our holidays in Surrey.*
   b/ *The Surrey I know is a far cry from the Surrey of Betjeman's poems.*
5. a/ *He mentioned it to me last week.*
   b/ *It wasn't until the last week that he mentioned it to me.*
6. a/ *"Who is speaking?" " The Home Secretary."*
   b/ *Mrs Thatcher was Minister of Education before being Prime Minister.*
7. a/ *He spent two weeks in hospital after his accident.*
   b/ *I always park my car in front of the hospital.*
8. a / *He is the expert on Hindu philosophy.*
   b / *Mr. Harrow, the expert on Hindu philosophy, will give a lecture next month.*

2. p. 103

1. *Term / Professor T. / head of the department / his back to the window / the cold... / over his shoulders /the turbulent heaps of papers / the pale / the rain / the panes / the students / the last leaves / from the trees, Professor T.*
2. *a filthy t. / the tarpaulin / the hedge / the machine / with loathing /the scooter / its former o. / his father-in-law / the latter / a small car / the time / the gift / one of astounding g. / an act of the purest m. / the gift / the assumption / the running c. / the savings on fares / a prediction / a bitter l. / paying for repairs*
3. *in a mood / the basement / the sharp w. of frying o. / in a mood / opened tins or boiled eggs / at most dressed an avocado / at the sink / courgettes and aubergines / the mood*
4. *on the scale of the cyclone / Bangladesh / in the next few years / Western analysts / half a million / after a cyclone / brought floods to B. / the toll / to top 100,000 / the intervening 20 y. / of others / swept out to sea*
5. *The age of the A. hero / tell right from wrong / a new study / A majority / if the US were a business / the Japanese / the west E. / the Japanese / The percentage of Americans / religion / in their lives / the 1950s / A majority / look after elderly parents / their next-door n. / The study / the nineties / the decade of the renewed m.c. / people / to impose order on moral chaos*

3. p. 104

1. *My brothers and I used to laugh at one of our neighbours, a grotesque chap, a dwarf with a small white beard and a hood, who was a town-councillor called Maréchaud. Everyone called him Old Father Maréchaud.*
2. *Threats, the withdrawal of tips, insults, prayers –all had failed; old Father Rateau took off his cap, scratched his head, promised, in a voice trembling with emotion, never to do it again, and on the next day came even later.*
3. *Stendhal tells us that every single day, for 24 years, Farmelli, the castrato, sang the same three tunes to Philip V.*
4. *Lea was the only one of his nephews and nieces who did not feel intimidated by the monk, a giant made even more impressive by his long white cassock. A remarkable orator, he preached all over the world and regularly corresponded with religious personalities of all denominations.*
5. *One day, on the banks of the Nile, in the English Sudan, Prince William of Sweden was taking a few days' rest after an exploration into Equatorial Africa.*
6. *How fathomless the mystery of the Unseen is! We cannot plumb its depths with our feeble senses - with eyes which cannot see the infinitely small or the infinitely great, nor anything too close or too distant, such as the beings who live on a star or the creatures which live in a drop of water...* (Trad. D. Coward)
7. *As is often the case, it is perhaps best defined by what I have not been – a good soldier, but not a great warrior; an art lover, but not the artist that Nero believed himself to be at the end of his life; capable of crimes, but not burdened with crimes.*
8. *Mlle Lethuit was not listening. Inwardly, she was shaking. What, could it be that Mlle Lethuit –the terror and providence of the poor families to whom she gave relief on behalf of the state, the support of her old father and of her sister Pauline, a lay and Republican Amazon– was trembling?*
9. *To his handsome neighbour, Honoré had painted such a quick and benevolent portrait of these people that, in spite of their deep differences, they all seemed alike, the brilliant Mme de Torrence, the witty Duchess of D..., the beautiful Mme Lenoir.*
10. *The cities are trying to say something. They expand and contract and, at each breath, sounds spurt from them and race across the earth. Brains emit waves ceaselessly, and hearts beat. Life flourishes everywhere. The white blocks of flats standing on the asphalt plains were not, after all, motionless, as had been thought: they swayed. Winding roads, railway lines, building sites, quarries, gasworks. There is so much life on all sides. The earth vibrates incessantly.* (Trad. S. Watson Taylor)

6.3. Les adjectifs démonstratifs

p. 106

1. *And I can't see anybody in this district having anything against Valentine. You can't be expected to know the good that woman did when she still had the means, during her husband's lifetime.* (Trad. R. Brain)

2. *Laurence thought of that king who turned everything he touched into gold and whose little daughter became a splendid metal doll.* (Trad. I. Clephane)
3. *"But I love you above all for the purity that is inside you and that nothing can tarnish."* (Trad. A. Sheridan)
4. *That summer I was seventeen and perfectly happy. I lived with my father, and there was also Elsa, who for the time being was his mistress. I must explain the situation at once, or it might give a false impression.* (Trad. I. Ash)
5. *"That cow Marie-Claire," she murmured. "She obstinately refuses to divorce: just for the pleasure of bitching me.* (Trad. I. Clephane)
6. *Among the books published since 1968, we have chosen and commented on those that best allowed us to understand the end of this century.*
7. *Gilles de Rais was one of those country squires from Brittany and the Vendée who had thrown in their lot with the Dauphin Charles...* (Trad. A. Sheridan)
8. *In 1986, over 17,000 people were hospitalized in France after being poisoned by a pharmaceutical product, not counting suicide attempts. Such heavy drugs use could have serious implications, said Evin.* (The Guardian Weekly)
9. *Behind Hutte, dark wooden shelves covered half the wall: there were rows of street-and-trade directories and year-books of all kinds, going back over the last fifty years.* (Trad. D. Weissbort)
10. *Yet the young page was already communicating some of his strength of conviction to that shadow of a king...* (Trad. A. Sheridan)
11. *In the five months of Gamsakhurdia's government the first steps taken towards independence have not all been disappointing. Far from it.* (The Guardian Weekly)
12. *Yes, it could begin this way, right here, just like that, in a rather slow and ponderous way, in this neutral place that belongs to all and to none, where people pass by almost without seeing each other, where the life of the building regularly and distantly resounds. What happens behind the flats' heavy doors can most often be perceived only through those fragmented echoes, those splinters, remnants, shadows, those first moves or incidents or accidents that happen in what are called the "common areas", soft little sounds damped by the red woollen carpet, embryos of communal life which never go further than the landing.* (Trad. D. Bellos)

6.4. Traduction de "on"

2. p. 110

1. *"Although Vichy may not have done the emperor any good, it can be said that the emperor has done Vichy good.* (The Guardian Weekly)
2. *One can't think of everything.*
3. *"What are we doing?"*
   "Nothing."
   "Staying here?
   "Why not?" (Trad. R. Brain)
4. *Hutte, as usual, sat at his massive desk, but with his coat on, so that there was really an air of departure about it.* (Trad. D. Weissbort)
5. *In fact, the malady of adolescence, which is not to know what one wants and yet to want it at all costs, possessed me to the point of frenzy.* (Trad. J. Stewart)
6. *You never can tell.*
7. *The case for the prosecution was full of phrases like: "There is every cause to believe that..." or "It may justifiably be presumed that..."* (The Guardian Weekly)
8. *There was general surprise in the village. The baker had done enough talking for there to be no doubt left about the essentials of the drama.* (Trad. R. Heppenstall)
9. *To make me savour my good fortune still more, my mother learnt and taught me the rules of versification. Someone caught me scribbling a reply in verse, encouraged me to complete it, and helped me with it. (...) I was given a rhyming dictionary and made myself a versifier...* (Trad. I. Clephane)
10. *Lecoeur and Woog's Grand Etablissement Thermal (1903)... is designed in the Moorish style.* (The Guardian Weekly)
11. *He maintained that "the State would be mistaken if it put Golan on the negotiating table." First, Monitz explained, "You don't give away your house."* (The Guardian Weekly)
12. *A black portfolio, so full that it would not close, was standing on the floor. Hutte picked it up. He carried it, one hand underneath.* (Trad. D. Weissbort)
13. *They left the village at nightfall, and around midnight the company passed near the overthrown frontier post lying across the trench.* (Trad. K. Thomson)
14. *As harsh to me as he was, I felt sorry for Matthews just then. No one could have let him know with less elegance that he was judged worthless.(...) I could see Matthews grit his teeth...*
    "Go ahead, Dr. Martinelli," Matthews said, glancing at me furiously. Naturally, he could treat me any way he wanted. I wasn't anybody important. (Trad. M. Sokolinsky)

7.1. Les faux amis

1. p. 111

1. actuellement : *nowadays* ≠ *actually* : en fait
2. décevoir : *disappoint* ≠ *deceive* : tromper
3. grief : *grievance* ≠ *grief* : chagrin
4. affluence : *crowds* ≠ *affluence* : opulence
5. ostensible : *conspicuous* ≠ *ostensible* : prétendu
6. rampant : *creeping* ≠ *rampant* : effréné
7. liqueur : *liqueur* ≠ *liquor* : alcool
8. gentil : *kind* ≠ *genteel* : distingué
9. défiler : *march past* ≠ *defile* : souiller
10. physicien : *physicist* ≠ *physician* : médecin
11. location : *renting* ≠ *location* : situation
12. intoxiqué : *poisoned* ≠ *intoxicated* : ivre
13. combine : *scheme* ≠ *combine* : trust

14. mondain : *fashionable ≠ mundane* : prosaïque
15. haineux : *malevolent ≠ heinous* : odieux
16. habileté : *skill ≠ ability* : capacité
17. grand : *large ≠ grand* : grandiose
18. mécanique : *mechanics ≠ mechanic* : mécanicien
19. fastidious : *tedious ≠ fastidious* : difficile à satisfaire
20. candide : *ingenuous ≠ candid* : franc
21. agonie : *death-pangs ≠ agony* : affres, supplice
22. trépasser : *pass away ≠ tresspass* : trangresser, enfreindre
23. patron : *boss ≠ patron* : client, mécène
24. inconsistant : *weak ≠ inconsistent* : inconséquent
25. logeur : *landlord ≠ lodger* : locataire
26. socquette : *sock ≠ socket* : douille de lampe
27. acceptation : *acceptance ≠ acceptation* : acception
28. corporation : *guild, corporate body ≠ corporation* : grosse entreprise
29. sportif : *athletic , sporting ≠ sportive* : badin
30. vexé : *offended ≠ vexed* : irrité
31. surnom : *nickname ≠ surname* : patronyme
32. évincer : *to supplant ≠ to evince* : manifester, montrer
33. truculent : *racy ≠ truculent* : aggressive
34. confident : *confidant ≠ confident* : confiant
35. malice : *mischievousness ≠ malice* : malveillance
36. achèvement : *end ≠ achievement* : réalisation, succès
37. fatuité : *complacency ≠ fatuity* : ineptie
38. refus: *refusal ≠ refuse* : déchets
39. éventuel : *possible ≠ eventual* : final
40. commodité : *convenience ≠ commodity* : denrée, produit.

2. p. 112

1. a/ *As for the international conference, the Quai d'Orsay agrees "it's a real problem."* (The Guardian Weekly)
   b/ *Each of the four days of the seminar was organized in the same way, with two talks in the morning...*
2. a/ *The central government controls the vast majority of a docile Muslim clergy.* (The Guardian Weekly)
   b/ *Who supervises your child's teachers?*
3. a/ *They had come to tell us there was a chance of winning a scholarship to a college in the United States. (...) It was a unique opportunity.* (Trad. W. R. Byron)
   b/ *Elysée spokesmen are particularly cautious about the chances of the project being accepted...* (The Guardian Weekly)
4. a/ *Can you let people alienate hearts that could so easily be won?* (Massillon)
   b/ *But Grand-Lebrun, willing or not willing, remains a part of my heritage and no one will separate me from it.* (Trad. W. Fowlie)
5. a/ *After giving rise to strong demonstrations before the beginning of the conflict, the pacifist movement flagged during the war.*
   b/ *Virtue is a principle whose manifestations differ according to one's social environment.*
6. a/ *The Middle Ages had two rival systems - one upheld by Christianized society; the other the product of heretical courtesy.* (Trad. M. Belgion)
   b/ *The morale of the soldiers is excellent.*

3. p. 112

1. *They are roughly the same height, and probably the same age too.* (Trad. B. Wright)
2. *...a somewhat neglected branch of medecine known as military psychiatry.* (The Guardian Weekly)
3. *Never had the world seemed so implacably doomed.* (Trad. R. Manheim)
4. *She,too, disappeared in the end: they made out that she taught me nothing but I suspect my grandfather thought her calamitous.* (Trad. I. Clephane)
5. *I am closing my eyes and recalling one day chosen at random from all the past days of the period when Grand-Lebrun contained my life.* (Trad. W. Fowlie)
6. *Tell me. Did you find nothing but disappointments on your wanderings?* (Trad. W. Fowlie)
7. *After the ceasefire, settling the immediate problems linked with the crisis implies Iraqi-Kuwaiti negotiations under the auspices of the regional powers and possibly other powers...* (The Guardian Weekly)
8. *But Dominique always used to say, "No doubt your friend is very nice; but my poor darling, how dreadfully commonplace she is."* (Trad. P. O'Brian)
9. *A tiny bloodstained body in its death throes is such a beautiful sight!* (Trad. A. Sheridan)
10. *Depending on the most convenient means of travel, they would perchance come back on their tracks or make fairly large detours.* (Trad. D. Bellos)
11. *All that is still necessary is a clear acceptance by Saddam Hussein for the war to stop.* (The Guardian Weekly)
12. *[Voltaire wrote] to the Comtesse de Bentinck that he looked like "a dead man and a walking corpse."* (The Guardian Weekly)
13. *It's irritating, thought Laurence, but I never remember my dreams.* (Trad. P. O' Brian)
14. *The need to write, to free myself by writing, possessed me very early.* (Trad. W. Fowlie)
15. *[They] sadly admit that there is a "deep misunderstanding of France's position" and conclude: "We've got to put up with it; there's nothing to be done about it."* (The Guardian Weekly)

7.2.1. Bruits

1. p. 115

1. *ticking* 2. *chattering* 3. *chirruping / ringing* 4. *scuffling* 5. *pattering* 6. *lapping and sucking* 7. *clicking* 8. *rumblings* 9. *wailing / hooting* 10. *tapping* 11. *honking* 12. *banging*

2. p. 115

1. *His loud and happy laughter merged with the sizzling of the meat in the frying-pan.*
2. *The tyres of the car screeched on the tarmac of the peaceful suburban street.*

3. *He heard the rustle of cloth and the creaking of the bed.* (Trad. L. Coverdale)
4. *A wooden board on two posts rattled to and fro in the wind.* (Trad. B. Bray)
5. *Somewhere a pig was grunting. At the sound of footsteps on the frozen ground a dog set up a furious barking.* (Trad. D. Davison)
6. *The whistle of each [shell] ended in a dull explosion, a long way past the dark forest barrier.* (Trad. K. Thomson)
7. *The noise of the company's four machine gunners mixed in a continual din.* (Trad. K. Thomson)
8. *Everyone kept silent. The pitter-patter of rain could still be heard, but the noise of cars was not so frequent.*
9. *A heavy foot had stumped on the stairs, and then there was a sort of soft thud followed by a sigh of contentment.* (Trad. L. Tancock)
10. *It would swirl round the house with the roar of a torrent, or break into the hissing stridency of a cascade. Now and then the iron blower rattled before the grate-front.* (Trad. F. Davison)
11. *This provoked much hilarity in her entourage and set up a chorus of cries and a cackling as of geese being harried by a spaniel.* (Trad. F. Davison)
12. *They say one must howl with the wolves; I believe it's also necessary to bleat with the sheep, when one belongs to the flock."* (Trad. W.E. van Heyningen)
13. *His mirth redoubled, like the screech of a pulley that wants oiling, and it ended up in a terrible fit of coughing.* (Trad. L. Tancock)
14. *He went to the window and, leaning out in the half-darkness, occupied his mind with analysing the various night sound - a continuous scraping of crickets and grasshoppers, the croaking of two frogs in a pond, the intermittent notes of a bird that probably wasn't a nightingale, the clanging of the last tram.* (Trad. G. Hopkins)
15. *The silence was unbroken save by the twittering of thousands of birds; but as he neared the houses Angelo began to hear a dense chorus of asses braying, horses neighing and sheep bleating. "Something's going on here," thought Angelo. "This isn't natural. All those animals sound as if they were having their throats cut."* (Trad. J. Griffin)
16. *Tiffauges was followed, surrounded and preceded by a joyous and peaceful escort made up of a huge humming of bees rifling a field of colza in flower, the tranquil whirr of a threshing-machine in a farmyard, the clank of an anvil, even the hammering of a woodpecker on the trunk of a larch.* (Trad. B. Bray)

7.2.2 Lumière

1. a/ p. 118

1. *health / enthusiasm / anger* 2. *amusement / wit / humour* 3. *wit* 4. *anger / indignation* 5. *interest / understanding* 6. *tears* 7. *jealousy / hatred / envy* 8. *amusement / wit / malice* 9. *excitement / happiness* 10. *understanding*

b/ p. 118

1. *flicker* 2. *glaring* 3. *flashed* 4. *blazing* 5. *gleam* 6. *sparkled* 7. *flash* 8. *flare* 9. *twinkle.* 10. *glowed.*

2. p. 118

1. *She was pale and pearls of sweat glistened on her forehead.* (Trad. W.E. van Heyningen)
2. *They stood for a moment, cheeks aglow, laughing at each other.* (Trad. F. Davison)
3. *The dark-blue eyes gleamed. Gilberte stammered with joy.* (Trad. R. Senhouse)
4. *Aunt Alicia, with three glittering fingers, grasped the stem of her glass and raised it in a toast.* (Trad. R. Senhouse)
5. *Doctor Courrèges' lamp glowed from behind a window on the first floor.* (G. Hopkins)
6. *The frost was thawing and the damp grass glistened as if moistened with dew.* (Trad. F. Davison)
7. *A man came running from the far end of the street: jet black hair and whiskers, dazzling white shirt.* (Trad. P. O' Brian)
8. *Finally, by the gleam of the stars, she went and pulled a big spiny juniper up by the roots...* (Trad. W.E. van Heyningen)
9. *Before Meaulnes could ask anything more they reached the door of a large room with a low ceiling, where a great fire was blazing.* (Trad. F. Davison)
10. *It wasn't until the first glimmers of dawn that I could tear myself away from contemplating the thin body...* (Trad. B. Bray)
11. *And the argument went on. Meaulnes did not miss a word. Thanks to this peaceable little quarrel he began to get a glimmer of enlightenment.* (Trad. F. Davison)
12. *Batches of bread followed one another, the glow of the oven flickering at intervals in the room where two men were working, their bare backs white and emaciated from the fire.* (Trad. V. Cohen)
13. *All those shadows, flickering or still, went to make up Life; like the river, like the sea that was too far off to be visible...* (Trad. A. Macdonald)
14. *He had been tramping like this for an hour and was within two kilometres of Montsou, when to his left he saw some red flares –three braziers apparently burning in mid-air.* (Trad. L. Tancock)

7.2.3. Démarche

1. p. 129

1. *staggered* 2. *rush* 3. *creepy* 4. *plodder* 5. *jogging* 6. *wandering* 7. *hopping* 8. *lurch* 9. *stumbled* 10. *swayed* 11. *march* 12. *stride* 13. *ramble* 14. *sneaky* 15. *prowl* 16. *lurking / sneaking*

2. p. 122

1. *But at this he seized her by the sleeve and limping back to the table, dragged her with him.* (Trad. D. Bussy)
2. *But my companion darted into the big school-room, me at his heels...* (Trad. F. Davison)

3. *Then through the long hours of the night he paced the floor of the empty rooms, brooding and feverish.* (Trad. F. Davison)
4. *Madame Courrèges pattered along behind them.* (Trad. G. Hopkins)
5. *The man had set out from Marchiennes at about two. He strode on, shivering in his threadbare cotton coat and corduroy trousers.* (Trad. L. Tancock)
6. *I can still see myself trying to keep up with more nimble children, hopping on one leg...* (Trad. F. Davison)
7. *I waited in a moat until the gates were opened, and then slipped up to my room without being seen by anybody.* (Trad. S. Young)
8. *He drew back with a yell of fright [and...] bolted at top speed without taking the time to look round.* (Trad. N. Denny)
9. *Ludo collected his belongings, then stumbled and slid his way down to the shore.* (Trad. L. Coverdale)
10. *He caught sight of the walking man, striding along the forest path [and...] overtook him...* (Trad. L. Coverdale)
11. *The baker's wife would step inside the coach-house, pat her dark hair into place, turn round, and dash once more across the deserted square.* (Trad. V. Cohen)
12. *And remember, I shall have my eye on you as you leave the house. Woe betide you if you march like a guardsman, or drag your feet behind you!"* (Trad. R. Senhouse)
13. *Germaine Buge fled with the boots, without waiting to see what he did next.* (Trad. N. Denny)
14. *Though they were shivering in their thin clothes, they did not quicken step, but plodded on, strung out along the road like a trampling herd.* (Trad. L. Tancock)
15. *Staggering like a drunkard, hands in his pockets, shoulders hunched, he trudged along the road to Sainte-Agathe while the old berlin –last vestige of a mysterious fête– wheeled away from the gravelled road and went lurching noiselessly across country over a grass-grown track.* (Trad. F. Davison)

7.2.4. Regard

1. p. 125

1. *view* 2. *gazed* 3. *glared* 4. *examine* 5. *watching – watch* 6. *catch a glimpse* 7. *ogled* 8. *glanced* 9. *peering* 10. *gazing* 11. *peered at* 12. *stare* 13. *make out*

2. p. 126

1. *Not a word was being spoken or a sound made. Their eyes stared blankly at Ludo.* (Trad. L. Coverdale)
2. *She gazed at him with a fixed stare of admiration.* (Trad. G. Hopkins)
3. *From the window he watched his motor-car start up.* (Trad. R. Senhouse)
4. *Gaping with horror, M. Lécuyer could not take his eyes off the apparition.* (Trad. W. Fowlie)
5. *Madame Alvarez and her daughter exchanged glances of stupefaction.* (Trad. R. Senhouse)
6. *The schoolteacher watched the two men climb towards him.* (Trad. W. Fowlie)
7. *Meaulnes peeked through the curtains.* (Trad. F. Davison)
8. *The towers seemed to invite you to scan the horizon.* (Trad. B. Bray)
9. *Yet there was one man who recognized Jeanne at first glance, as soon as she entered the throne room.* (Trad. A. Sheridan)
10. *And with his roving eye he tried to peer through the gloom, with a tormenting desire to see and yet a fear of seeing.* (Trad. L. Tancock)
11. *They stared at me in amazement. (...)*
"Strange", announced Heurteur, gazing at me, "it's hard to tell your age." (Trad. D. Weissbort)
12. *And he held out his arm, placed the open palm of his hand just under my nose to hide the moustache and screwed up his eyes like a portrait painter in front of his model.* (Trad. D. Weissbort)
13. *He answered with a terrible grimace; he pulled back his lip and stuck his tongue out between his teeth, squinting as hard as he could.* (Trad. W.E. van Heyningen)
14. *No one asked him anything, but they stole glances at him. (...) Honoré winked at his wife. He winked when he was sure that his boy wasn't looking.*
15. *Sorel went on towards the shed, and as he entered looked in vain for Julien at the place where he should have been beside the saw. He caught sight of him five or six feet higher up, astride one of the beams in the roof. Instead of keeping a watchful eye on the general movement of the machine, Julien was busy reading.* (Trad. M. Shaw)
16. *When she had finished she took out of her pocket the two pieces of paper, and in order to make out which was which in the dying glow of the fire, she once more put on her spectacles...* (Trad. A. Kellet)

7.2.5. Parole

1. p. 129

1. *to lisp* 2. *to jabber* 3. *to gossip* 4. *to yap* 5. *to quaver* 6. *to blurt out* 7. *to rave* 8. *to natter, chat, chatter...* 9. *to grumble, snort* 10. *to prate, prattle* 11. *to babble, stammer* 12. *to stammer* 13. *to rattle on* 14. *to drivel on, ramble on* 15. *to gossip* 16. *to state* 17. *to snarl* 18. *to screech* 19. *to remark* 20. *to drawl*

2. p. 129

1. *He sat there, muttering into his beard, as though he had been alone.* (Trad. G. Hopkins)
2. *The sight of several people silently looking at him paralyzed him. He said, "It muddles my ideas, it makes me stutter in the brain."* (Trad. W.E. van Heyningen)
3. *Gilbert mumbled banalities behind her...* (Trad. P. O'Brian)

4. *But she howled like an animal, with such insane gestures that the three dogs surrounded her, barking furiously...* (Trad. W.E. van Heyningen)
5. *"Her fingers are still ink-stained from school," her father grumbled "and here she is pregnant..."* (Trad. L. Coverdale)
6. *A sudden yell: "The swine! The swine!"*
Laurence seized her mother by the shoulders. "Don't shout."
"I'll shout as much as I like. Swine, swine!" (Trad. P. O' Brian)
7. *"Oh yeah! You're right," sniggered Nicole."* (Trad. L. Coverdale)
8. *My grandfather remained on his chair, growling; my mother came and whispered to me to leave the window.* (Trad. I. Clephane)
9. *Fortunately, there was no lack of applause: whether they were listening to my gibberish or the Art of Fugue, adults wore the same smile...* (Trad. I. Clephane)
10. *"Bet you've even forgotten how much is two and two."*
"Four", faltered a wavering voice.
"And how old are you?"
"Seven", stammered the child. (Trad. L. Coverdale)
11. *At that precise moment my face felt the contact of something so repulsive that I leapt up and uttered a series of frantic yells, my eyes starting out of my head.* (Trad. J. Leggatt)
12. *"Here's the hero of the hour!" my father brayed. Yagel let out a series of war whoops.* (Trad. J. Leggatt)
13. *You want to drag me into a life where I'll have nothing but worries, where everyone gossips about everyone else...* (Trad. R. Senhouse)
14. *He crashed his fist savagely against the partition between our rooms and bellowed: "My son, our hawthorn is the root of a new world!"* (Trad. J. Leggatt)
15. *As soon as the old man recognized him he started to foam at the mouth like a rabid animal.*
"Ah! Pig! Pig! he babbled, "So you're not dead..." (Trad. A. Kellet)

7.3.1. "Lie, lay, rise, raise, arise, rouse, arouse" p. 130

1. *He raised his glass to his lips and drank to the bride's health.*
2. *The talks have begun to raise the workers' salaries.*
3. *Piles of old copies of* Paris-Choc *rose against the back wall.*
4. *When he heard the sound of wheels on gravel, he lay down completely, and did not move for a long time.*
5. *These important social issues keep giving rise to debates and reflections.*
6. *He sucked his pipe and two rings of smoke rose with difficulty.*
7. *She could always rouse within him what was most impure, least noble, what he drove back carefully into his innermost self.*
8. *He reluctantly roused himself from his dream and looked around him.*
9. *He probably had a touch of fever, for he drank a lot. Then he lay down again in the hole in the rocks.*
10. *My words aroused the interest of M. Duhoureau, who was curious about the liberal professions.*
11. *The fog rose just as the sky was getting whiter in the east.*
12. *The cold felt sharper to us, for the wind laid a shivering carapace on our sweat-soaked faces.* (Trad. J. Stewart)

7.3.2. "Make" et "do"

1. p. 131
1. *do* 2. *made* 3. *do / make* 4. *made* 5. *make* 6. *make* 7. *do / do* 8. *make* 9. *does / made* 10. *made* 11. *do* 12. *makes* 13. *do* 14. *did* 15. *made* 16. *made* 17. *make* 18. *made* 19. *do* 20. *make* 21. *make* 22. *do* 23. *do* 24. *undoing* 25. *make* 26. *did* 27. *made* 28. *made* 29. *do* 30. *make*

2. p. 133
1. *Fundamentally the only argument is as to whether or not everything is being done so that there should be more confort and justice upon earth.* (Trad. P. O'Brian)
2. *Tarrou made a slight gesture as if to calm him.* (Trad. S. Gilbert)
3. *The majority of children take their first communion.* (Trad. P. O'Brian)
4. *"One hour to do the three kilometres from El Ameur to here!"* (Trad. W. Fowlie)
5. *"In war, you do every kind of job."* (Trad. W. Fowlie)
6. *"No", said Balducci. "There is no point in being polite. You have insulted me."* (Trad. W. Fowlie)
7. *The doctors had asked for and obtained new regulations to prevent the contagion from being carried from mouth to mouth, as happened in pneumonic plague.*
8. *He wanted to introduced into his department far-reaching reforms calculated to upset the serenity of his subordinate.* (Trad. W. Fowlie)
9. *A few of them (...) attempted to get their hands on the wallets or the family watches of their friends and acquaintances.* (Trad. W. Fowlie)
10. *It is for this reason that, paradoxically enough, so-called rich countries are inclined to extend credit to this tiny state.* (*The Guardian Weekly*)
11. *He pushed me towards the door, and I saw his clerk, standing, with closed fists, ready to pounce on me if I acted like a madman.*
12. *To have children and not to know what to do with them. So much attention, conscienciousness, seriousness for a delivery and so much levity, blindness and stupidity for an education.*

13. *Nobody will do him the injustice of thinking his reasons were petty. He was against this war and said so right from the start of the conflict. He nevertheless helped to prepare for the war, then to wage it. A few days before resigning he said: "If I'd resigned, I'd have been accused of deserting. I chose to shoulder my responsibilities.* (The Guardian Weekly)
14. *"I wanted my conforts; I wanted a bit of peace and quiet. I had you because of the war. They kept telling us: this is the war to end all wars. You're fighting it so that your sons won't have to fight a war. I thought to myself: I'm fighting it but I have no son. I've been had. I was impatient to have one."* (Trad. du jury du CAPES 1984)

7.3.3. La traduction de "faire faire"

1. p. 134

1. *He grows roses on his balcony.*
2. *They kept him waiting for two hours, then charged him an outrageous price.*
3. *The architect they sent for pointed out that the structure was rotten.*
4. *He led us all to believe that he was ill.*
5. *Can you boil some water for the tea, please?*
6. *He showed us into a superb room.*
7. *I can't start the car.*
8. *Wilfred Owen's poetry often evokes Keats.*
9. *The bad weather is still the main topic of conversation.*
10. *This letter gave a new impetus to the affair.*

2. p. 134

1. *The vet arrived, examined Brunette, and led her out of the cowshed.*
2. *On that day, the Yellow Emperor showed the poet round his palace.*
3. *In fact you struggle, not so much to get published as to find a reading public.*
4. *Upon leaving the hospital, Mme Frioulat took a taxi to the rue Elysée- des-Beaux-Arts...*
5. *When she left the newspaper, Framboise went to be consoled by Benjamin.*
6. *The ghost, whom he alone could see, did not appear to those he invited to stay (/sleep) in his room.*
7. *Alberto had run a bath.*
8. *As it happened, he was cooking a hare on that day, and the right proportion of herbs was of the utmost importance.*
9. *When he was twelve, he had been expelled from all the religious schools in Bordeaux.*
10. *And it must be admitted that he did not do anything to introduce her into society.*
11. *She had had to plead with her mother to be allowed to have this dress made, a heavy silk dress with tiny red flowers, whose shape set off (/stressed) the curves of her breasts and of her waist.*
12. *Then come three countries, Australia, Canada and Brazil, which, each in its own way, have always made the French dream.*
13. *You have to impersonate the very characters that my lies led her to picture in her mind.*
14. *The other told him his story shyly, painstakingly, obviously trying to make himself understood. He and his platoon had been caught unawares and taken prisoner when they believed themselves very far from the front.*
15. *She was just back from a walk her father had taken her for, and was still wearing her hat.*
16. *The superb representations that Diane let or had her contemporary sculptors and painters make of her nakedness do not give the impression that she was prudish.*

7.3.4. "Say, tell, speak, talk"

1. p. 137

1. *saying* 2. *tell / speak* 3. *say* 4. *speaking* 5. *say* 6. *tell / talking* 7. *talks* 8. *say* 9. *talking* 10. *speak* 11. *speak* 12. *says* 13. *talking* 14. *speaking* 15. *speak* 16. *talk* 17. *saying* 18. *say* 19. *tell* 20. *tell* 21. *say* 22. *talking / speaking* 23. *speaking* 24. *say* 25. *say* 26. *tell* 27. *told / telling / telling* 28. *say* 29. *speak* 30. *telling* 31. *say* 32. *talking* 33. *say / speak* 34. *say* 35. *tell* 36. *said*

2. p. 138

1. *said / spoke / told* 2. *talked* 3 *spoken* 4. *say / tell* 5. *telling / say* 6. *spoke* 7. *told / said* 8. *talk* 9. *spoke / tell* 10. *speak* 11. *tell / tell* 12. *say / spoke.*

7.3.5. "Let" et "leave"

1. p. 139

1. *left / letting* 2. *let* 3. *left* 4. *let* 5. *leave* 6. *let* 7. *let* 8. *let* 9. *let* 10. *leave* 11. *let* 12. *left* 13. *leave* 14. *let / leave*

2. p. 140

1. *Being ill is never agreeable, but there are towns which stand by you, so to speak, when you are sick, in which you can, after a fashion, let yourself go.* (Trad. S. Gilbert)
2. *He is absent-minded and when driving his car often leaves his side-signals on after he has turned a corner.* (Trad. S. Gilbert)
3. *"Honoré", he said, "you can't leave your mother all on her own in the condition she's in."* (Trad. A. Kellet)
4. *The old woman who lay there dying... indicated that her son should go ahead and get in the corn, even if it meant leaving her to die all alone.* (Trad. A. Kellet)
5. *And I'll tell you this: if you don't do as I say, then when it's your turn to be ill I shall let you die like a dog. Understand?"* (Trad. A. Kellet)

6. *They let me stew. That way, I would understand my own insignificance right from the start.* (Trad. M. Sokolinsky)
7. *He had been caught up in [a nightmare] ever since the day, now long past, when Maria Cross had failed to keep her appointment, and had left him closeted with Victor Larousselle.* (Trad. G. Hopkins)
8. *And the high school friends I had left behind after the last big final exam – they, too, were missing out on this tremendous adventure.* (Trad. W.R. Byron)
9. *It was market day, and carts blocked the square. The peasants left them there first thing in the morning, one against another...* (Trad. V. Cohen)
10. *Suddenly the door in front of which I was sitting opened and let through a merry group that came over to join our own.* (Trad. J. Stewart)
11. *"Don't let yourself be bullied," the man advised her discreetly.* (Trad. B. Wright)
12. *But let us hear what the husband has to say.* (Trad. R. Heppenstall)

7.4. Les collocations

1. a/ p. 141

Voici quelques collocations courantes, mais il y a de nombreuses autres possibilités.

1. *sheer / utter / absolute* 2. *keen / intense / overwhelming / ardent / fervent* 3. *close / strong / warm / firm* 4. *thunderous / loud / prolonged* 5. *profound / strong / great* 6. *striking / strong* 7. *blatant / brazen / monstrous* 8. *great / iron / firm / unflinching* 9. *serious / terrible* 10. *serious / strong* 11. *fierce / strong / stiff / unyielding* 12. *deep / burning / seething / blind* 13. *absolute / full / supreme / complete* 14. *great / irresistible / particular / special* 15. *endless / infinite / inexhaustible* 16. *flat / strong* 17. *severe / serious / extensive / great* 18. *high* 19. *real / formidable / great* 20. *real / serious / deep* 21. *heavy* 22. *acute / high* 23. *sound / profound / deep / heavy* 24. *deep / great* 25. *crushing / heavy / powerful* 26. *withering / scathing / biting* 27. *strong / relentless / unceasing* 28. *unflagging / boundless* 29. *strong / firm / unshakeable* 30. *wholehearted / complete / unconditional / unstinting*

2. p. 142

1. *highly* 2. *clearly / plainly* 3. *stone* 4. *dripping / soaking* 5. *actively* 6. *well / closely / intimately* 7. *fully / completely* 8. *deeply / completely / totally / thoroughly* 9. *sharply / deeply* 10. *keenly / painfully / very much* 11. *sincerely / deeply* 12. *eminently / highly* 13. *perfectly / completely* 14. *greatly / grossly* 15. *fully / highly* 16. *far / clearly / definitely* 17. *piping / scalding* 18. *deeply* 19. *badly* 20. *easily / readily*

7.5. Les mots de liaison p. 142

1. *These dinners in town ate up his private life. His wife actually complained about it.*
2. *Nobody thought any more of the IRA, or at least paid much attention to it. But it was precisely the Irish Republican Army that struck on February 7 and in the very heart of London.* (*The Guardian Weekly*)
3. *No one would stop him from playing provided (that) he did not make too much noise.*
4. *"We had a narrow escape," Françoise said.*
   "Let's hope it'll last," Gerbert said.
   "It will," Françoise said.
5. *"It's happened," Doctor Fog admitted – "though rarely... Mind you," he went on in a different tone of voice, "I'm talking very generally."*
6. *But the first shock was so tremendous that it even paralysed those signs of terror which Mouchette had already detected on her lover's face.* (Trad. V. Lucas)
7. *"I'm surprised to hear you say that, my dear Jean! Are you out of your mind? Now, don't tell me* <u>*you*</u> *would like to be a rhinoceros"?*
   "Why not? I'm not prejudiced as you are."
8. *"How many times did Jilou and I ask you to make an effort?", he went on. "Only last week, you promised..."*
9. *He never read the Bible but a fallen angel, and a very learned one, came on purpose from Hell to explain the text to him.* (Trad. J. Green)
10. *Taxes! Taxes! my dear. With my little café, I have practically nothing to declare. And money flows in... Actually, though I haven't done so yet because I can't drive, I'm going to buy* <u>*some*</u> *car! Leather, chromium... The only thing is, I'll have to take driving lessons, which I don't like...*
11. *But even had he followed the taste of his age, he would have added little to his fame thereby, for his method of publishing his books was an inauspicious one.* (J. Green)
12. *"Well, I never! Some people* <u>*are*</u> *real bastards, aren't they?"*
13. *He saw these ten days of tête-à-tête draw to a close without any regret; it was natural, she did not regret them either; she could not very well expect Gerbert to be the only one who had regrets.*
14. *He recalled Barrès watching somebody champing at the bit –who on earth was it? Oh yes, Montherlant– and saying "The lad's full of beans!"* (Trad. Jury Agrégation)
15. *Pierre Mercadier had fallen into the habit of having a look at the market prices, first thing every day.*
16. *Plume was dining at the restaurant when the head waiter came up to him, looked at him severely, and said to him in a low and mysterious voice: "What you have there in your plate is not listed on the menu."*
    Plume apologized immediately.

"This is why," he said, "I was in a hurry, I didn't take the trouble to look at the menu. I asked at random for a chop thinking that perhaps they had some, or that in any case they could easily find some in the neighborhood, but quite ready to ask for something else if there were no chops handy. The waiter went off without seeming particularly surprised and soon after brought me one and this is it... (Trad R. Ellmann, New Directions)

8.3. La gamme des registres

1. p. 143

1. *to lock up* I ; *to put inside* I ; to *imprison* F/N ; *to detain* F
2. *dopey* S ; *asinine* F ; *stupid* N ; *daft* I
3. *assassinate* F ; *do in* I/S ; *rub out* S ; *murder* N
4. *money* N ; *dough* S ; *bread* S ; *lolly* S
5. *needle* I ; *get so's wick* S ; *exasperate* F ; *annoy* N
6. *to tie the knot* I ; *espouse* F ; *get spliced* S ; *marry* N
7. *to clobber* S ; *to smite* F ; *to knock* I ; *to strike* N
8. *to absorb* F ; *to drink* N ; *to swig* I ; *to whet one's whistle* I/S
9. *irate* F ; *mad* I ; *hot under the collar* S ; *angry* N
10. *to give a buzz* I ; *to give so a tinkle* I ; *to phone* N
11. *mawkish* N ; *soppy* I ; *schmaltzy* S/I
12. *to watch out* N ; *to keep your eyes peeled* I/S ; *to be vigilant* F
13. *girl* N ; *bird* S ; *chick* S
14. *guarded* N ; *cautious* N ; *cagey* I ; *noncommittal* N
15. *to con* I/S ; *to rip off* I/S ; *to cheat* N ; *to take for a ride* I/S
16. *afflicted* F/N ; *pained* N ; *aggrieved* F/N
17. *crooked* I ; *corrupt* N ; *venal* F ; *bent* S
18. *prying* N ; *nosy* I ; *snooping* I ; *inquisitive* F

2. p. 150

a/	b/	c/	d/
1. décéder *to decease*	mourir *to die*	crever *to pass away*	clamecer *to kick the bucket*
2. ingérer *to consume*	manger *to eat*	casser la croûte *to have a bite*	s'en mettre plein la lampe *to have a pig-out*
3. sommeiller *to slumber*	dormir *to sleep*	roupiller *to snooze*	pioncer *to have a kip*
4. prendre la fuite *to abscond*	s'enfuir *to run away*	filer *to clear off*	se tirer *scarper*
5. réprimander *to reprimand*	gronder *to scold*	attraper *to tell off*	engueuler *to bawl out*
6. affres *apprehensiveness*	peur *fear*	trac *fright*	pétoche *blue funk*
7. dément *of unsound mind*	fou *mad*	timbré *crazy*	siphonné *off his rocker*

9. Noms propres, mesures, titres et allusions culturelles

2. p. 157

1. *The English Channel* 2. *the Riviera* 3. *Britanny* 4. *the Channel Islands* 5. *claret* 6. *a croissant* 7. *a madeleine* 8. *a soufflé* 9. *the Élysée* 10. *Matignon (or: the Prime Minister)* 11. *the foreign office* 12. *the centre right* UDF *party* 13. *the Paris Bourse / stock exchange* 14. *small businesses* 15. *the riot police* 16. *a council flat* 17. *Inland Revenue* 18. VAT 19. *express suburban rail service* 20. *secondary school* 21. *a lycée* 22. NATO 23. UNO 24. UNICEF (sigle anglais) 25. WHO (= *World Health organization*) 26. OPEC 27. *7.5 acres* 28. *the Belle Époque* 29. *the Commune* 30. *the Restoration* 31. *Plato* 32. *Sophocles* 33. *Aeschylus* 34. *Ariosto* 35. *Moses* 36. *Noah*

3. p. 157

1. *In the afternoon, she met another dark little man with a puffy face, at a residential hotel, in the rue Vital, close to the Avenue Paul-Doumer.* (Trad. D. Weissbort)
2. *There are a lot of Trochus around here, nearly all fishermen.* (Trad. R. Brain)
3. *"At the minimum, the strict minimum, you can get a mono set-up for three hundred thousand old francs. But it's not the real thing, not the real thing at all."* (Trad. P. O' Brian)
4. *Old Milon stood there impassively, with the air of a stupid yokel, looking at the ground the way he did when talking to his priest.* (Trad. A. Kellet)
5. *He had had to get up at five o' clock that morning, and failing to find a taxi, had to take the first métro to the Gare Saint-Lazare.* (Trad. R. Brain)
6. *He rose heavily. Hutte must be over six feet tall and weigh more than 15 stone.* (Trad. D. Weissbort)
7. *Papa would suggest Florence or Granada: she would say "Everybody goes there; it's commonplace, but commonplace..." The four of them trundling about in the car – it was like a family in a comic strip, she said.* (Trad. P. O' Brian)
8. *And then these apes disgusted me: I was a sans-culotte and a regicide, and my grandfather had warned me against tyrants, whether they were called Louis XVI or Badinguet*. What was more, I used to read Michel Zévaco's serial story in* Le Matin *every day: this author of genius, influenced by Hugo, had invented the republican cloak-and-dagger novel.*
   * *Nickname of Napoleon III.* (Trad. I. Clephane)
9. *Mayor Didier Bariani agreed to conduct a guided tour of a few of his arrondissement's dilapidated buildings.* (The Guardian Weekly)
10. *On the other hand, it appears increasingly improbable that the crimes alleged to have been committed by René Bousquet, a former mandarin and a leading figure in the Vichy administration's collaboration with the occupying German power, will ever be examined by judges.* (The Guardian Weekly)

11. *When François Scheer, the chief French foreign office (Quai d'Orsay) official, went to Tehran the other day, he said just that to the Iranian authorities...* (The Guardian Weekly)
12. *Alarmed by his state of confusion and despair, Dr Étienne had Althusser taken to Professor Pierre Deniker's clinic at the Hôpital Sainte-Anne.*
Though officials at the École Normale knew that Louis Althusser suffered intermittently from psychiatric problems, they refused at first to believe what the school's head at the time, Jean Bousquet, called the "mad rumour".
(The Guardian Weekly)

Annexe, 1.2. Les gros titres

2. p. 162

1. *ANGOLA BETWEEN FAITH AND DEATH* (The Guardian Weekly)
2. *MOON MONEY BUILDS CHINA PLAN* (The Guardian Weekly)
3. *KUWAITI ROYALS KEEP IN TOUCH* (The Guardian Weekly)
4. *GERMANY'S DILEMMA OVER REPARATIONS TO JEWISH VICTIMS* (The Guardian Weekly)
5. *DEAD BODY FOUND ON RAILWAY LINE* (Trad. D. Bussy)
6. *Wallas could barely read the newspaper that he had asked for. He quickly skimmed through the columns:*
"Serious road accident on Delf Road."
"Council to meet tomorrow to elect new mayor."
"Swindling medium."
"Best potato crop in years. (/Record potato crop.)"
"One man dies in a burglary. Yesterday at nightfall, a daring burglar entered the house of M. Daniel Dupont..."

Annexe, 2. Dates, chiffres et mesures

1. p. 165

1. *Four times six divided by three equals eight.*
2. *Seventeen minus two, multiplied by two and divided by three equals ten.*
3. *five hundred thousand pounds.*
4. *o eight double o two eight two one o one*
5. *one nil*
6. *nine point seven four francs / two point eight eight DM / nought point five five pounds.*
7. *twenty-sixth of April, sixteen degrees Celcius / sixty-one degrees Fahrenheit.*
twentieth of April, minus five / twenty-three degrees Fahrenheit (/nine degrees of frost).
8. *six four, six love, six four*
9. *two pounds twenty-five – one twenty – one twenty-six – twenty-four pounds fifty – thirty-four pounds fifty*
10. *A five thousand pound cheque – fifty thousand cardholders – one hundred and eighty thousand pounds – nineteen eighty-nine – thirty pence – one hundred pounds – o double four double four one o double five*

2. p. 166

1. *He rose heavily. Hutte must be over six feet tall and weigh more than 15 stone.* (Trad. D. Weissbort)
2. *That fence over there used to be a rabbit park... About two dozen escaped...* (Trad. W.E. van Heyningen)
3. *As for me, I was already there a thousand, a hundred thousand years ago. When the earth was still only a ball of fire spinning round in a helium sky...* (Trad. B. Bray)
4. *Then he drew a long list of things that were needed from his pocket.*
"First, four thousand sixty-centimeter sticks. You need three or four per plant." (Trad. W.E. van Heyningen)
5. *Valène had known Winckler since nineteen thirty-two, but it was only in the early 1960s that he realized that it wasn't an ordinary sideboard, and that he should look at it more closely.*
(Trad. D. Bellos)
6. *It was rumored that Ugolin had made hundreds and thousands; the messenger from Aubagne confided to Philoxène that just for his part, carrying three large baskets of flowers to Trémalat et Cie three times a week, he had received more than six hundred francs.* (Trad. W.E. van Heyningen)
7. *Smautf has calculated that in 1978 there would be two thousand one hundred and eighty-seven new members of the sect of The Three Free Men, and, assuming none of the older disciples dies, a total of three thousand two hundred and seventy-seven keepers of the faith. Then things would go much faster: by 2017, the nineteenth generation would run to more than a thousand million people. In 2020, the entire planet, and well beyond, would have been converted.* (Trad. D. Bellos)
8. *A few years ago Morellet tried to discourage him by telling him that the number written 9^{9^9}, that is, nine to the power of nine to the ninth, which is the largest number you can write using only three figures, would have, if written out in full, three hundred and sixty-nine million digits, which at the rate of one second per digit would keep you busy for eleven years just in writing it, and at the rate of four digits per inch would be one thousand one hundred and fifty-four and one eighth miles long!* (Trad. D. Bellos)

Acknowledgements We wish to apologize for any permission rights we may have unvoluntarily infringed. We shall make any copyright correction required in the following editions of this present work.

ALAIN-FOURNIER, *Le Grand Meaulnes*, © Arthème Fayard 1971 / L. ALEXANDER, "Woman in Love" by P. Éluard, *Selected Writings of Paul Éluard*, New Directions Publishing Corporation. All rights reserved. / G. APOLLINAIRE, *Alcools*, © Gallimard / M. AYMÉ, *Les Bottes de Sept-Lieues*, except for pp. 98, 126, 133: "Le Passe-Muraille", in *Le Passe-Muraille*, © Gallimard / S. de BEAUVOIR, *Les Belles Images*, © Gallimard 1966 / S. BECKETT, "Lady Love" translated from the French of P. Éluard in *Collected Poems in English & French*, © 1977 by S. Beckett, by permission of Grove Press, Inc. / B. BELITT, "The Drunken Boat" by A. Rimbaud. All rights reserved. / D. BELLOS, *Life: A User's Manual* by G. Perec. First published in English in 1987 by D. R. Godine Publisher. By permission. / G. BOWEN, "Woman in Love" by P. Éluard in *Selected Poems*, J. Calder, London & Riverrun Press, New York. © 1988 by J. Calder. By permission of J. Calder Publications Ltd. / R. BRADBURY, *Eating People is Wrong*, Martin Secker & Warburg, © M. Bradbury 1956-1976 / R. BRAIN, *Maigret and the Old Lady*, by G. Simenon, © Hamish Hamilton 1958 / B. BRAY, *The Erl-King* by M. Tournier, © Harper Collins Ltd 1972; *The Lover*, by M. Duras, © Harvill, an imprint of Harper Collins Ltd 1986 / J. BROWNJOHN, *Daddy* by L. Durand, © Random House / D. BUSSY *The Vatican Cellars* by A. Gide, Cassell 1927. All rights reserved. / M. BUTOR, *L'Emploi du temps*, Éditions de Minuit / A. S. BYATT, *Possession*,© Chatto & Windus 1990 / W.R. BYRON, *The Foreign Student* by Ph. Labro, © 1988 by Random House Inc. By permission of Ballantine Books, a division of Random House Inc. / A. CAMUS, *La Peste*, © Gallimard 1947 / C. CATE, *Night Flight* by A. de Saint-Exupéry, revised translation 1971, William Heinemann. All rights reserved. / L.F. CÉLINE, *Voyage au bout de la nuit*, © Gallimard 1952 / S. CHAPMAN, *Froth on the Daydream* by B. Vian, Rapp & Carrol 1967. All rights reserved. / I. CLEPHANE, *Words*, © Hamish Hamilton 1964 / V. COHEN, "The Little Square" by P. Gascar, in *French Short Stories 1*, ed. by P. Lyons, © Penguin Books 1966 / COLETTE, *Gigi*, © Hachette, except for pp. 31, 32, 60, 91, 92: *Chéri*, © Arthème Fayard 1956 / A. CONDER, "How calm the sky above the roof..." by P. Verlaine, in *A Treasury of French Poetry*, Harper & Bros. All rights reserved. / L. COVERDALE, *The Wedding* by Y. Quéffelec, © Macmillan 1987. All rights reserved. / DAILY MAIL. By kind permission. / F. DAVISON, *Le Grand Meaulnes* by Alain-Fournier, © Oxford University Press 1959. By kind permission. / R. DÉFORGES, *La Bicyclette bleue*, © Éditions Ramsay / N. DENNY, *The Seven-League Boots* by M. Aymé, The Bodley Head. All rights reserved. / G. DILLON, "Correspondences" by Ch. Baudelaire, Harper & Bros 1936. All rights reserved. / E. DOWSON, "The sky is up above the roof..." by P. Verlaine, in *Selections from French Poetry*, Harvey House, Inc. 1965. All rights reserved. / H. DUNCAN, "Le Pont Mirabeau" by G. Apollinaire, in *French Poets of Today*, Charles Scribner's Sons 1954 / L. DURAND, *Daddy*, © Olivier Orban 1987 / M. DURAS, *L'Amant*, © Éditions de Minuit / (cabinet) DURBAN & A. ANDRÉ, *Conjoncture et placements*, Publication BUE-Compagnie Financière du CIC et de l'Union Européenne / ECONOMIST, THE. By kind permission. / P. ÉLUARD, "L'Amoureuse", in *Capitale de la douleur*, © Gallimard 1926 / W. FOWLIE, *The Drunken Boat* by A. Rimbaud, © The University of Chicago Press 1966 ; "The Passer-through-Walls" by M. Aymé: "Le Spleen de Paris" by Ch. Baudelaire, in *French Stories*, Bantam Books 1960. All rights reserved; "Correspondences" by Ch. Baudelaire, in *Flowers of Evil*, Bantam Books 1963. All rights reserved. / G. FRICK, *Memoirs of Hadrian* by M. Yourcenar, © Martin Secker & Warburg 1955 / P. GASCAR, "La Petite Place", in *Soleils*, © Gallimard 1960 / A. GIDE, *Les Caves du Vatican*, except for pp. 55, 70, 83: *Les Faux-Monnayeurs*, © Gallimard / S. GILBERT, *The Plague* by A. Camus, © Hamish Hamilton 1948 / J. GREEN, *Le Langage et son double*, Le Seuil. Tous droits réservés. / THE GUARDIAN "Attractions of Timbuctoo", by R. Lacville. All rights reserved. / GUARDIAN WEEKLY, THE. Avec l'autorisation du journal *Le Monde*. / G. HALL, "The sky-blue smiles above the roof..." by P. Verlaine, in *Baudelaire, Rimbaud, Verlaine, Selected Verse and Prose Poems*, The Citadel Press 1947. All rights reserved. / W. E. van HEYNINGEN, *The Water of the Hills* by M. Pagnol, André Deutsch 1962. All rights reserved. / G. HOPKINS, *The Desert of Love* by F. Mauriac, except for p. 187: *The Knot of Vipers* by F. Mauriac, © Methuen Publishers, London. By kind permission. / P.D. JAMES, *An Unsuitable Job for a Woman*, © P D. James 1972. First published in Great Britain by Penguin Books Ltd. / A. KELLOR, "The Dark Side" in *Tales of Terror and the Supernatural* by G. de Maupassant, Cardinal 1989. All rights reserved. / Ph. LABRO, *L'Étudiant étranger*, © Gallimard 1986 / D. LODGE, *The British Museum is Falling Down*, Martin Secker & Warburg Ltd. By kind permission. / LAUGHING MATTER. All rights reserved. / A. MACDONALD, *Man's Estate* by A. Malraux, Methuen. All rights reserved. / A. MALRAUX, *La Condition humaine*, © Gallimard 1933 / R. MANHEIM, *Journey to the End of the Night* by L. F. Céline, © 1983 by R. Manheim. By permission of New Directions Publishing Co. / J. H. P. MARKS, *Journey to the End of Night* by L. F. Céline, Chatto & Windus 1934. All rights reserved. / F. MAURIAC, *Le Désert de l'amour*, excepté p. 187: *Le Nœud de vipères*. Avec l'aimable autorisation des éditions B. Grasset / R. MERLE, *Les Hommes protégés*, © Gallimard 1974 / W.S. MERVIN, "The Mirabeau Bridge" by G. Apollinaire from *Selected Translations*, Atheneum Publishers Inc., © D. Higham Associates / P. MODIANO, *Rue des boutiques obscures*, © Gallimard 1978 / S. MONCRIEFF, *Scarlet and Black*, Dent 1938. All rights reserved. *Swann's Way*, Chatto & Windus 1922. All rights reserved. / LE MONDE © Le Monde / M. MOORE, "The Fox and the Grapes" by J. de La Fontaine in *The Fables of La Fontaine*, Viking Penguin 1965. All rights reserved. / I. MURDOCH, *The Sea, The Sea*, © Chatto & Windus 1978 / P. O'BRIAN, *Les Belles Images* by S. de Beauvoir, William Collins & Sons 1968. All rights reserved. / M. PAGNOL, *Manon des Sources*, Éditions de Fallois. Avec l'aimable autorisation de Mme J. Pagnol / G. PEREC, *La Vie mode d'emploi*, © Hachette 1978 / E. R. PESCHEL, "The sky is, above the roof..." by P. Verlaine, in *Four French Symbolist Poets: Baudelaire, Rimbaud, Verlaine, Mallarmé*, © Athens: Ohio University Press 1981 / PUNCH. All rights reserved. / PRIVATE EYE. All rights reserved. / Y. QUÉFFELEC, *Les Noces barbares*, © Gallimard 1985 / R. QUENEAU, *Zazie dans le métro*, p.147; *Exercices de style*, pp. 151-152, © Gallimard / A. de SAINT-EXUPÉRY, *Le Petit Prince*, excepté pp. 27, 42, 43: *Vol de nuit*, © Gallimard / J.P. SARTRE, *Les Mots*, © Gallimard 1964 / R. SENHOUSE, *Chéri* by Colette, except pp. 31, 199, 205: *Gigi* by Colette, © Martin Secker & Warburg / A. SHERIDAN, *Gilles et Jeanne* by M. Tournier, © Methuen. By kind permission. / G. SIMENON, *Maigret et la vieille dame*, Presses de la Cité. Avec l'aimable autorisation de l'Administration de l'Œuvre de G. Simenon. / M. SOKOLINSKY, *The Virility Factor* by R. Merle, Weidenfeld & Nicolson. All rights reserved. / Ph. SOLLERS, *Le Défi*, 1957, avec l'aimable autorisation des Éditions du Seuil / N. B. SPECTOR, "The Fox and the Grapes" by J. de La Fontaine in the *Complete Fables of Jean de la Fontaine*, © Northwestern University Press / J. STEWART, "The Challenge" by Ph. Sollers, in *French Short Stories 1*, ed. by P. Lyons, © Penguin Books 1986. By kind permission. / A. SYMONS, "Correspondences" by Ch. Baudelaire in *Baudelaire, Rimbaud, Verlaine, Selected Verse and Prose Poems*, The Citadel Press. All rights reserved. / L. TANCOCK, *Germinal* by E. Zola, © Penguin Books 1954. By kind permission. / H. THOMAS, *Histoire de Pierrot*, © Gallimard / K. THOMSON, *The Offensive* by H. Thomas, from *French Stories 1*, ed. by P. Lyons, © Penguin Books 1966. By kind permission. / THE TIMES. All rights reserved. / M. TOURNIER, *Le Roi des aulnes*, 1970 excepté pp. 96, 99, 101, 107, 113, 126: *Gilles et Jeanne*, 1983, © Gallimard / B. VIAN, *L'Écume des jours*, © Société nouvelle des Editions Pauvert 1963 / P. WAYNE, "The Fox and the Grapes" by J. de La Fontaine, in *A Hundred Fables from La Fontaine*, Doubleday & Co 1961. © 1961 by P. Wayne. By permission of Doubleday, a division of Bantam Doubleday Dell Publishing Group, Inc. / D. WEISSBORT, *Missing Person* by P. Modiano, Jonathan Cape. All rights reserved. / W. B. WELLS, *Vipers' Tangle* by F. Mauriac Carroll & Graf. © 1932 by ed. B. Grasset./ R. WILBUR, "Mirabeau Bridge" by G. Apollinaire in *Random House Book of 20th century French Poetry*, ed. P. Auster, Random House. All rights reserved. "Correspondences" by Ch. Baudelaire in *Flowers of Evil*, Routledge & Kegan Paul 1955. All rights reserved./ K. WOODS, *The Little Prince* by A. de Saint-Exupéry, William Heinemann 1945. All rights reserved. / B. WRIGHT *Zazie* by R. Queneau, p.147 , © The Bodley Head 1960; *Exercises in Style* by R. Queneau, pp. 151-152 , John Calder Ltd, © this translation B. Wright 1958, 1979. By permission of Calder Publications Ltd / S. YOUNG, *Mauprat* by G. Sand, Academy Press Ltd 1977. All rights reserved. / M. YOURCENAR, *Mémoires d'Hadrien*, © Gallimard

Collections d'anglais HACHETTE *Supérieur*

HU anglais Littérature

An Introduction to English Literature: From Philip Sidney to Graham Swift, par F. GRELLET et M.-H. VALENTIN

An Introduction to American Literature: "Time Present and Time Past", par F. GRELLET

**Les Grands Classiques de la littérature anglaise et américaine,* par P. CASTEX et A. JUMEAU

**Anthologie de la poésie britannique,* par M. PORÉE et P. McDONALD

**Figures libres, figures imposées : l'explication de texte en anglais (fiction)* par H. AUFFRET-BOUCÉ, A. BLEIKASTEN, Y. CARLET, M.-D. GARNIER, P. LAGAYETTE, F. MacPHAIL, S. MARRET, M.-Ch. PAUWELS, S. PIGNOT, C. RIHOIT

A Handbook of Literary Terms, Introduction au vocabulaire littéraire anglais, par F. GRELLET

HU anglais Civilisation

**Civilisation britannique*, par P. JOHN et P. LURBE

**Civilisation irlandaise,* par P. BRENNAN et V. PEYRONEL

**Grande-Bretagne et Irlande du Nord : géographie économique* par C. MOINDROT

**Les Grandes Dates de l'histoire américaine,* par P. LAGAYETTE

**Civilisation des États-Unis,* par M.-Ch. PAUWELS

**États-Unis : géographie économique,* par C. MOINDROT

HU anglais Phonétique

Initiation raisonnée à la phonétique de l'anglais, par R. LILLY et M. VIEL

La Prononciation de l'anglais, règles phonologiques et exercices de transcription, par R. LILLY et M. VIEL

HU anglais Linguistique

Grammaire exploratoire de l'anglais, exercices de syntaxe commentés, par M. YAGUELLO

**Les Théories de la grammaire anglaise en France,* par P. COTTE, A. JOLY et D. O'KELLY, C. DELMAS et G. GIRARD, É. GILBERT, J. GUÉRON

HU anglais Grammaire

Grammaire anglaise, thèmes construits, par P. CHANTEFORT, M.-L. et G. GROUSSIER

Pratique de la traduction

Traduire en anglais... les mots grammaticaux, par D. SOULIÉ

Initiation à la version anglaise : "The word against the word", par F. GRELLET

Initiation au thème anglais : The Mirrored Image, par F. GRELLET

**La Presse économique : versions et thèmes anglais,* par F. GALLIX et M. WALSH

**Recueil de thèmes anglais,* par K. JULIÉ et C. GRIMAL

**Recueil de versions anglaises,* par F. GUSDORF et F. OGÉE

Les Fondamentaux

**Histoire de la littérature anglaise,* par E. ANGEL-PEREZ (n° 23)

**Civilisation américaine,* par M.-Ch. PAUWELS (n°24)

**Histoire du cinéma américain,* par B. GAUTHIER (n°59)

**Civilisation du Royaume-Uni,* par P. LURBE (n°63)

L'anglais : comment traduire, par I. Perrin (n°64)

---

*Série transversale dirigée par Michel VIEL, Professeur à l'Université de Paris-Sorbonne (Paris IV)

Imprimé en France par I.M.E. - 25110 Baume-les-Dames
Dépôt légal n° 7537-09/1996 - Collection n° 33 - Edition n° 04 - **14/4913/1**